Hrsg. Christian Handel

Durch Eiswüsten

und Flammenmeere

Eine märchenhafte Anthologie

Drachenmond Verlag

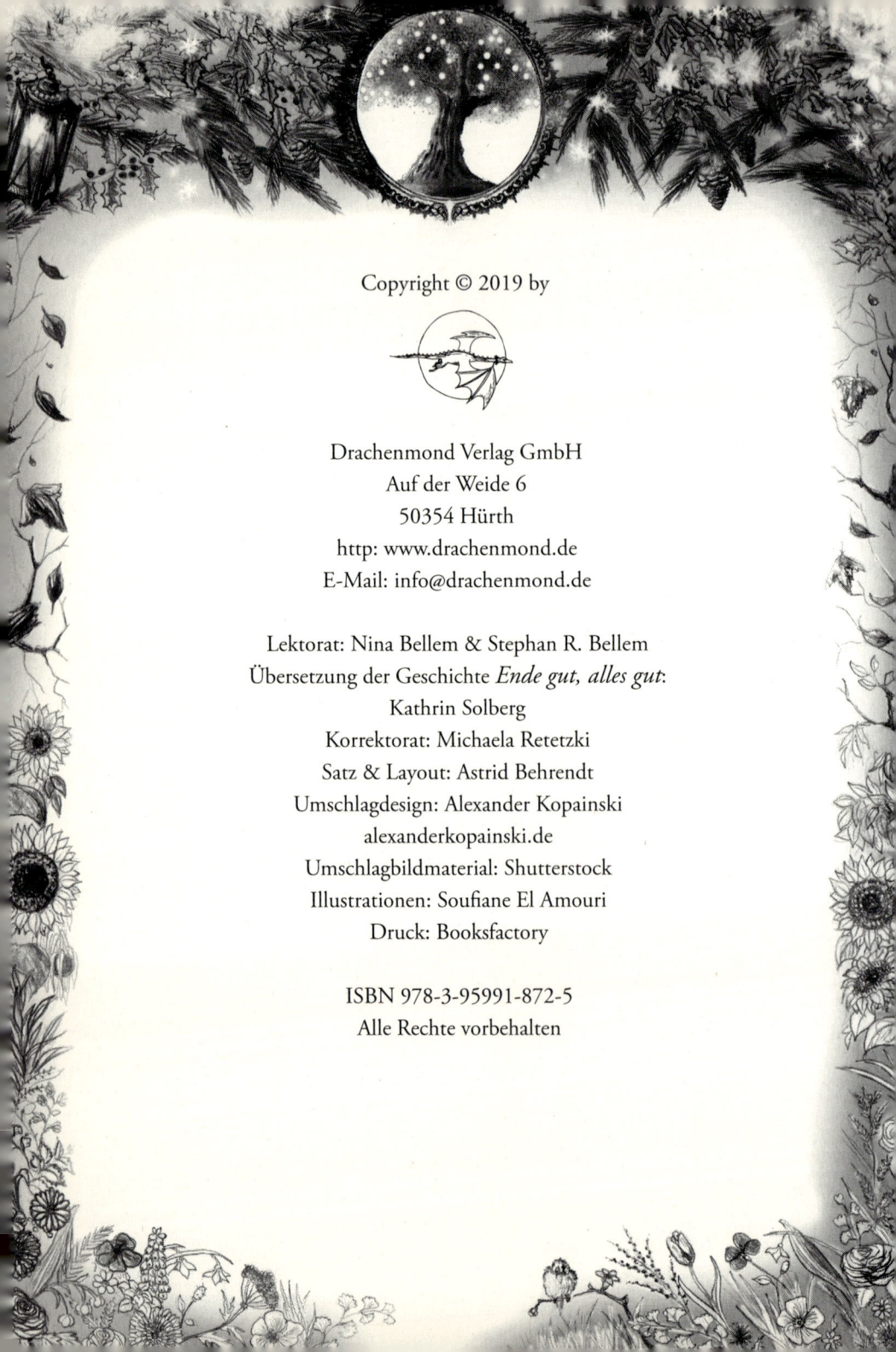

Copyright © 2019 by

Drachenmond Verlag GmbH
Auf der Weide 6
50354 Hürth
http: www.drachenmond.de
E-Mail: info@drachenmond.de

Lektorat: Nina Bellem & Stephan R. Bellem
Übersetzung der Geschichte *Ende gut, alles gut*:
Kathrin Solberg
Korrektorat: Michaela Retetzki
Satz & Layout: Astrid Behrendt
Umschlagdesign: Alexander Kopainski
alexanderkopainski.de
Umschlagbildmaterial: Shutterstock
Illustrationen: Soufiane El Amouri
Druck: Booksfactory

ISBN 978-3-95991-872-5

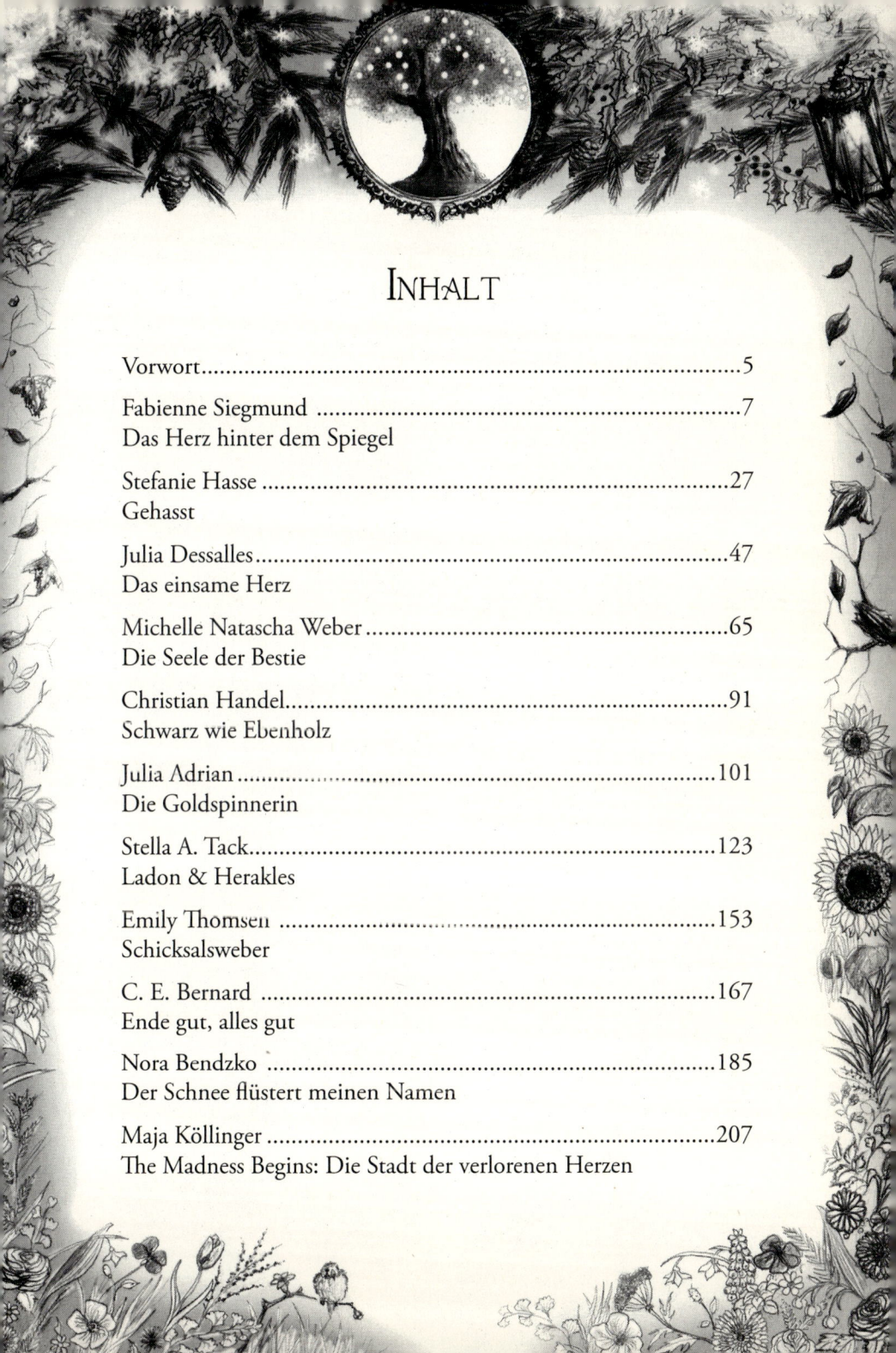

INHALT

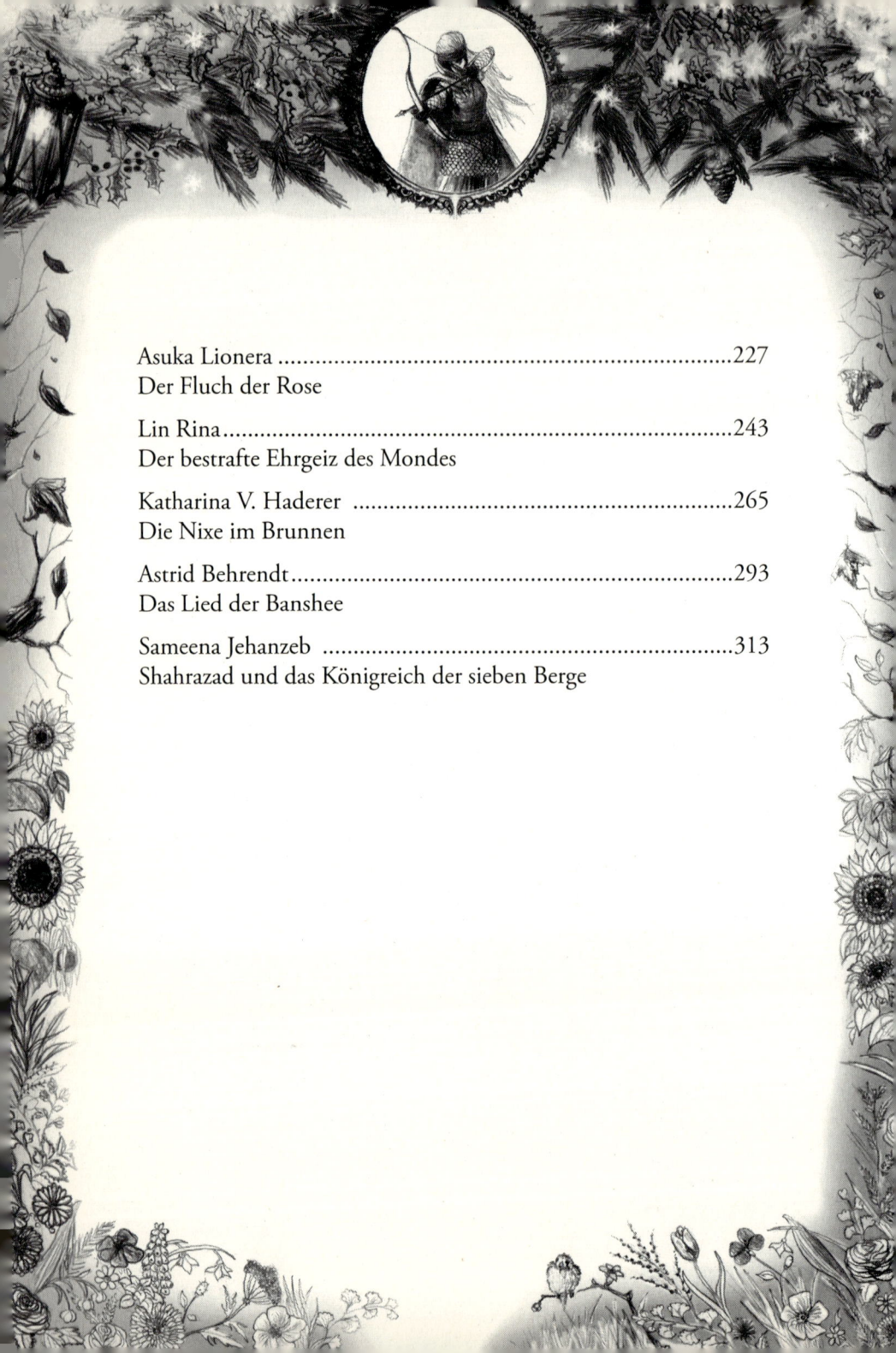

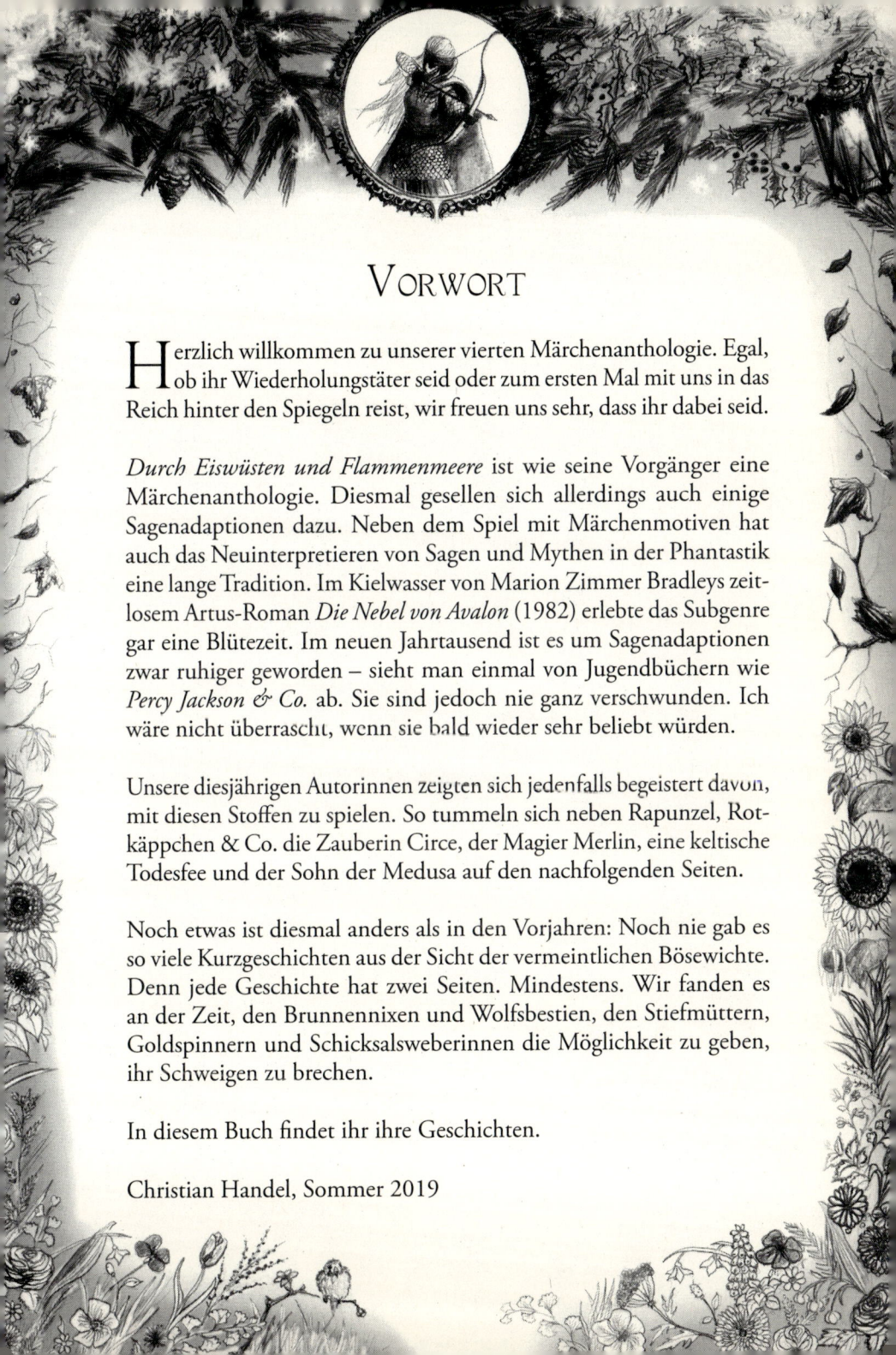

Vorwort

Herzlich willkommen zu unserer vierten Märchenanthologie. Egal, ob ihr Wiederholungstäter seid oder zum ersten Mal mit uns in das Reich hinter den Spiegeln reist, wir freuen uns sehr, dass ihr dabei seid.

Durch Eiswüsten und Flammenmeere ist wie seine Vorgänger eine Märchenanthologie. Diesmal gesellen sich allerdings auch einige Sagenadaptionen dazu. Neben dem Spiel mit Märchenmotiven hat auch das Neuinterpretieren von Sagen und Mythen in der Phantastik eine lange Tradition. Im Kielwasser von Marion Zimmer Bradleys zeitlosem Artus-Roman *Die Nebel von Avalon* (1982) erlebte das Subgenre gar eine Blütezeit. Im neuen Jahrtausend ist es um Sagenadaptionen zwar ruhiger geworden – sieht man einmal von Jugendbüchern wie *Percy Jackson & Co.* ab. Sie sind jedoch nie ganz verschwunden. Ich wäre nicht überrascht, wenn sie bald wieder sehr beliebt würden.

Unsere diesjährigen Autorinnen zeigten sich jedenfalls begeistert davon, mit diesen Stoffen zu spielen. So tummeln sich neben Rapunzel, Rotkäppchen & Co. die Zauberin Circe, der Magier Merlin, eine keltische Todesfee und der Sohn der Medusa auf den nachfolgenden Seiten.

Noch etwas ist diesmal anders als in den Vorjahren: Noch nie gab es so viele Kurzgeschichten aus der Sicht der vermeintlichen Bösewichte. Denn jede Geschichte hat zwei Seiten. Mindestens. Wir fanden es an der Zeit, den Brunnennixen und Wolfsbestien, den Stiefmüttern, Goldspinnern und Schicksalsweberinnen die Möglichkeit zu geben, ihr Schweigen zu brechen.

In diesem Buch findet ihr ihre Geschichten.

Christian Handel, Sommer 2019

Fabienne Siegmund

Das Herz hinter dem Spiegel

Fabienne Siegmund

Fabienne Siegmund, Jahrgang 1980, lebt in der Nähe von Köln und bezeichnet sich selbst als »Architektin von Luftschlössern, Traumgebilden und anderen zumeist fantastischen Stoffen aus Buchstaben.«

Wie ich ist Fabienne ein großer Märchenfan. Fast allen ihren Geschichten haftet etwas Märchenhaftes an, seien es ihre Novellen wie *Alissa im Drunterland* und *Der Karusselkönig* oder ihre Romane wie *Namiria* oder *Winterträne*.

Neben ihren eigenen Erzählungen hat sie zudem bereits zahlreiche Anthologien herausgegeben. Ihr nächstes Buch, *Die Herbstlande 2 – Verklingende Farben*, ist eine Kollaboration mit den AutorInnen Stephanie Kempin, Vanessa Kaiser und Thomas Lohwasser. Und als wäre sie nicht mit all diesen Geschichten vollauf beschäftigt, engagiert sie sich zudem ehrenamtlich als Mitglied des Vorstands des PAN e.V., dem Netzwerk für deutschsprachige PhantastikautorInnnen.

Wer unsere erste Märchenanthologie gelesen hat, kennt Fabiennes Märchen *Das Rosenkind*. Darin erzählt sie – wie übrigens Asuka Lionera in diesem Jahr – die Vorgeschichte der Fee aus *Die Schöne und das Biest*. Diesmal hat sie sich für die Vorgeschichte einer anderen faszinierenden Frauenfigur entschieden:
»Ich habe die Schneekönigin gewählt, weil ich das Märchen in seiner Form liebe, die verschiedenen Stationen und Unterkapitel«, verrät sie. »Vor allem aber, weil die Figur in ihrer Kälte so großartig ist und ich mich immer gefragt habe, wie sie zu der wurde, die sie ist.«
Auf den folgenden Seiten findet ihr Fabiennes Antwort.

www.facebook.com/FabienneSiegmundWortjongleurin

Das Herz hinter dem Spiegel

1

Kein Herz ist von Beginn an aus Eis.
Die Kälte kommt erst mit der Zeit, zugefügt von der Welt. Bedeckt das Herz zunächst nur mit einer dünnen Schicht Raureif, leicht fortzuwischen. Doch manchmal gibt es keine Wärme, und irgendwann wird die Kälte zum vertrauten Gefühl. Das Herz gefriert gänzlich, und passt man nicht auf, zerspringt es.

Ganz selten aber, vielleicht einmal in einer Million Jahre, auf einem der Abermillionen von Sternen, gibt es jemandem, der sich dieses gefrorenen Herzens annimmt. Es in warmen Händen birgt, dass man fast zu glauben beginnt, all das Eis könne schmelzen.

Hoffnung jedoch ist keine leichte Kost und man sollte sie mit Vorsicht genießen. Weil Spiegel zerbrechlich sind und die Ewigkeit mehr ist als ein Wort. Und weil die Leere, die dann bleibt, sich allein mit Winter füllt.

Ich bin der weiche Schnee, der in die Welt wirbelt, die klirrende Kälte, die die Luft klingen lässt. Ich bin in den Winden, die schreiend durch die Dörfer wüten, und in dem Eis, das alles erstarren lässt.

Ich bin die Schneekönigin. Doch einst war ich ein Mädchen.

Leise hallen meine Schritte durch die hohen, leeren Hallen meines Schlosses. Es ist still hier. Wo nichts ist, kann nichts klingen. Für fremde Augen wäre all das Weiß, das mich umgibt, gefährlich blendend, aber ich sehe die Farben in Eis und Schnee, die verschiedenen

Nuancen von Blau, das schimmernde Aquamarin und das tiefdunkle Saphir. Für mich tanzen glänzende Schleier über das Weiß, flirrendes Glitzern wechselt sich mit grauen Schatten ab. Ich erkenne die glatten Flächen und scharfen Kanten, wo sie anderen Augen verborgen bleiben. Unzählbar viele Tropfen Blut haben sich im Eis verfangen, wie Statuen stehen all jene nun in den Gängen des Schlosses.

Mir tun Schnee und Eis nichts. Meine Hände spüren weder ihre tröstliche Kälte noch die Schnitte, die sie anderen zufügen. Ich blute nicht. Einzig die silberglänzenden Spiegelscherben, die vor dem leeren Standrahmen liegen, kann ich nicht berühren.

Andere müssen es tun, müssen meine Aufgabe erfüllen.

Ich habe vergessen, wie der Junge heißt, der es gerade versucht.

Die Kälte hat seine Fingerspitzen und Lippen tiefblau gefärbt, aber er spürt keinen Schmerz, der Splitter in seinem Herzen betäubt seine Sinne. Es ist die einzige Gnade, die ich ihm zuteilwerden lassen kann, denn gegen den zweiten Splitter, der in seinem Auge, kann ich nichts tun, obwohl ich an ihm ebenso Schuld trage wie an dem in seinem Herzen.

Kay.

Warum fällt mir sein Name wieder ein? Sicher. Das Mädchen hat geschrien. Nicht alle Menschen wenden sich ab, wenn das Herz zu Eis wird.

Jan hat es auch nie getan …

Der Junge hebt den Kopf. Er kniet zwischen Spiegelscherben, ein diffuses Muster vor sich. Die Splitter in seinen Augen macht ihn blind. Wut überkommt mich, ich stürze zu ihm, trete das sinnlose Spiegelmuster auseinander. Glas knirscht unter meinen Füßen und die Schreie, die ich auf Kay herabprasseln lasse, gelten eigentlich mir – der feine Scherbenstaub macht es zusehends unmöglich, die Aufgabe zu erfüllen.

Der Junge reagiert nicht einmal. Sein Herz ist so kalt, wie meines einst war. Als ich es noch hatte.

Nun ist es verloren. So, wie Jan es ist.

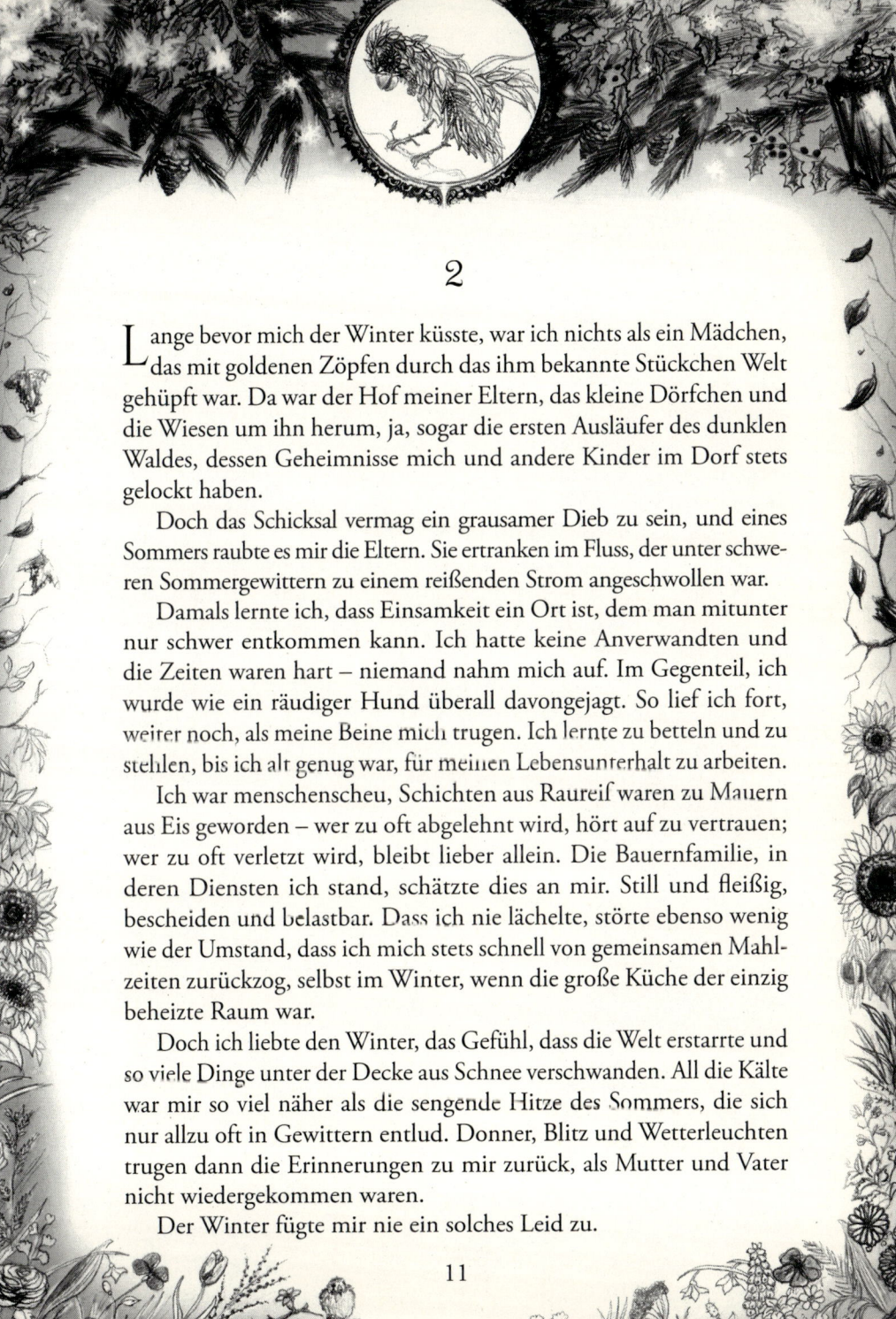

2

Lange bevor mich der Winter küsste, war ich nichts als ein Mädchen, das mit goldenen Zöpfen durch das ihm bekannte Stückchen Welt gehüpft war. Da war der Hof meiner Eltern, das kleine Dörfchen und die Wiesen um ihn herum, ja, sogar die ersten Ausläufer des dunklen Waldes, dessen Geheimnisse mich und andere Kinder im Dorf stets gelockt haben.

Doch das Schicksal vermag ein grausamer Dieb zu sein, und eines Sommers raubte es mir die Eltern. Sie ertranken im Fluss, der unter schweren Sommergewittern zu einem reißenden Strom angeschwollen war.

Damals lernte ich, dass Einsamkeit ein Ort ist, dem man mitunter nur schwer entkommen kann. Ich hatte keine Anverwandten und die Zeiten waren hart – niemand nahm mich auf. Im Gegenteil, ich wurde wie ein räudiger Hund überall davongejagt. So lief ich fort, weiter noch, als meine Beine mich trugen. Ich lernte zu betteln und zu stehlen, bis ich alt genug war, für meinen Lebensunterhalt zu arbeiten.

Ich war menschenscheu, Schichten aus Raureif waren zu Mauern aus Eis geworden – wer zu oft abgelehnt wird, hört auf zu vertrauen; wer zu oft verletzt wird, bleibt lieber allein. Die Bauernfamilie, in deren Diensten ich stand, schätzte dies an mir. Still und fleißig, bescheiden und belastbar. Dass ich nie lächelte, störte ebenso wenig wie der Umstand, dass ich mich stets schnell von gemeinsamen Mahlzeiten zurückzog, selbst im Winter, wenn die große Küche der einzig beheizte Raum war.

Doch ich liebte den Winter, das Gefühl, dass die Welt erstarrte und so viele Dinge unter der Decke aus Schnee verschwanden. All die Kälte war mir so viel näher als die sengende Hitze des Sommers, die sich nur allzu oft in Gewittern entlud. Donner, Blitz und Wetterleuchten trugen dann die Erinnerungen zu mir zurück, als Mutter und Vater nicht wiedergekommen waren.

Der Winter fügte mir nie ein solches Leid zu.

Vielleicht war durch diese Liebe alles vorherbestimmt. Doch vielleicht ist ein wankelmütiges Wort, Möglichkeiten und Entscheidungen sind immer mannigfaltig.

Und im Frühling, der diesem Winter folgte, änderte sich alles. Jan kam auf den Hof, mit seinen neunzehn Jahren nur einen Winter älter als ich, die dunklen Haare kinnlang und von einem ernsten und schüchternen Wesen. Seine Augen waren immer irgendwie traurig, und die Bäuerin befand, dass er dies mit mir gemein hatte.

Jan sah tatsächlich mehr in mir als andere. Ihm war es nicht genug, dass ich arbeitete und die Mahlzeiten mit den anderen einnahm.

Er fragte mich Dinge. Woher ich kam. Was mit mir geschehen war. Zunächst blieb ich stumm, aber an dem Tag, an dem er sich um ein verletztes Rotkehlchen kümmerte und ich ihm half, fand ich meine Worte. Erzählte von meinen Eltern, erfuhr, dass unsere Schicksale einander glichen. Auch er war eine Waise, nur dass er das Glück hatte, wenigstens für kurze Zeit noch ein liebendes Zuhause bei seiner Großmutter gehabt zu haben, bis der Tod auch sie aus dem Leben gerissen hatte.

Er fluchte über den Winter, der ihr mit seiner Kälte zugesetzt hatte, wie ich über den Sommer.

Wir waren jung und dumm und wussten nichts vom Gleichgewicht der Welt. Doch zum ersten Mal spürte ich, dass die Kälte in meinem Herzen ein wenig verschwand. Ich hörte den Klang meines eigenen Lachens, das sich mit dem Jans zu einer Melodie verband.

Der Frühling ging und reichte dem Sommer die Hand, die Arbeit auf dem Hof wurde mehr, doch Jan und ich fanden immer noch Zeit füreinander, spazierten im Mondschein, tanzten unter Sternen und eines Abends hauchte er mir einen zarten Kuss auf die Wange. Die Schmetterlinge, die ich in mir zu spüren meinte, schafften es fast, meinen Zorn auf den Sommer zu vertreiben.

Womöglich hätten wir sogar geheiratet. Heute weiß ich, dass dies das größte Geschenk von allen gewesen wäre. Zu jener Zeit aber war das Eis stärker und Ereignisse, die mich zur Schneekönigin machten, kamen ins Rollen, noch ehe das zarte Band zwischen mir und Jan fester werden konnte.

Denn ein einzelner Funke vermag nicht das Eis von Jahren zu schmelzen. Und als der Mann kam, der gelbgoldene Butterblumenblütenblätter vor meinen Augen in weiße Schneesterne verwandelte, erlag ich der Magie des Winters, die mir offenbart wurde. Ich folgte dem Fremden, von dem ich nicht mehr wusste, als dass er nach tiefstem Eis roch und seine Augen die Farbe von glitzerndem Schnee hatten. Er führte mich zum Rand eines Waldes, dunkle Tannen wachten an seiner Grenze, tiefe Schatten lagen zwischen ihnen.

»Den Weg zu mir musst du selbst finden«, sagte der Fremde. »Aber ich sehe in deinem Herz, dass du den Weg seit langer Zeit kennst. Ich lese es in deinen Augen, die wie tiefblaue Eiskristalle funkeln. Du bist ein Kind des Winters, du kannst mir ebenbürtig sein.« Seine Stimme klirrte leise in der Luft und malte glitzernde Sterne in die Dunkelheit. Ich spiegelte mich in seinen schneeklaren Augen.

»Das Wort Ewigkeit sollst du legen«, schreie ich Kay an. Er sieht nicht einmal auf, seine vor Kälte tiefblauen Hände greifen schon automatisch nach den Scherben. Manchmal, wenn ich ganz genau hinsehe, kann ich ein Gesicht darin erkennen. Dann lasse ich einen Wirbel aus Schnee und Wind erscheinen, der das Bildnis zerreißt, weil es einen Schmerz gibt, der sogar Herzen aus reinem Eis zerbricht. Denn manche Erinnerungen sind mächtiger als alles, was man für das Vergessen auf sich nimmt.

3

Der Fremde sagte nichts weiter, er strich mir nur durch das goldene Haar, und dort, wo seine Finger es berührten, floss das Gold aus ihnen heraus wie Wasser. Fünf schlohweiße Strähnen blieben.

»Das wird es dir leichter machen, den Weg zu finden. Er ist schwer, selbst für ein Winterkind wie dich, und du musst ihn allein und aus freien Stücken gehen. Ich darf dich nicht begleiten. Aber bist du dann bei mir, mache ich dich zu meiner Königin.«

»Wer bist du?«, brachte ich über die Lippen. Seine einzige Antwort war ein Lächeln gewesen, ehe er verschwand. Ich blinzelte, glaubte kurz an einen Traum. Aber da waren die weißen Strähnen im Gold meines Haares und der Schneestern, der sich in der Luft vor mir glitzernd drehte. Kaum dass ich ihn wahrnahm, wehte ihn ein Luftzug in den Wald hinein.

Mit klopfendem Herzen sah ich ihm hinterher, drehte mich dann unsicher um, dorthin, wo der Hof lag, wo Jan war.

Ein Tschilpen erklang, und dort, auf einem Felsen, saß das Rotkehlchen, das Gefieder aufgeplustert, das Köpfchen zur Seite geneigt.

»Nein, geh nicht«, schien mir sein Zwitschern zu sagen, es flatterte sogar auf mich zu, pickte mit seinem Schnabel nach meinen Haaren, zog an einer Strähne, ließ dann wieder los, um wild um mich herumzuflattern und zu zetern. *Jan!*, meinte ich zu hören, obgleich das unmöglich war.

Unsicher drehte ich den Kopf hin und her, blickte abwechselnd zum Hof und in den Wald hinein, wo der Schneestern schwebte. Sein Leuchten wurde stärker. Plötzlich war der Fremde zurück, hielt das Licht in seinen Händen.

»Er wird dir wehtun«, sagte er leise, ein Flüstern im Sommerwind. »So ist es immer. Menschen bleiben nicht. Immer ist nur ein Augenblick. Ich aber schenke dir die Ewigkeit.«

So schnell er gekommen war, so schnell löste er sich wieder in Dunkelheit auf, nur der Schneestern blieb, verheißungsvoll schimmernd.

Ich dachte an den Tod meiner Eltern und den Schmerz, der nie ganz gehen wollte. Wie verlockend war da eine Ewigkeit im tröstenden Winter, wo mir kein Leid mehr geschehen konnte?

Schon machte ich einen Schritt auf den Waldrand zu, dann einen zweiten. Das Rotkehlchen stieß einen warnenden Ruf aus. Ich ging einfach weiter, drehte mich nicht einmal um.

Die Schatten, in die ich trat, waren tiefer und dunkler als alles, was ich bis dahin gekannt hatte. Allein das Licht des Schneesterns blieb mir, reichte in der Finsternis kaum eine Armlänge weit. Ich stolperte dem Stern hinterher. Manchmal fiel ich, dann nahm ich Geräusche aus dem Dunkel um mich herum wahr. Schnauben und Kratzen, Brummen und Ächzen, Knirschen und Knacken. Die Angst raubte mir den Atem und heftete meine Blicke an den Stern. So ging es, bis die Nacht endete. Mit dem Morgen endete auch der Wald. Ich trat auf eine Schneefläche hinaus, so weit und weiß, dass ich die Augen geblendet schließen musste.

Aber schon war der Fremde da, in einem Schlitten aus glitzerndem Eis, gezogen von Wölfen aus Schnee. Er reichte mir die Hand und ich stieg mit einem Lächeln zu ihm.

Die Fahrt berauschte mich. Wir flogen durch das allgegenwärtige Weiß, das von Abermillionen glitzernder Diamanten bedeckt zu sein schien, bis ein Schloss vor uns aus dem Nichts auftauchte, gebaut aus Schnee und Eis, tiefblau und hellweiß strahlend. Nie in meinem Leben hatte ich etwas so Schönes gesehen.

»Dies ist mein Palast«, sprach der Fremde. »Denn ich bin der Winterkönig, und wenn du willst, wirst du meine Königin sein. Nichts wird dich hier jemals verletzen, denn ich kann dich vergessen lassen, was Schmerz ist.«

Ich wollte, nichts ersehnte mein Herz so sehr, und so sagte ich Ja, vergessend, dass da nur wenige Stunden zuvor noch Menschen gewesen waren, die mir nie wehgetan hatten. Die Bauernfamilie, die mir ein Heim gegeben hatte. Und Jan. Vor allem Jan.

Der Winterkönig lachte, ich glaubte, vor Glück. Mit einem Handkuss führte er mich in die prächtige Eingangshalle, die ausladende Treppe hinauf, und zeigte mir Raum für Raum mein neues Zuhause, dann die Ländereien, die das Schloss umgaben.

»Hier gibt es keine Jahreszeiten, hier ist stets Winter. Niemand kann uns erreichen, solange in der Welt nicht Winter ist. Bis dahin führt nur ein gefahrvoller Weg in mein Reich.«

Ich schlief in dieser Nacht in einem weichen Bett, auf daunengefüllten Kissen und unter warmen Fellen.

4

Mundlose Bedienstete kleideten mich in feinste Kleider, Roben aus eiskristallbesetzter Spitze und federleichtem Satin. Ein Diadem aus Schneediamanten zierte mein langes Haar, das mit jedem Tag weißer wurde.

Ich war glücklich.

Mein König trug mich auf Händen, zeigte mir, wie man aus Wolken Schneesterne schneiderte, zarte Regentropfen in eisige Nadelstiche verwandelte und Bilder aus Eis malte. Ich tanzte mit ihm durch klirrend kalte Nächte, ritt auf Wölfen und ließ mich von seinem Schlitten durch die Welt ziehen, die ich nun mein Zuhause nannte. Scharfkantige Gletscher berührten den Himmel, tiefe Eishöhlen gruben sich in die Tiefen und Wälder wechselten sich mit weißen Ebenen ab.

Nie verspürte ich Kälte, wenn mein König bei mir war. Seine eisige Liebe wärmte und schützte mich. Wie er gesagt hatte, vergaß ich allen Schmerz, doch nicht nur ihn.

Und trotz allem Vergessen weinte ich in manchen Nächten, die Tränen verbrannten mir fast die Wangen.

Eines Tages kam der Winterkönig zu mir und schenkte mir einen riesigen Spiegel.

»Das Glas vermag dir die Welt zu zeigen, aus der du kommst, dein altes Leben. Schau es dir an, wenn dir danach ist.«

Ich tat es. Sah den Hof, von dem ich kam. Die letzten Tage des Sommers waren angebrochen, die Sonne hatte die Ähren gold gefärbt, Wiesen lagen in sattem Grün da und die mir vertrauten Gesichter schienen glücklich und zufrieden. Ich suchte nach Jan, fand ihn in seiner Stube, über seinen kleinen Tisch gebeugt, tief in eine Arbeit versunken, die ich nicht erkennen konnte. Auf dem Fenstersims hockte das Rotkehlchen und zwitscherte.

Schatten lagen unter Jans Augen, Traurigkeit in seinen Zügen. Kurz fragte ich mich, ob mein Verschwinden der Grund dafür war, doch die Stimme des Winterkönigs erklang und ich lief zu ihm.

An diesem Tag ließ ich es zum ersten Mal über dem Palastgarten schneien. Ich lachte, nie zuvor hatte sich mein Herz so leicht angefühlt. Der Winterkönig küsste mich und ich küsste ihn und in der Nacht hüllte mich seine wahre Kälte das erste Mal ein. Ich schrie vor Lust, aber auch vor Schmerz, denn ich spürte, dass ich mehr verlor als meine Jungfräulichkeit.

Als ich das nächste Mal in den Spiegel blickte, war die Welt herbstgolden geworden, und der junge Mann, der begleitet von einem Rotkehlchen durch die Wälder lief, um gelbe Blätter zu sammeln, hatte keinen Namen mehr. Ich wusste, dass ich ihn eigentlich kennen müsste, nur war da keine Erinnerung mehr, die es mir verriet.

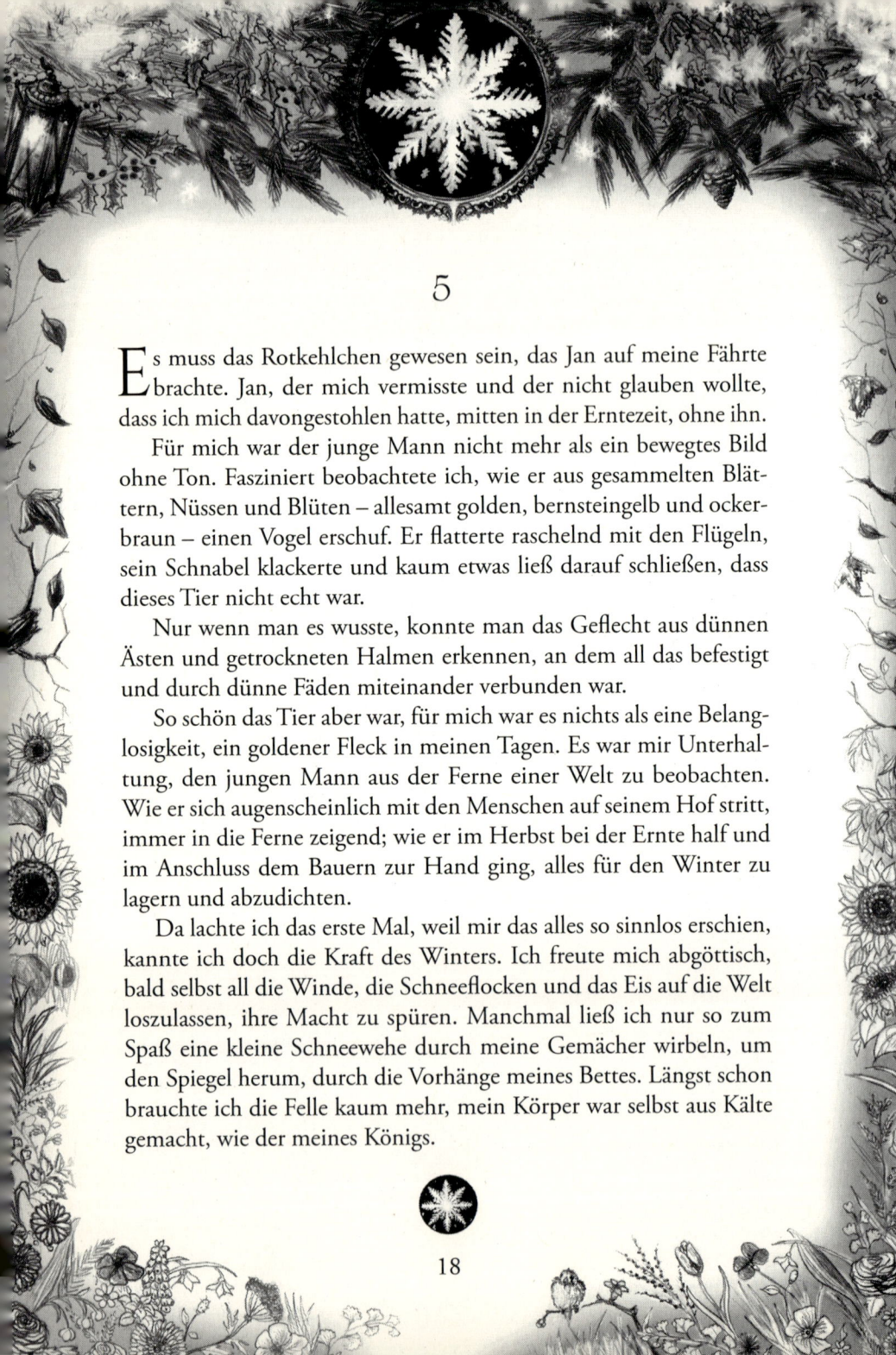

5

Es muss das Rotkehlchen gewesen sein, das Jan auf meine Fährte brachte. Jan, der mich vermisste und der nicht glauben wollte, dass ich mich davongestohlen hatte, mitten in der Erntezeit, ohne ihn.

Für mich war der junge Mann nicht mehr als ein bewegtes Bild ohne Ton. Fasziniert beobachtete ich, wie er aus gesammelten Blättern, Nüssen und Blüten – allesamt golden, bernsteingelb und ockerbraun – einen Vogel erschuf. Er flatterte raschelnd mit den Flügeln, sein Schnabel klackerte und kaum etwas ließ darauf schließen, dass dieses Tier nicht echt war.

Nur wenn man es wusste, konnte man das Geflecht aus dünnen Ästen und getrockneten Halmen erkennen, an dem all das befestigt und durch dünne Fäden miteinander verbunden war.

So schön das Tier aber war, für mich war es nichts als eine Belanglosigkeit, ein goldener Fleck in meinen Tagen. Es war mir Unterhaltung, den jungen Mann aus der Ferne einer Welt zu beobachten. Wie er sich augenscheinlich mit den Menschen auf seinem Hof stritt, immer in die Ferne zeigend; wie er im Herbst bei der Ernte half und im Anschluss dem Bauern zur Hand ging, alles für den Winter zu lagern und abzudichten.

Da lachte ich das erste Mal, weil mir das alles so sinnlos erschien, kannte ich doch die Kraft des Winters. Ich freute mich abgöttisch, bald selbst all die Winde, die Schneeflocken und das Eis auf die Welt loszulassen, ihre Macht zu spüren. Manchmal ließ ich nur so zum Spaß eine kleine Schneewehe durch meine Gemächer wirbeln, um den Spiegel herum, durch die Vorhänge meines Bettes. Längst schon brauchte ich die Felle kaum mehr, mein Körper war selbst aus Kälte gemacht, wie der meines Königs.

Es war so wundervoll, den Winter zu machen. Der König und ich ließen die eisigen Winde um die Wette jagen, sodass Mensch und Tier Schutz suchen mussten. Wir schnitten so dicke Schneeflocken aus den Wolken, dass sie sich Meter um Meter auftürmten, in den Bergen zu reißenden Lawinen wurden und in den Tälern alles lähmten. Am liebsten aber war mir das Eis. Ich legte es über Seen, ließ das Plätschern von Bächen ebenso verstummen wie das Rauschen von Flüssen. Und der Winterkönig nährte mein kaltes Feuer, seine Liebe legte sich Eisschicht um Eisschicht um mein Herz.

Doch Eis bricht, manchmal ebenso leicht, wie Herzen es tun. Gerade noch wiegt man sich in Sicherheit und schon stürzt man ein.

Eines Tages stand ich wieder vor dem Spiegel. Längst hatte ich das Leben, aus dem ich kam, ganz und gar vergessen, und oft blieb das silberne Glas reglos, zeigte nichts als meine eigene Gestalt.

In jenem Moment aber war da wieder dieser junge Mann mit den traurigen Augen. Der erste Schnee hatte ihren Hof erreicht, die Flocken waren noch zart. Er trug ein Bündel auf dem Rücken, offenbar war er im Begriff, fortzugehen. Das Rotkehlchen umflatterte ihn, seine Brust leuchtete wie eine winzige Sonne, die den Tag begrüßte.

Zu meiner Überraschung gingen sie in den Wald, durch den auch ich damals hergekommen war. Anders als ich, stand der junge Mann jedoch nicht unter dem Schutz des Winterkönigs, und so setzten ihm Schnee und Kälte zu. Trotzdem ging er unermüdlich weiter, machte kaum Rast und wenn, teilte er das Wenige, das er hatte, mit dem kleinen Vögelchen.

Manchmal holte er aus dem Bündel den Vogel aus goldenem Blatt- und Blütenwerk hervor.

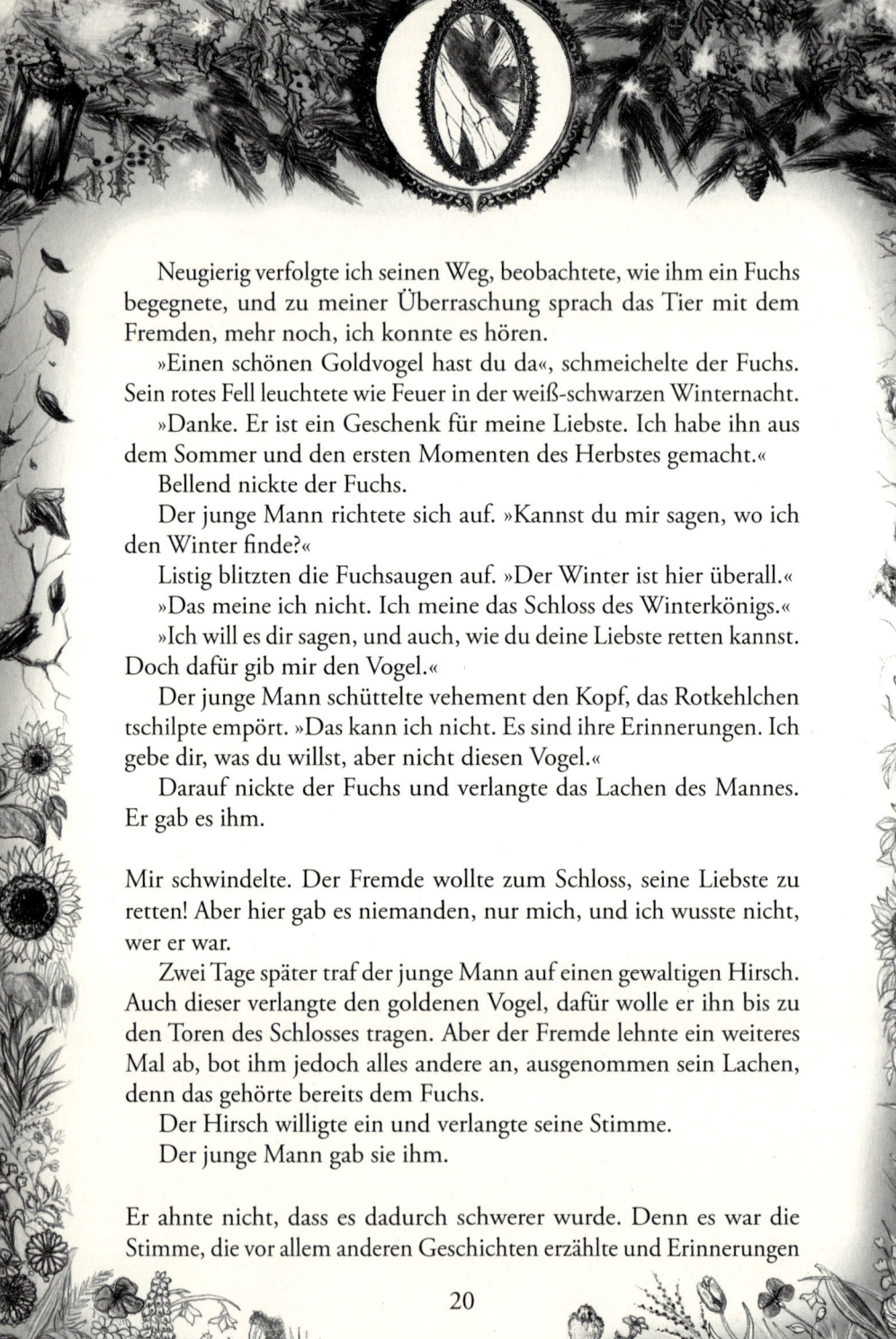

Neugierig verfolgte ich seinen Weg, beobachtete, wie ihm ein Fuchs begegnete, und zu meiner Überraschung sprach das Tier mit dem Fremden, mehr noch, ich konnte es hören.

»Einen schönen Goldvogel hast du da«, schmeichelte der Fuchs. Sein rotes Fell leuchtete wie Feuer in der weiß-schwarzen Winternacht.

»Danke. Er ist ein Geschenk für meine Liebste. Ich habe ihn aus dem Sommer und den ersten Momenten des Herbstes gemacht.«

Bellend nickte der Fuchs.

Der junge Mann richtete sich auf. »Kannst du mir sagen, wo ich den Winter finde?«

Listig blitzten die Fuchsaugen auf. »Der Winter ist hier überall.«

»Das meine ich nicht. Ich meine das Schloss des Winterkönigs.«

»Ich will es dir sagen, und auch, wie du deine Liebste retten kannst. Doch dafür gib mir den Vogel.«

Der junge Mann schüttelte vehement den Kopf, das Rotkehlchen tschilpte empört. »Das kann ich nicht. Es sind ihre Erinnerungen. Ich gebe dir, was du willst, aber nicht diesen Vogel.«

Darauf nickte der Fuchs und verlangte das Lachen des Mannes. Er gab es ihm.

Mir schwindelte. Der Fremde wollte zum Schloss, seine Liebste zu retten! Aber hier gab es niemanden, nur mich, und ich wusste nicht, wer er war.

Zwei Tage später traf der junge Mann auf einen gewaltigen Hirsch. Auch dieser verlangte den goldenen Vogel, dafür wolle er ihn bis zu den Toren des Schlosses tragen. Aber der Fremde lehnte ein weiteres Mal ab, bot ihm jedoch alles andere an, ausgenommen sein Lachen, denn das gehörte bereits dem Fuchs.

Der Hirsch willigte ein und verlangte seine Stimme.

Der junge Mann gab sie ihm.

Er ahnte nicht, dass es dadurch schwerer wurde. Denn es war die Stimme, die vor allem anderen Geschichten erzählte und Erinnerungen

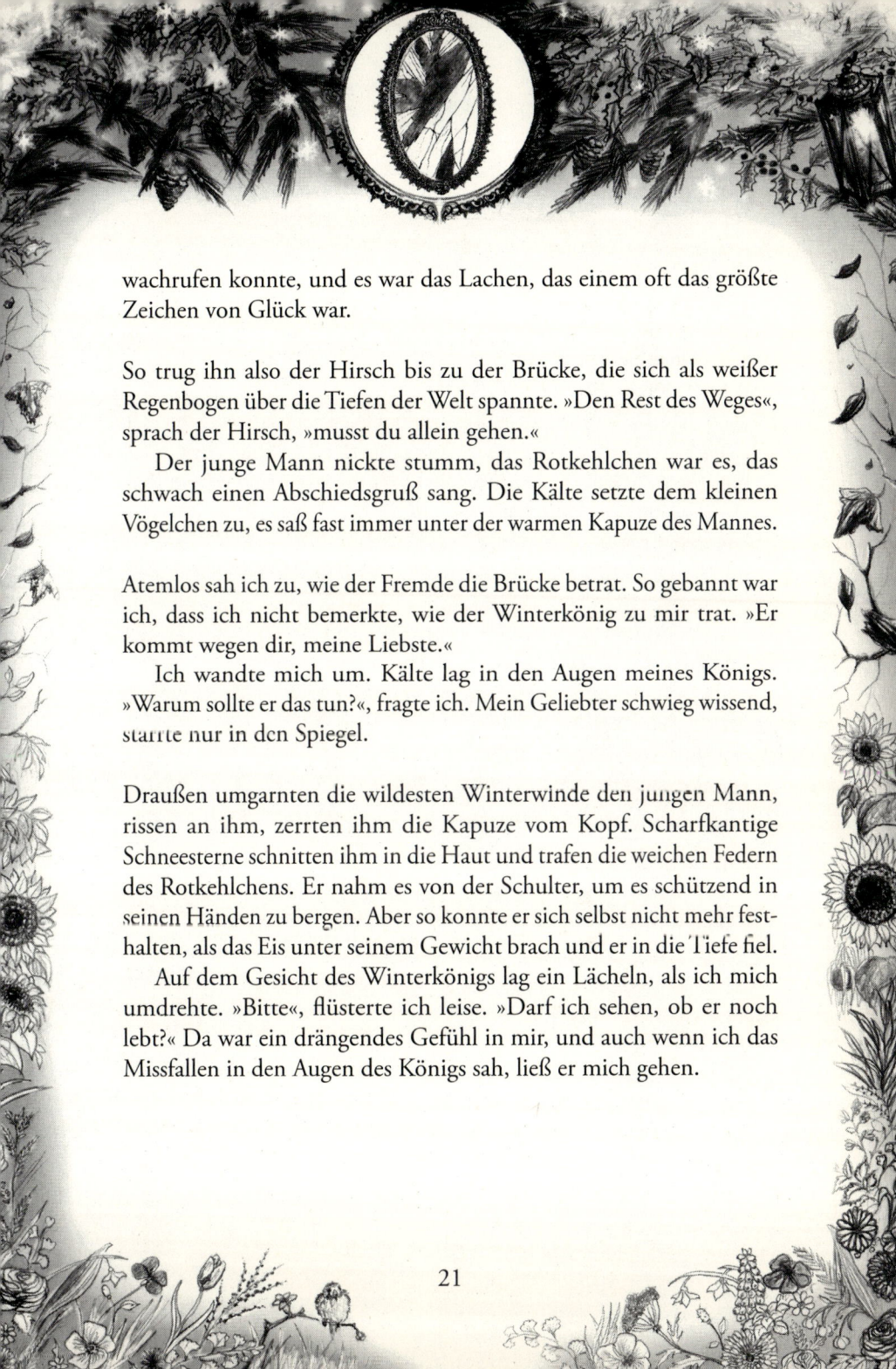

wachrufen konnte, und es war das Lachen, das einem oft das größte Zeichen von Glück war.

So trug ihn also der Hirsch bis zu der Brücke, die sich als weißer Regenbogen über die Tiefen der Welt spannte. »Den Rest des Weges«, sprach der Hirsch, »musst du allein gehen.«

Der junge Mann nickte stumm, das Rotkehlchen war es, das schwach einen Abschiedsgruß sang. Die Kälte setzte dem kleinen Vögelchen zu, es saß fast immer unter der warmen Kapuze des Mannes.

Atemlos sah ich zu, wie der Fremde die Brücke betrat. So gebannt war ich, dass ich nicht bemerkte, wie der Winterkönig zu mir trat. »Er kommt wegen dir, meine Liebste.«

Ich wandte mich um. Kälte lag in den Augen meines Königs. »Warum sollte er das tun?«, fragte ich. Mein Geliebter schwieg wissend, starrte nur in den Spiegel.

Draußen umgarnten die wildesten Winterwinde den jungen Mann, rissen an ihm, zerrten ihm die Kapuze vom Kopf. Scharfkantige Schneesterne schnitten ihm in die Haut und trafen die weichen Federn des Rotkehlchens. Er nahm es von der Schulter, um es schützend in seinen Händen zu bergen. Aber so konnte er sich selbst nicht mehr festhalten, als das Eis unter seinem Gewicht brach und er in die Tiefe fiel.

Auf dem Gesicht des Winterkönigs lag ein Lächeln, als ich mich umdrehte. »Bitte«, flüsterte ich leise. »Darf ich sehen, ob er noch lebt?« Da war ein drängendes Gefühl in mir, und auch wenn ich das Missfallen in den Augen des Königs sah, ließ er mich gehen.

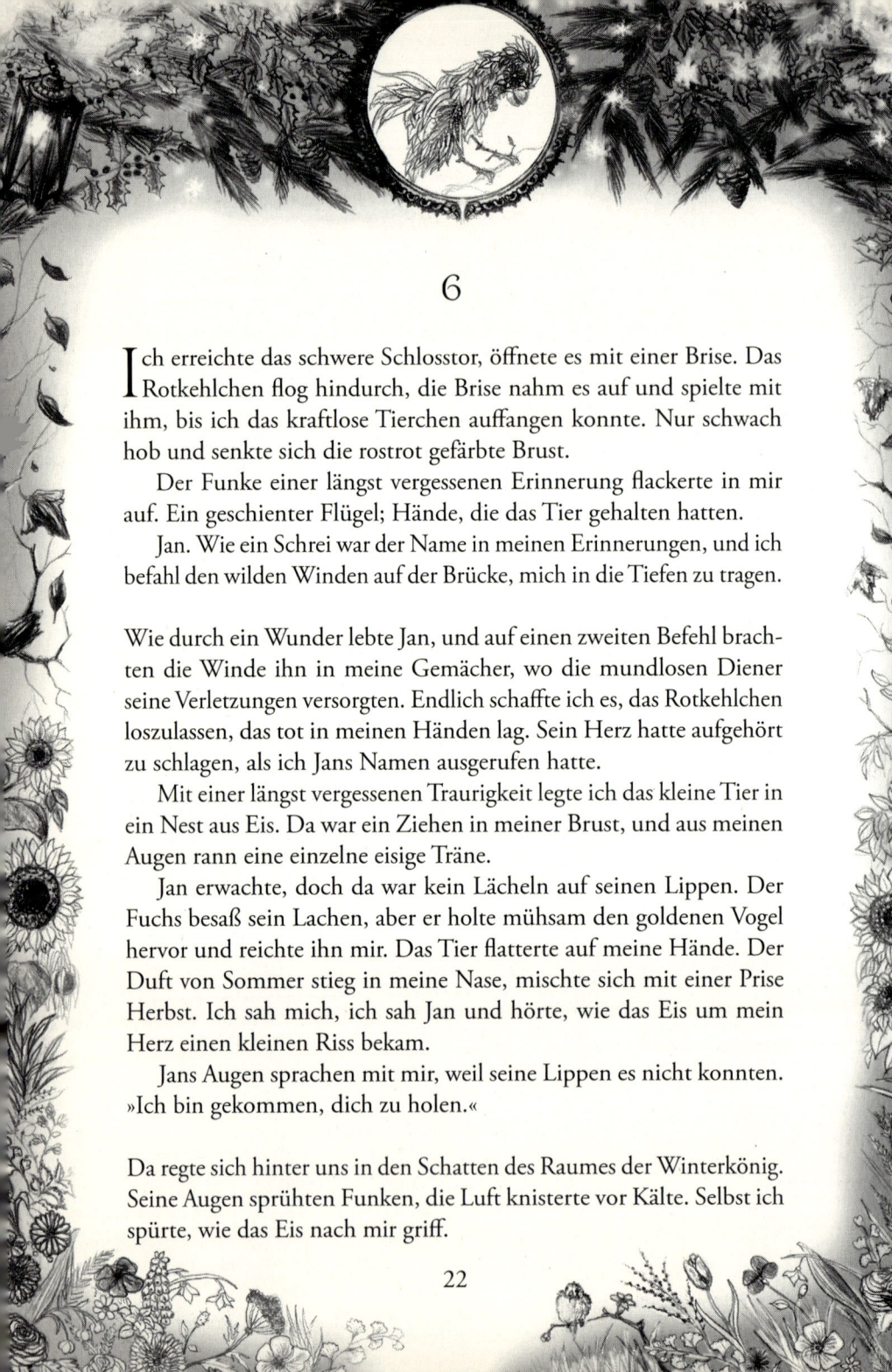

6

Ich erreichte das schwere Schlosstor, öffnete es mit einer Brise. Das Rotkehlchen flog hindurch, die Brise nahm es auf und spielte mit ihm, bis ich das kraftlose Tierchen auffangen konnte. Nur schwach hob und senkte sich die rostrot gefärbte Brust.

Der Funke einer längst vergessenen Erinnerung flackerte in mir auf. Ein geschienter Flügel; Hände, die das Tier gehalten hatten.

Jan. Wie ein Schrei war der Name in meinen Erinnerungen, und ich befahl den wilden Winden auf der Brücke, mich in die Tiefen zu tragen.

Wie durch ein Wunder lebte Jan, und auf einen zweiten Befehl brachten die Winde ihn in meine Gemächer, wo die mundlosen Diener seine Verletzungen versorgten. Endlich schaffte ich es, das Rotkehlchen loszulassen, das tot in meinen Händen lag. Sein Herz hatte aufgehört zu schlagen, als ich Jans Namen ausgerufen hatte.

Mit einer längst vergessenen Traurigkeit legte ich das kleine Tier in ein Nest aus Eis. Da war ein Ziehen in meiner Brust, und aus meinen Augen rann eine einzelne eisige Träne.

Jan erwachte, doch da war kein Lächeln auf seinen Lippen. Der Fuchs besaß sein Lachen, aber er holte mühsam den goldenen Vogel hervor und reichte ihn mir. Das Tier flatterte auf meine Hände. Der Duft von Sommer stieg in meine Nase, mischte sich mit einer Prise Herbst. Ich sah mich, ich sah Jan und hörte, wie das Eis um mein Herz einen kleinen Riss bekam.

Jans Augen sprachen mit mir, weil seine Lippen es nicht konnten. »Ich bin gekommen, dich zu holen.«

Da regte sich hinter uns in den Schatten des Raumes der Winterkönig. Seine Augen sprühten Funken, die Luft knisterte vor Kälte. Selbst ich spürte, wie das Eis nach mir griff.

»Du kannst sie nicht haben. Sie ist mein!« Seine Stimme donnerte durch den Raum, Eiskristalle fielen klirrend von den Wänden.

Jan aber schüttelte den Kopf. Deutete auf den Vogel, auf sein Herz und auf meines und dann auf den Spiegel.

Ja, er kannte das Geheimnis, das mir bis dahin nicht einmal bewusst gewesen war.

Der Winterkönig wurde blass. »Das würdest du tun?«

Jan nickte.

Ich starrte die beiden Männer an, verstand nicht, was zwischen ihnen vorging.

»Dann muss ich dich den Weg gehen lassen«, sprach der König, half Jan persönlich von seinem Lager auf und trat mit ihm zu dem Spiegel.

»Was geschieht hier?«, verlangte ich zu wissen. In mir tobten Eis und Schnee, aber da war auch dieser Funke Wärme, der alles verändert hat.

Der Winterkönig sah mich an. »Hinter diesem Spiegel, meine Liebste, ruht dein Herz. Ich nahm es dir, denn in meinem Reich hättest du damit nicht überleben können. Ich schenkte dir dafür ein Winterherz und sperrte deines hinter Spiegelglas. Dort ist es sicher. Doch nun ist dieser Mann gekommen, dein Herz hinter dem Spiegel zu bergen. Er ging einen langen Weg, und du selbst hast ihn gerettet. Deswegen muss ich ihn gehen lassen.«

Sprachlos sah ich zu, wie seine Hand das silberne Glas berührte und darin verschwand, wie Jan hineintrat und der König das Glas wieder zu Glas werden ließ, nur dass wir jetzt Jan darin sahen.

Wie schnell er mein Herz fand. Und wie ich plötzlich wieder Hoffnung in mir spürte, mich an die Liebe zu Jan erinnerte, die vielleicht nie perfekt, aber immer ehrlich gewesen war. Und ich erkannte den Unterschied zur Liebe des Winterkönigs mit seiner Kälte und der Macht, die er mir geschenkt hatte, nur um mich zu besitzen, wie ein Spielzeug.

Gleich würde Jan wieder aus dem Spiegel treten, gleich würde ich gehen können.

Kein Pfad ist so schmal wie der, der aus Hoffnung besteht. Jan legte gerade seine Hand gegen das Innere des Spiegels, da zerschlug der Winterkönig ihn mit einem Schlag in Abermillionen von Scherben. Sie vermischten sich mit dem wütenden Schneesturm, den er heraufbeschwor, flogen in alle Himmelsrichtungen.

»Nie mehr soll jemand die Schönheit der Welt sehen, wenn er in diesen Spiegel blickt! Dein Herz gehört mir!«, schrie er, außer sich vor Zorn. »Und willst du es wiederhaben, so musst du das Wort Ewigkeit aus diesen Scherben legen.«

Damit verschwand er. Ohne ein weiteres Wort, er überließ mir einfach den Winter.

Ich weiß, dass manche glauben, es sei der Teufel gewesen, der den Spiegel erschuf und ihn zerschlug. Doch der Teufel trägt viele Gesichter. Für mich ist der Winterkönig der Teufel. Denn er sagte mir nicht, dass ich die Scherben nicht berühren konnte, dass mein Herz mit jedem Mal mehr zu Eis gefror, wenn ich es versuchte, sodass ich Jan abermals vergessen würde. Doch das darf ich nicht. Ich muss ihn befreien. Muss mich befreien.

7

Manche Scherben sind bis zu den Menschen gefallen, haben sich in ihre Körper gebohrt und sie verändert. Der Fluch des Winterkönigs lässt sie erfrieren.

Sie fühlen nur noch jene kalten Gefühle, zu denen er selbst fähig ist.

Bei Kay steckt eine Scherbe im Herz, eine andere in seinem Auge. Sie lassen ihn nichts mehr empfinden und nichts Schönes mehr sehen.

Nie wird er das Wort Ewigkeit legen können.

Schritte erklingen. Das Mädchen. Adler und Wölfe haben mir von ihrer Ankunft berichtet. Sie hat einen anderen Weg genommen, nicht weniger schwer als der Jans. Sie war im Haus des Sommers gefangen und fast dem Vergessen ausgesetzt, dann ist sie in die Hände der Herbsträuber geraten. Nun kommt sie in Begleitung eines Rentieres, um Kay zu retten.

So wie Jan damals mich retten wollte.

Mit geschlossenen Augen trete ich zurück. Lasse die Dinge geschehen, die geschehen müssen.

Ein anderer wird kommen, und vielleicht kann er das Wort legen, in dem der Winterkönig mich und Jan gefangen hat.

In meinen Gemächern sitzt der goldene Vogel in einem Käfig aus Eis. Er welkt nur langsam, aber seine Blatt- und Blütenfedern fallen. Ich glaube, er zeigt das Verrinnen der Ewigkeit.

Vor dem Schloss heult ein Wolf. Ich mache mich bereit, eine Decke aus Eis und Schnee über die Welt zu legen.

Denn ich bin die Schneekönigin.

STEFANIE HASSE

GEHASST

STEFANIE HASSE

Die *BookElements*-Trilogie, der *Luca & Allegra*-Zweiteiler, die *Heliopolis*-Reihe, *Secret Game* und, und, und – ihr seid sicher bereits auf das eine oder andere Buch von Stefanie Hasse gestoßen. Wenn man bedenkt, dass ihr erster Roman erst 2011 veröffentlicht wurde, ist es umso erstaunlicher, wie viele Geschichten sie bereits erschaffen hat. Umso mehr freut es mich, dass sie ein Märchen zu unserer diesjährigen Anthologie beisteuert. (Sie war sogar die Erste, die dieses Jahr abgegeben hat).

Steffi lebt und schreibt in Süddeutschland und hat das Glück, dass ihr Mann und ihre beiden Kinder ebenso lesebegeistert sind wie sie selbst. Kennengelernt habe ich sie ursprünglich über ihren Blog *hisandherbooks.de*.

Derzeit arbeitet sie an mehreren Büchern, über die sie uns leider noch nicht viel verraten darf. Zumindest aber hat sie sich entlocken lassen, dass ihr nächstes Fantasy-Buch ebenfalls ein bisschen märchenhaft wird – »wenn auch vermutlich anders als erwartet«.

Danke, Steffi, nun bin ich noch neugieriger!

In *Gehasst* erzählt sie die Geschichte der bösen Fee aus *Dornröschen*. Sie hat sich für diese Figur entschieden, weil sie a) noch nie daran geglaubt hat, dass die dreizehnte Fee deshalb nicht zur Taufe eingeladen wurde, weil es nur zwölf goldene Teller gab. (»Ey, das ist das Königspaar!«) Und b) ohnehin nicht alles stimmt, was die Menschen weitererzählen.

www.stefaniehasse.de

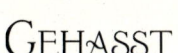

GEHASST

Er wird erwachen«, wisperte es durch den Wald. Jedes Rascheln, jeder knackende Ast über Malora schien ihr dasselbe zu sagen. Das Flüstern hatte sie gerufen, von ihren Schwestern weggelockt, die auch jetzt noch auf der hellen Lichtung im Sonnenschein tanzten. Keine von ihnen wollte auf Malora hören, sie ins Dunkel des Waldes hinein begleiten. Wie immer.

Malora war nicht wie sie, ganz gleich, wie sehr sie sich bemühte. Sie war die Jüngste in ihrem Bund, musste sich tagtäglich Herausforderungen stellen, die den anderen vollkommen absurd vorkommen mussten. Denn Malora war eine *Hörende*. Sie hörte die Stimmen des Waldes, sprach zu ihm und folgte seinen Weisungen. Zumindest versuchte sie es. Die Natur schien sich stetig einen Spaß mit ihr zu erlauben und so trafen ihre Prophezeiungen nur in einem von zwei Fällen ins Schwarze. Jene Treffer belächelten ihre Schwestern als Zufall. Sie verstanden nicht, dass Malora die anderen Worte des Waldes nur falsch interpretiert hatte. Dass der »große Umbruch« für die Natur selbst gedacht war, nicht für Malora oder das Land der Menschen jenseits des übernatürlichen Teils dieser Welt, der auf die Prophezeiungen der Feen vertraute. Malora hatte nicht darauf geachtet, dass die Tage kürzer geworden waren, der Herbst sich genähert hatte und die Nachricht für die Natur gewesen war, um sich einheitlich in neue Gewänder zu hüllen.

Ihre Schwestern lockten ihrerseits die Visionen im Tanz hervor und lagen damit nahezu immer richtig. Kurz bevor das Flüstern des Waldes in Maloras Ohren zu einem Schreien geworden war und seine Aufmerksamkeit auf sich gelenkt hatte, war mehreren ihrer Schwestern das Bild eines Menschenkindes in den Sinn gekommen. Sie hatten prophezeit, dass die Königin der Menschenlande schon bald den lang ersehnten Nachwuchs gebären würde. Die Prinzessin würde die vor

29

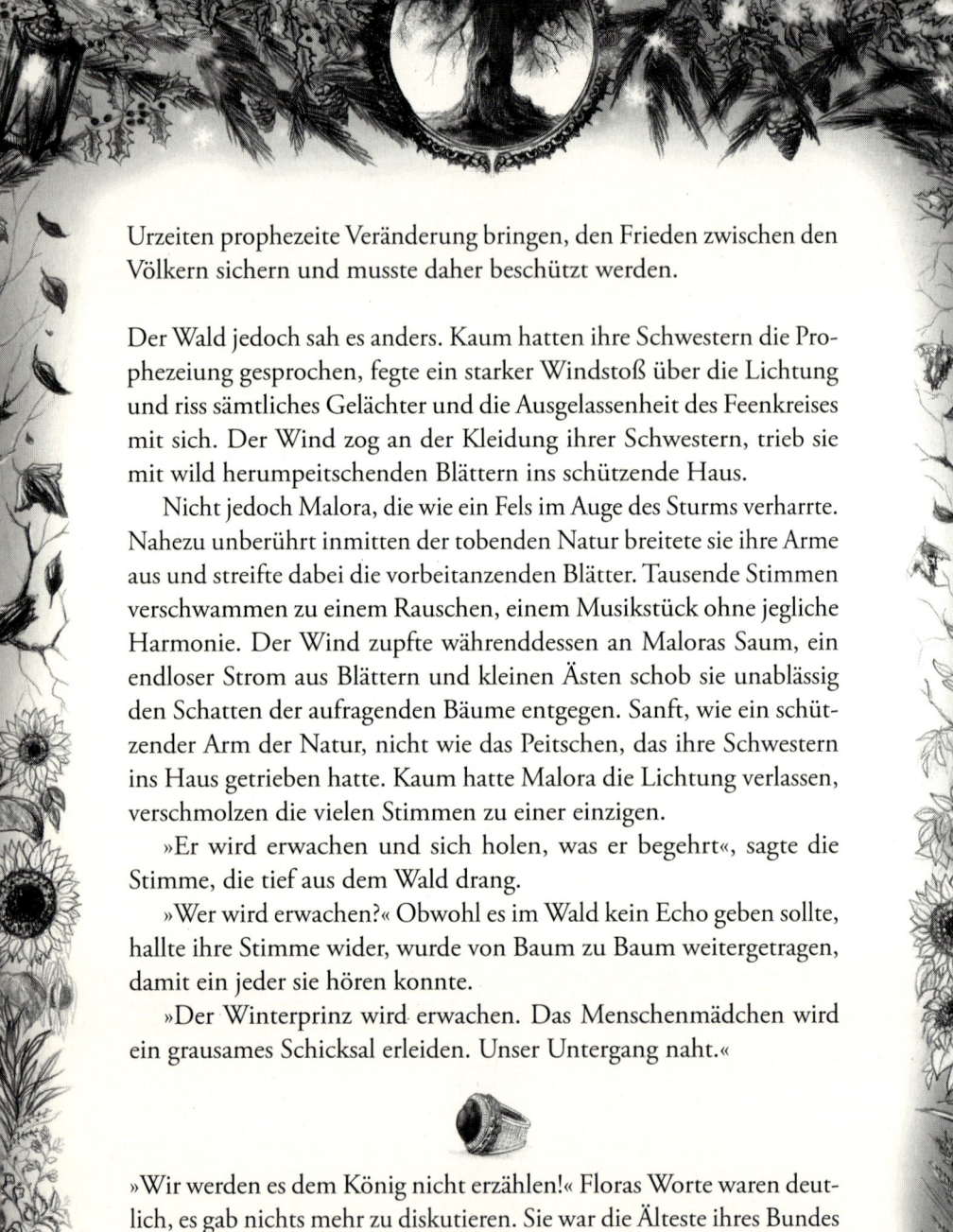

Urzeiten prophezeite Veränderung bringen, den Frieden zwischen den Völkern sichern und musste daher beschützt werden.

Der Wald jedoch sah es anders. Kaum hatten ihre Schwestern die Prophezeiung gesprochen, fegte ein starker Windstoß über die Lichtung und riss sämtliches Gelächter und die Ausgelassenheit des Feenkreises mit sich. Der Wind zog an der Kleidung ihrer Schwestern, trieb sie mit wild herumpeitschenden Blättern ins schützende Haus.

Nicht jedoch Malora, die wie ein Fels im Auge des Sturms verharrte. Nahezu unberührt inmitten der tobenden Natur breitete sie ihre Arme aus und streifte dabei die vorbeitanzenden Blätter. Tausende Stimmen verschwammen zu einem Rauschen, einem Musikstück ohne jegliche Harmonie. Der Wind zupfte währenddessen an Maloras Saum, ein endloser Strom aus Blättern und kleinen Ästen schob sie unablässig den Schatten der aufragenden Bäume entgegen. Sanft, wie ein schützender Arm der Natur, nicht wie das Peitschen, das ihre Schwestern ins Haus getrieben hatte. Kaum hatte Malora die Lichtung verlassen, verschmolzen die vielen Stimmen zu einer einzigen.

»Er wird erwachen und sich holen, was er begehrt«, sagte die Stimme, die tief aus dem Wald drang.

»Wer wird erwachen?« Obwohl es im Wald kein Echo geben sollte, hallte ihre Stimme wider, wurde von Baum zu Baum weitergetragen, damit ein jeder sie hören konnte.

»Der Winterprinz wird erwachen. Das Menschenmädchen wird ein grausames Schicksal erleiden. Unser Untergang naht.«

»Wir werden es dem König nicht erzählen!« Floras Worte waren deutlich, es gab nichts mehr zu diskutieren. Sie war die Älteste ihres Bundes und hatte das letzte Wort. »Wir können nicht auf deine seltsame Gabe vertrauen, das musst du doch verstehen. Wenn du erst älter bist …« Malora hörte nicht mehr hin. Selbst mit einer abgestorbenen Pflanze war die Kommunikation einfacher als mit Flora. Es lief stets auf dasselbe hinaus: Malora war die Jüngste und offenbar aus diesem Grund noch nicht in der Lage, echte Prophezeiungen auszusprechen. »Es gibt keinerlei Beweise dafür, dass er irgendwann zurückkehren wird, geschweige denn, dass er überhaupt existiert. *Wir* hätten es nicht übersehen, wenn von ihm Gefahr drohte.« Es war eindeutig, dass Malora nicht zu diesem *Wir* gehörte, ganz gleich, wie sehr sie sich anstrengte, immer angestrengt hatte, seit sie, die so anders war als ihre Schwestern, auf der Lichtung gelandet war. Ohne jegliche Erinnerung. Umgeben von Gesichtern, in denen der Schock ihres Anblickes gelegen hatte.

Malora hatte die Geschichte mehr als einmal gehört. Ihre zwölf Schwestern waren jeweils am längsten Tag des Jahres *geboren*, am Tag der Sommersonnenwende, Malora hingegen war in der dunkelsten Stunde des kürzesten Tages zu den anderen gestoßen. Im Gegensatz zu ihren Schwestern, deren Haut von einem warmen Sandton über Bronze bis zu dem Dunkel der Eberesche reichte, wirkte sie kränklich blass mit ihrem wolkenweißen Teint. Und doch bemühte sie sich stets, wie sie zu sein. Sie kleidete sich in bunte Kleider, stolperte über ihre Füße, während die anderen tanzten, brachte selbst Krähen zum Weinen, wenn sie versuchte zu singen, schwitzte schon bei der kleinsten Anstrengung und hinterließ Fußabdrücke im Untergrund, anstatt funkelnden Feenstaubs.

Und wie so oft konnte sie auch heute bei ihren Schwestern mit Worten keine Einsicht erzwingen. Sie spürte jedoch die Dringlichkeit der Stimme, die Bedrohung, die in den Worten des Waldes gelegen hatte, in jeder Zelle ihres Körpers und fasste den Entschluss, den Beweis zu erbringen, dass sie richtiglag.

Wenig später fand sie sich im Wald wieder. Ihre Augen waren geschlossen, als sie sich mit ihren Händen an der große Eiche abstützte, unter ihren Fingern die Furchen der Rinde, zwischen denen Harz träge

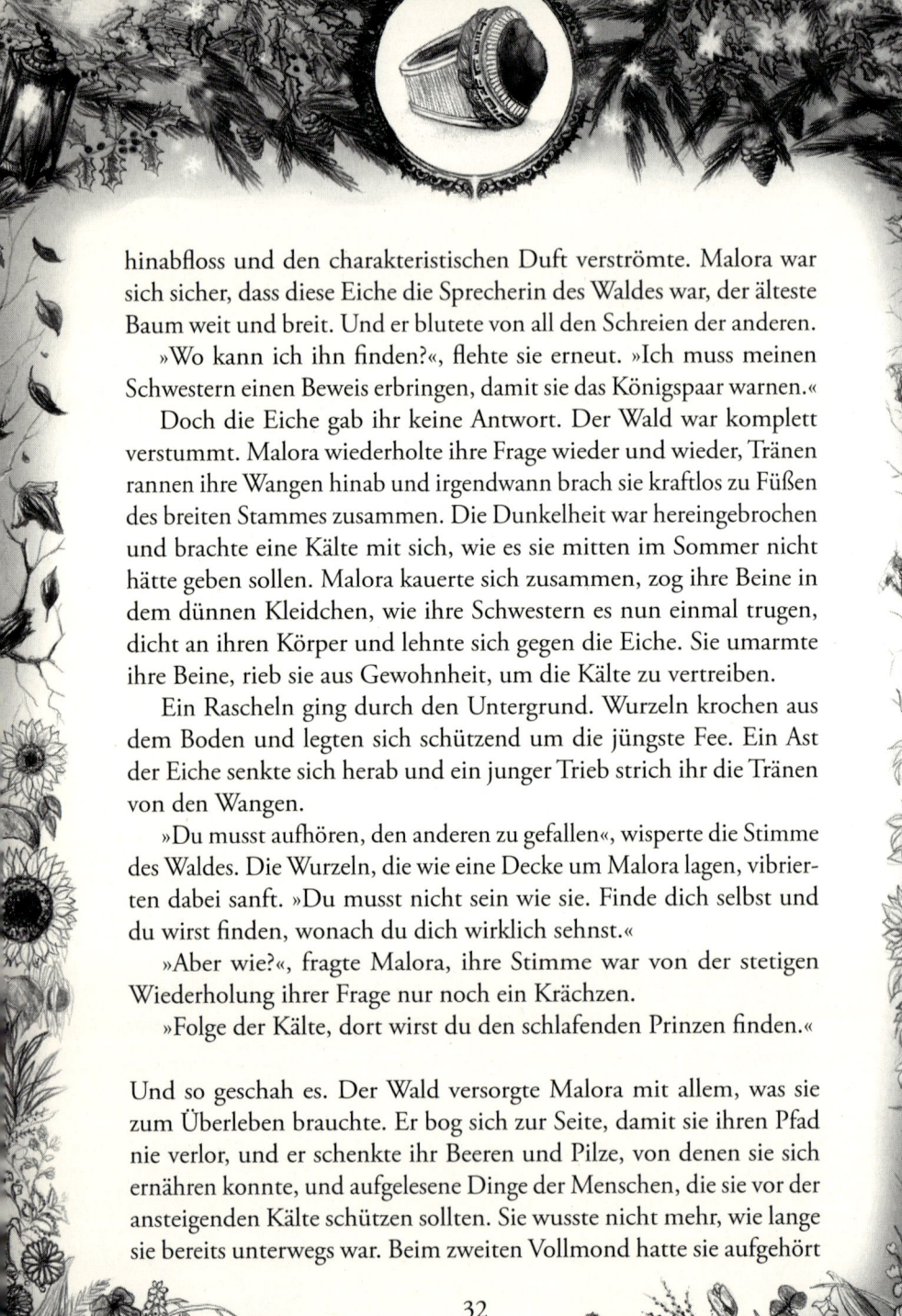

hinabfloss und den charakteristischen Duft verströmte. Malora war sich sicher, dass diese Eiche die Sprecherin des Waldes war, der älteste Baum weit und breit. Und er blutete von all den Schreien der anderen.

»Wo kann ich ihn finden?«, flehte sie erneut. »Ich muss meinen Schwestern einen Beweis erbringen, damit sie das Königspaar warnen.«

Doch die Eiche gab ihr keine Antwort. Der Wald war komplett verstummt. Malora wiederholte ihre Frage wieder und wieder, Tränen rannen ihre Wangen hinab und irgendwann brach sie kraftlos zu Füßen des breiten Stammes zusammen. Die Dunkelheit war hereingebrochen und brachte eine Kälte mit sich, wie es sie mitten im Sommer nicht hätte geben sollen. Malora kauerte sich zusammen, zog ihre Beine in dem dünnen Kleidchen, wie ihre Schwestern es nun einmal trugen, dicht an ihren Körper und lehnte sich gegen die Eiche. Sie umarmte ihre Beine, rieb sie aus Gewohnheit, um die Kälte zu vertreiben.

Ein Rascheln ging durch den Untergrund. Wurzeln krochen aus dem Boden und legten sich schützend um die jüngste Fee. Ein Ast der Eiche senkte sich herab und ein junger Trieb strich ihr die Tränen von den Wangen.

»Du musst aufhören, den anderen zu gefallen«, wisperte die Stimme des Waldes. Die Wurzeln, die wie eine Decke um Malora lagen, vibrierten dabei sanft. »Du musst nicht sein wie sie. Finde dich selbst und du wirst finden, wonach du dich wirklich sehnst.«

»Aber wie?«, fragte Malora, ihre Stimme war von der stetigen Wiederholung ihrer Frage nur noch ein Krächzen.

»Folge der Kälte, dort wirst du den schlafenden Prinzen finden.«

Und so geschah es. Der Wald versorgte Malora mit allem, was sie zum Überleben brauchte. Er bog sich zur Seite, damit sie ihren Pfad nie verlor, und er schenkte ihr Beeren und Pilze, von denen sie sich ernähren konnte, und aufgelesene Dinge der Menschen, die sie vor der ansteigenden Kälte schützen sollten. Sie wusste nicht mehr, wie lange sie bereits unterwegs war. Beim zweiten Vollmond hatte sie aufgehört zu zählen – aber es waren noch einige hell erleuchtete Nächte mehr vergangen. Die Kälte verbiss sich in Knochen. Doch sie dachte nicht zurück an die sonnenbeschienene Lichtung oder ein Bad in der heißen Quelle des Feenbundes. Ihre Beine wurden immer schwerer, ihre Schritte kürzer, als wate sie durch Morast. Aber die Stimme der alten Eiche, von einem Baum zum nächsten weitergetragen, ließ Malora durchhalten. Selbst dann, als es zu schneien begann, ihre Beine von der ungewohnten Anstrengung aufbegehrten.

Malora war so erschöpft, dass sie den Gedanken, sich im Schnee einzurollen und sich ihrem Schicksal zu ergeben, nicht mehr so abwegig fand. Sie hatte tagelang nur nach unten gesehen, einen Fuß vor den anderen gesetzt, um ihr Gesicht vor den peitschenden Schneekristallen zu schützen.

»Du hast es gleich geschafft«, wisperten die kahlen Äste zu ihrer Linken. »Du hast den Schlafplatz des Dunklen gefunden.«

Malora sah hoch. Ihr Nacken knackte ob dieser ungewohnten Bewegung und das Geräusch klang, als würden jemandem etliche Knochen gebrochen. Rund um sie herum wurde jegliches Geräusch vom Schnee erstickt. Umso lauter dröhnte der tiefe Atemzug, der von jenseits einer Schneewehe erklang.

Malora wagte es nicht, sich zu rühren, besann sich dann aber darauf, dass sie nur deshalb diesen Weg auf sich genommen hatte. Sie hatte herausfinden wollen, ob die Legende des schlafenden Eisprinzen einen wahren Ursprung hatte. Langsam schlich sie weiter, jeder noch so vorsichtig getätigte Schritt endete in einem lauten Knirschen, das sie zusammenzucken ließ. Würde am Ende sie es sein, die den Prinzen aufwecken und die Prophezeiung des ewigen Eises aus den Legenden auslösen würde?

Endlich hatte sie den Schneehügel inmitten des kahlen Waldes erklommen. Bei der Sicht auf das, was dahinter lag, erstarrte sie selbst zu Eis: Auf einer Bettstatt, wie sie einem Prinzen gebührte, ruhte ein junger Mann. Es hätte das Bild aus einer der alten Geschichten der

Menschen sein können – wäre die Bettstatt und alles, was den Platz hinter der Schneewehe wie ein Gemach aussehen ließ, nicht aus Schnee und Eis geformt. Und wäre der junge Mann mit den dunklen Haaren nicht so blass, dass seine Haut wächsern wirkte und seine vollen Lippen einen zarten Blaustich hatten. Dennoch – oder gerade deswegen – war er für Malora das hübscheste Wesen, das sie je gesehen hatte. Sie war unter Feen des Sommerhofes aufgewachsen, den schönsten Wesen der Welt, und doch verblasste deren Schönheit im Angesicht des schlafenden Prinzen des Winterhofes, jenen längst zur Legende gemachten Teil der Feenwelt, der nur noch durch geflüsterte Worte als Mythos erhalten geblieben war.

Malora wagte kaum zu atmen.

»Es ist deine Entscheidung«, flüsterte der Wald. »Es war immer deine Entscheidung.« Immer noch benommen vom Anblick des realen schlafenden Prinzen, glitt Malora Schritt für Schritt den Hügel hinab und auf den Prinzen zu.

»Welche Entscheidung?«, wollte sie fragen, doch kein Laut kam ihr über die Lippen, als wäre es unmöglich, die Stille zu durchbrechen.

Der Wald hielt ebenso den Atem an wie Malora. Das einzige Geräusch waren die tiefen Atemzüge des Winterprinzen, die die Luft berührten und sich in Schneekristalle verwandelten. Wo sie sich absenkten, vermehrten sie sich und krochen immer weiter voran. Wenn der Prinz bereits im Schlaf eine solche Macht hatte, was mochte er vollbringen, wenn er erst erwachte und nach seiner Braut aus den Legenden suchte?

Die Natur, Maloras geliebter Wald, würde unter dem ewigen Eis, das er über die Welt bringen würde, ersticken. Sie musste es beenden, bevor es richtig begonnen hatte.

Noch wenige Schritte trennten sie von der eisigen Bettstatt. Ihr Blick fiel auf die glänzende Waffe, die am Stiefel des Prinzen befestigt war. War es das, was der Wald von ihr wollte? Konnte sie das Menschenkind beschützen, indem sie den Eisprinzen tötete?

Je näher sie dem Jungen kam – und das war er, er konnte nicht älter sein als Malora selbst –, desto größer wurden ihre Zweifel. Was, wenn ihre Schwestern recht hatten? Wenn der Winterprinz ein Mythos war und die alte Legende, er würde die Welt unter Eis begraben, eine Gruselgeschichte, die die Menschen sich in stillen Abenden am Herdfeuer erzählten?

Ihr Blick glitt über die blassen Wangen des Jungen, über die langen Wimpern, die von winzigen Eiskristallen durchzogen waren, über sein gläsern wirkendes Wams aus purem Eis. Seine Arme mit den langen, schlanken Fingern ruhten an seiner Seite. Er trug einen Ring, in dem ein großer Edelstein eingefasst war. Der hellste Saphir, den sie je gesehen hatte, schien in einem gleichbleibenden Rhythmus aufzuleuchten.

Der Dolch klirrte vor Kälte, als Malora ihn aus der Scheide zog. Ihre Finger ballten sich um den eisigen Griff. Dann hielt sie inne. Die Zeit verblasste. Ihr bereits erhobener Arm zitterte irgendwann vor Anstrengung. Wie lange hatte sie dagestanden und den Prinzen angestarrt? Auf ihren Schultern lag bereits eine dichte Schicht aus Schnee und Eis.

»Er wird uns etwas nehmen«, wisperte ein entferntes Echo durch den Wald. Malora holte tief Luft, sog Mut wie Sauerstoff in ihre Lunge, die sofort zu erfrieren drohten. Dann stieß sie die Waffe mit beiden Händen nach unten.

Ein Geräusch wie berstendes Eis schrillte durch den Wald, während sich eisige Hände um ihre Handgelenke schlossen. Schmerzende Fesseln, kälter als alles, was Malora je berührt hatte. Der Saphir am Finger des Prinzen pulsierte schneller.

Panik drohte Malora zu übermannen. Sie sah von dem Dolch an seiner Brust hinauf zu seinem Gesicht. Weißblaue Augen sahen ihr unter halb geöffneten Lidern entgegen. Schnee rieselte von seinen Wimpern auf die blassen Wangen hinab, als er langsam blinzelte, um den ewigen Schlaf abzuschütteln, in den er Legenden zufolge gefallen war, um auf seine Braut zu warten. Malora spürte, wie die Kälte ihre

Arme hinaufkroch. Sie schrie auf, ersuchte um die Hilfe des Waldes, doch dieser wurde von dicken Schneeflocken betäubt, die einem dichten Vorhang gleich vom Himmel fielen.

Der Schrei jedoch erschreckte den Winterprinzen und er ließ von ihr ab. Seine Arme fielen wieder neben seinen Körper, als hätte er sich nie gerührt. Seine Augen waren schon beinahe wieder geschlossen, als ihm ein einziges geflüstertes Wort über die Lippen kam: »Bald.«

Der einzige Beweis, dass Malora eben keinem Traum erlegen war, zeichnete sich als splitterndes Mal im Eis ab, das die Brust des Prinzen schützte. Neben seinem Körper lag der Dolch in seinem Bett aus Schnee.

Malora wusste, dass ein weiterer Versuch auf dieselbe Weise – erfolglos – enden würde, daher zog sie sich zurück. Ihr Blick blieb an den schmalen weißen Fingern des Jungen vor ihr hängen. Sie streckte die Hand aus, verharrte, griff dann jedoch zu und zog den Ring mit dem pulsierenden Saphir von seinen Eisfingern. Er rührte sich nicht, atmete wieder gleichmäßig und ließ dabei Eiskristalle aufstieben. Leise, nur begleitet vom Knirschen des Schnees unter ihren Füßen, zog sie sich zurück.

Der Wald war ein Durcheinander aus Tausenden Stimmen, während Malora rannte, so schnell sie ihre geschwächten Beine trugen. Sie hörte einzelne Stimmen, die enttäuscht klangen. Sie, Malora, habe ihre Aufgabe nicht erfüllt.

Sie hatte den dunklen Prinzen zwar nicht aufgehalten, aber sie hatte ihn gefunden. Sie hatte ihm seinen Ring gestohlen. Sie trug den Beweis bei sich, dass er kein Mythos war, sondern weit in den Tiefen des Waldes schlief und bald erwachen würde, um sich seine Braut zu holen oder andernfalls ewiges Eis über die Welt zu bringen. Sie trug den Ring an einer Flechte um den Hals. Selbst als der Wald um sie herum immer grüner wurde, irgendwann die ersten Vögel das Wispern des Waldes übertönten, gab er eine gleichbleibende Kälte von sich, als wäre er aus ewigem Eis geformt. Malora war sich sicher, dass ihre

Schwestern nun keine andere Wahl mehr haben würden, als ihr zu glauben und ihr zu helfen, den Winterprinzen zu töten.

Der Geruch nach Harz überdeckte den des Waldes, als sich Malora der alten Eiche näherte. Sie blutete mehr denn je, als hätte irgendwer tiefe Kerben in ihre Rinde geschlagen. Sie erzählte, dass der Winter nun seine Braut holen würde, sobald diese bereit war. Ihre brüchige Stimme zeugte von der tiefen Trauer, Harz rollte tränengleich über die raue Rinde, als sie Malora mitteilte: »Entscheidungen haben immer Konsequenzen. Manche ziehen Hass nach sich, weshalb kaum einer stark genug ist, sie zu treffen. Aber ich weiß, wie stark du bist, Tochter.«

Das Eis des Ringes wurde von der Wärme aus dem Inneren von Maloras Brust geschmolzen. Nie zuvor war sie von irgendwem Tochter genannt worden, ja nicht einmal Schwester. Ihre Schwestern nannten sie immer beim Namen, als würde sie nicht dazugehören. Hier im dunklen Wald jedoch war es anders, war es schon immer anders gewesen.

Während ihrer restlichen Reise zurück zu den anderen Feen schwebte das Wort ›Tochter‹ unentwegt durch ihre Gedanken. Ebenso wie die Entscheidung, die ihr laut der alten Eiche bevorstand.

Die Lichtung war ausgestorben, Malora konnte keine ihrer zwölf Schwestern entdecken. Sie folgte der zarten Spur an Feenstaub, die ihr immer deutlich gemacht hatte, dass sie anders war als sie. Es konnte nicht lange her sein, dass die zwölf Feen die Lichtung verlassen hatten.

Malora hatte sie nicht eingeholt. Sie war dem Feenstaub gefolgt, lange von Karren festgefahrene Wege entlang und über saftgrüne Wiesen hinweg. Der Wald jedoch schien ihr zu folgen, denn obwohl sie glaubte, mehrmals die Richtung zu ändern, verlor sie ihn nie aus den Augen. Selbst dann nicht, als sie ihrer Meinung nach weit in die Menschenwelt eingedrungen war, etliche Blicke auf sich zog, als sie dem Funkeln auf dem Boden durch immer breiter werdende Gassen bis zu einem prächtigen Schloss folgte, das weit über den Dächern der

Häuser ragte. Sie ließ sich nicht von den Wachmännern aufhalten, die sich ihr in den Weg stellten und erklärten, dass das Königspaar derzeit beschäftigt sei. Malora wusste, dass sie nicht wie eine ihrer Schwestern aussah, es nie getan hatte, aber nichtsdestotrotz hatte sie wie jede Fee das Recht, dem König Bericht zu erstatten. Wenn ihre Schwestern ebenfalls anwesend waren, sollte dies nur zu ihrem Vorteil sein.

Sie folgte den Wachmännern, schleuderte einen nach dem anderen mit ihren Feenkräften davon, sodass sie wie leblos in sich zusammensackten. Und während das Klirren der Rüstung der letzten noch durch die Flure hallte, wiederholte sie dasselbe bei den nächsten, bis sie mit einem Wink ihrer Hand eine große doppelflügelige Tür aufstieß, hinter der sie den Thronsaal vermutete.

Das Heulen eines Säuglings betäubte ihre Sinne. Hatte ihre Reise so lange gedauert? Der Beweis, dass ihre Schwestern mit ihrer Vision richtiggelegen hatten, war mit eigenen Augen zu sehen – und nicht zu überhören. Das kleine Bündel lag in den Armen der Königin, Maloras Schwestern standen in einer Reihe vor ihr und rückten unaufhaltsam nach vorne. Sie segneten das Kind, glaubte Malora während des Luftholens zwischen den Schreien des Säuglings herauszuhören. Malora war erneut wie zu Eis erstarrt, fühlte, wie die pulsierende Kälte des Ringes durch ihren Körper kroch, an ihrem Herz zupfte.

»Haltet ein!«, versuchte sie zu rufen, doch ihre Stimme war nicht mehr als ein leises Flüstern, das nicht einmal eine Armlänge voraus zu hören war, geschweige denn über das Plärren der Prinzessin hinweg. Ihre Schwestern würden aufhören müssen, dem Kind Glück und Gesundheit und all das zu schenken. So viele Segen, die den Winterprinzen anlocken würden – und doch beugte sich vor Maloras Augen eine nach der anderen zu der neugeborenen Prinzessin hinab und küsste sie auf die Stirn, nachdem sie ihren Segen gesprochen hatte.

Malora versuchte wieder und wieder zu schreien, zu brüllen, sich irgendwie Gehör zu verschaffen, doch der Ring an der Flechte um ihren Hals kämpfte gegen sie an. Warum hatte sie das verfluchte Ding nur an sich gebracht? Sie drängte gegen die Kälte in ihrer Brust, löste die Erstarrung ihres Körpers so weit, dass sie sich die Ranke mit dem Ring vom Hals reißen konnte. Er landete klirrend auf dem Boden und zersprang in tausend Stücke, die binnen eines Wimpernschlages geschmolzen waren. Ihr Beweis war verloren.

Als sie nun endlich für alle hörbar befahl, mit dem Segnen inne-zuhalten, war nur noch die jüngste ihrer zwölf Schwestern übrig. Alle wandten sich zu Malora um. Flora trat nach vorne und beäugte sie.

»Die Legende ist wahr«, erklärte Malora ihrer ältesten Schwester. »Ich habe den Winterprinzen gesehen. Er wird erwachen. Das Königs-kind wird ein grausames Schicksal ereilen. Unser aller Untergang naht«, fasste Malora die Prophezeiung des Waldes zusammen und deutete auf den Säugling, der inzwischen nicht mehr brüllte, sondern zufrieden vor sich hin schmatzte.

Flora hatte nur ein mitleidiges Lächeln für Malora übrig. »Wir hatten gehofft, dass du während deiner Reise endlich an Vernunft gewonnen hättest.« Da war es wieder, dieses *Wir*, das Malora so sehr verabscheute, das zwischen ihr und den anderen stand, das deutlich machte, das sie niemals eine von ihnen sein würde – und sie ihr des-halb niemals glauben würden. Dieses *Wir* lastete schwerer auf ihren Schultern als der Schnee, der sich auf sie gelegt hatte, während sie den Prinzen beobachtet hatte.

»Tochter«, seufzte eine Ranke, die soeben durch das geöffnete Fenster hindurchkletterte. »Mit sechzehn Jahren wird das Kind ein Zeitalter grausamer Herrschaft einleiten.«

Und mit der Erinnerung, wohin sie gehörte und wem sie gefal-len wollte, den Worten der alten Eiche im Kopf, sprach Malora mit kraftvoller Stimme:

»Die Prinzessin wird sich am Ende ihres sechzehnten Lebensjahres verletzen und sterben. Möge sie bis dahin ihr Leben genießen.«

Das erstickte Keuchen ihrer Schwestern schmerzte wie Dolchstöße. Malora konnte sich kaum auf den Beinen halten, taumelte an den zuvor bewusstlos zusammengesackten Wachposten vorbei, zwischen Menschen hindurch, die kreischend auseinanderfuhren, als sie Malora ins vor Pein schreiende Gesicht geblickt hatten.

Malora schleppte sich zum Wald und brach unter den ersten Bäumen schluchzend zusammen. Sie hatte getan, was die alte Eiche verlangt hatte. Sie hatte eine schwere Entscheidung getroffen, aber sie war kein Unmensch. Ihr Herz mochte durch den Ring erkaltet gewesen sein, aber warum hätte sie den Säugling töten sollen, wenn diesem noch sechzehn Jahre voller Glück, Gesundheit, Schönheit und was die Schwestern ihm sonst noch gewünscht hatten, bevorstanden? Sechzehn Jahre waren mehr, als viele Menschen hatten. Und wenn diese sechzehn Jahre vorbei waren, würde es enden. Der Winterprinz hätte nicht länger eine Braut, die er holen könnte. Malora hoffte, dass bis dahin die Prophezeiung des Menschenkindes erfüllt war und es den Frieden über die Völker gebracht hatte.

Wurzeln und Moos bäumten sich unter ihr auf, Ranken schoben sich zu ihr hinab, strichen ihr sanft die Haare aus dem Gesicht.

»Ruh dich aus, Tochter«, säuselte die Stimme des Waldes. »Es ist noch nicht zu Ende.« Malora wurde von der Erschöpfung der letzten Monate in einen langen Schlaf gerissen. In ihren Träumen sah sie wieder und wieder das wunderschöne Gesicht des Winterprinzen.

»Es ist Zeit zu erwachen, Tochter.« Etwas pikte Malora in die Seite und sie scheuchte ihre Schwester davon. Sie wollte schlafen. Ein weiteres Piken. Dann noch mehr, bis Malora es nicht mehr ignorieren konnte. An solchen Tagen hasste sie ihre immer munteren Feenschwestern. Doch es war keine von ihnen. Ein dünner Ast setzte gerade zu einer neuen Attacke an. Malora war im Wald eingeschlafen. Sie streckte die Glieder, die sich anfühlten, als hätte sie Jahre auf dem Moos gelegen, und wenig später sollte sie erfahren, dass sie damit nicht unrecht hatte.

Sie stand vor der alten Eiche, deren harzige Tränen unaufhörlich hervorquollen. Malora konnte nicht fassen, was sie soeben gehört hatte.

»Ich habe sechzehn Jahre geschlafen?« Es klang verrückt. Selbst für eine Fee.

»Du bist besonders, Tochter. Du hast den Schlaf gebraucht.« Die Eiche strich Malora sanft über den Arm und hinterließ dabei klebriges Harz.

»Dann ist es jetzt vorbei? Die Prinzessin ist tot?«

Die Eiche schüttelte die Äste. »Nein, mein Kind. Deine jüngste Schwester hat den Fluch verändert. Aurora, die Menschenprinzessin, ist nicht tot umgefallen, sondern nur in einen hundertjährigen Schlaf gesunken.«

Malora ballte ihre Hände zu Fäusten, so fest, dass sie sich weiß, wenn nicht gar bläulich färbten. Überhaupt schien alles an ihr noch bleicher als sonst, ihre Haut hatte schließlich jahrelang keine Sonne gesehen, war durchschimmernd wie Wachs.

»Ich muss mit meinen Schwestern sprechen!« Malora war entschlossen, die Abmilderung ihres Fluches nicht zu dulden. Die alte Eiche ließ die Äste hängen, als wüsste sie bereits, was Malora in der Menschenwelt erwartete.

Die Kunde der schlafenden Schönheit hatte bereits die äußersten Winkel des Königreiches erreicht und die Warnung des Waldes, dass der Winterprinz seine Braut abholen würde, war in Vergessenheit geraten. Nun ging die Legende um, dass der Mann, der es schaffte, die schlafende Prinzessin zu wecken, ihre Hand erhalten würde, zu einem König wurde. Malora schloss sich einer Gruppe junger Männer – Prinzen aus entfernten Ländern – an. Einer war eitler als der andere und im Angesicht ihres Verhaltens konnte Malora dem kleinen Knäuel, das sie damals im Thronsaal verflucht hatte, nur wünschen, dass der Winterprinz sie errettete. Denn die grobschlächtigen Männer mit ihren bösen Zungen würden auch in hundert Jahren keinen guten König darstellen.

41

Sie lagerten unweit des Schlosses, um bei Sonnenaufgang ihr Glück zu versuchen. Die Becher in ihren Händen waren stets gut gefüllt und sie verwechselten ihren Übermut mit Heldentum. Der Mann, der es wagte, Malora unsittlich zu berühren, griff sich kurz darauf an die Brust, ehe er wankend zusammenbrach. Die Konkurrenten schien es nicht zu kümmern.

Johlend machten sich die Männer am frühen Morgen dann auf zum Schloss der schlafenden Schönheit, um sie zu erwecken und vom König mit ihrer Hand und dem Königreich belohnt zu werden. Malora konnte es nicht zulassen. Sie eilte ihnen voraus und sprach zu den Pflanzen, die schon binnen kürzester Zeit ohne das Zurechtstutzen der Gärtner den Schlosshof überwuchert hatten.

»Helft der Menschenprinzessin!«, flehte sie die Natur an und die Pflanzen erhörten sie. Die zierlichen Bäume und Büsche wuchsen rasant empor, während der Wald, der Malora wie immer gefolgt war, seine langen Arme um das Schloss legte und sich mit den dornigen Ranken der Ziergewächse zu einer undurchdringlichen Mauer verband.

Die Männer kamen an und anstatt aufzugeben, leuchtete die Gier in ihren Augen. Sie nahmen sich Schwerter und Beile und hieben auf den Wald ein. Malora spürte jeden einzelnen Schlag am eigenen Körper. Doch sie konnte nicht zulassen, dass diese Männer der schlafenden Prinzessin auch nur zu nahe kamen. Sie spürte die Dunkelheit in ihrem Gemüt.

Malora ersuchte den Wald erneut um Hilfe und gemeinsam schlugen sie zurück. Sie schlugen nach den Peinigern, rissen sie an sich und ihr Blut tränkte den Boden unter den Pflanzen.

Viele weitere unwürdige Männer teilten ihr Schicksal, einer böser und gieriger als der andere, während Malora wartete. Wartete, bis derjenige auftauchen würde, den sie einst nicht zu töten vermocht hatte. Tag um Tag, Jahr um Jahr zog vorüber, die Männer, die es wagten, sich dem Schloss zu nähern, wurden immer weniger. Malora sah einem jeden ins Herz und keiner von ihnen bestand ihre Prüfung, entsprach nicht im Entferntesten den zahlreichen Segen, die Maloras Schwestern dem Säugling gespendet hatten. Irgendwann folgte niemand mehr der Legende der schlafenden Prinzessin und Malora wurde entsetzlich müde, blieb jedoch auf ihrem angestammten Platz, um die Prinzessin zu beschützen und den eisigen Prinzen, sollte er irgendwann eintreffen, aufzuhalten.

Der Herbst hielt gerade wieder Einzug in die Menschenwelt und ohne Maloras Zusprache konnte sich auch die Dornenhecke nicht gegen den Ruf der Natur verschließen. Die Blätter fielen ab, die kleinen Äste brachen im Wind, es entstanden Lücken in dem ehemals undurchdringlichen Dickicht und Malora entdeckte fast zu spät, dass ein weiterer junger Mann angekommen war. Doch im Vergleich zu den anderen hatte er kein Schwert und kein Beil in der Hand, als er sich dem Schloss näherte.

Malora beobachtete ihn, wie er die Ranken, die sich ihm in den Weg stellten, sanft beiseiteschob, sie schon beinahe zärtlich streifte. Sie suchte nach etwas in seinem Wesen, nach der Finsternis, die allen anderen angehaftet hatte, doch wo diese dunkle Stellen auf ihrer Seele getragen hatten, war der junge Mann vor ihr voller Licht. Malora folgte ihm durch das Dickicht ins Innere des schlafenden Schlosses. Je näher er dem Turm mit der Prinzessin kam, desto sicherer war sich Malora, dass dieser junge Mann mit dem hellen Herzen der Prinzessin niemals Leid zufügen würde und fortan ihre Aufgabe übernehmen würde, die Prinzessin zu beschützen.

Kaum dass sie sich dessen sicher war, entfernte sie sich. Das Wispern des Waldes drang nach innen. Die Stimme flüsterte ihr zu, dass die Tochter ihre Aufgabe nun erfüllt habe. Malora wollte gerade nachhaken, wollte verstehen, wovon die Stimme sprach, als ein eisiger Luftstrom sie erfasste. Noch ehe sie das Schloss verlassen und die sich immer weiter zurückziehende Hecke oder gar den Wald erreicht hatte, streifte eine klirrende Kälte ihren Nacken, liebkoste ihre Arme und hinterließ nichts als Gänsehaut.

Maloras Körper fühlte sich mit einem Mal lebendig an wie nie zuvor. Ihre Aufgabe war noch nicht zu Ende. Endlich war der Winterprinz gekommen. Aber er würde zu spät sein. Die Prinzessin, die in diesem Moment vielleicht erwachte, hatte ihr Glück gefunden.

Malora sammelte all ihre Kräfte und trat nach draußen, wo der Winter Einzug gehalten hatte. Mitten im Weiß stand er, der Winterprinz. Der Erbe des ewigen Eises. Nirgendwo im Schnee waren Fußspuren zu sehen, als stünde er schon immer dort im Schnee. Erst als er sich Malora näherte, zeichneten sich Spuren ab. Seine Haut war noch immer bläulich weiß, sein Atem kondensierte vor seinen Lippen und fiel als Schnee zu Boden und füllte die Vertiefungen hinter ihm. Das eisige Wams war unzerstört, reflektierte wie glatt poliertes Eisen das Sonnenlicht. Der Dolch steckte in der Scheide an seinem Stiefel.

Malora wagte es kaum, den Kopf zu heben, demjenigen entgegenzutreten, auf den sie sich jahrelang vorbereitet hatte. Den sie schon einmal nicht hatte töten können.

In seinen Augen jedoch fand Malora nicht das, was sie befürchtet hatte. Sie fand weder Hass noch Wut oder Abscheu. Im Gegenteil. Seine eisblauen Augen waren wie ein Spiegel ihrer Gefühle, ihrer Sehnsüchte. Malora hatte sich immer gewünscht, dazuzugehören, jemanden zu finden, für den sie sich nicht verstellen musste. Und ausgerechnet in seiner Gegenwart hüllte sie diese Empfindung ein wie ein wärmender Umhang.

Der Winterprinz sprach nicht, sondern streckte ihr seine Hand entgegen, tat jedoch nicht den ersten Schritt. Und als ob er anstatt ihrer selbst die Kontrolle über ihre Beine hatte, trat sie näher.

Die Mundwinkel des Winterprinzen hoben sich und er sank auf ein Knie. Dabei ließ er Malora nie aus den Augen.

»Malora«, seine Stimme vibrierte durch ihre Adern. Nie zuvor hatte sich ihr Name so gut angehört, war nie zuvor mit so vielen Emotionen angereichert gewesen. »Bist du endlich bereit, mir zurück in unsere

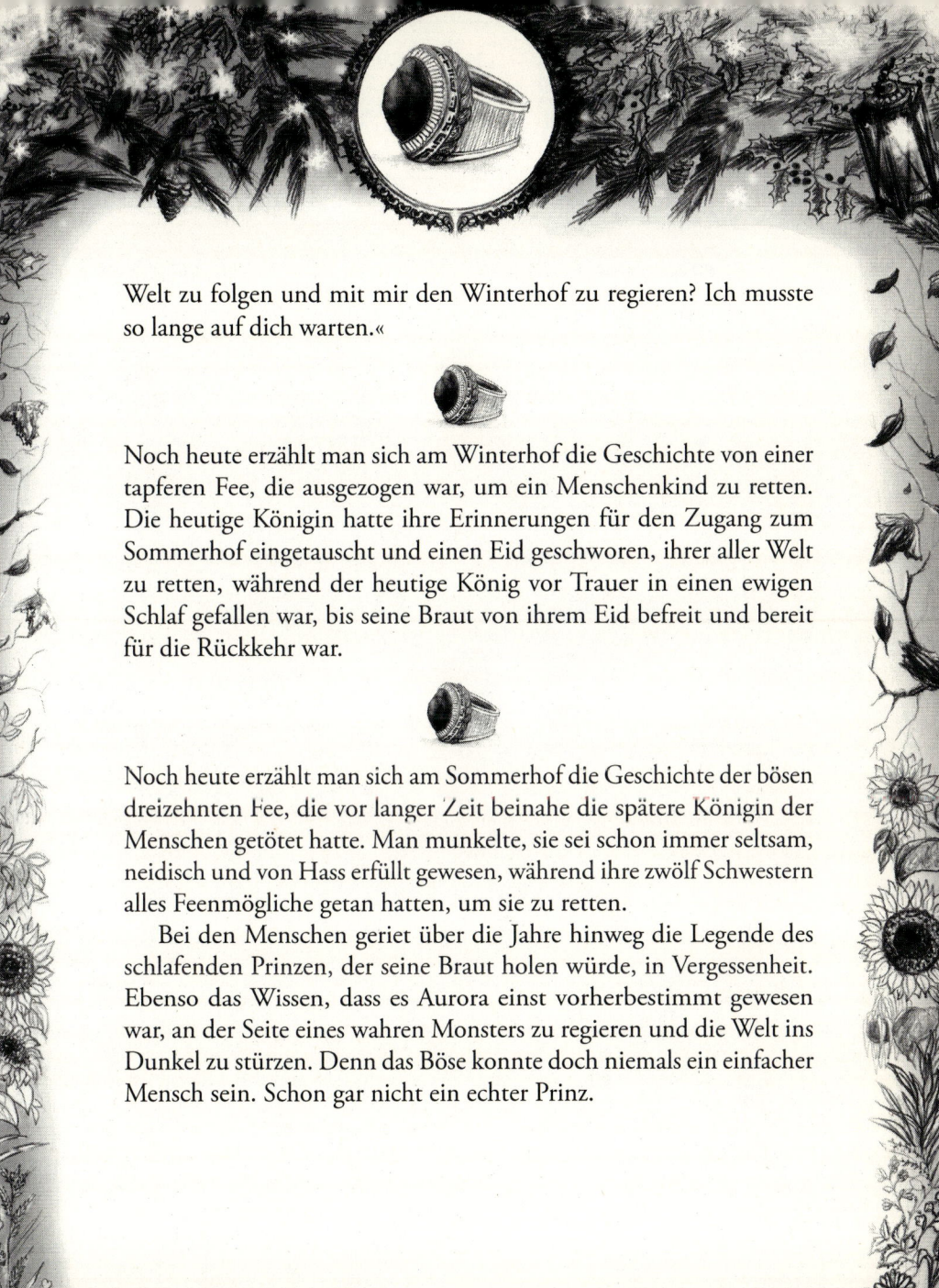

Welt zu folgen und mit mir den Winterhof zu regieren? Ich musste so lange auf dich warten.«

Noch heute erzählt man sich am Winterhof die Geschichte von einer tapferen Fee, die ausgezogen war, um ein Menschenkind zu retten. Die heutige Königin hatte ihre Erinnerungen für den Zugang zum Sommerhof eingetauscht und einen Eid geschworen, ihrer aller Welt zu retten, während der heutige König vor Trauer in einen ewigen Schlaf gefallen war, bis seine Braut von ihrem Eid befreit und bereit für die Rückkehr war.

Noch heute erzählt man sich am Sommerhof die Geschichte der bösen dreizehnten Fee, die vor langer Zeit beinahe die spätere Königin der Menschen getötet hatte. Man munkelte, sie sei schon immer seltsam, neidisch und von Hass erfüllt gewesen, während ihre zwölf Schwestern alles Feenmögliche getan hatten, um sie zu retten.

Bei den Menschen geriet über die Jahre hinweg die Legende des schlafenden Prinzen, der seine Braut holen würde, in Vergessenheit. Ebenso das Wissen, dass es Aurora einst vorherbestimmt gewesen war, an der Seite eines wahren Monsters zu regieren und die Welt ins Dunkel zu stürzen. Denn das Böse konnte doch niemals ein einfacher Mensch sein. Schon gar nicht ein echter Prinz.

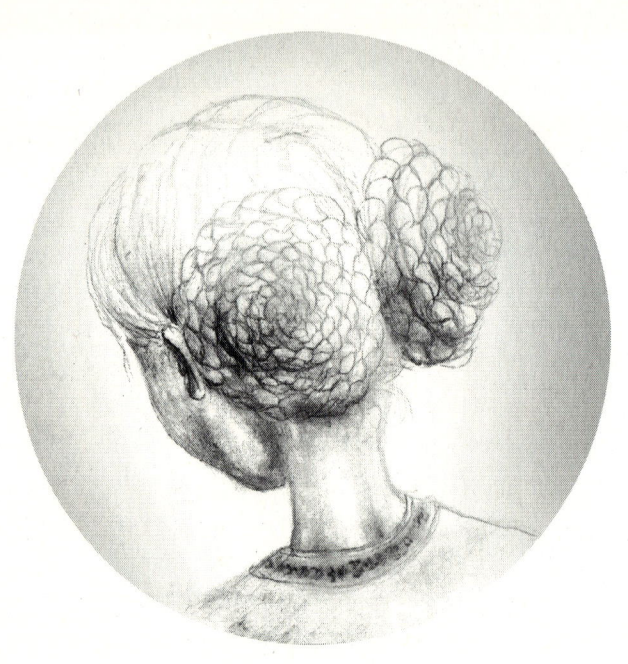

Julia Dessalles

Das einsame Herz

Julia Dessalles

Ist euch schon mal aufgefallen, in wie vielen Märchen schwache Väter vorkommen?«, fragt Julia Dessalles. »Aschenputtels Vater erkennt seine Tochter nicht in schicken Kleidern und tut auch nichts gegen die Stiefmutter. Der Müller prahlt mit seiner Tochter und verheizt sie an den König, obwohl er sie damit zum Tode verurteilt. Hänsel und Gretels Vater setzt seine Kinder im Wald aus, weil seine Frau das so will, und in Rapunzel tauscht ein Vater sein Ungeborenes gegen *Salat* ein.«

Es gefällt ihr gar nicht, dass diese »eigentlichen Bösewichte« oft so ungestraft davonkommen. Das war ein Auslöser für *Das einsame Herz*.

Julia ist ein Sommerkind des Jahres 1981, liebt Rockmusik, hat alle möglichen (und unmöglichen) Sportarten ausprobiert und lebt mit ihrem Mann, ihren beiden Kindern und ihrem Islandpferd Pittur an der französischen Grenze. Sie hat Medizin studiert, konzentriert sich aber inzwischen voll auf das Schreiben. Vor Kurzem hat sie ihre vierbändige Weltenwechsel-Fantasy *Rubinsplitter* beendet. Darüber hinaus hat sie unter dem Pseudonym Olivia LaFey bereits einen ersten Ausflug in die Welt der prickelnden Liebesromane gemacht. Woran sie gerade schreibt, kann sie zu diesem Zeitpunkt noch nicht verraten. »Entweder wird es düster-romantisch oder laut. Oder beides.«

Julia ist nicht nur Autorin, sondern zeichnet auch wunderschön. Sie singt, spielt Gitarre und ist der eine Teil des Bluesrock-Duos *Honey Pepper*. Kurz: Mit ihr wird es nie langweilig!

Dass Wirbelwind Julia auch eine leise, feinfühlige Seite besitzt, klingt in ihrem Märchen durch, in dem sie Motive von *Rapunzel* und *Jorinde und Joringel* mit dem Sagenkreis um *König Artus* verknüpft.

www.juliadessalles.com

Das einsame Herz

Du bist die Einzige für mich!«, perlt die Lüge von seinen kuss-feuchten Lippen, vermischt sich mit keuchenden Atemzügen und dem Zittern seiner Muskeln unter meinen Fingernägeln. Ich halte die Kratzer oberflächlich, ritze nur die Haut an, um zu verhindern, dass sich sein Blut mit meinem Gift vermischt. Sein Tod wäre lästig. Ich verletze ihn nicht aus Leidenschaft, sondern um seiner daheim warten-den Ehefrau eine Botschaft zu senden. Er ist ahnungslos, aber ich *bin* die Einzige für ihn. Neben mir kann es keine anderen Frauen geben.

Als ob er die Gefahr durch den Rausch seiner Lust spüren würde, zuckt er zurück. Ich presse mich an ihn, halte ihn in den kühlen Laken und meiner Umarmung gefangen, flüstere ihm, was er hören will, in sein Ohr, bis er sich erneut in mir verliert. Er ist mein! Bis ich ihn nicht mehr brauche.

Sobald er fertig ist, rollt er schwerfällig von mir herunter und setzt sich auf die hölzerne Bettkante. Ich weiß, was er sagen wird, bevor der erste seufzende Atemzug seinen Mund verlässt. Die hängenden Schultern, wie die Rippen die schweißnasse Haut am Rücken spannen, das alles verrät seine Gedanken. Ehe er die fatalen Worte ausspricht, schlinge ich die Arme um ihn. Er spürt den Zauber nicht, den ich um ihn webe, um ihn weiter an mich zu binden, obwohl er glaubt, mich verlassen zu können. Törichter Mann!

Das Spiegelbild schwindelt uns zwei Liebende vor. Er hell, ich dunkel. Im Vergleich zur Zartheit meiner Haut, die kein Mensch nach der Berührung je wieder vergisst, wirkt seine Sommerbräune erdig, real. Schwarze Strähnen meines glänzenden Haares kreuzen seine gold-blonden. Das einzig Außergewöhnliche an ihm sind die blauen Augen, für die seine Mutter ein Stück Sommerhimmel geraubt haben muss. Dennoch wirkt er neben mir, über deren Schönheit Lieder geschrieben wurden, wie eine Erscheinung in einem sumpfigen Tümpel.

Er greift nach meiner Hand und drückt sie, ehe er sie sanft von seiner Brust löst.

Ich erstarre. Was geschieht hier? Ich bin die stärkste noch lebende Zauberin der Welt. Meine Magie ist unlösbar, besonders von einem normalen Menschen. Doch er steht auf, als würde ich nicht immer verzweifelter Kette um Kette aus Zauberkraft um ihn schlingen.

»Morgan«, sagt er und ich winsele innerlich über die falsche Aussprache meines Namens. »Es ist aus. Meine Frau erwartet ein Kind.«

Ich bin Morgaine, die einzige herzlos geborene, stärkste Hexe aller Zirkel. Als törichtes Mädchen beneidete ich meine herztragenden Schwestern, bei denen erst nach vielen Jahren grausamer Taten das Organ versteinert. Ich wünschte damals sogar, ich würde zu den wenigen Fehlerhaften gehören, deren zu weiche Herzen letzten Endes auf dem Hexentanz von den Zirkelältesten aus der Brust gerissen und durch einen Stein ersetzt werden. Ich wollte ebenfalls ums Feuer tanzen, ausgelassen und gewöhnlich sein. Keine Königin. Erst später verstand ich, was für ein einzigartiges Glück ich habe. Nie musste ich spüren, wie ein Herz galoppiert, wenn sich Lippen kussbereit nähern. Ich kenne keinen Herzschmerz. Darum ist Hass alles, was ich fühle, als mir klar wird, was seine dumme, magielose Frau getan hat. Sie hüllte ihn in das Gegengift zu mir ein, indem sie ihm etwas gab, was ich nicht besitze. Liebe. Die Kraft, Leben zu schenken.

Mir fällt alles zu. Reichtum. Schönheit. Macht. Niemand erreichte je meine magischen Fähigkeiten, da keiner die Grausamkeit einer Herzlosen nachahmen kann. All das will ich ihm entgegenbrüllen. Doch er setzt mich schachmatt mit dieser Gefühlsduselei. Liebe! Etwas, das ich schon lange nicht mehr begehre. Nur manchmal, wenn ich eines Liebhabers überdrüssig werde, ist die Stille, die ich zuvor noch herbeisehnte, plötzlich zu laut. Dann ist für kurze Zeit mein Laken kalt. Mein Mund bitter. Mein Dasein genauso hohl und leer wie das Loch in meiner Brust.

Schnaubend balle ich die Hände, bis mich das Pochen des Giftes in den Handflächen beruhigt. Ich bin unbesiegbar! Diese lächerlichen Menschen können sich nicht mit mir messen. Woher rührt nur das vernichtende Brennen in meiner Brust, als er mit schleppenden Schritten das Haus verlässt? Das Sonnenlicht tanzt auf seinem Hinterkopf. Es würde mich nur einen Atemzug kosten, es zu entzünden und den Hundesohn in Flammen aufgehen zu lassen. Ich stelle mir vor, wie mich seine Schreie und der beißende Geruch verbrennenden Fleisches ergötzen. Schon atme ich ein. Ich empfinde keinerlei Liebe für diesen Mann. Derartige Gefühle besaß ich nie. Aber er darf mich nicht verlassen! Niemand läuft von mir weg. Ich bin es, die geht und unheilbar gebrochene Herzen auf dem Weg hinterlässt. So war es immer – so wird es bleiben. Zitternd stolpert der feurige Gedanke seiner Vernichtung von meinen Lippen, während ich beschließe, dass der Tod zu gnädig wäre. Langsam, langsam kehrt das eisige Lächeln zu mir zurück. Ich lasse ihn leben. Ein miserables, einsames Leben.

Sein Schweiß riecht bitter. Nichts daran erinnert an die süße Erregung, die er früher in meinen Laken verströmt hat. Er duckt sich unter meinem Blick weg, als er sich auf der Schwelle windet.

»Meine Frau ist krank.« Seine blutleeren Lippen bewegen sich bei dem Murmeln nur wenig. Obwohl man ihn kaum versteht, weiß ich längst, weshalb er hier ist. Ich trage die reglose Maske einer Statue.

»Bitte, Morgan. Du kennst das Heilmittel für sie.« Er ballt die Fäuste. »Ich … Wenn du ihr hilfst, verspreche ich dir alles, was du willst.«

Er ekelt mich an. Wie kann er so schwach sein? Es ist viel zu leicht, ihn zu brechen, ich empfinde keine Freude daran. Wortlos deute ich auf den Garten, wo die ersten grünen Triebe aus der dunklen Erde ragen.

Stirnrunzelnd folgt er dem Fingerzeig. »Salat?«, keucht er. »Erlaubst du dir einen Scherz mit mir?«

51

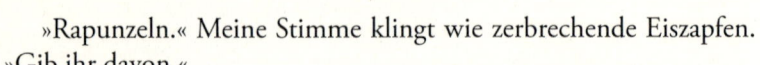

»Rapunzeln.« Meine Stimme klingt wie zerbrechende Eiszapfen. »Gib ihr davon.«

Ungeduldig rupft er ein Büschel der zarten Blättchen aus. Dreck rieselt von den Wurzeln, als er davoneilt, als fürchte er, ein Fluch könnte ihn treffen, falls er länger auf meinem Grundstück verweilt.

Befriedigt kehre ich ins Haus zurück. Das Antidot in den mit Einhornblut begossenen Rapunzeln verzögert lediglich das Ende. Seine Frau hat ihr Todesurteil unterzeichnet, als sie sich in mein Leben eingemischt hat. Zuletzt werde ich alles haben und er nichts.

Das letzte Aufbäumen der Gebärenden wird vom ersten lautstarken Schrei eines Neugeborenen abgelöst. Der Wind trägt ihn zu mir. Ich stehe mit fordernd ausgestreckter Hand auf der Schwelle des Nachbarhauses.

Mein ehemaliger Geliebter erbleicht. »Nein!« Seine Himmelaugen suchen nach einem Ausweg. Etwas, womit er mich bezahlen kann, nur nicht mit dem, was ich fordere. »Nimm mich! Ich … kehre zu dir zurück. Du bist die einzige Frau. Nur …« Seine Beine scheinen einfach durchzubrechen, er kracht vor mir auf die Knie. »Du darfst mein Leben haben!«

»Du bist für mich wertlos. Gib mir das Kind.«

Er schüttelt den Kopf, dass sein goldenes Haar fliegt. »Hab Mitleid. Bestrafe nicht andere für meine Fehler.«

Ich lächle. Er wirkt erschrocken. Vermutlich, weil er die Legende kennt. Man sagt, mein Zorn sei Furcht einflößend, aber mein Lächeln wäre eine Garantie des Todes. »Das Kind«, fordere ich erneut. »Halte dein Versprechen, oder ich nehme dir mehr als vereinbart.«

Sein Mund klappt auf und zu. Was habe ich je in diesem schwächlichen Menschen gesehen?

Er verpasst die Chance, das großzügige Angebot anzunehmen. Mein Freund der Nordwind trägt mich an ihm vorbei in den Raum. Als ich der Mutter das Kind aus den Armen reiße, mache ich mein zweites Versprechen wahr. Der Schock über den Anblick ihres Babys in meinen kalten Fingern lässt ihr schwaches Herz stolpern. Unter dem Blick der Sterbenden verschlingen sich meine Eingeweide zu einem Knoten.

»Hast du dich nicht genug gerächt?«, krächzt sie. Menschlich, sie ist so unbedeutend. Ich könnte sie zerquetschen wie eine Mücke, aber ich wahre die Eisfassade. Mein Sieg ist bereits beschlossen. »Nimm ihm Rapunzel, und ich verspreche dir, du wirst es dein Leben lang bereuen.«

Mein Lachen schnappt wie Drachenkiefer durch den Raum. »Verfluchst du mich, Weib?«

Sie lächelt. Der Knoten in meinem Inneren zieht sich zusammen. »Das brauche ich nicht, Hexe. Du bist längst verflucht. Du und dein ewig einsames Herz.« Mit ihrem letzten Atemhauch fällt auch das Lächeln von ihren Lippen und die wächserne Blässe des Todes fließt über ihr Gesicht.

Ich verlasse den Mann, der einer zerbrochenen Schale gleich auf dcr Erde kauert.

Genugtuung schmückt meine Lippen. Alle haben ihre verdiente Strafe erhalten. Nach mir bleibt nur Einsamkeit.

Das Kind saugt gierig an meinem Finger und in meiner Brust regt sich etwas. Vor Schreck lasse ich den Winzling beinahe fallen. Ich habe kein Herz. Das irre Gefasel einer Sterbenden sollte mich nicht verunsichern. Aus Reflex drücke ich das Kind fester an mich und es schläft einfach ein, als ob es mir vertrauen könnte.

Obwohl die Frau keine Hexe war, scheint ihr Fluch mich getroffen zu haben. Danaë sieht ihrem Vater ähnlich. Jeder Blick aus diesen Himmelsaugen ist eine Erinnerung an sein Flehen. Sobald ich versuche, ihr helles Haar abzuschneiden oder mit Schwarzpech und Zauberkraft einzufärben, wächst es in wenigen Augenblicken golden und lang nach. Ich flechte es zu straffen Schnecken, die ich ihm mit spitzen Nadeln an den Kopf pinne. Kein Haar darf abstehen. Die

Magie verspottet mich, also binde ich sie so fest ich kann, um sie in ihre Schranken zu weisen. Ein armseliger Versuch, die Fassung zu bewahren.

Noch bevor sie sprechen lernt, beginnt sie zu singen. Schmelzend melancholisch fließen ihre Töne durch mein Heim. Der Wald liebt ihr vogelartiges Trällern und belohnt sie mit kleinen Blumen, die zu ihren Füßen erblühen, Tautropfen wie Diamanten in ihrem Haar und blutroten Zuckerbeeren für ihren lachenden Mund. Ich ertrage es nicht und raube ihr die Stimme. Die Naturgeister durchkreuzen meine Pläne und heilen sie in Windeseile mit Nebelkühle und Sonnenhonig. Jede meiner Absichten wird vereitelt.

Nicht selten verfalle ich in blinde Raserei. Ausgerechnet das Kind, das den Triumph über den einzigen Menschen, der sich je meinem Zauber widersetzte, darstellen sollte, entpuppt sich als größter Dorn in meinem Fleisch. Ihre Lieder fressen sich wie Fäulnis durch meine Brust. Mehrfach setze ich das Mädchen aus. Es hat keinen Nutzen für mich mehr, nachdem ich den Mann gebrochen und ihn der Einsamkeit ausgeliefert habe. Und jedes Mal steht sie am Morgen mit ihren runden Kinderaugen vor meinem Bett und lächelt sonnig, als ob sie nicht die Nacht im finsteren Wald verbracht hätte. Die schlimmste Strafe ist jedoch, was dieses Lächeln in mir anrichtet. Seit Danaë bei mir ist, wächst täglich etwas in meiner Brust, das mich – die Königin der Hexen – an einen stürmischen Abgrund treibt. Das Ding in mir scheint lebendig zu sein, denn es regt sich. Beim Klang ihrer Stimme, wenn sie mich *Mama* ruft, zuckt es. Denke ich an ihr verängstigtes Gesicht im Wald, zieht es sich zusammen. Schneller, immer schneller, bis ich die ganze Nacht am Fenster stehe und darauf warte, dass der Mondschein auf ihren hellen Schopf fällt und sie zu mir zurückkehrt. Erst wenn ich ihre kleinen Füße über das Gras schleichen höre, beruhigt sich das schreckliche Klopfen in meiner Brust. Will ich nicht verrückt werden, muss ich sie loswerden.

Am nächsten Tag verzaubere ich einen hundertjährigen Baum. Ganz oben in seiner Krone, weit genug vom Boden entfernt, damit ich sie weder hören noch sehen kann, richtet die Eiche für Danaë ein Zimmerchen ein. Ich bin erschöpft von der zehrenden Magie, doch ich darf nicht rasten. Die Windsprache fließt mir von den Lippen und beugt die Äste herab, bis sie das schlafende Mädchen in sein neues Zuhause in luftiger Höhe heben. Ich versuche, Erleichterung zu empfinden, als sie aus meiner Sicht verschwindet. Endlich werde ich sie vergessen können. Doch der Schmerz in der Brust hält mich trotz der Erschöpfung wach. Morgens bin ich grau im Gesicht und die Hände zittern. Ich muss nach ihr sehen. Sie braucht Nahrung, denn ihren Tod wünsche ich nicht. Auch sie soll leiden wegen dem, was ihr Vater mir angetan – was sie mit ihren unschuldigen Augen aus mir gemacht hat. Zu gnädig wäre es, sie einfach sterben zu lassen. Doch stecken die Windworte in meinem Mund fest. Was, wenn sie die Sprache lernt und eines Tages mithilfe des Zaubers flieht? Allein der Gedanke schneidet mir den Atem ab. Was hat dieses verfluchte Kind aus mir gemacht? Ich sehne mich nach ihrem goldenen Schopf. Nach ihrer lieblichen Stimme, die glockenhell Lieder singt.

Nein! Soll sie hungern. Soll sie Tautropfen trinken und Vögel um Krumen anflehen.

Meine Entschlossenheit hält wenige Atemzüge, dann weise ich den Wald an, für das Mädchen zu sorgen. Er legt meinen Zauber und die in mir schlummernden Sehnsüchte eigensinnig aus und macht das Kind zu seinem. Anstelle ihrer Locken, trägt sie nun ein braunes Federkleid. Schon bald erklingt das bittersüße Lied einer Nachtigall zu mir herunter. Nun höre ich sie wieder singen. Der Baum schließt den Vogel, der einst mein Goldmädchen war, in seiner Krone in einen Käfig aus Ästen ein. Nicht, um sie einzusperren, sondern um sie vor mir zu beschützen.

Der Gedanke an Danaë verwandelt mich in ein welkes Blatt. Ich ziehe los, den Einzigen zu finden, der mir Rat spenden kann. Ein paar Tage Abstand zu dem verzauberten Vogel im Baum werden mir guttun. Jeder Schritt, den ich tue, sollte mir Erleichterung verschaffen, aber es fühlt sich an, als würde ich barfuß über glühende Scherben gehen. Es dauert nicht Tage, sondern Wochen, bis Myrddin mir gestattet, ihn zu finden. Er erwartet mich auf einer Feenlichtung. Die mückengroßen Flügelwesen umschwirren ihn mit verliebtem Gekicher, hauchen ihm Küsschen auf seine alabasterfarbene Haut, streicheln sein rabenschwarzes Haar. Sein Lächeln ist nicht weniger tödlich als meines. Ein goldenes Glimmen in den Opalaugen des Zauberers zwingt mir einen messerscharfen Atemzug über die Lippen. Zum ersten Mal stehe ich einem Mann gegenüber, der mir ebenbürtig sein könnte.

Der Verdacht bestätigt sich, als er mit selbstbewusster Geschmeidigkeit auf mich zuschlendert. Seine Schönheit ist übernatürlich, wie eine in der hohlen Hand gefangene Sternschnuppe – und er weiß es. Ein winziges Lächeln lauert im Mundwinkel, als er sich zu mir hinunterbeugt und blütenzart meine Lippen mit seinen berührt. Myrddins Magie schmeckt verheißungsvoll wie das Wispern der Bäume im Nachtwind. Ich kann nicht verhindern, dass mir meine eigene Zauberkraft den Mund mit einer Frostschicht versiegelt und mich vor ihm schützt. Der Kuss vereint unsere Kräfte zu einer vernichtenden Winternacht, die die Lichtung überschattet. Die Feen fliehen empört zwitschernd in das Unterholz.

Genüsslich leckt er sich die Eiskristalle von der Unterlippe. »Morgaine.« Seine Stimme schlägt bei mir eine Saite im Inneren an, die dieses ungeliebte Ding in meiner Brust in frenetischen Aufruhr versetzt.

Myrddins Augen weiten sich für die Dauer eines Wimpernschlages. »Ein Herz …«, bemerkt er.

Ich schnaube und recke das Kinn. »Ich habe keins, das weißt du!«

Amüsiert schmunzelt er. »Dann ist dir eines gewachsen.«

»Herzen wachsen nicht. Das ist nie geschehen!«, fauche ich. Speichel fliegt. Er provoziert mich absichtlich. Wenn er es zu weit treibt, werde ich ihm zeigen, dass er mir, trotz seiner Macht, unterlegen ist.

»Ebenso wenig wie die Geburt eines herzlosen Wesens.« Myrddin bewegt sich schnell und ich bin erschöpft und verwirrt, deshalb gelingt es ihm, mich am Handgelenk zu packen. Ich könnte ihm dafür jeden Knochen im Leib brechen, doch das scheint ihn nicht zu beunruhigen. Fassungslos über mich selbst, beobachte ich, wie er unsere Handflächen nach oben dreht. In seiner Männerhand wirkt meine seltsam zart. Ohne Umschweife hebt er die verschlungenen Finger an und legt sie mir auf die Brust. Etwas klopft darin gegen meine Fingerkuppen. Die Fremdartigkeit verursacht in mir das Gefühl, mich im freien Fall zu befinden.

Ich reiße die Hand unter seiner hervor. Nur weil ich mich kaum mehr auf den Beinen halten kann, dulde ich, dass seine linke weiterhin auf meiner Brust liegt, als würde er das scheußlich pochende Ding darin beschützen.

»Du behauptest, ich hätte immer ein Herz gehabt. Das ist unmöglich, ich weiß mit Sicherheit …«

Wieder mustert er mich unerträglich eindringlich. »Kein Wesen wurde je herzlos geboren. Du am allerwenigsten. Deine Fähigkeit, zu hassen, ist beispiellos. Beweist die außerordentliche Rachsucht in dir nicht, dass du Gefühle besitzt, die nur ein verletztes Herz hervorrufen kann? Deines war von Geburt an unfassbar stark. Es ängstigte die Ältesten, da sie es weder verstanden noch entfernen konnten. Darum redeten sie dir ein, du hättest keins. Sie gingen sogar so weit, einen ganzen Kult um die angebliche Herzlosigkeit der Hexen zu entfachen. Glaubst du wirklich daran, dass auch nur eine der niederen Zauberinnen mit einem Felsbrocken in der Brust herumirrt? Warum durftest du nie an deren Ritual teilnehmen?«

Ich öffne den Mund, um etwas von Reinheit und meinem besonderen Status von mir zu geben. Jedoch fällt selbst mir auf, wie schal die

Ausreden auf der Zunge schmecken. All die Jahre wurde ich von den Ältesten und jeder Hexen*schwester* betrogen. Der Verrat brennt mir eine ätzende Spur die Kehle hinab. Myrddin neigt den Kopf, gibt mir Raum, die Lügen meines Clans unter zahlreichen Schichten von Wut, Enttäuschung und Trauer zu begraben. Er hat recht. Wieso sollte ich die Bitterkeit spüren, wenn ich kein Herz hätte? Natürlich könnte auch er mich belügen, doch ich fühle die Wahrheit von Myrddins Worten in jeder meiner Fasern. Alles, was er sagt, ergibt Sinn, während es die fadenscheinigen Erklärungen der Hexen nie taten.

Der Zauberer scheint zu dem Schluss gekommen zu sein, dass ich bereit für weitere Worte bin. »Mit den Jahren hast du dein Kämpferherz vernachlässigt und vergessen. Es fiel in einen tiefen Schlummer, aber es war immer da, Morgaine. Nun hat es jemand erweckt. Du bist nicht herzlos.«

»Wie befreie ich mich davon?«, frage ich rau.

Er schüttelt nur den Kopf. »Beschütze es gut.« Damit wendet er sich ab. Beim Anblick seines Rückens fühle ich mich schlagartig wie in einen Eisblock eingeschlossen. Er darf mich auf keinen Fall allein lassen. Nicht jetzt, wo ich so verletzlich bin und er mir dieses schlimme Gefühl in der Brust unerträglich gemacht hat.

Ich fasse ihm an die Schulter. »Bitte hilf mir, Myrddin.«

Strähnen schwarzen Haares wehen über seine Stirn, als er zu mir herumfährt. »Sag mir, Morgaine, Königin der Hexen, fürchtest du dich?«

Ich ertrage den fragenden Blick nicht länger und senke den Kopf. Meine Augen brennen. »Wie soll ich wissen, was Angst ist?«, flüstere ich.

Starke Arme umfangen mich. Als ich gegen seine Brust sinke, verflüchtigt sich das Eis um mich herum. Plötzlich kann ich freier atmen. Lange Zeit stehen wir schweigend in dieser tröstlichen Umarmung da. Dann erzählt er von der Angst. Die Lähmung, die die Glieder befällt. Die Trockenheit des Mundes. Das Rasen der Gedanken. Kalter

Schweiß auf der Haut und Übelkeit im Magen. Er wartet, bis ich zögerlich nicke.

»Man fürchtet nur, etwas zu verlieren, wenn man es liebt«, sagt er schließlich. »Wen liebst du, Morgaine?«

Augenblicklich denke ich an das geraubte Vogelmädchen in seinem Baumgefängnis. Aber ich liebe sie nicht! Ich empfinde nichts für sie, denn ich habe kein …

»Das Mädchen! Ich muss zurück zu dem Baum, es …«

Als er mich dieses Mal küsst, lasse ich es zu.

Zwischen seinen Liebkosungen quellen Geheimnisse aus mir hervor wie neugeborene Geysire. Es drängt mich, ihm alles anzuvertrauen. Eine Stimme in meinem Hinterkopf warnt mich, doch sie ist zu leise, um die jahrelang angestauten Worte zu übertönen. Er lauscht, nickt verständnisvoll und beruhigt mich mit liebevollen Blicken. Nach jedem Geheimnis küsst er mir ein Lächeln auf die Lippen. Ich taumle zwischen Glück und purem Horror. So verloren und gleichzeitig befreit fühlte ich mich noch nie. Am Ende sinke ich ermattet in die wartenden Arme. Kein Eis schützt mehr vor Myrddins giftiger Zunge, die in meinen Mund eindringt und die Gedanken bleischwer und träge macht. Seine Finger streicheln mich in seliges Vergessen.

Als ich erwache, ist die Lichtung ausgestorben. Das Herz springt an wie eine alarmbereite Amsel, die ihre Brut vor der Katze schützen will. Ich bin auf den Beinen, bevor ich den Schleier des Schlafes weggeblinzelt habe.

Danaë! Ich habe sie verraten. Meinen einzigen Schwachpunkt. Unter normalen Umständen hätte auch ein mächtiger Zauberer wie Myrddin keine Chance gegen mich, aber mit dem Wissen um das Herz habe ich ihm eine tödliche Waffe in die Hand gegeben. Wie konnte ich diese Dummheit begehen? Dennoch bemerke ich verstört, wie wenig der eigene Tod mich verunsichert. Was mich in helle Panik versetzt, ist der Gedanke an Danaë. Ich kann sie nicht verlieren. Meine Füße sind zu langsam. Ich rufe den Wind, seinen Bruder Sturm, Vater Orkan. Er reißt mich beinahe auseinander, als wir durch den Wald peitschen, schneller, als sich je ein Wesen bewegt hat.

Dennoch komme ich zu spät.

Myrddin ist gut vorbereitet. Er kennt meine Feinde, die Magie der Natur ebenso wie den Zauber der Liebe – weil ich sie ihm in dieser unvorsichtigen Stunde verraten habe. Im Heranbrausen sehe ich, wie er mit der blutroten Rose den Vogel berührt. In Sekundenschnelle fällt das braune Federkleid. Der Schnabel schrumpft zu einem zarten Näschen. Erschrocken stelle ich fest, dass aus meinem Kind eine junge Frau von atemberaubender Schönheit geworden ist. Als ich in das Baumzimmer stürze, breitet sich bereits das verliebte Funkeln in Danaës Augen aus, während sie den wunderschönen Zauberer – ihren Retter – anhimmelt.

»Nein!«, kreische ich und versuche mich zwischen die beiden zu werfen. Myrddin legt den Kopf schief, als er mich wie eine seltene Pflanze mustert.

Danaë holt erschrocken Luft. »Mutter!«

»Deine liebliche Stimme hat mich gerufen, Goldkind. Dank der Rose bist du kein Vogel mehr, meine Liebe hat dich von der bösen Zauberin befreit. Komm mit mir. Verlass diesen unseligen Ort, ich helfe dir hinunter«, verspricht Myrddin mit Samtstimme.

»Nein«, rufe ich erneut, aber es kommt nur ein Krächzen heraus.

Die Verwirrung und Verletzung in ihrem Blick sind unerträglich. Das kann er mir nicht antun. Ich falle vor dem Zauberer auf die Knie. »Nimm mich, töte mich und herrsche über die Welt der Magie. Aber lass sie in Frieden!«

Myrddin schießt sein tödliches Lächeln auf mich ab. »Du opferst dich? Opferst du auch dein Herz für sie?«

In einer hastigen Geste reiße ich mein Kleid am Dekolleté auf. »Du kannst es haben. Nimm es!«

Er lacht laut auf. Selbst Danaë zuckt unter dem Geräusch aus ihrem Verliebtheitstaumel.

»Nein, Morgaine.« Er legt mir eine Hand auf die Schulter. Gestern noch hat mich seine Berührung elektrisiert, heute versengt sie meine Haut. »Du hast Zahlreiche in die Einsamkeit gestürzt. Menschen, deren Leid ich mühsam lindern musste.«

Bedeutungsschwer sieht er mich an. Die Last unzähliger Morde schwingt in dem Blick mit. Er erlöste all meine Opfer mit dem einzig möglichen Ausweg: dem *Seligen Tod,* den allein der oberste Magier seiner Gilde zu schenken vermag. Ich lasse meine Opfer lieber in ihrem Elend leiden. Wenn ich töte, dann sicher nicht auf die sanfte Weise, die Myrddin beherrscht. Ich schäme mich plötzlich für meine selbstgerechte Lebensweise. Myrddin musste all die Jahre hinter mir aufräumen. Den Männern und Frauen, die ich in meiner Angst vor Einsamkeit in unsägliche Trauer stürzte, den Gnadenschuss verpassen. Kein Wunder, dass er meinen Untergang herbeisehnt.

Er reckt das Kinn. »Deine Strafe ist es, jeden Tag dieses unendlichen Lebens erneut an dem Schmerz zugrunde zu gehen. Du sollst dich unentwegt daran erinnern, wie sich ein gebrochenes Herz anfühlt. Ich sorge dafür, dass es niemals heilt. Du wirst mich lieben und ich werde dich verlassen. Wieder und wieder. Du musst allen, die dich berührt haben, beim Fortgehen zusehen.«

Das Mädchen – meine Tochter – richtet sich auf. Der verzweifelte Protest klebt mir auf den Lippen. Sie ist doch bloß ein Mensch, ein schwaches Kind. Ich habe ihr nur Schlimmes angetan. Sie sollte sich nicht für mich einsetzen. *Flieh! Nimm die Gelegenheit wahr und renne so weit fort von mir, wie du vermagst. Denk nie wieder an mich. Werde glücklich!*

Und plötzlich weiß ich, was ich zu tun habe. Myrddin ist nicht ausschließlich hierhergekommen, um mich zu stürzen. Er zwingt mich, das Richtige zu tun, um das verhasste Herz in mir zu retten. Der Entschluss verleiht mir Kraft. Ich erhebe mich und flüstere die

Windworte, bis der Baum sich zur Erde neigt. Obwohl mir bittere Tränen die Sicht verschleiern, meine Stimme greisengleich zittert und mich der Kummer schüttelt, zwinge ich mich, für Danaë zu lächeln.

»Ich schenke dir die Freiheit, mein Kind. Wahre Liebe bedeutet, Opfer für den anderen zu bringen.« Es gibt so vieles, was ich ihr sagen möchte. Ich will ihr danken. Ihr von ihrem Vater erzählen und von der Liebe ihrer leiblichen Mutter. Kurz wünsche ich mir, dass ich sie, anstatt in einen Baum, besser in einen schwindelerregend hohen Turm ohne Treppe oder Tür eingesperrt hätte. Doch es sind nur Phantomschmerzen in einem abgestorbenen Teil von mir. Danaë wird mich verlassen, es ist das einzig Richtige, das ich in meinem Leben je getan habe. Ich will sie festhalten, nur noch ein wenig, einen vergänglichen Augenblick lang, aber ich muss sie ziehen lassen. Wenn ich es jetzt nicht tue, gelingt es mir vielleicht nie mehr.

Myrddin bleibt erstaunlich still, ich vergesse ihn beinahe. Erst als Danaë ihn fragend anblickt, tritt er wieder neben mich. »Geh, Kind. Genieße das Leben. Lache. Sei glücklich und niemals einsam. Folge deinem großen Herzen – das hast du von deiner Mutter geerbt.« Dabei blickt er mich an. Seine Hand umfasst meine unendlich sanft und mein Herz zieht sich in schnellem Takt schmerzhaft zusammen. Wer hätte gedacht, dass Liebe so wehtut?

»Warum hast du mich verführt?«, flüstere ich. »Du kanntest das Geheimnis längst.«

Er lächelt. »Ein Herz wie deines braucht eine starke Hand, um es zu brechen. Du hättest das Kind nie ziehen lassen, wenn ich dir nicht gezeigt hätte, wie schrecklich es schmerzt, verlassen zu werden.«

Ich sehe ihr hinterher, den geflochtenen Schnecken, die die goldenen Strähnen an den Kopf fesseln. Und dann fällt mir etwas ein, was ich ihr sagen möchte.

»Rapunzel!«, rufe ich. Sie stockt in der Bewegung. Niemand hat sie so genannt seit dem Tag ihrer Geburt. Doch ihr Herz kennt ihren

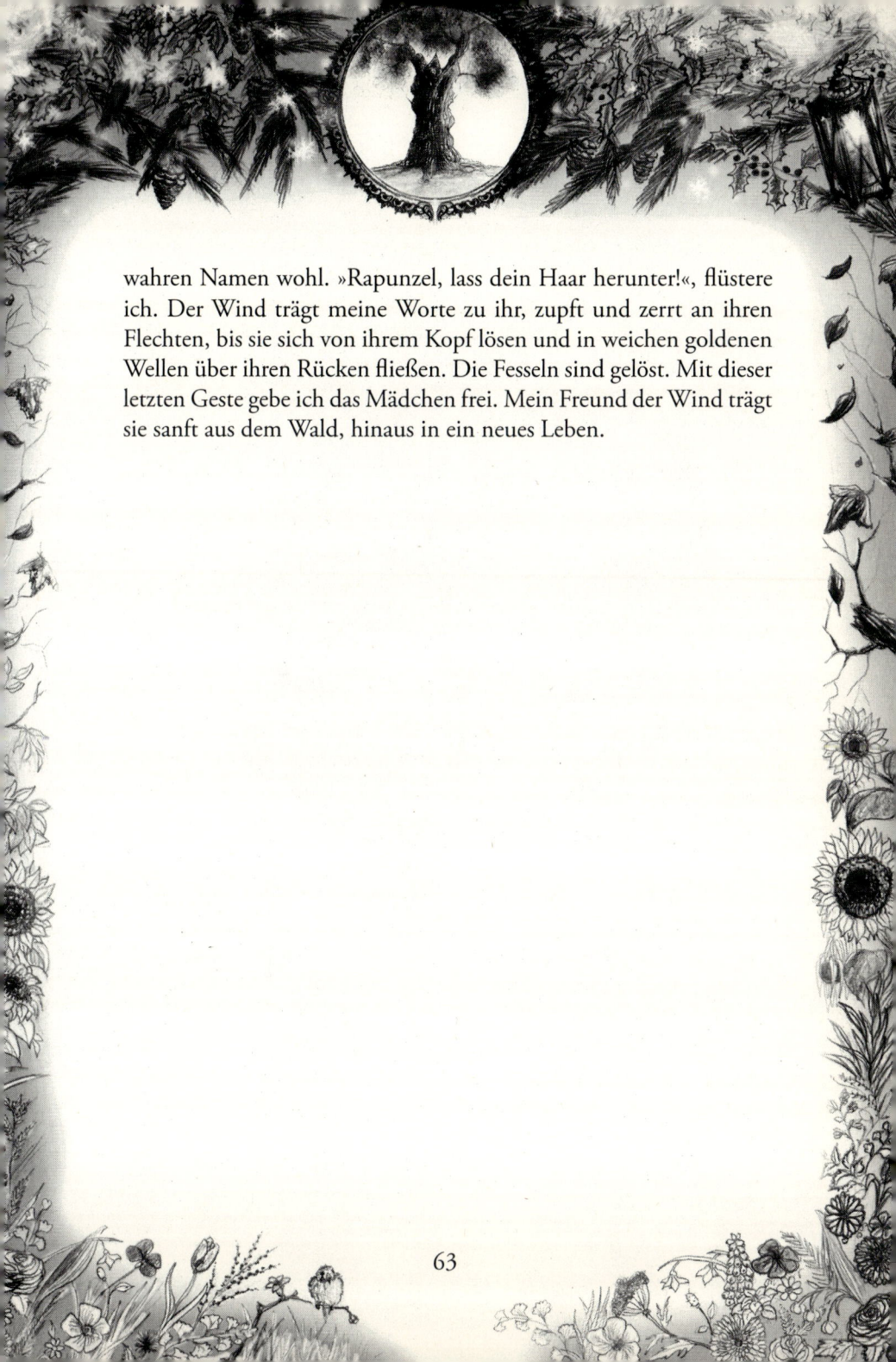

wahren Namen wohl. »Rapunzel, lass dein Haar herunter!«, flüstere ich. Der Wind trägt meine Worte zu ihr, zupft und zerrt an ihren Flechten, bis sie sich von ihrem Kopf lösen und in weichen goldenen Wellen über ihren Rücken fließen. Die Fesseln sind gelöst. Mit dieser letzten Geste gebe ich das Mädchen frei. Mein Freund der Wind trägt sie sanft aus dem Wald, hinaus in ein neues Leben.

MICHELLE NATASCHA WEBER

DIE SEELE DER BESTIE

Michelle Natascha Weber

Wie Fabienne Siegmund ist Michelle Natascha Weber nicht zum ersten Mal in einer unserer Märchenanthologien vertreten. Falls ihr ihr wunderschönes Feenmärchen aus *In Hexenwäldern und Feentürmen* noch nicht kennt, empfehle ich euch dringend, das schnell zu ändern. Vor allem, wenn ihr ihre nachfolgende Kurzgeschichte mögt, in der sie mit Motiven von *Rotkäppchen* spielt – obwohl sie das Märchen eigentlich gar nicht mag. Persönlich habe ich ja die Theorie, dass man ausgerechnet zu Märchen, die einen selbst nicht so begeistern, die besten Adaptionen schreiben kann.

Zum Schreiben ist Michelle über Pen & Paper-Rollenspiele gekommen. Dank ihrer Spielgruppe fand sie heraus, dass Geschichten, wenn sie es zulässt, nur so aus ihr herausprudeln. Nach ihren Reihen *Die Nebellande* und *Die Höfe von Sonne und Mond* erschien Anfang des Jahres mit *Traumgeboren* der Auftakt zu ihrem Zweiteiler *Prinz über Schatten und Licht*. In der Welt dieser Reihe spielt auch ihr zuletzt erschiener Kurzroman *Erde und Wind*.

Michelle wurde 1980 in Hanau geboren, lebt inzwischen aber in Alzey. Die Titelbilder (nicht nur) ihrer Romane gestaltet sie selbst. Außerdem probiert sie sich gern kreativ aus, zum Beispiel beim Häkeln und Backen.

Sie ist tatsächlich die einzige Autorin in dieser Anthologie, die ich noch nicht persönlich getroffen habe. Liebe Michelle, ich finde, das sollten wir schleunigst ändern!

www.michelle-weber.de

Die Seele der Bestie

Blutstropfen färbten den Schnee rot wie Rosenblätter, die der Wind herbeigetrieben hatte. Ich folgte den Spuren tiefer zwischen die Bäume des Waldes und die Dämmerung ließ Schatten über den Boden tanzen. Alles schien in Bewegung. Jedes Geräusch wirkte lauter in der Stille, die nur vom Knirschen des Schnees unter meinen Sohlen durchbrochen wurde. Jedes Knacken klang wie ein Schuss, jedes Rascheln ließ Bilder einer Rotte Wildschweine durch meinen Kopf wirbeln und steigerte meine Beklommenheit.

Unter meinen ledernen Handschuhen bildete sich Feuchtigkeit und ich umklammerte das Gewehr fester. Es war das erste Mal, dass ich mich zu dieser Stunde allein in den Wald wagte. Das erste Mal, dass der Erste Jäger des Königs nicht an meiner Seite ging und mit seiner leisen Stimme Anweisungen erteilte.

Der Erste Jäger. Mein Vater.

Jedes Wort, das über seine Lippen kam, war ruhig und einem Flüstern gleich. Als würde er jederzeit befürchten, das Wild aufzuscheuchen. Nur ein einziges Mal hatte ich ihn laut erlebt. An jenem Tag, als er mir erklärt hatte, dass ein Mädchen niemals zu den Jägern des Königs gehören würde. Dass es heiraten und Kinder in die Welt setzen musste. Es war der Tag, an dem er meine Träume zerstört und mich in die kalte Wirklichkeit geworfen hatte.

Mein Platz war nicht hier, in diesem Wald.

Er würde es niemals sein.

Mein Vater hatte mich das Schießen gelehrt wie einen Sohn. Er hatte mir jeden Baum, jeden Strauch des Königsforstes erklärt. Die Eigenheiten jeder Tierart. Wie man allein in der Natur überlebte und das Wetter las wie ein Buch. Sehr zum Leidwesen meiner Mutter, die es lieber gesehen hätte, wenn ich in den Künsten einer Frau ebenso große Fortschritte gemacht hätte wie darin, auf die höchsten Bäume zu klettern. Mein Vater hatte nicht auf sie gehört, sie nicht hören wollen. So lange nicht, bis der Tag gekommen war, an dem ich zum ersten Mal das Augenmerk eines Adeligen auf mich gezogen hatte. Bis dieser sich an den Tisch meines Vaters gesetzt und um meine Hand geschachert hatte, als wäre ich eine preisgekrönte Stute. Mein Vater hatte ihn weggeschickt. Und der Adelige war hartnäckiger wiedergekommen. Mit dem Wohlwollen des Königs, der nur zu gern die Tochter seines Ersten Jägers mit einer guten Partie verheiraten wollte. Eine Belohnung für Vaters treue Dienste. Eine Strafe für mich.

Mein rotes Haar war es, das die Aufmerksamkeit des Herzogs von Evrys auf mich gezogen hatte. Das leuchtend rote Haar, so selten, dass es in Idalia begehrt genug war, um eine niedere Geburt bedeutungslos zu machen.

Der große Segen der Göttin.

Oh nein. Es war kein Segen. Ich war vom Tage meiner Geburt an verdammt. Verdammt dazu, rothaarige Kinder in die Welt zu setzen, die dem Abbild der Göttin Iskra glichen. Kinder, die ihren eigenen Familien einen höheren Stand verschaffen konnten, vielleicht bis hinauf ins Königshaus, wenn König Jovrens Sohn alt genug war, sich eine Gemahlin zu suchen. Der Segen der Göttin würde gewiss dabei helfen. Er war Gold. Pures Gold. Gold, vor dessen Existenz mein Vater lange seine Augen verschlossen hatte. Andere … hatten es nicht.

Ich schnaubte. Eine weiße Wolke stieg vor meinem Gesicht auf und ließ die dämmrige Welt weicher wirken.

Die Stimme von König Jovren hallte in meinen Gedanken nach: »Wer mir den Kopf der Bestie bringt, soll reich entlohnt werden und wird fortan in hohen Ehren stehen.«

Doch das Gold war nicht von Belang für mich.

Die Ehre war es. Ich wollte beweisen, dass ich mehr war als rotes Haar. Dass ich ebenso viel wert war wie ein Sohn. Ebenso geschickt. Ebenso verstohlen. Ebenso würdig, *mehr* zu sein. Ein Nachfolger meines Vaters, der die stolze Linie meiner Familie fortführen konnte. Der nächste Erste Jäger. Eine Erste *Jägerin*.

Ich würde dem König die Bestie des Königsforstes bringen und ihm ihren Kopf vor die Füße werfen, auf dass die ganze Welt es sehen musste.

Der Gedanke half mir, das Zittern meiner Hände zu bezähmen. Inzwischen musste meine Mutter bemerkt haben, dass ich nicht nach Hause zurückgekehrt war. Sie würde sich sorgen …

Ich richtete meinen Blick fest auf den Boden und fixierte die roten Tropfen. Die großen Pfotenabdrücke, die sich damit vermischten. Die Bestie musste verletzt sein oder sie schleifte jemanden mit sich. Ich konnte es an den Furchen im Schnee erkennen, tiefe Scharten, als könnte sie ihre Beine nur mühsam heben. Die Pfotenabdrücke verloren sich schließlich in den blutigen Schleifspuren, bis sie nicht mehr auszumachen waren.

Fast am Ziel …

Mein Mund wurde trocken.

Das Licht wurde dunkler. Immer dunkler. Bald würde der Mond die letzten glühenden Streifen der Sonne durch sein bleiches Silberlicht ersetzen und meine Jagd würde für diesen Tag enden. Ich würde zu der kleinen, halb verfallenen Waldhütte zurückkehren müssen, die nicht weit von hier verborgen lag … und hoffen, dass mich niemand dort fand.

Doch selbst die Jäger des Königs gingen nicht mehr in den Wald, sobald der Mond aufging – und die Jagdzeit der Bestie begann.

Man musste dumm sein, um es dennoch zu tun. Dumm … oder sehr verzweifelt. Vielleicht war ich beides. Aber ich wusste zu gut, dass es meine einzige Gelegenheit sein würde. Wenn ich in dieser Nacht versagte, würde ich mein Leben im goldenen Käfig des Herzogs verbringen.

Die Spuren führten auf einen Findling am Rande des Waldweges zu und verschwanden dahinter. Ich hielt an. Schluckte. Lauschte.

Auf die schweren Atemzüge, die an mein Ohr drangen, mühsam und rau vor Schmerz. Das leise Stöhnen eines … *Menschen*.

Iskras Gnade.

Meine Finger krampften sich um den Abzug des Gewehrs, während ich stumm darum betete, dass die Göttin meine Hände führen möge. Ich hatte ein Opfer der Bestie gesehen. Grausam zugerichtet von ihren Klauen und Zähnen. Ein Adeliger. Nicht der Erste, der in ihre Fänge geraten war. Die königliche Jagdgesellschaft wagte sich nicht mehr in den Wald, seitdem der riesige Wolf sein Unwesen trieb. Seitdem er fünf der hochrangigsten Adelssöhne Idalias auf die gleiche Weise zugerichtet hatte. Nur getötet. Nicht gefressen, wie es ein hungriges Tier tun würde. Denn die Bestie des Königsforstes tötete aus reiner Freude. Nicht aus Hunger.

Ich wagte kaum zu atmen, während ich mich näher an den Findling schlich. So leise, dass jeder Schritt vom sachten Rauschen der Bäume in der erstarkenden Brise verschluckt wurde. Ich roch den Schnee in der Luft, der bald wieder fallen und alle Spuren verwischen würde. Der Wind bauschte meinen dunkelgrünen Umhang und fuhr schneidend kalt unter die Kapuze, die mein rotes Haar verbarg. Der Winter war der Verbündete der Bestie, als könnte sie ihn herbeirufen, um ihn auslöschen zu lassen, was sie getan hatte.

Bis man ihr steif gefrorenes Opfer im Schnee entdeckte.

Ich verdrängte die unwillkommene Erinnerung aus meinem Kopf und endlich *sah* ich …

Die zusammengekrümmte Gestalt im Schnee. Das zu dünne Hemd unter dem Wollumhang von Blut befleckt. Das schwarze Haar wie Rabenfedern, auf denen das letzte Licht der Sonne schimmerte, ehe es erlosch.

Die Welt verlor ihre Farbe, als der Mond die Regentschaft übernahm. Das klagende Heulen eines Wolfes zerschnitt die Stille und Gänsehaut bildete sich auf meinen Armen. Die Bestie. Sie hatte sich entfernt und ihre Beute zurückgelassen. Ihr Heulen klang aus weiter

Ferne an mein Ohr, obwohl die Spuren so frisch waren, dass ich erwartet hätte, sie hier zu finden. Fragen tanzten durch meinen Kopf, aber jetzt waren sie ohne Belang.

Ich kniete mich neben dem Fremden in den Schnee und seine Augenlider flatterten. Für einen Atemhauch lang konnte ich die hellen Schlitze seiner Augen erkennen, ehe sie sich wieder schlossen, als bereitete es ihm zu viel Mühe, sie offen zu halten.

Blut tränkte das Hemd an seiner Schulter, aber es war nicht zerrissen. Was immer ihm geschehen war – es waren nicht die Klauen der Bestie, die es verursacht hatten.

»Ihr hattet Glück, mein Freund«, murmelte ich, während ich nach dem blutigen Stoff fasste, um die Wunde zu untersuchen. »Aber wenn Ihr nicht das nächste Opfer der Bestie werden wollt, müssen wir schnell von hier verschwinden.«

»Nicht.«

Seine Hand schloss sich schwach um mein Handgelenk und schob es beiseite. Seine Stimme war von Schmerz gezeichnet und heiser. Dennoch war sie erstaunlich fest.

»Nicht?« Überrascht von seiner Antwort zog ich mich zurück und seine Finger glitten von mir ab. »Dann hoffe ich, dass Ihr allein aufstehen könnt, denn wenn Ihr hier liegen bleibt, werdet Ihr den Morgen als Eisskulptur begrüßen.«

Meine Stimme klang bissig, wenngleich ich die Atemlosigkeit darin nicht verbergen konnte. Zu meiner Überraschung verzogen sich seine Lippen zu einem Lächeln und seine Lider flatterten abermals. Das Mondlicht ließ seine Augen für einen flüchtigen Moment glühen, der innerhalb eines Lidschlags vergangen war. Ich schauderte, obwohl ich wusste, dass es nur eine Täuschung durch das Licht gewesen war.

Er stöhnte leise, als er sich rührte, und ich fasste nach seiner gesunden Schulter, um ihm aufzuhelfen. Langsam kam er auf die Knie, seine Brust hob sich zu schnell und ließ die Mühe dahinter offenbar werden.

Er war weniger schwer verletzt, als eher zu Tode erschöpft. Und dennoch … dennoch ergab es keinen Sinn. Die Spuren taten es nicht.

»Kein Mädchen, das bei klarem Verstand ist, sollte sich bei Einbruch der Nacht allein in den Wald wagen«, sagte er und riss mich damit aus meinen Gedanken.

»Und kein Mann, der noch all seine Sinne beisammen hat, sollte sich im Schnee schlafen legen, wenn eine Bestie durch die Wälder streift und nach Beute sucht«, antwortete ich trotzig.

»Die Bestie jagt heute Nacht nicht.«

Es klang dumpf. Er sah auf und unsere Blicke kreuzten sich. Dann glitt der seine über mein Gewehr. Die kostbaren metallenen Beschläge, die seine Herkunft nur zu deutlich verrieten. Die Augen des Fremden verengten sich und etwas flimmerte in dem flüssigen Silber seiner Iriden.

Ich schluckte gegen die Beklommenheit, die in meiner Kehle aufstieg. »Woher wollt Ihr das wissen?«

»Der Wind hat es mir verraten.« Sein Lächeln vertiefte sich und Spott klang aus seinen Worten.

»Aber er hat Euch nicht verraten, dass Schnee in der Luft liegt?« Ich hob die Brauen und musterte ihn mit demselben Spott, den er mir angedeihen ließ.

»Vielleicht habe ich nur gewartet, bis ein Mädchen des Weges kommt und mich aus meinem Schlaf erweckt.«

Ich schnaubte und schüttelte den Kopf. »Dann seid Ihr ein noch größerer Narr, als ich dachte. Kommt. Ich kenne einen Unterschlupf in der Nähe. Ihr könnt die Nacht nicht im Freien verbringen. Außer Ihr zieht es vor zu erfrieren.«

Die Anstrengung raubte ihm den Atem für eine Antwort, als ich ihm auf die Beine half. Der Fremde stützte sich für einen Herzschlag mit geschlossenen Augen an einen Baum, lehnte meine Hilfe jedoch ab, als ich ihm meinen Arm anbot. Ich konnte sehen, dass er Schmerzen hatte, während er neben mir durch den Schnee stapfte. Seine Bewegungen waren steif und doch schien ihn die Kälte weniger angegriffen zu haben, als ich vermutet hatte.

Der Schnee kam schnell. Zuerst waren es feine Flöckchen, die zwischen den Bäumen zu Boden rieselten. Aber sie wuchsen rasch zu dicken Flocken an, die nur zu bald eine dichte Schicht über unsere Spuren streuen würden. Dicht genug, um jeden Hinweis darauf zu verbergen, dass ich hier gewesen war. Schon jetzt verschmolzen die Vertiefungen mit der Schneedecke, als hätte nie ein Mensch seinen Fuß hierhergesetzt. Nur wenige Augenblicke und jedes Anzeichen für meine Existenz würde verschwunden sein, als hätte es mich niemals gegeben. Verschluckt von dem endlosen, silbrig glitzernden Weiß der Schneewehen. Der Gedanke weckte eine seltsame Unruhe in mir und ich verdrängte ihn, indem ich auf die frischen Spuren starrte.

Spuren, wie sie die Stiefel des Fremden im Schnee hinterließen.

Ich runzelte die Stirn, als der Anblick eine Erinnerung zurückbrachte. Fragen. Fragen, denen ich nach einem Räuspern eine Stimme verlieh.

»Ich habe Wolfsspuren im Schnee gefunden. Und Blut. Doch nicht die eines Menschen.«

Der Fremde drehte den Kopf. Wieder musterte er mich aus seinen glitzernden Augen, als müsste er entscheiden, ob ich seines Vertrauens würdig war.

»Dann muss ich vom Himmel gefallen sein«, sagte er schließlich.

»Ihr seht nicht aus wie einer der geflügelten Boten Iskras.«

»Ihr seid schon einem begegnet? Wollte er Euch dafür tadeln, dass Ihr als Frau die Waffe eines Jägers tragt, weil Iskra dies missbilligt?«

Er hob eine Braue. Ich stieß gereizt den Atem in einer Wolke aus und musterte ihn finster. Es erinnerte mich zu sehr an den Grund für diese Wanderung durch den dunkler werdenden Wald. Der Fremde zuckte mit den Schultern und wurde ernst.

»Was würdet Ihr tun, wenn Euch die Bestie begegnet?«, fragte er dann. »Die geschlagene Beute noch warm in ihrem Maul, während Ihr selbst unbewaffnet seid?«

»Ich würde die Beine in die Hand nehmen und mir ein Versteck suchen, das sie nicht zu erreichen vermag«, gab ich zurück.

Er lächelte und richtete den Blick wieder nach vorn. »So wie ich.«

Der Fremde wies mit dem Kinn auf die Äste über unseren Köpfen, die wie verschränkte Finger wirkten. Was er meinte, war nicht schwer zu verstehen.

»Dann habt Ihr sie gesehen. Die Bestie«, sagte ich tonlos.

»Viele Male.«

Es klang melancholisch. Er sah auf den schmalen Pfad, der sich vor uns durch die Bäume schlängelte. Ein vereister Bach lief neben uns entlang, das Wasser ebenso erstarrt wie der stille, stumme Winterwald, der uns in seiner Umarmung barg und jeden Laut dämpfte.

»Und doch lebt Ihr, um davon zu berichten.«

»Ich bin nicht, was die Bestie sucht.«

»Das wisst Ihr so gut? Und was, glaubt Ihr, könnte eine Bestie suchen?«, fragte ich ironisch.

»Gerechtigkeit.« Er presste die Lippen zusammen und ich musste mich zwingen, nicht stehen zu bleiben und ihn anzustarren.

Gerechtigkeit.

Als besäße die Bestie eine Seele, die sie zu einer denkenden Kreatur machte. Es musste ein Scherz sein und doch … er starrte so ernst in die erwachende Nacht, dass mein bissiger Kommentar auf meinen Lippen versiegte. Ich schloss den Mund und schüttelte den Kopf. Was immer ich ihn fragte – jede Antwort tat nicht mehr, als neue Fragen aufzuwerfen. Vielleicht sollte ich es aufgeben.

Ein Knacken hallte plötzlich vor uns durch den Wald, laut wie ein Schuss, und der Fremde zuckte zusammen. Das Flattern eines Vogels folgte, ein erbostes Krächzen, das nach wenigen hastigen Herzschlägen verklungen war. Der Fremde fasste nach seiner verletzten Schulter und Unbehagen huschte für einen flüchtigen Moment über seine Miene, ehe er sich wieder gefasst hatte.

»Ihr seid schreckhaft für jemanden, der den Wald so gut kennt«, sagte ich.

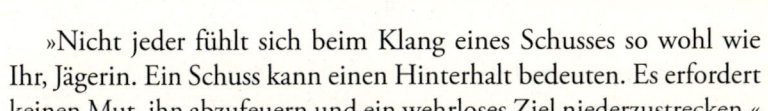

»Nicht jeder fühlt sich beim Klang eines Schusses so wohl wie Ihr, Jägerin. Ein Schuss kann einen Hinterhalt bedeuten. Es erfordert keinen Mut, ihn abzufeuern und ein wehrloses Ziel niederzustrecken.«

Es klang abfällig. Wie eine Ohrfeige, die mich für das Gewehr an meiner Seite strafen sollte. Ich schluckte die Bitterkeit auf meiner Zunge.

»Es ist nicht mehr weit«, murmelte ich abweisend, anstelle einer Antwort.

Ich war mir nicht sicher, ob ich es zu mir selbst oder zu ihm sagte. Meine Stimme war kaum mehr als ein Flüstern und trotzdem klang sie zu laut. Im Unterholz raschelte es und ich meinte, ein Schnüffeln zu vernehmen. Mein Nacken prickelte, aber der Fremde zeigte kein Anzeichen dafür, dass es ihn beunruhigte.

Bald öffneten sich die Bäume vor uns zu einer kleinen Lichtung und das windschiefe Dach der Holzhütte zeigte sich zwischen den Ästen. Von einer Felswand geschützt, kauerte sie im Schnee wie ein verhutzeltes altes Weib, die Schneedecke auf ihrem Dach wie weißes Haar, die Scheiben wie blinde Augen, die uns trüb entgegensahen. Sie waren gesprungen, von spinnwebfeinen Rissen durchzogen. Trotzdem hatten sie der Welt stur standgehalten. Und für heute Nacht würden sie Schutz bedeuten.

Die Tür knarrte in den rostigen Angeln, als ich daran rüttelte. Das Holz war aufgequollen und verzogen und es widersetzte sich vehement meinen Plänen. Doch schließlich gab die Hütte nach und gewährte uns Einlass in ihr verfallenes Reich aus Spinnweben und löchrigen Töpfen, verschlissenen Lumpen und morschem Holz. Das Mondlicht ließ die Möbel zu formlosen Schatten verschwimmen und ein Schauer rieselte über meinen Rücken. Ich hatte die Hütte vor langer Zeit entdeckt und seither war sie mein geheimer Unterschlupf. Beinahe unsichtbar unter der überhängenden Felswand, wenn man nicht wusste, wonach man suchte. Dennoch war ich noch nie in der Nacht hier gewesen.

Ich schüttelte den Schnee von meinem Umhang und legte ihn über den wackeligen Tisch. Der Fremde tat es mir nach, während ich eine der Öllaternen entzündete. Der warme Lichtschein vertrieb die Schatten nicht, aber er ließ sie weniger unheimlich wirken. Und er ließ das Blau des Himmels in den Augen des Fremden aufleuchten. Ein Blau, wie ich es noch nie zuvor bei einem Menschen gesehen hatte … und kalt. Kalt wie der Winterwald. Ich schluckte meine aufkeimende Nervosität herunter und wandte mich ab.

Der Fremde sah sich um, während ich mich damit beschäftigte, die Läden zu schließen, damit der Lichtschein nicht nach draußen drang. Er stellte keine Fragen, beobachtete mich nur, und ich ahnte, dass er seine eigenen Schlüsse zog. Ich verzichtete darauf, ein Feuer im Kamin zu entzünden, das verräterischen Rauch in den Wald entlassen würde. Stattdessen hatte ich warme Decken gesammelt und sie in der Hütte gelagert. Ich hatte niemals die Absicht besessen, in dieser Nacht zu schlafen.

Der Fremde ließ sich auf dem Boden nieder und verzog das Gesicht. Seine Verletzung musste ihn schmerzen, aber als ich ihm meine Hilfe anbot, lehnte er sie einmal mehr ab. Ich zuckte mit den Schultern und verbiss mir das Seufzen, während ich meinen schlichten Proviant auf dem Tisch ausbreitete. Er würde für zwei genügen, wenngleich es bedeutete, dass ich meine Jagd womöglich früher abbrechen musste, als ich wollte.

Dass ich das Lager der Bestie schneller finden musste … oder scheitern würde.

»Ihr habt mich vieles gefragt und mir selbst kaum Antworten gewährt«, sagte der Fremde in das Schweigen.

Etwas an ihm wirkte lauernd. Wie ein Raubtier, das darauf aus war, seine Beute zu schlagen. Ich erlaubte mir nicht, den Schauer zur Kenntnis zu nehmen, der über meinen Rücken rann, hielt dabei inne, das Brot zu teilen, und sah auf. »Was wollt Ihr wissen?«

»Was tut ein Mädchen allein im Wald?«

»Jagen«, gab ich kurz angebunden zurück.

»Im Dienst des Königs?« Die Flamme der Öllaterne brachte seine Augen zum Glühen und ließ mich nicht erkennen, was er denken mochte.

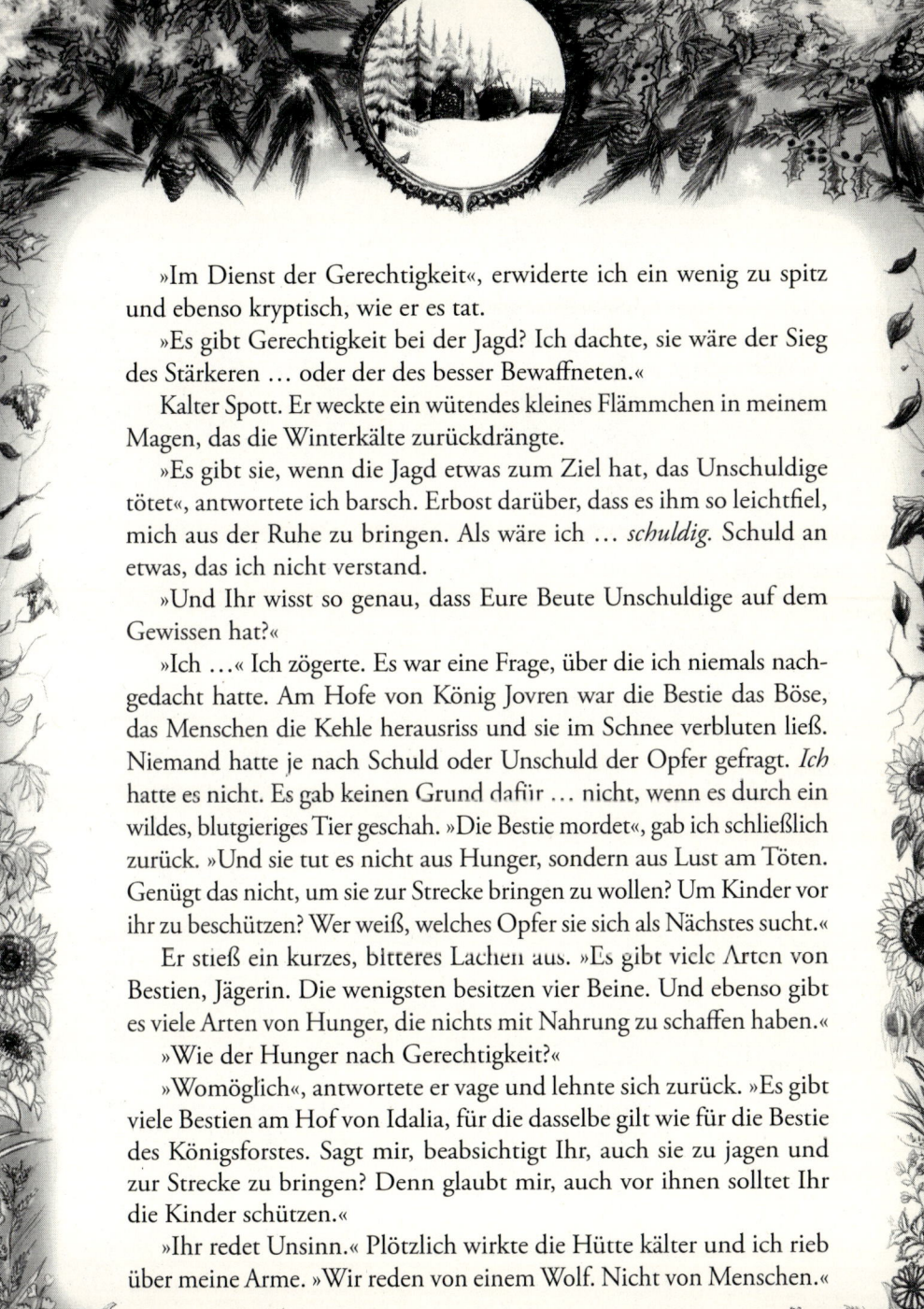

»Im Dienst der Gerechtigkeit«, erwiderte ich ein wenig zu spitz und ebenso kryptisch, wie er es tat.

»Es gibt Gerechtigkeit bei der Jagd? Ich dachte, sie wäre der Sieg des Stärkeren … oder der des besser Bewaffneten.«

Kalter Spott. Er weckte ein wütendes kleines Flämmchen in meinem Magen, das die Winterkälte zurückdrängte.

»Es gibt sie, wenn die Jagd etwas zum Ziel hat, das Unschuldige tötet«, antwortete ich barsch. Erbost darüber, dass es ihm so leichtfiel, mich aus der Ruhe zu bringen. Als wäre ich … *schuldig*. Schuld an etwas, das ich nicht verstand.

»Und Ihr wisst so genau, dass Eure Beute Unschuldige auf dem Gewissen hat?«

»Ich …« Ich zögerte. Es war eine Frage, über die ich niemals nachgedacht hatte. Am Hofe von König Jovren war die Bestie das Böse, das Menschen die Kehle herausriss und sie im Schnee verbluten ließ. Niemand hatte je nach Schuld oder Unschuld der Opfer gefragt. *Ich* hatte es nicht. Es gab keinen Grund dafür … nicht, wenn es durch ein wildes, blutgieriges Tier geschah. »Die Bestie mordet«, gab ich schließlich zurück. »Und sie tut es nicht aus Hunger, sondern aus Lust am Töten. Genügt das nicht, um sie zur Strecke bringen zu wollen? Um Kinder vor ihr zu beschützen? Wer weiß, welches Opfer sie sich als Nächstes sucht.«

Er stieß ein kurzes, bitteres Lachen aus. »Es gibt viele Arten von Bestien, Jägerin. Die wenigsten besitzen vier Beine. Und ebenso gibt es viele Arten von Hunger, die nichts mit Nahrung zu schaffen haben.«

»Wie der Hunger nach Gerechtigkeit?«

»Womöglich«, antwortete er vage und lehnte sich zurück. »Es gibt viele Bestien am Hof von Idalia, für die dasselbe gilt wie für die Bestie des Königsforstes. Sagt mir, beabsichtigt Ihr, auch sie zu jagen und zur Strecke zu bringen? Denn glaubt mir, auch vor ihnen solltet Ihr die Kinder schützen.«

»Ihr redet Unsinn.« Plötzlich wirkte die Hütte kälter und ich rieb über meine Arme. »Wir reden von einem Wolf. Nicht von Menschen.«

»Gewiss. Ihr könnt den Wolf töten, weil er ein Tier ist. Und die Menschen leben unbehelligt, selbst wenn Ströme von Blut an ihren Fingern haften.«

Sein Mundwinkel zuckte abfällig. Ein leises Stöhnen drang über seine Lippen, als er eine der Decken um seine Schultern zog. Schweigen senkte sich von Neuem über uns und er machte keine Anstalten, seinen Platz zu verlassen, um zum Tisch zu kommen.

Jedes Wort von ihm war wie ein Pfeil, der sich in mein Fleisch bohrte und schmerzte. Der alles infrage stellte, was ich war. Sein wollte. Alles, wofür ich in diesen Wald gekommen war.

Ich wollte nichts mehr hören. Und trotzdem wusste ich, dass ich so wenig die Ohren verschließen konnte, wie ich die wirbelnden Gedanken abzustellen vermochte, die der Fremde in Gang gesetzt hatte.

»Meine Schwester hatte rotes Haar. Wie Ihr.«

Seine Stimme schreckte mich auf. Ihr Klang war verloren. Nicht mehr von Neckerei oder Spott durchdrungen.

»Sie hatte?«, fragte ich, verwirrt von dem plötzlichen Wechsel.

»Sie lebt nicht mehr.« Die Worte des Fremden waren von Schmerz erfüllt. Altem Schmerz, der sich vor langer Zeit in sein Herz gegraben hatte wie eine von Dornen bewehrte Rose, die Narben hinterlassen hatte.

»Das … tut mir leid. Was ist ihr geschehen?« Die Frage verließ meine Lippen, ehe ich sie zurückhalten konnte, und ich biss mir auf die Zunge. Ich erwartete nicht, dass er mir diesmal antworten würde, doch er tat es.

»Sie fiel den Bestien zum Opfer. Den Bestien, die niemand zur Strecke bringt. Bestien, die nur eine andere Bestie zur Strecke bringen kann, weil sie sich nicht vor der Dunkelheit ihrer eigenen Seele scheut.« Er schloss die Augen und die Erschöpfung wurde auf seinen Zügen sichtbar.

»Ich verstehe nicht …«

»Nein. Wie könntet Ihr das? Ihr seid auf der Suche und Ihr wollt die Wahrheit noch nicht sehen.« Er seufzte, ohne die Augen zu öffnen.

»Seid vorsichtig, wenn Ihr in die Seele der Bestie blickt, Jägerin. Vielleicht findet Ihr die Dunkelheit Eurer eigenen Seele darin.«

Ein Rätsel, wie alles, was er sagte. Und diesmal fragte ich nicht, was er damit meinte.

Stille legte sich über die Hütte, nur durchbrochen von seinen schweren Atemzügen, die von dem Schmerz erzählten, den sein Gesicht nicht offenbaren wollte. Ich setzte mich an den Tisch und sah auf den Fremden hinab. Das flackernde Licht zeigte mir, wie seine Züge glatter und weicher wurden, als er letztlich in den Schlaf glitt. Sie waren anziehend, wenn die Furchen aus Schmerz und Leid daraus wichen. Jung. Er mochte nicht viel älter sein, als ich es war, und ich fragte mich, wer er war und woher er gekommen sein mochte. Rabenhaar und Eisaugen. Ein Geheimnis, das ich nicht ergründen würde, bevor sich unsere Wege trennten.

Vielleicht war es besser so.

Er hatte nichts von meinem Proviant angerührt und auch ich tat es nicht. Seine Worte kreisten in meinem Geist. Fetzen eines Rätsels, das ich nicht lösen konnte und von dem ich glaubte, dass er wollte, dass ich verstand.

Ich starrte noch lange in die Flamme der Öllaterne, bis meine Augen so sehr brannten, dass ich sie schließen musste.

Ein kalter Morgen lugte durch den schiefen Spalt in den Fensterläden, als ich mit einem Schrecken erwachte. Ich hatte nicht einschlafen wollen. Nicht mit dem Fremden in der Hütte, der Bestie draußen im Wald. Wie einfach wäre es für sie gewesen, das morsche Holz zu überwinden …

Töricht. Du bist ein törichtes Mädchen, so schwach, dass du ihnen recht gibst!

Ich presste die Lippen zusammen und rieb die Reste des Schlafes aus meinen Augen. Der Zorn auf mich selbst half mir, die Müdigkeit abzuschütteln, und ich drehte den Kopf zu der Stelle, an der der Fremde eingeschlafen war. Starrte auf den unförmigen Haufen aus Decken, der verlassen vor der Wand lag.

Er war nicht mehr hier.

Ich sprang auf und lief zur Tür. Der Winterwald lag vor mir, ruhig und leer. Nichts regte sich in der weichen weißen Welt und die Spuren des Fremden waren nur noch schwache Abdrücke in der sonst unberührten Schneedecke. Ich sah zurück in die Hütte und mein Blick suchte unwillkürlich das Gewehr, das am Tischbein lehnte. Er hatte es nicht angerührt.

Verdammt …

Mein Atem entließ Nebel in die Welt, als ich mich abwandte und meinen Umhang vom Tisch nahm, den Proviant wieder in meine Tasche räumte und das Gewehr packte. Ich zog meine Kapuze über mein Haar, als ich nach draußen trat, getrieben von einem seltsamen Gefühl, das mich den verblassten Spuren im Schnee folgen ließ. Ich war auf der Jagd, doch es war nicht die Bestie, nach der ich suchte. Es war die Wahrheit, die sich in Andeutungen und Rätseln versteckt hielt. Die Wahrheit, die ich ergründen musste, bevor ich etwas tat, das ich bereuen würde. Zumindest das wusste ich mit Gewissheit.

Die Pfotenabdrücke von Füchsen und die winzigen Spuren von Eichhörnchen und Vögeln begleiteten meinen Weg durch das geisterhafte Weiß. Die uralten Baumriesen in ihren bleichen Kleidern sahen auf mich nieder, als wollten sie mich daran erinnern, wie klein und vergänglich ich in ihren Augen war.

Manche von ihnen hatten ihre Glieder geschüttelt und Schneehaufen hinterlassen. Schneehaufen, die die Spuren des Fremden auslöschten und mich in die Irre führten. Ich suchte nach abgeknickten Ästen, irgendeinem Hinweis auf seinen Verbleib, aber er bewegte sich durch den Wald, als wäre er ein Teil von ihm. Als würden selbst die Bäume ihm helfen, seine Spuren vor mir zu verbergen.

So wie sie der Bestie halfen.

Ich hielt an und mein Atem ging schnell und schwer. Ich wusste nicht mehr, wie lange ich schon durch das endlose Schneemeer gelaufen war. Auf der Suche nach einem Trugbild, das mich mein wahres Ziel aus den Augen verlieren ließ. Ich sog die schneidende Luft in meine Lungen, um den Wahn abzuschütteln, der mich tiefer in den Wald geführt hatte, als ich je zuvor gegangen war.

Schweiß hatte sich unter meiner ledernen Kleidung gebildet und kühlte schneller ab, als mir lieb war. Ich hatte ein Gespenst gejagt, ein Gespenst, das mit dem Morgenlicht verschwunden war. Und es hatte mich dazu verleitet, eine Dummheit zu begehen. Denn im Augenblick wusste ich nicht, wo ich mich befand, und die Sonne war durch das dichte Dach aus Zweigen nicht zu sehen.

Furcht prickelte auf meiner Haut und ich drängte sie zurück, während ich den Hang hinauflief, der sich vor mir erhob. Vielleicht würde ich von dort aus einen besseren Überblick über meine Umgebung erhalten.

Keine Furcht. Die Ruhe bewahren. Nachdenken.

Die erste Lektion meines Vaters. So stark in mir verwurzelt wie das wispernde Lied des Waldes, das die Bäume im Wind sangen.

Meine Stiefel rutschten auf dem Schnee aus, während ich mich auf müden Beinen durch die hohe Decke kämpfte, bis ich endlich auf dem Hang stand und von ihm aus in die Tiefe blickte. Eine Lichtung breitete sich vor mir aus und ich erkannte den gefrorenen Bachlauf, der zu ihrer Seite verlief. Erleichterung strömte durch meinen Körper und ließ meine Knie weich werden. Wenn ich dem Bach folgte, würde er mich zurück auf bekanntes Terrain führen.

Dünne Schlangen aus Rauch stiegen unter mir in den Himmel und ich neigte mich weiter nach vorn, um ihre Quelle zu suchen. Es dauerte einen Augenblick, bis meine Augen die Dächer unter der Schneedecke ausmachen konnten. Das grelle Weiß blendete mich und so erkannte ich die bunt bemalten Wagen erst auf den zweiten Blick.

Wandervolk, das im Königsforst lagerte.

Ich wusste, dass König Jovren es nicht gern sah, aber die Jäger verschlossen meist beide Augen vor den Wagen und warnten das Wandervolk rechtzeitig, damit sie nicht den Weg der königlichen Jagdgesellschaft kreuzten. Es war eine eigene Welt, hier im Wald. Ein Gefüge, in das der König manchmal zu seiner Belustigung eindrang, ohne hineinzugehören. Er amüsierte sich, hinterließ Zerstörung und ging, ohne sie zur Kenntnis zu nehmen. Es war der Lauf der Dinge, mit dem ich aufgewachsen war und den ich nie hinterfragt hatte. Doch heute, überreizt von der Nacht und der Begegnung mit dem Fremden, den nagenden Fragen in meinem Kopf, widerte es mich an.

Die Wagen versprachen Wärme für meine durchgefrorenen Glieder, vielleicht sogar Neuigkeiten über die Bestie. Und wenig schien mir für den Moment verlockender als die Nähe einer glühenden Feuerstelle. Also suchte ich, bis ich einen schmalen Pfad fand, der sich weniger steil nach unten schlängelte.

Kinderlachen drang an mein Ohr, während ich hinabstieg. Ein seltener Laut so tief im Herzen des Waldes. Er kam von einer Horde Kinder in bunten Kleidern, die ausgelassen durch die Schneewehen tobten. Eine ältere Frau trug einen Eimer Wasser über den von Schnee befreiten Platz. Nicht weit von ihr sah ich das Loch, das sie ins Eis des Baches geschlagen hatte, um an das Wasser zu gelangen. Von anderen Erwachsenen fehlte jede Spur. Vielleicht waren sie im Wald verschwunden, um Feuerholz für die lodernde Feuerstelle zu sammeln, die inmitten des Lagers errichtet war und über der ein Kessel hing.

Die Frau sah in meine Richtung, als hätte sie mein Nahen gespürt. Auf die Entfernung konnte ich ihre Miene nur schwer erkennen, aber etwas an ihrer Haltung wirkte angespannt, als erwartete sie, dass ich Ärger brachte. Sie war in die weiten, bunten Röcke des Wandervolkes gekleidet und trug ein Fransentuch um die Schultern, das sie vor der Kälte schützte. Als ich näher kam, stellte sie den Eimer ab und rieb sich die rot gefrorenen Hände. Dann rief sie eines der Kinder zu sich und sagte ihm etwas. Der dunkelhaarige Junge nickte und sein Blick huschte zu mir, ehe er seine Gefährten einsammelte und mit ihnen im Inneren eines Wagens verschwand. So eingespielt, so mühelos, dass ich ahnte, wie oft es in der Vergangenheit geschehen sein musste, wenn Gefahr drohte.

»Ich bringe keinen Ärger, gute Mutter«, versicherte ich eilig, als ich nahe genug herangekommen war, um nicht mehr schreien zu müssen. »Ich bin nur auf der Suche nach einem Platz am Feuer im Austausch für Neuigkeiten.«

Ich lächelte, was jedoch kaum darüber hinwegtäuschen konnte, dass ein Gewehr an meiner Seite baumelte.

Das ergraute Haar der Frau ließ nicht mehr erkennen, welche Farbe es einst besessen hatte. Doch das wässrige Blau ihrer Augen war scharf und schneidend, als sie mich argwöhnisch musterte. Dann wurde es weicher, als hätte sie etwas in meinem Gesicht gefunden, das meine Worte bestätigte.

»Dann kommt. Ihr könnt Euch in meinem Wagen aufwärmen und mir erzählen, was in Idalia vor sich geht.« Sie erwiderte mein Lächeln und offenbarte eine klaffende Zahnlücke.

Gewohnheitsmäßig bückte ich mich nach dem Eimer, wie ich es auch für meine eigene Großmutter getan hätte. Die Frau brummte zustimmend und murmelte etwas, das ich nicht verstand. Ich trug ihn hinter ihr her über den leeren Platz und der Wind frischte auf. Er berührte meine eisige Haut wie ein Messer, das mit der Schneide darüber schabte.

Die dunkler werdende Nachmittagssonne schien auf die Lichtung und der Wagen warf einen langen Schatten über uns. Kunstvolle Schnitzereien und Bilder zierten seine Außenwände. Muster aus Blüten und Kreaturen, die ich nur aus Legenden kannte. Der Geruch nach Kräutern drang aus der Tür, als die Alte sie öffnete, und ich schnupperte, während ich seiner Besitzerin über die kurze Stiege nach innen folgte.

Der Wagen war eng und doch behaglich. Ein schmiedeeiserner Ofen strömte Wärme aus und bunte Decken und Vorhänge ließen das Gefährt wohnlich erscheinen.

»Stellt den Eimer dort ab«, sagte die Frau und ich tat, wie mir geheißen und platzierte das Wasser neben dem Ofen. Ein Kessel stand darauf und das Brodeln darin wies unmissverständlich auf bereits kochendes Wasser hin.

»Setzt Euch«, wies die Grauhaarige mich an und deutete auf einen runden Tisch, an dem zwei Stühle aus dunklem Holz standen.

Ich ließ mich auf einem davon nieder und zog die Handschuhe aus, spürte den leisen Schmerz in meinen eisigen Fingern, der bald zu einem brennenden Inferno werden würde. Wärme. Ich hatte kaum gemerkt, wie sehr ich mich danach gesehnt hatte, seitdem ich in den Wald aufgebrochen war.

»Es ist gefährlich für ein junges Mädchen allein im Wald. Selbst wenn es ein Gewehr bei sich trägt und sich auf dessen Nutzung versteht«, fuhr die Alte fort, während sie getrocknete Kräuter in eine Kanne gab. Sie blickte über die Schulter zu mir, die Miene undeutbar. Etwas an ihren Zügen erschien mir vage vertraut, aber ich konnte es nicht einordnen.

»Ich war …«

… auf der Jagd …

Plötzlich erschien es mir töricht, es auszusprechen.

Auf der Jagd nach der Bestie des Königsforstes.

Es klang nach einem Kind, das ein Spiel spielte und seinen Vater dabei nachahmte.

Die Alte stellte einen Becher vor mir ab und füllte ihn mit der aromatisch dampfenden Flüssigkeit aus der Kanne. Sie fragte kein zweites Mal und es war, als wüsste sie es. Als hätte sie nur ein einziges Mal in mein Gesicht sehen müssen, um zu verstehen.

Ich schloss meine schmerzenden Finger um den heißen Tonbecher und zischte leise, als die Hitze auf das Eis traf, zu dem meine Haut geworden war.

»Es ist für jeden gefährlich im Königsforst«, gab ich statt einer Antwort zurück. »Und trotzdem lagert Ihr hier.«

»Es gibt nichts in diesem Wald, was wir zu fürchten hätten. Wir respektieren ihn und er bietet uns Schutz.« Die Alte offenbarte abermals ihr zahnloses Lächeln und setzte sich zu mir.

Ich schluckte und hob den Becher an mein Gesicht.

»Alles darin?«, fragte ich in den Dampf, der mir heiß und feucht ins Gesicht schlug wie der hitzige Atem eines Wolfes.

Ein Sonnenstrahl fiel durch eines der Wagenfenster und fing sich in den Augen der Alten. Sie glühten auf wie die Augen eines Tieres und ich blinzelte erschrocken. Doch der Eindruck verging so schnell, wie er gekommen war.

»Alles«, bestätigte sie und tief in mir wusste ich, dass ich nicht nach der Bestie zu fragen brauchte.

Ich stellte meinen Becher ab. Mein Ellenbogen stieß gegen die schmale Kommode in meinem Rücken und brachte sie ins Schwanken. Gold blitzte auf und ein kleiner Gegenstand fiel auf den mit Teppich ausgelegten Boden des Wagens.

»Verzeiht«, murmelte ich, während ich mich danach bückte und die Finger darum schloss.

Es war ein Medaillon. Golden und angelaufen von vielen Jahren. Der Aufprall hatte es aufspringen lassen und ich wollte es seiner Besitzerin zurückgeben, als mein Blick auf das kleine Gemälde darin fiel.

Es war ein Mädchen. Rotes Haar und Augen so blau wie der Himmel. Sie lächelte, als würde sie an ein süßes Geheimnis denken, das nur sie allein kannte, und mein Atem stockte.

Meine Schwester hatte rotes Haar. Wie Ihr.

Ich sah zu der Alten auf. Sie nahm mir das Medaillon aus der Hand und betrachtete es liebevoll, bevor sie es zuklappte.

»Das ist Saira, meine Enkelin …« Ihre Stimme verlor sich.

»… und sie ist tot«, beendete ich ihren Satz. Mein Mund war trocken und ich ballte meine Hände zu Fäusten, um ihr Beben zu unterdrücken. »Wer hat es getan?«

Die Augen der Alten waren wissend. Sie erhob sich und ging zu der Kommode, um das Medaillon wieder an seinen Platz zu legen. Ihre Kleider strömten den Geruch nach Kräutern aus, den ich schon zuvor gerochen hatte. Ich kannte diese Kräuter … aber ihr Name entzog sich mir, wann immer ich glaubte, ihn fassen zu können.

»Es gibt jene, die in den Wald kommen, um Tiere zu jagen«, antwortete die grauhaarige Frau. »Und jene, die Wild suchen, das weniger leicht zu erlegen ist. Das ihnen eine größere Herausforderung und größeren Ruhm bietet. Saira war ein solches Wild. Unschuldig und schön wie die Sonne. Ihr nennt jene wie sie von Iskra gesegnet. Jene wie *Euch*.«

Die wässrigen blauen Augen der Alten starrten blind auf das geschnitzte Holz der Wand. »Es war nur eine Frage der Zeit, bis sie die falsche Aufmerksamkeit erregen würde. Und das hat sie.« Sie seufzte und faltete die Hände. »Saira war lebhaft und jung. Und er war ein hübscher Höfling, dem sie auf einer Jagd des Königs begegnete. Saira lauschte seinen Versprechen und glaubte, dass er all ihre Träume wahr machen würde. Träume von einem besseren Leben. Von Samt und Seide. Von Liebe. Keine Warnung konnte sie erreichen. Sie hat sich davongeschlichen, eines Nachts, als das Lager schlief. Und sie ist zu ihm gegangen.«

Die Alte schloss die Augen und eine Träne quoll unter ihren Lidern hervor. Ein glitzerndes Rinnsal, das über ihre Wange lief und auf das Schultertuch tropfte.

»Saira hätte wissen müssen, dass der Mondfluch stärker sein würde, und dass man niemals vor ihm davonlaufen kann. Ein Jahr war vergangen, als wir sie eines Tages im Wald gefunden haben. Es war ein Tag im Winter und der Schnee hatte sich um ihre zerbrochene Gestalt rot verfärbt. Rot. Wie ihr verfluchtes Haar, das sich mit ihrem Blut vermischte.«

Das Heulen eines Wolfes erhob sich im Wald und Gänsehaut zog sich über meinen Körper. Trotzdem konnte ich mich nicht rühren.

Ich lauschte. Gebannt von den Worten. Von der Wahrheit, nach der ich gesucht hatte.

»Seitdem kommt die geheime Jagdgesellschaft des Königs, um uns zu jagen. In den Vollmondnächten, wenn wir nicht vor dem Fluch davonlaufen können, weil er uns in seinem Netz gefangen hält. Wir sind die Beute, die ihnen einen größeren Triumph beschert als jedes gewöhnliche Wild. Ruhm. Ehre und das Wohlwollen des Königs. Reichtum. Einfach erlangt durch einen einzigen Schuss. Sie gieren danach, uns aufzuspüren und das Unerklärliche in uns auszulöschen, das ihre Jagd und die Gier nach unserem Blut für sie rechtfertigt. Ihr glaubt, dass der König seine Jäger nach einer Bestie suchen lässt, aber er sendet sie nur aus, um das Geheimnis zu wahren. Um jene zu besänftigen, die eine Erklärung für die Toten verlangen, die nach den Jagden zurückbleiben. Und um zu verschleiern, was niemand wissen soll.« Sie öffnete die Augen und diesmal wusste ich, dass das Glühen darin keine Täuschung war. »Denn Saira war nicht wie andere. Keiner hier ist es. Und auch die Königsfamilie ist es nicht.«

Die Stimme eines zweiten Wolfes mischte sich in den Trauergesang des ersten. Dann eine dritte. Und ich hörte auf zu zählen.

Wundwehrkraut.

Das war der Geruch, der den Kleidern der Alten anhaftete. Ein Heilkraut, das die Wundheilung beschleunigte. Mein Blick glitt suchend durch den Wagen. Zu der Schüssel, die neben der Bettstatt auf dem Boden stand. Den blutigen Verbänden, die danebenlagen. Dem Tiegel mit Salbe.

Erinnerungen strömten auf mich ein. Von Hufschlag in der Nacht. Reitern im Mondlicht und loderndem Fackelschein an der Wand meines Schlafgemaches. Der finsteren Miene meines Vaters, wenn er aus dem Fenster sah.

Weil er wusste …

Wie blind ich doch gewesen war.

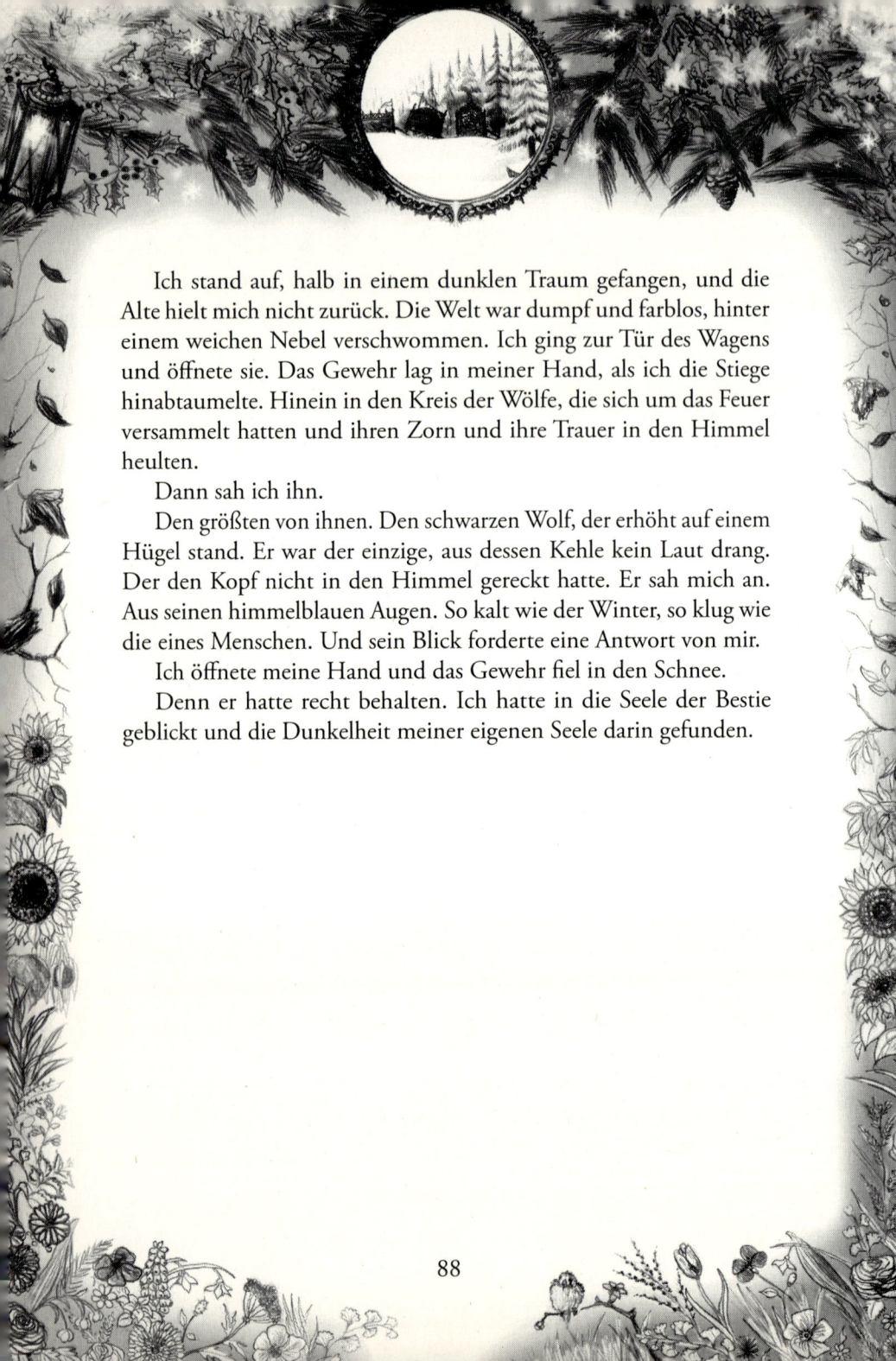

Ich stand auf, halb in einem dunklen Traum gefangen, und die Alte hielt mich nicht zurück. Die Welt war dumpf und farblos, hinter einem weichen Nebel verschwommen. Ich ging zur Tür des Wagens und öffnete sie. Das Gewehr lag in meiner Hand, als ich die Stiege hinabtaumelte. Hinein in den Kreis der Wölfe, die sich um das Feuer versammelt hatten und ihren Zorn und ihre Trauer in den Himmel heulten.

Dann sah ich ihn.

Den größten von ihnen. Den schwarzen Wolf, der erhöht auf einem Hügel stand. Er war der einzige, aus dessen Kehle kein Laut drang. Der den Kopf nicht in den Himmel gereckt hatte. Er sah mich an. Aus seinen himmelblauen Augen. So kalt wie der Winter, so klug wie die eines Menschen. Und sein Blick forderte eine Antwort von mir.

Ich öffnete meine Hand und das Gewehr fiel in den Schnee.

Denn er hatte recht behalten. Ich hatte in die Seele der Bestie geblickt und die Dunkelheit meiner eigenen Seele darin gefunden.

CHRISTIAN HANDEL

SCHWARZ WIE EBENHOLZ

CHRISTIAN HANDEL

Sich selbst vorzustellen ist immer komisch. Man sollte meinen, bei der mittlerweile vierten Anthologie würde mir das leichterfallen.

Geboren und aufgewachsen bin ich in Unterfranken. Seit rund zehn Jahren ist Berlin aber mein Zuhause. Auch wenn sie manchmal Nerven kostet, ich mag die Stadt, die niemals stillsteht. Vielleicht auch, weil ich hier eine Wahlfamilie gefunden habe, die mich dazu ermutigt hat, endlich das zu tun, wovon ich schon seit meiner Kindheit träume: Bücher zu schreiben.

Im Sommer erschien unter dem Titel *Becoming Elektra – Sie bestimmen, wer du bist* mein Jugendbuch um Intrigen, Geheimnisse, Familienfehden, ein Mordkomplott – und Klone. Außerdem habe ich vor Kurzem endlich das Manuskript zur Fortsetzung von *Rosen und Knochen* beendet und ins Lektorat geschickt. Wenn ihr meine dunkle Märchenadaption mochtet, dürft ihr euch also 2020 auf ein weiteres Abenteuer meiner Dämonenjägerinnen freuen.

Schwarz wie Ebenholz erschien erstmals im Rahmen des *Fiction Friday* auf der Website tor-online.de. In der Kurzgeschichte beschäftige ich mich mit dem Märchen *Schneewittchen*. Das ist seltsam, denn als Kind hat es nie zu meinen Lieblingsgeschichten gehört. Und doch habe ich es bereits für meine Kurzgeschichte in der zweiten Anthologie aufgegriffen und ein halb fertiges Manuskript zu einer Adaption liegt ebenfalls in meiner Schublade. Vielleicht liegt das daran, dass ich in Lohr am Main geboren wurde – der Kleinstadt im Spessart, die von sich behauptet, der Geburtsort von Schneewittchen zu sein.

www.facebook.com/ChristianHandelAutor

Schwarz wie Ebenholz

Die Seele meiner Mutter, so raunt man noch heute hinter vorgehaltener Hand, war schwarz wie Ebenholz. Wie die Frauen sämtlicher Generationen unserer Familie vor ihr war sie eine Hexe gewesen, und als solche wurde sie auch verbrannt. Obwohl ich sie liebte, habe ich das Urteil über sie gesprochen, denn sie hat versucht, mich zu töten, und zwar mehr als einmal.

Man sagt, Hexen können keine Liebe empfinden, auch nicht für ihre eigenen Kinder. Aber ich glaube das nicht, denn ich kann mich an eine Zeit erinnern, in der mich meine Mutter geliebt hat – die Zeit, ehe der Spiegel, der hinter mir an der Wand hängt, sie in den Wahnsinn trieb.

Ich werfe dem Ungetüm in dem bronzenen Rahmen einen nachdenklichen Blick zu. Wird er eines Tages anfangen, auch mir zuzuraunen, wie er es angeblich bei meiner Mutter getan hat? Ich strecke den Arm aus und berühre mit den Fingerspitzen die gläserne Oberfläche. Sie ist kalt und hart, sonst fühle ich nichts; keine Spur von dem Geist, der in diesem Gefängnis aus Silber, Bronze und Glas eingesperrt ist. Vielleicht ist auch er nur Teil der Märchen, die die Leute sich heute über meine Mutter erzählen.

Seufzend wende ich mich ab und richte meinen Blick wieder hinaus aus dem Fenster; er gleitet vorbei an dem Rahmen aus schwarzen Ebenholz, hinaus auf eine schneebedeckte Landschaft, die genauso fruchtlos ist wie mein Unterleib. In diesem Detail lügen die Märchen nicht: Hexen bringen nur selten lebende Kinder zur Welt. Und dennoch hat meine Mutter das schier Unmögliche geschafft. Weiß wie Schnee, schwarz wie Ebenholz. Die Leute nennen mich schön, die Schönste im ganzen Land, als wäre das das Einzige an mir, das eine

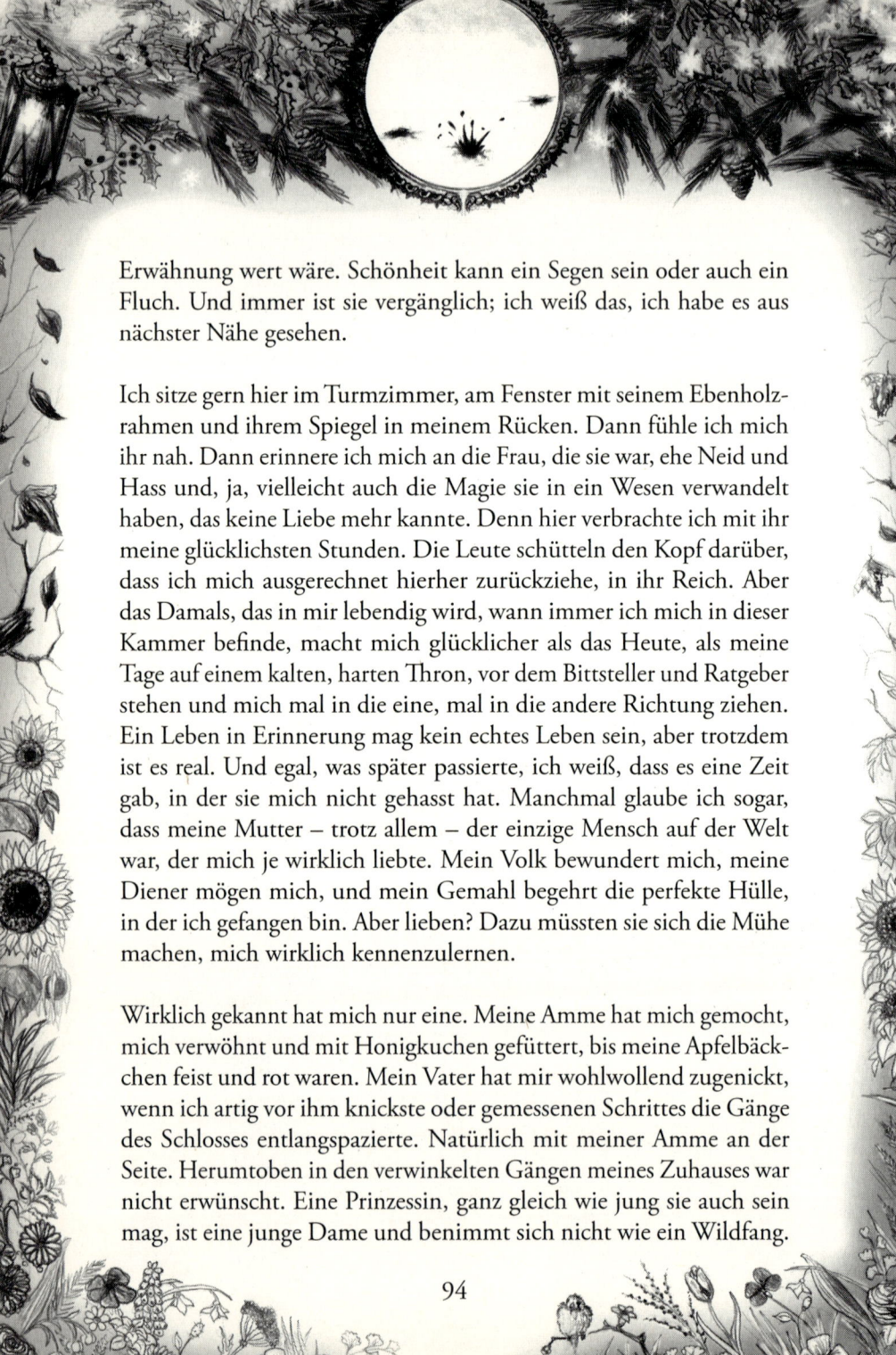

Erwähnung wert wäre. Schönheit kann ein Segen sein oder auch ein Fluch. Und immer ist sie vergänglich; ich weiß das, ich habe es aus nächster Nähe gesehen.

Ich sitze gern hier im Turmzimmer, am Fenster mit seinem Ebenholzrahmen und ihrem Spiegel in meinem Rücken. Dann fühle ich mich ihr nah. Dann erinnere ich mich an die Frau, die sie war, ehe Neid und Hass und, ja, vielleicht auch die Magie sie in ein Wesen verwandelt haben, das keine Liebe mehr kannte. Denn hier verbrachte ich mit ihr meine glücklichsten Stunden. Die Leute schütteln den Kopf darüber, dass ich mich ausgerechnet hierher zurückziehe, in ihr Reich. Aber das Damals, das in mir lebendig wird, wann immer ich mich in dieser Kammer befinde, macht mich glücklicher als das Heute, als meine Tage auf einem kalten, harten Thron, vor dem Bittsteller und Ratgeber stehen und mich mal in die eine, mal in die andere Richtung ziehen. Ein Leben in Erinnerung mag kein echtes Leben sein, aber trotzdem ist es real. Und egal, was später passierte, ich weiß, dass es eine Zeit gab, in der sie mich nicht gehasst hat. Manchmal glaube ich sogar, dass meine Mutter – trotz allem – der einzige Mensch auf der Welt war, der mich je wirklich liebte. Mein Volk bewundert mich, meine Diener mögen mich, und mein Gemahl begehrt die perfekte Hülle, in der ich gefangen bin. Aber lieben? Dazu müssten sie sich die Mühe machen, mich wirklich kennenzulernen.

Wirklich gekannt hat mich nur eine. Meine Amme hat mich gemocht, mich verwöhnt und mit Honigkuchen gefüttert, bis meine Apfelbäckchen feist und rot waren. Mein Vater hat mir wohlwollend zugenickt, wenn ich artig vor ihm knickste oder gemessenen Schrittes die Gänge des Schlosses entlangspazierte. Natürlich mit meiner Amme an der Seite. Herumtoben in den verwinkelten Gängen meines Zuhauses war nicht erwünscht. Eine Prinzessin, ganz gleich wie jung sie auch sein mag, ist eine junge Dame und benimmt sich nicht wie ein Wildfang.

In der Kammer meiner Mutter verhielt sich das anders. Hinter verschlossenen Türen durfte ich sein, wer ich war – und nicht, wie andere mich haben wollten. Ich durfte den Gürtel meines engen Kleidchens etwas lockern und auf dem mit duftenden Binsen ausgelegten Boden sitzend mit meiner Puppe spielen. Oder ich drehte mich mit meiner Mutter so schnell im Kreis, bis wir vor Lachen nicht mehr konnten und uns beiden schwindlig wurde. Sollte die Welt mit ihren Regeln und Vorschriften bleiben, wo sie war. In der Kammer lebten wir für uns, nicht für andere. Ich versteckte mich hinter Wandbehängen und wollte, dass Mutter mich stundenlang suchte, obwohl sich meine Gestalt unter dem bestickten Stoff deutlich abzeichnete. Sie ließ mir den Spaß, und ich freute mich, auch wenn ich damals bereits wusste, dass sie mich immer und überall finden würde. Schließlich war ich ihre Tochter. Und sie besaß den Spiegel.

Der Spiegel war der einzige Gegenstand im Raum, den ich nie berühren durfte. »Halte dich von ihm fern«, sagte sie immer. Als ich noch ein Kind war, meinte sie das als Warnung. Später, viel später, als Drohung.

Aber das störte mich nicht. Ja, der Spiegel faszinierte mich in seiner Perfektion. Nirgends sonst gab es ein so makelloses Exemplar wie dieses, das meine Mutter von ihrer Mutter geerbt hatte. Und diese wiederum von ihrer. Ich wusste bereits damals, dass der Spiegel eines Tages mir gehören würde.

Wenn wir erschöpft vom Spielen waren, setzten wir uns ans Fenster und schauten hinaus in die Weite, wo sich in einiger Entfernung die dicht bewaldeten Berge erhoben. Der Winter war unsere Lieblingsjahreszeit, ihre und meine, jedenfalls damals. Wir blickten hinaus in den fallenden Schnee, und sie erzählte mir Märchen aus alter Zeit und Geschichten aus ihrer Familie, aus unserer Familie. Von den Frauen vor mir, den Frauen vor ihr: von Barbera, die einen Mantel gewebt hatte, der seinen Träger unsichtbar machen konnte, oder von Kungundt, die ein Häuschen besaß, das aus Brot gebaut und mit Kuchen gedeckt war.

Als ich älter wurde, begann sie auch mich Zauber zu lehren. Vieles von dem, was ich vermag, brachte sie mir bei. Anderes lernte ich aus den Büchern, die seit Generationen in unserer Familie weitergegeben werden und die gut verborgen an einem sicheren Ort auf ihre nächste Schülerin warten. Oft griff meine Mutter aber auch einfach nur nach einem Kamm und fuhr mir damit sanft und vorsichtig durch das hüftlange Haar, wieder und wieder, bis es seidig glänzte. Wie sehr ich dieses Gefühl liebte!

Dann veränderte sich alles. Ich merkte es daran, wie sie mich ansah, nicht mehr liebevoll, sondern oft nachdenklich, schließlich unzufrieden, missbilligend, ja sogar feindselig. Sie hörte auf, mir das Haar zu kämmen – tatsächlich tat sie das danach nur noch ein einziges Mal und fand barsche Worte, wenn ich unangemeldet ihr Turmzimmer betrat. Sie begann, den Hof zu meiden, und der Ort, der jahrelang unser gemeinsames Rückzugsgebiet war, wurde zu ihrem.

Ich erinnere mich an einen Herbstabend, an dem sie mich zwar in ihre Turmkammer ließ, aber nicht zum Kamm griff wie sonst, nachdem ich auf dem Stuhl vor dem Fenster Platz genommen hatte, sondern zur Schere. Ehe ich es mich versehen konnte, schnitt sie mir das Haar so kurz, dass ich aussah wie ein junger Page. Zwölf oder dreizehn muss ich damals gewesen sein, und meine Apfelbäckchen waren schlank geworden und von nobler Blässe. Ich hatte angefangen zu bluten und aufgehört, die Honigkuchen meiner Amme zu essen. Als ich meine schwarzen Strähnen zu Boden fallen sah, war ich erschrocken, aber ich weinte nicht. Tatsächlich störte es mich nicht einmal. Ich war nicht eitel. Mein Vater aber wurde furchtbar wütend. In den Jahren zuvor hatte er seine Frau, meine Mutter, nur ignoriert. Nach diesem Ereignis jedoch begannen die beiden, sich heftige Auseinandersetzungen zu liefern, die erst zu Ende gingen, als mein Vater eines Sommermorgens auf die Jagd ritt und nicht mehr zurückkehrte. Eine Wildsau tötete ihn. Als er von seinen Mannen ins Schloss gebracht wurde, betrachtete meine Mutter nur schweigend den Leichnam. Dann drehte sie sich um und zog sich in die Turmkammer zurück. Ich glaube nicht, dass sie um ihn getrauert hat.

Natürlich tat mir der Verlust meines Vaters sehr weh, aber ich war auch froh, dass ihre Streitereien, für die ich mir die Schuld gab, endlich ein Ende fanden. Ich dachte, ich würde Trost in der Liebe meiner Mutter finden; wir würden jetzt, da mein Vater nicht mehr unter uns weilte, wieder einen Weg zueinander finden. Aber ich irrte mich bitterlich. Denn von da an wurde es noch schlimmer. Es fällt mir schwer, mich daran zu erinnern, was sie mir alles angetan hat. Belassen wir es dabei, dass ich in einer frühen Morgenstunde feststellen musste, dass die Frau, die weiterhin in der Turmkammer hoch über mir lebte, mit meiner Mutter nicht mehr viel gemeinsam hatte. Die Fremde, die wie meine Mutter aussah, hatte einen der königlichen Jäger darauf angesetzt, mir ein Messer in den Leib zu rammen. Aber ihr Plan schlug fehl, und ich flüchtete in den Wald. Ich wusste, dass ich zu Hause nicht mehr sicher war. Der Rest ist, wie man so schön sagt, Geschichte. Am Lagerfeuer erzählen sich die Leute ein phantastisches Abenteuer darüber, was mit mir geschah. Aus den Bergarbeitern, bei denen ich Unterschlupf fand, machen sie Zwerge oder Räuber. Und den Prinzen, mit dem ich jetzt verheiratet bin, stilisierten sie zum Helden. Ich sehe keinen Sinn darin, sie eines Besseren zu belehren, wo sie mich doch nicht einmal richtig verstehen.

Vier Mal sah ich meine Mutter nach meiner Flucht aus dem Schloss noch. Drei Mal versuchte sie, mich mit eigener Hand umzubringen. Beim vierten Mal war ich es, die ihr das Leben nahm. Wir sprachen nicht miteinander bei dieser letzten Begegnung. Weder flehte sie um ihr Leben noch bat sie mich um Verzeihung. Und trotz allem, trotz all des Schmerzes, den sie mir zugefügt hat, sehne ich mich nach ihr.

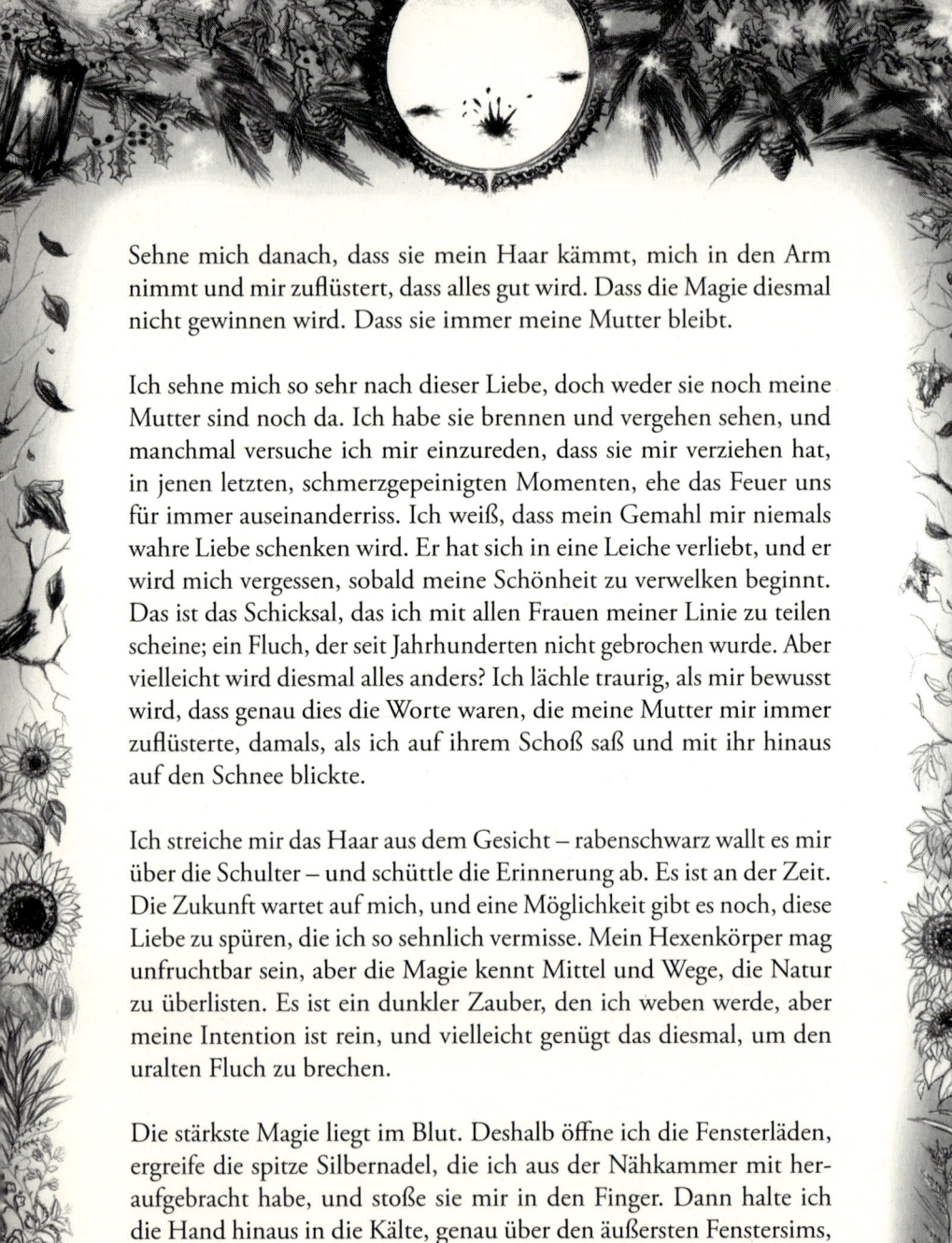

Sehne mich danach, dass sie mein Haar kämmt, mich in den Arm nimmt und mir zuflüstert, dass alles gut wird. Dass die Magie diesmal nicht gewinnen wird. Dass sie immer meine Mutter bleibt.

Ich sehne mich so sehr nach dieser Liebe, doch weder sie noch meine Mutter sind noch da. Ich habe sie brennen und vergehen sehen, und manchmal versuche ich mir einzureden, dass sie mir verziehen hat, in jenen letzten, schmerzgepeinigten Momenten, ehe das Feuer uns für immer auseinanderriss. Ich weiß, dass mein Gemahl mir niemals wahre Liebe schenken wird. Er hat sich in eine Leiche verliebt, und er wird mich vergessen, sobald meine Schönheit zu verwelken beginnt. Das ist das Schicksal, das ich mit allen Frauen meiner Linie zu teilen scheine; ein Fluch, der seit Jahrhunderten nicht gebrochen wurde. Aber vielleicht wird diesmal alles anders? Ich lächle traurig, als mir bewusst wird, dass genau dies die Worte waren, die meine Mutter mir immer zuflüsterte, damals, als ich auf ihrem Schoß saß und mit ihr hinaus auf den Schnee blickte.

Ich streiche mir das Haar aus dem Gesicht – rabenschwarz wallt es mir über die Schulter – und schüttle die Erinnerung ab. Es ist an der Zeit. Die Zukunft wartet auf mich, und eine Möglichkeit gibt es noch, diese Liebe zu spüren, die ich so sehnlich vermisse. Mein Hexenkörper mag unfruchtbar sein, aber die Magie kennt Mittel und Wege, die Natur zu überlisten. Es ist ein dunkler Zauber, den ich weben werde, aber meine Intention ist rein, und vielleicht genügt das diesmal, um den uralten Fluch zu brechen.

Die stärkste Magie liegt im Blut. Deshalb öffne ich die Fensterläden, ergreife die spitze Silbernadel, die ich aus der Nähkammer mit heraufgebracht habe, und stoße sie mir in den Finger. Dann halte ich die Hand hinaus in die Kälte, genau über den äußersten Fenstersims, der von Schnee bedeckt ist. Drei Tropfen Blut lasse ich auf dieses

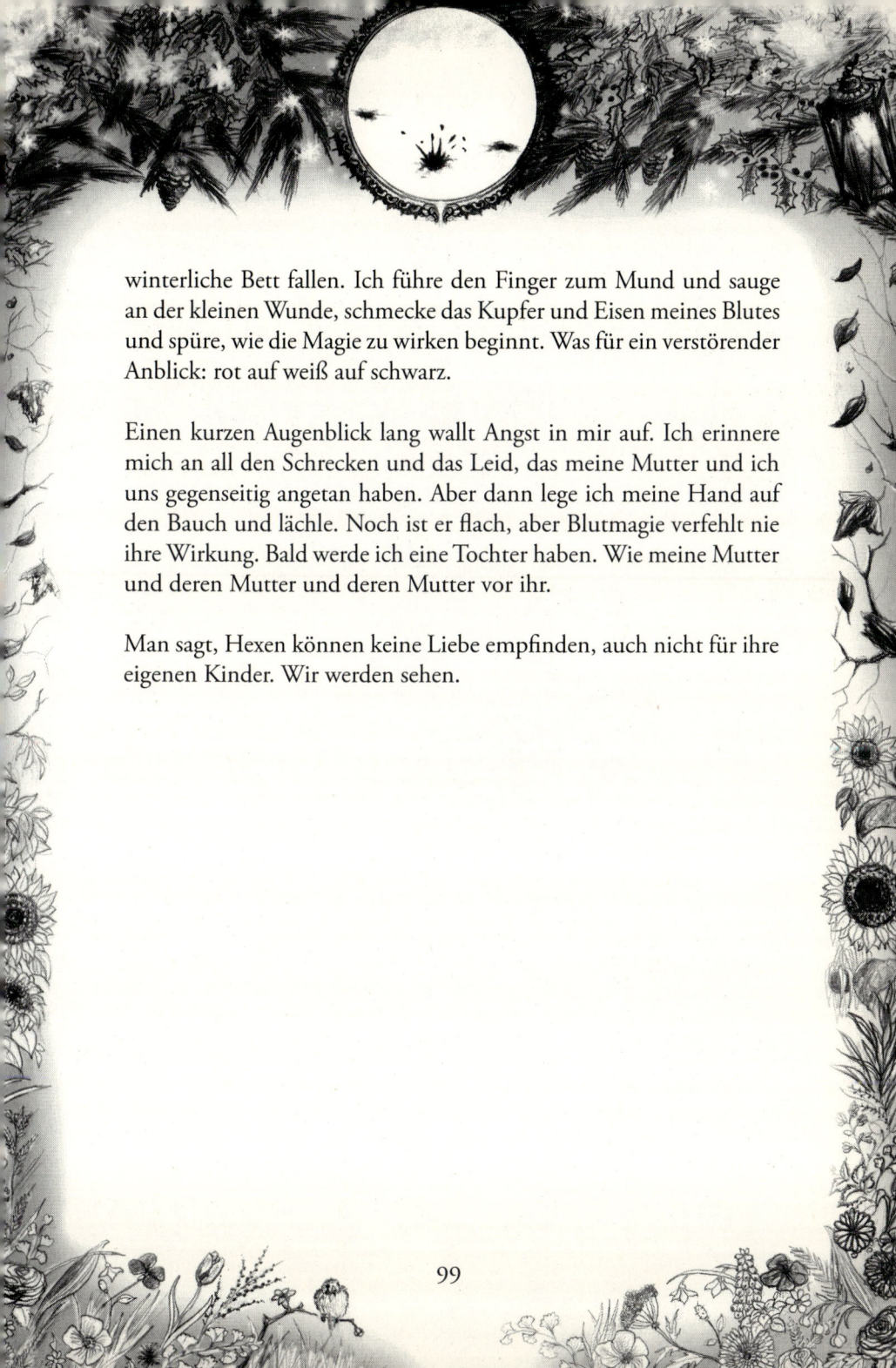

winterliche Bett fallen. Ich führe den Finger zum Mund und sauge an der kleinen Wunde, schmecke das Kupfer und Eisen meines Blutes und spüre, wie die Magie zu wirken beginnt. Was für ein verstörender Anblick: rot auf weiß auf schwarz.

Einen kurzen Augenblick lang wallt Angst in mir auf. Ich erinnere mich an all den Schrecken und das Leid, das meine Mutter und ich uns gegenseitig angetan haben. Aber dann lege ich meine Hand auf den Bauch und lächle. Noch ist er flach, aber Blutmagie verfehlt nie ihre Wirkung. Bald werde ich eine Tochter haben. Wie meine Mutter und deren Mutter und deren Mutter vor ihr.

Man sagt, Hexen können keine Liebe empfinden, auch nicht für ihre eigenen Kinder. Wir werden sehen.

Julia Adrian

Die Goldspinnerin

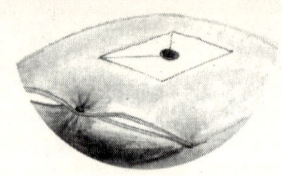

Julia Adrian

Für Feenzauber ist immer ein hoher Preis zu zahlen. Wer wüsste das besser als Julia Adrian, die in ihrer Trilogie um *Die Dreizehnte Fee* zahlreiche Märchenvorlagen adaptiert, uminterpretiert und miteinander verknüpft.

Die Goldspinnerin steht in dieser Tradition. Sie ist ein kleiner Vorgeschmack auf ihren neuen Roman *Winters zerbrechlicher Fluch*, denn sie spielt in der gleichen Welt. Diesmal verwebt Julia Motive von *Rumpelstilzchen* mit der antiken Sage des goldgierigen *König Midas*.

An der Grimmschen Vorlage störte mich immer, dass die Heldin ausgerechnet den König heiratet, der ihr angedroht hat, sie hinrichten zu lassen, wenn es ihr nicht gelingt, Stroh zu Gold zu spinnen. Das scheint Julia ähnlich zu gehen, denn sie baut in ihrer Kurzgeschichte eine ganz eigene Liebesgeschichte mit ein.

Überhaupt schöpft sie viel Inspiration aus kritischen Fragen, mit denen sie den alten Vorlagen begegnet. Einige davon haben ihr ihre Kinder gestellt, denen sie gern Märchen vorliest.

Mit ihrer Familie lebt sie an der norddeutschen Küste. Neben dem Schreiben liebt sie Lesen, die Arbeit an ihrem Kräutergarten sowie gemütliche Abende mit Tee und Freunden.

www.instagram.com/julia.s.adrian

Die Goldspinnerin

Wie hättest du auch meinen Namen kennen können?
Ich wechsle ihn wie meine Kleider. Heute bin ich deine Erlösung, doch morgen schon werde ich sie einer anderen bringen, die ebenso zu Unrecht hier sitzen und nach mir rufen wird. Spar dir die Tränen, sie wären verschwendet an diese Nacht, die einsamer nicht sein könnte. Nur wir zwei und der Mond, der träge durchs Fenster linst; allnächtlich zieht er durch seinen Garten und verliert sich Stück für Stück – wie du –, bis nichts von ihm bleibt als der Zwang, von vorn zu beginnen. Er allein sieht deine Not, doch seine Brust ist kalt wie die des Mannes, der dich hinabzwang in die Tiefen des Schlosses, in denen ich dich fand. Spinn den Faden, spinn ihn fein – bis zum Ende will ich bei dir sein. Schau, wie sich die Spule füllt! Mit deinem Schmerz, mit deiner Pein. Nur nicht zaudern, nur nicht zagen. Spinn den Faden, spinn ihn rot.
Schon morgen früh, da bist du tot.

»Du willst wahrhaftig zum König?«
Zweifelnd verharrt Cardea neben mir an der Baumgrenze und sieht zu den Zelten, die auf der Hochebene dem Wind und der Hitze trotzen. Die Banner strahlen wie die Wappen auf den Zeltbahnen, wie die Krone in des Königs Haar; die Sucht liegt ihm im Blut wie mir der Wald, der uns nur widerwillig ins flammende Hell entlässt. Die Sonne kleidet den Tag in ein goldenes Gewand, als könnte nicht einmal sie dem jungen König widerstehen. In allen Reichen sprechen sie von ihm. Die Anschläge hängen an jedem Baum, an allen Toren und den Pfählen, die eigens dafür in den Morast geschlagen wurden. Er sucht die Spinnerin, von der alle sprechen und von der doch niemand weiß, ob sie existiert. Allein sie, so steht es geschrieben, ist er gewillt zu heiraten.
»Stroh zu Gold«, murrt Cardea und schüttelt den Kopf. »Was für eine absurde Idee.«

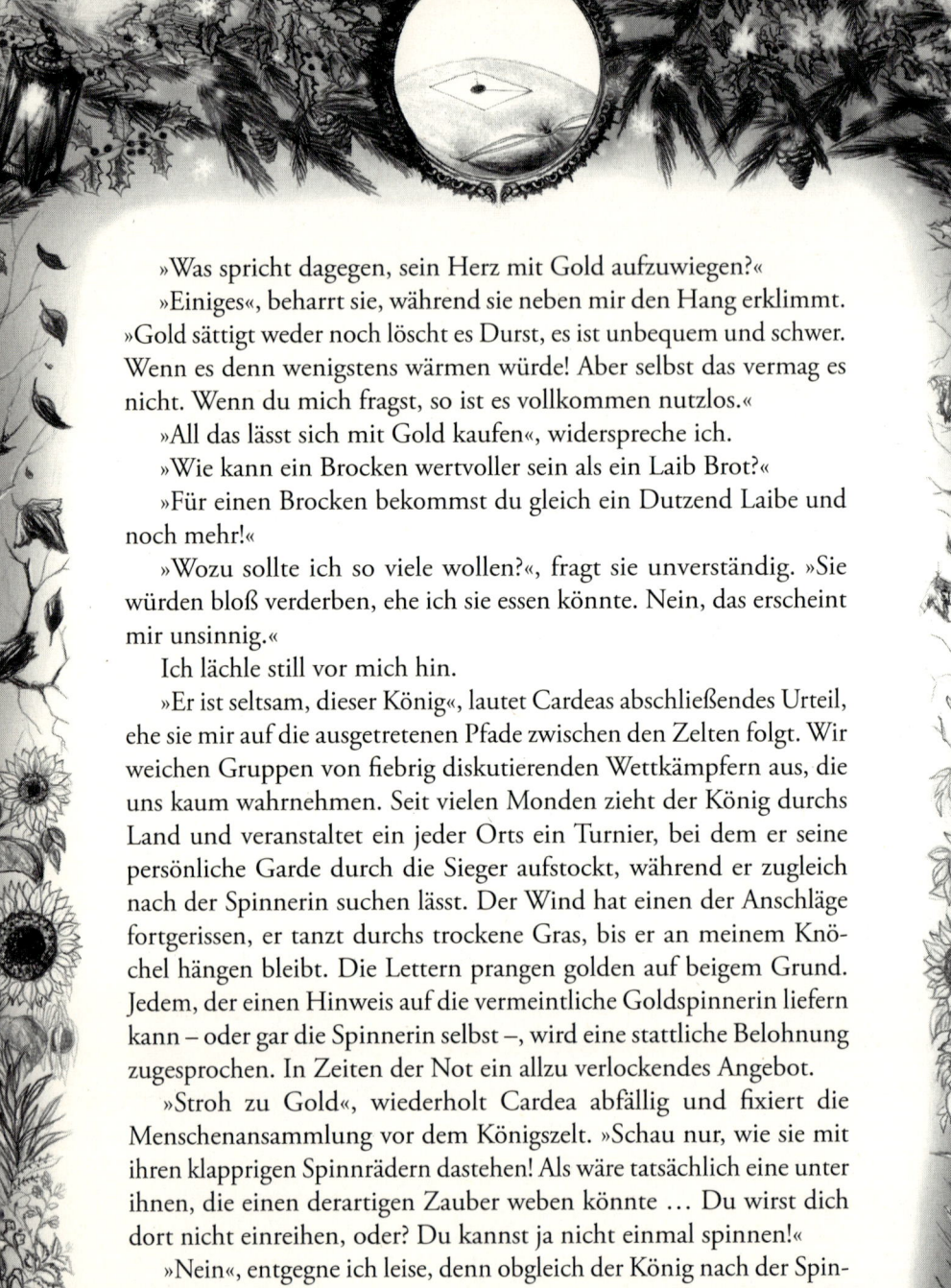

»Was spricht dagegen, sein Herz mit Gold aufzuwiegen?«

»Einiges«, beharrt sie, während sie neben mir den Hang erklimmt. »Gold sättigt weder noch löscht es Durst, es ist unbequem und schwer. Wenn es denn wenigstens wärmen würde! Aber selbst das vermag es nicht. Wenn du mich fragst, so ist es vollkommen nutzlos.«

»All das lässt sich mit Gold kaufen«, widerspreche ich.

»Wie kann ein Brocken wertvoller sein als ein Laib Brot?«

»Für einen Brocken bekommst du gleich ein Dutzend Laibe und noch mehr!«

»Wozu sollte ich so viele wollen?«, fragt sie unverständig. »Sie würden bloß verderben, ehe ich sie essen könnte. Nein, das erscheint mir unsinnig.«

Ich lächle still vor mich hin.

»Er ist seltsam, dieser König«, lautet Cardeas abschließendes Urteil, ehe sie mir auf die ausgetretenen Pfade zwischen den Zelten folgt. Wir weichen Gruppen von fiebrig diskutierenden Wettkämpfern aus, die uns kaum wahrnehmen. Seit vielen Monden zieht der König durchs Land und veranstaltet ein jeder Orts ein Turnier, bei dem er seine persönliche Garde durch die Sieger aufstockt, während er zugleich nach der Spinnerin suchen lässt. Der Wind hat einen der Anschläge fortgerissen, er tanzt durchs trockene Gras, bis er an meinem Knöchel hängen bleibt. Die Lettern prangen golden auf beigem Grund. Jedem, der einen Hinweis auf die vermeintliche Goldspinnerin liefern kann – oder gar die Spinnerin selbst –, wird eine stattliche Belohnung zugesprochen. In Zeiten der Not ein allzu verlockendes Angebot.

»Stroh zu Gold«, wiederholt Cardea abfällig und fixiert die Menschenansammlung vor dem Königszelt. »Schau nur, wie sie mit ihren klapprigen Spinnrädern dastehen! Als wäre tatsächlich eine unter ihnen, die einen derartigen Zauber weben könnte … Du wirst dich dort nicht einreihen, oder? Du kannst ja nicht einmal spinnen!«

»Nein«, entgegne ich leise, denn obgleich der König nach der Spinnerin suchen lässt, sitzt nicht er vor dem Zelt. Es ist einer seiner Minister, der die erschöpften Frauen begutachtet und selektiert. Manche schickt er heim, andere bittet er zu bleiben. Später, das weiß ich, wird er sie ins Schloss bringen, wo sie ihre Fähigkeiten unter Beweis stellen müssen. Sollten sie scheitern, droht ihnen der Tod. Es steht auf den Anschlägen, es flüstern die Leute.

»Geschieht ihnen recht«, brummt Cardea, deren Gedanken in eine ähnliche Richtung gewandert sind. »Wie können sie es auch wagen, den König zu täuschen. Nein, wer das tut, ist des Lebens müde und … Warte! Wo willst du hin?«

»Zum Turnier«, rufe ich über die Schulter und höre sie *Den Geistern sei Dank* murmeln.

Woher sollte sie auch ahnen, dass ich ihn dort zu finden hoffe?

Nein, Cardea hält nichts von Königen – ganz besonders nichts von diesem.

Der Tag neigt sich dem Ende zu. Die jüngst erwählten Rekruten finden sich am Rande des ausgedorrten Schützenplatzes ein, darauf wartend, wer der letzte Auserwählte ist, der die königliche Garde verstärken wird. Sie werfen mir nervöse Blicke zu; es ist ihnen fremd, ihrem König so nahe zu sein. Sie werden sich daran gewöhnen müssen. Nach der letzten Prüfung, dem Bogenschießen, werde ich sie einladen – wie ich es in all den anderen Dörfern tat – und gemeinsam mit ihnen ihren Sieg betrinken. Ich nippe am Weinkelch, den ich seit Stunden nicht habe auffüllen lassen, und gestehe mir erschöpft ein, dass ich des Feierns müde bin.

»Eure Majestät«, fordert ein Minister meine Aufmerksamkeit und berichtet von den Spinnerinnen, die sich mit größter Demut der Aufgabe stellen wollen. Demut – wie ich allein dieses Wort verachte. Dutzende gab es vor ihnen und Dutzende werden folgen, blind auf ein Wunder hoffend oder den Beistand einer guten Fee. Der Aberglaube des Volkes ist grenzenlos, besonders in Zeiten der Not. Missgestimmt beobachte ich den Aufbau der Zielscheiben. Ich hasse, was den Frauen geschieht. Ich hasse, ihren Eltern die schlechte Botschaft überbringen zu müssen. Nicht dass ich es persönlich täte, nein, das übernimmt ein weiterer Minister; es gibt ein eigens dafür verfasstes Protokoll. Dennoch habe ich der einen oder anderen überbrachten Botschaft im Verborgenen beigewohnt. Erst gestern luden sie einen halb verhungerten Müller vor, der fanatisch bezeugt hatte, seine Tochter sei die wahre Goldspinnerin. Die Nachricht ihres Todes zwang ihn in die Knie.

Wie leichtfertig er seine Tochter feilbot.

Wie leichtfertig sie alle es tun.

Die Verzweiflung wütet unter ihnen wie eine Grippe. Der Sommer war zu heiß, die Ernte zu karg, die Kornkammern sind leer wie die Mägen der Bevölkerung. Allein die Bäuche der Schiffe sind mit schwerem Gold gefüllt; doch solange sie nicht zurückkehren, kann ich den Menschen nichts als diese Feste und vage Hoffnungen auf ein besseres Leben bieten.

»Nachricht von den Schiffen?«, frage ich den Minister.

Er verneint betreten. Sie sind seit Wochen unterwegs, um das teuer errungene Gold gegen Nahrung zu tauschen, gegen Mehl, Weizen, irgendetwas, das den Hunger stillt.

»Eure Majestät …« Der Minister räuspert sich verhalten. »Gedenkt Ihr die Auswahl Eurer heutigen Tischdame persönlich zu treffen?«

Ich leere den Kelch in einem Zug. Der Wein schmeckt fad und warm.

»Nein«, sage ich und reibe mir die Stirn. Wer beim Abendmahl neben mir sitzt, muss als Erstes in die Tiefen des Schlosses hinabsteigen und sich der Prüfung stellen.

Ich wähle sie nicht aus. Niemals.

Der Minister notiert sich etwas. Er notiert sich viel. »Es fanden sich zahlreiche Spinnerinnen in dieser Grafschaft. Zwölf wurden ausgewählt.« Nachdem in den letzten Tagen die Anzahl der Freiwilligen drastisch schwand, bedeuten zwölf Spinnerinnen eine Erholung.

Zwölf Tage, die ich fern vom Elend der Bevölkerung verbringen kann.

Zwölf Tage, zwölf Tote.

»Gewiss ist unter ihnen die Goldspinnerin«, fährt der Minister unermüdlich fort. Er weiß nicht, was ich weiß. Er ist ahnungslos wie alle, die mich für grausam und herzlos halten. Ich sehe es in ihren Blicken. Sie denken, ich sei ein Mann ohne Gnade und Skrupel, ein König mit einem Herzen aus Stein. Vielleicht bin ich es tatsächlich. Wenngleich aus anderen Gründen, als sie fälschlicherweise annehmen. Beifall brandet auf. Ich habe den Wettkampf ausgeblendet, den Worten um mich herum entnehme ich, dass ein Schütze alle anderen übertroffen hat. Es scheint, als hätten wir unseren Sieger und damit letzten Rekruten. Schwer erhebe ich mich von meinem Platz und trete an den Rand des Feldes. Es gibt keine Tribüne, keinen Thron oder Baldachin. Nur Hitze und tote Erde.

»Wo ist der Sieger?«, frage ich gefasst, die Sonne blendet.

Niemand antwortet. Das Gemurmel verebbt.

»Hat jemand gewonnen oder nicht?«

Einer meiner Leibwächter räuspert sich. »So ist es …«

»Dann soll er vortreten«, verlange ich und weise zugleich auf die Zielscheiben. Die des Siegers wird herbeigebracht. Fünf Pfeile stecken im Zentrum, zwei davon durch nachfolgende gespalten. Ich bezweifle, dass einer meiner Soldaten Derartiges vollbringen könnte. Einzig die Schützen aus der Wüste sind dazu in der Lage. Als ich den Blick hebe, starren mich alle an.

»Wo ist der Schütze?«

Alle starren mich an – und ihn. Der Moment des Erkennens kommt rasch, er fixiert mich, nickt und heißt mich als letzten Rekruten der königlichen Garde willkommen. Kein Zaudern, kein Zorn, nichts verrät, wie es in ihm aussieht. Dem Minister hingegen steht der Widerwillen ins Gesicht geschrieben. Stolz recke ich das Kinn und ignoriere den wachsenden Unmut ringsum. Als ich zusammen mit den Rekruten das staubtrockene Feld verlasse, sehe ich Cardea an seinem Rand stehen und halbherzig die Hand heben. Bis zuletzt hat sie prophezeit, dass der König mich niemals akzeptieren würde, selbst wenn ich gewänne.

Doch das hat er. Jetzt kehre ich mit ihm heim.

Während des Festes in der großen Halle habe ich nur Augen für sie. Es ist nicht ihre Anmut, die mich nachdenklich stimmt. Es ist die Art, wie sie zwischen den Rekruten sitzt und deren Spott mit einem Lächeln erträgt. Neben ihr verblasst die Spinnerin an meiner Seite vollkommen. Ich entsinne mich ihrer erst, als sie sich anhaltend räuspert. Auf ihre Frage hin, ob ich wahrhaftig gedenke, die Goldspinnerin zu ehelichen, verlange ich bloß nach mehr Wein. Ironischerweise stellt mir eine jede diese Frage, als müssten sie sich dessen vergewissern, bevor sie hinabsteigen, um ihre Seele zu verkaufen. Ihr Leben für die Krone.

Auf irgendeinem Fest, ich weiß nicht einmal mehr auf welchem, habe ich großspurig behauptet, ich würde allein diejenige heiraten, die Stroh zu Gold spinnen und dadurch das Land aus der Hungersnot befreien könne. Hätte ich damals gewusst, dass wahrhaftig eine Goldspinnerin existiert, wäre ich niemals so leichtsinnig gewesen. Seither schreibt sie mir und fordert die Erfüllung meiner Worte. Allnächtlich finde ich ihre Briefe, liebevoll, ja geradezu intim auf meinem Kopfkissen platziert – als wäre sie bereits meine Braut. Ich trage sie stets bei mir. Bedacht ziehe ich den letzten hervor und entfalte ihn.

Es sind nur wenige Zeilen, sorgsam mit roter Tinte verfasst.

Meine Mitgift füllt deine Kammern.
Sie ist dein, sobald du mein bist.

Er sieht einsam aus, wie er dort am Tisch zwischen seinen Soldaten sitzt. Ich wünschte, ihn berühren zu können, um ihm zu versichern, dass ich ihn verstehe. Dass meine Einsamkeit der seinen gleicht und ich sofort für ihn spinnen würde – wenn ich es nur könnte. Meine Hände sind unfähig, meine Kunst ist eine andere.

Ich spüre, dass er mich mustert, doch wenn ich den Blick hebe, senkt er den seinen auf einen Zettel. Er scheint dieselben Zeilen wiederholt zu lesen. Etwas beunruhigt ihn. Ich wünschte, er würde diese Last mit mir teilen. Cardea versteht das nicht. Sie war noch nie verliebt.

Ich hingegen beobachte den Mann meines Herzens mit flatterndem Magen, während der Abend fortschreitet und das Feuer im Kamin knistert. Bis die Spinnerin gerufen wird. Sie zeigt sich zuversichtlich, die Soldaten applaudieren – vielleicht ist ja sie ihre zukünftige Königin? Allein ich bemerke ihre Furcht, als sie den Rock rafft und ihren Platz verlässt; ihr Blick zuckt wie der eines Kaninchens – kurz begegnet er dem meinen. Ich sollte Mitleid empfinden, stattdessen ist es Neid. Der König sieht ihr hinterher, doch er wünscht ihr kein Glück.

Er sprach den ganzen Abend kein Wort zu ihr.

Ob er bereits ahnt, dass sie des Todes ist?

Wie hättest du auch meinen Namen kennen können?
Er ist so alt, dass ich ihn bisweilen selbst vergesse. Allnächtlich steige ich die Stufen hinab, es sind die Tränen, die mich locken, es ist die Not, die mich ruft. Bin ich nun gnädig, da ich euch gebe, wonach euch verlangt? Oder bin ich ein Monster, da ich stehle, was euch das Liebste ist? Wenn die Furcht wächst, vergessen selbst die Klügsten, nach dem Preis zu fragen. Sie denken, dass ein kleiner Stich niemals solch tiefe Wunden reißen könnte. Doch es sind die kleinen Dinge, die am längsten währen. Spinn den Faden, spinn ihn gut, während ich deinen Kummer teile und dir die Last der unmöglichen Aufgabe nehme.
Nur ein Stich, ein wenig Blut …

Er beobachtet uns vom Turmfenster aus. Die anderen bemerken ihn niemals. Es fällt ihnen leicht, mit den Übungen fortzufahren. Meine Finger hingegen zittern, sobald ich seinen Blick auf mir spüre. Prompt verfehlt der nächste Pfeil sein Ziel, sehr zum Vergnügen der älteren Rekruten. Ich blinzele zum Turm, einen Herzschlag lang sehen wir uns an, dann wendet er sich ab. Der nächste Pfeil sitzt. Cardea würde mich kaum wiedererkennen. Ich vermisse sie, obwohl ich erst drei Tage in diesem Schloss verweile, dessen Flure klamm und zugig sind und von dessen Türmen der Blick seinesgleichen sucht. Zu gerne würde ich sie dort hinaufführen und ihr die Welt aus dieser Perspektive zeigen. Wie unbedeutend und klein dort oben alles scheint. Doch Cardea ist im Wald und ich bin allein unter den Rekruten, die mich meiden, als wäre ich ansteckend. Es ist seltsam, wie sie mich zugleich fürchten und begehren. Eine Frau, die in ihre Gefilde vorgedrungen ist und die sie lieber woanders sähen. Doch der Einzige, dem ich mich hingeben werde, zieht die Einsamkeit vor.

Drei Leichenwagen haben den Hof bereits verlassen.

»Er lässt sie ausbluten«, mutmaßt einer der Rekruten.

»Unsinn«, widerspricht ein anderer.

»Mein Onkel schwört, dass meine Cousine bleich wie Schnee war und ihre Hände wund, als hätte sie die ganze Nacht gesponnen.«

»Deine Cousine versuchte sich als Spinnerin?«

»Vor zwei Monden. Sie scheiterte kläglich.«

»Wie die anderen.«

Schweigen entsteht. Keiner wagt auszusprechen, was alle denken.

Dass sie nicht existiert.

Dass der König von einem Geist besessen ist.

Dass er allmählich den Verstand verliert.

»Hm«, machen sie nur.

»Hm«, mache auch ich und sehe zum Turmfenster. Doch der König ist fort.

Wie hättest du auch meinen Namen kennen können?

Ich wechsle ihn wie meine Kleider. Heute bin ich dein Tod, doch schon bald werde ich einen neuen Namen tragen, einen noch nie da gewesenen, und die Menschen werden mich lieben und ehren, denn ich werde ihre Königin sein, die Frau an der Seite des Mannes, den niemand zu bändigen wusste. Es gehört mir allein. Nicht dir. Niemals dir! Du denkst, ich sei grausam, weil ich dein Leben stehle? Warst nicht du es, die mich rief? Die mir alles im Tausch für diese Fähigkeit bot? Schau, wie sich die Spule

füllt! Es ist die Gier des Volkes, es ist der Wille des Königs. Sogar du bist es, in gewisser Weise.

Spinn den Faden, spinn ihn fein.
Er wird aus deinem Blute sein.

Ich habe einen Dämon heraufbeschworen und keine Ahnung, wie ich ihn loswerden kann. Er füllt meine Kammern mit unermüdlichem Reichtum und die Taschen der Totengräber. Diensteifrig nicken sie mir zu, als sie die Bahre entgegennehmen, auf der die verhüllte Gestalt der Spinnerin ruht. Ihre Hand baumelt über den Rand, das Tuch ist verrutscht, die Wunde liegt bloß. Ich weiß nicht, was in der Kammer geschieht, sobald sich die Tür hinter den Spinnerinnen schließt. Ich weiß nur, dass sie ihr Leben lassen.

»Bedauerlich«, sagt der Minister und streicht etwas in seinem Buch. Wahrscheinlich ihren Namen. Gestern erst hat er ihn mir genannt, doch ich erinnere mich weder an ihn noch an ihr Gesicht. »Es verbleiben sechs«, fährt der Minister geschäftig fort. »Frisches Stroh und ein Spinnrad stehen bereit.« Er denkt, ich bestünde auf neue Ballen, weil die alten von Blut getränkt seien. Er weiß nicht, dass ich sie von zwei überaus loyalen Dienern in die Gewölbekeller tragen lasse. Ich bin reich, wie es kein König vor mir war, doch an meinen Händen klebt Blut.

Bedacht schiebe ich die Finger der Spinnerin zurück unter das Tuch, ihre Haut ist klamm. Sie starb vorm ersten Sonnenstrahl. Die Totengräber tragen sie fort, der Minister folgt ihnen. Mich hingegen zieht es zurück zum Bett, in dem ich heute Nacht um Schlaf rang. Inzwischen wird ein Brief auf dem Kissen liegen. Meine Finger zucken allein bei dem Gedanken daran, ihn zu berühren und behutsam zu entfalten. Der Drang wird so groß, dass ich renne. Sie stiehlt mir nicht nur die Nächte, sondern auch den Verstand. Sie hat Macht über mich, wie niemand sie besitzen sollte. Schwer atmend erreiche ich das

Gemach, sofort sticht er mir in den Blick. Perlweiß und unschuldig liegt er da.

Niemand darf solche Macht über mich haben!

Ich flüchte ans Fenster und stoße es auf. Der Wind trägt Wortfetzen vom Hof hinauf – und ihren Blick. Unbewegt steht sie da, den Bogen noch in den Händen. Ob sie den Dämon sieht, der seine Fänge in meinen Leib geschlungen hat? Ob sie meine Not erahnt? Oder hält sie mich wie die anderen für einen herzlosen Tyrannen? Ich hoffe, dass sie es tut. Dass sie den Abstand zwischen uns niemals überbrückt. Wenn die Geschichten über mich dazu beitragen, sind sie wenigstens für etwas gut. Nicht auszumalen, was die Goldspinnerin täte, wenn sie von ihr erführe, der einzigen Frau, die neben ihr meine Gedanken beherrscht. Es ist, als schlügen zwei Herzen in meiner Brust. Eines trotzig, das andere wild.

Ich trete ans Bett.

Du bist mein.
Mein allein.

Seine Aufmerksamkeit schwindet unaufhaltsam während der allabendlichen Feste. Als gäbe es einzig den Kelch in seinen Händen, den er unaufhörlich dreht, ohne ihn je zu leeren. Etwas beschäftigt ihn. Die Schatten unter seinen Augen werden tiefer, das Brennen in ihnen ebenfalls – zumindest glaube ich das den flüchtigen Momenten unseres Blickkontaktes zu entnehmen. Noch weiß er, dass ich existiere, doch er scheint mich zwanghaft vergessen zu wollen.

Als die Klänge einer Violine die ersten Soldaten auf die Füße reißen, folge ich ihnen. Ihr Unglauben wandelt sich in freudige Überraschung; schon liege ich in den Armen eines Gardisten, der noch gestern über meine Fähigkeiten feixte. Er dreht mich unaufhörlich im Kreis und lacht. Er lacht noch freier, als mein Zopf aufbricht und goldene Wogen um uns wirbeln. Aller Aufmerksamkeit ist mir gewiss, auch die des Königs. Die Violine spielt schnell, der Takt fließt über den Boden, kriecht mir in die Füße und von dort ins Blut. Der Saal rauscht an mir vorbei. Die Luft ist erfüllt von Kerzenschein und Musik und der Wärme des Feuers, vom Stampfen der Füße und dem Lachen des Gardisten. Ich tanze und tanze. Ich tue es einzig für ihn, wissend, dass er dieses Bild mit sich tragen wird. Heute Nacht und in allen weiteren.

Als das Spiel der Violine endet, herrscht für einige Atemzüge verblüfftes Schweigen.

Es ist der König, der es durchbricht.

Heute Nacht bin ich wagemutig. Ich habe applaudiert, als alle sie anstarrten, und ihr eine Botschaft zukommen lassen, kaum dass sie wieder saß. Jetzt liegt sie neben mir in meinem Bett, der Kopf auf ebenjenem Kissen, das die Goldspinnerin für ihre Liebesbekundungen nutzt. Ich streiche die Flut ihres Haars beiseite und berühre die seidige Haut darunter. Heute Nacht habe ich den kostbarsten aller Schätze errungen, ich kann mich kaum sattsehen. Kerzenschein liebkost ihre Wangen und streift über ihre Lippen; ich habe sie gekostet, mich an ihr betrunken und in ihr verloren. Mit Leib und Seele, mit allem, was ich besitze. Dabei haben wir kein Wort gewechselt, allein gemurmelt und gestöhnt, gelacht und geseufzt. Meine Finger fahren durch die Wogen, die sich über das Laken fächern. Als wir uns liebten, umflossen sie ihren Leib wie flüssiges Gold, spannen ein Netz, in dem ich mich rettungslos verfangen habe.

Sie ist die Spinne und ich ihr williges Opfer.

Wenn ich will, dass sie lebt, muss sie verschwinden.

Noch breitet die Nacht ihren schützenden Mantel über uns aus, doch mit dem ersten Sonnenstrahl werde ich hinabsteigen – und *sie* wird kommen, um mich an mein Versprechen zu erinnern. Kein Diener, kein Soldat, niemand, dem ich befahl, das Gemach zu bewachen, konnte sie fassen. Die Goldspinnerin ist ein Geist, der in meinem Schloss umhergeht.

Ein Dämon, der mir den Verstand raubt.

Das Glühen in seinem Blick erlischt, als ich mich ankleide. Mit jeder Stoffschicht entfremden wir uns, bis da nur noch der König und seine Soldatin sind, in Schweigen und Beklemmung gehüllt. Allein die Sterne sind Zeugen dessen, was war und was nimmermehr ist.

Er schickt mich fort.

Als sich die Tür hinter mir schließt und ich mit klammem Herzen in den zugigen Fluren des schlafenden Schlosses stehe, glaube ich, keinen Schritt tun zu können. Es ist allein mein Wille, der mich vorwärtszwingt, die Scham, die meinen Schritt beschleunigt. Es sind die Tränen, die mich durch die verwaisten Gänge rennen lassen, bis ich mich rettungslos verloren habe. Mein Herz an ihn und mich selbst in den Tiefen des Schlosses.

Niemand weiß, wie ich heiß. Niemand wird es je erfahren.

Also nimm den Faden und spinn! Bevor ich es mir anders überlege und dich deinem Schicksal überlasse; die Flammen hätten ihre Freude an dir und die Menschen an deinen Schreien. Arme, verzweifelte Menschen, sie glauben, es ginge ihnen besser, wenn sie jemandem die Schuld zusprechen! Sie glauben, die Last ihres Leides sei dadurch leichter zu ertragen. Sie verkennen, dass es ihr eigenes Tun ist, das ihnen die Töchter raubt. Sie reichen sie dar wie Frischfleisch, biedern sich an, flehen und beten – dann fleht auch ihr. Ich allein erhöre eure Rufe. Ich lasse euch die Wahl. Noch keine hat mich fortgeschickt. Zu groß ist die Lust, zu groß die Furcht vor dem Versagen und dem Schicksal, das eurer harrt. Ich sah den Scheiterhaufen im Hof, du sahst ihn auch. Noch brennt er nicht. Noch hast du die Wahl.

Sag, Spinnerin, soll ich gehen?

Oder willst du spinnen?

Ich habe jede ihrer Spuren beseitigt. Jedes Haar vom Kissen gepflückt, die Fenster geöffnet und ihren Duft vertrieben. Danach bin ich zum Fluss geritten und samt Kleidung hineingestiegen. Die Kälte hat den Rausch getilgt, doch ihr Antlitz hat sich in meine Seele gebrannt, ihr Seufzen klingt in meinen Ohren. Ich schmecke sie noch.

Die Sonne erklimmt den Horizont, als ich zurückkehre, klatschnass und frierend. Ich hinterlasse Pfützen auf der Treppe zur Kammer, in der die Spinnerin eingeschlossen ist. Meine loyalen Diener warten bereits davor, sie grüßen stumm und reichen mir den Schlüssel. Es ist ihnen verboten, die Kammer zu öffnen. Sie gehorchen willig, sie wollen nicht auch noch den Kopf verlieren.

Die Spinnerin ist tot, das Stroh zu Gold gesponnen. Die Totengräber nehmen die Leiche in Empfang, kaum dass der Schatz verborgen ist. Kein Wort wird darüber verloren. Wie auch, ohne Zunge. Der Minister kommt hinzu, notiert und streicht in seinem Buch herum. Es verbleiben drei, ehe ich ausziehen und Nachschub besorgen muss. *Sie* schwor, so lange für mich zu spinnen, bis ihre Mitgift eines Königs würdig sei und das Land keine Not mehr fürchten müsse. Es liegt an mir, den Kreislauf von Tod und Gold zu durchbrechen und sie zur Braut zu nehmen. Doch das werde ich niemals! Überall hängen die Anschläge, dass ich sie suche, dass jeder, der einen Hinweis auf sie liefern kann, mit Münzen überschüttet wird. Sollte ich sie finden, wüsste ich sehr genau, was ich mit ihr täte.

Mit verhärtetem Herzen kehre ich ins Gemach zurück.

Drei Spinnerinnen sind verblieben.
Drei Nächte lass ich dir.
Dann fordere ich, was mir gehört.

Er bestellt mich zu sich, kaum dass das Abendmahl endet. Während er mich umfängt, kann ich mein wundes Herz ignorieren. Ich weiß, dass er mich fortschicken wird, er tut es jede Nacht. Wie ein Geist entfliehe ich dem Kokon aus Zärtlichkeiten, der nur für wenige Stunden Wärme verspricht. Ich bin dem König so nah wie nur irgend möglich und doch könnten wir einander nicht ferner sein. Als er mich heute berührt, ist es verzweifelt, beinahe drängend. Seine Küsse schmecken nach Zorn, seine Bewegungen sind grob. Danach hält er mich länger als gewöhnlich im Arm. Ich spüre, dass er mit sich ringt. Obwohl wir einander alles gaben, weiß er nichts von mir und ich so wenig von ihm. Ich wünschte, er würde das Schweigen brechen. Stattdessen zieht er mich enger heran. Mein Kopf ruht auf seiner Brust, ich lausche dem Schlag seines Herzens, dessen Echo in mir hallt.

»Liebe mich«, bitte ich.

»Ich kann nicht«, sagt er.

Es sind die ersten und einzigen Worte, die wir wechseln.

Ich schicke sie fort. Die Tür schließt sich hinter ihr, dann bin ich allein. Es fühlt sich seltsam an. Die Stille ist zu tief, das Bett zu groß, meine Hand tastet nach ihrer Wärme, die sich meinem Griff entzieht. Sie ist fort. Es ist besser so. Rasch folge ich dem allnächtlichen Ritual, öffne die Fenster, wechsle die Laken und lese ihre verlorenen Haare auf. Ich würde es bis in alle Ewigkeit tun, doch die Geduld der Goldspinnerin neigt sich dem Ende. Die letzte Kammer ist bis zum Gewölbe mit feinstem Gold gefüllt, der Reichtum so groß, dass er über Generationen hinweg für Wohlstand sorgen wird – sollte ich *sie* heiraten. Es stand in ihrem letzten Brief, dass alles, was sie ersponnen hat, null und nichtig wäre, sollte ich sie verraten. Statt Gold läge blutgetränktes Stroh in meinen Truhen und jede Spinnerin, die dafür starb, würde aus ihrem Grabe auferstehen, um die Wahrheit zu verkünden: dass ich, ihr König, sie wissentlich und willentlich dem Tode überlassen habe, einzig und allein des Goldes wegen.

Ich steige in den Fluss, doch selbst seine Fluten vermögen mein Gemüt nicht zu beruhigen. Eine letzte Nacht verbleibt mir, eine Spinnerin, die ich hinabschicken, und einen Ballen Stroh, den ich zu Gold gesponnen vorfinden werde. Eine letzte Nacht, abgesehen von dieser, die soeben dem ersten Grau weicht. Ich bin später als sonst bei der Kammer, die Diener wirken beunruhigt. Ob sie etwas ahnen? Der Leichnam wird fortgeschafft, der Minister seufzt; er sieht sich schon vor den Zelten stehen und Listen führen. Ich hingegen sehe mich auf dem Scheiterhaufen brennen. Sollte die Goldspinnerin ihre Drohung wahr machen, kann niemand mich retten. Obwohl ich anfangs darauf achtete, keine Verwandten der Garde zu nutzen, wurde ich leichtsinnig. Nun haben sie alle jemanden verloren. Eine Nichte, eine Cousine, eine Schwester. Ihr Durst nach Rache würde dem meinen nach Gold in nichts nachstehen. Es liegt mir im Blut, schon meine Väter und Vatersväter dürsteten nach Reichtum, rangen ihn in mühsamer Kleinarbeit den Bergen ab. Ich hingegen brauchte bloß ein paar Worte, um mehr zu ernten, als sie es jemals vollbrachten. Ich bin der einzig wahre Goldkönig.

Mein Gemach ist kalt, als ich zurückkehre. Der Brief erwartet mich bereits.

Als ich ihn entfalte, fallen drei goldene Haare in meine Hand.

Heute Nacht wird sie spinnen.
Es liegt an dir, so wie es an ihr liegen wird.
Rette dich – oder sie.

Ich sitze an des Königs Seite; er schweigt wie all die Abende zuvor. Seine Hand hält die meine verstohlen unter dem Tisch. Unsere Finger sind ineinander verflochten, er drückt sanft zu, als die Violine zu spielen beginnt. Ob er an den Tanz denkt, der alles veränderte? An die Nacht, die darauf folgte? An die Momente des stillen Erkennens, wenn ich im Hof und er im Turm stand? Die Blicke, die wir tauschten. Zarte Berührungen im Vorübergehen. Ein einzelner Kuss im Schatten eines Torbogens. Ob er wie ich all das im Geiste vorüberziehen sieht? Ein stiller Tanz aus Erinnerungen, eine Melodie so schwermütig und süß, dass mir die Brust eng wird. Ich wünschte, auf ewig neben ihm zu sitzen und seine Hand halten zu können. Doch wie unsere gestohlenen Momente bei Nacht, endet auch dieser.

Die Violine verstummt, ein Diener weist mir den Weg.

Er schickt mich fort.

117

Nicht einmal der Wein, von dem ich früher im Übermaß trank und der heute bloß noch bitter schmeckt, vermag den Schmerz zu vertreiben, der hartnäckig in meinem Herzen nistet.

Sie ist fort.

Unten.

In der Kammer.

Ich kippe den Kelch, verlange nach mehr. Die Überraschung des Dieners währt nur kurz, der Wein ebenso. »Mehr«, verlange ich heiser und schließe die Augen. Zu dem Schmerz gesellt sich Schwindel, Hass, Zorn. Sie ist fort, weil ich sie fortgeschickt habe. Weil ich dem Minister befahl, sie anstelle der letzten Spinnerin hinabzuschicken. Zu dem Stroh und dem Spinnrad und dem Dämon, der sein Recht fordert. Bei dem Gedanken daran, die Kammer im Morgengrauen aufzuschließen und ihren Leib, dessen Wärme ich noch spüre, erkaltet vorzufinden, breitet sich Übelkeit in mir aus. »Mehr«, ächze ich und kriege doch keinen weiteren Schluck hinunter. Der Saal dreht sich, die Soldaten verschwinden in ihre Nachtquartiere, der Minister ist fort, die Diener folgen, als ich sie fluchend entlasse. Dann bin ich allein, die Hand dort, wo sie eben noch saß. Ich könnte sie retten, wenn ich nur bereit wäre, alles zu opfern. Meinen Reichtum, meinen Ruf, mein Leben, das Wohl meines Volkes, die Beziehungen zu den anderen Reichen – die Schiffe befinden sich auf dem Rückweg, das verfluchte Gold gegen Waren eingetauscht …

Oh, wäre sie mir doch bloß niemals begegnet!

Es zieht mich hoch, hinaus zum Stall – ich widerstehe dem Drang, die Stufen hinabzusteigen, die Tür einzuschlagen und den Dämon zu vertreiben, sie an mich zu ziehen und ihr zu offenbaren, wie sehr ich sie liebe. Doch ich kann nicht. Ich darf nicht! Die Nacht fliegt an mir vorbei, der Fluss empfängt mich klagend, sein Wasser brennt in den Augen, das Schluchzen erstickt die Nacht. Ich friere und zittere und kann doch nicht zurück, denn täte ich es, würde nichts und niemand mich halten. So stehe ich da, inmitten der Nacht in den eisigen Fluten, und verzehre mich, wie sich der Mond verzehrt. Er allein sieht meine Not. Doch sein Herz ist kalt wie das des Dämons, der mir das Liebste stiehlt.

Sie nennen mich Goldspinnerin.
Sie nennen mich Dämon.
Sie geben mir Namen, erfinden mich neu. Ich war ein Monster, davor eine Fee, eine Hexe und ein Wechselbalg. Es liegt mir im Blut, das Lügen und Leben, das Stehlen und Neuerfinden. Als ich hörte, wie er von Heirat sprach, keimte in mir ein neuer Name, eine weitere Existenz. Ich wurde zur Goldspinnerin, zur zukünftigen Braut. Ich wurde zu dem, was er benannte. Nacht für Nacht schreibe ich ihm und erfülle zugleich seinen sehnlichsten Wunsch. Ich rette sein Volk, ich schenke ihm Gold. Es ist meine Art zu werben – ich tat es nie zuvor.
Und wie dankt er es mir?
Nun hat er die Wahl. Wir alle haben die Wahl.

Ich schicke die Diener fort, sie sollen nicht sehen, wie es mich in die Knie zwingt. Obwohl alles taub ist, spüre ich den Schmerz in der Brust schwellen, er droht mich zu ersticken. Der Schlüssel entgleitet mir, er klirrt auf den Fliesen. Drei Anläufe brauche ich, um ihn ins Schloss zu stecken. Meine Finger sind blutgetränkt. Ich stoße die Tür auf, taumele hinein, sinke ins Stroh. Es tröpfelt von meinen Haaren, es rinnt über meine Wangen. Sie steht vor dem Fenster, diesem winzigen Loch hoch oben in der Ecke, durch das des Nachts das Mondlicht sickert, und starrt hinaus in den erwachenden Himmel. Ihr Haar ist rabenschwarz, das Kleid schneeweiß wie das einer Braut. Von der Schützin keine Spur.

»Wo ist sie?«, krächze ich.

»Deine Liebste?« Sie klingt rau, als hätte auch sie geweint. Sie dreht sich um, in den Händen eine gläserne Spindel. »Du hast sie hinabgeschickt, um für dich zu sterben.«

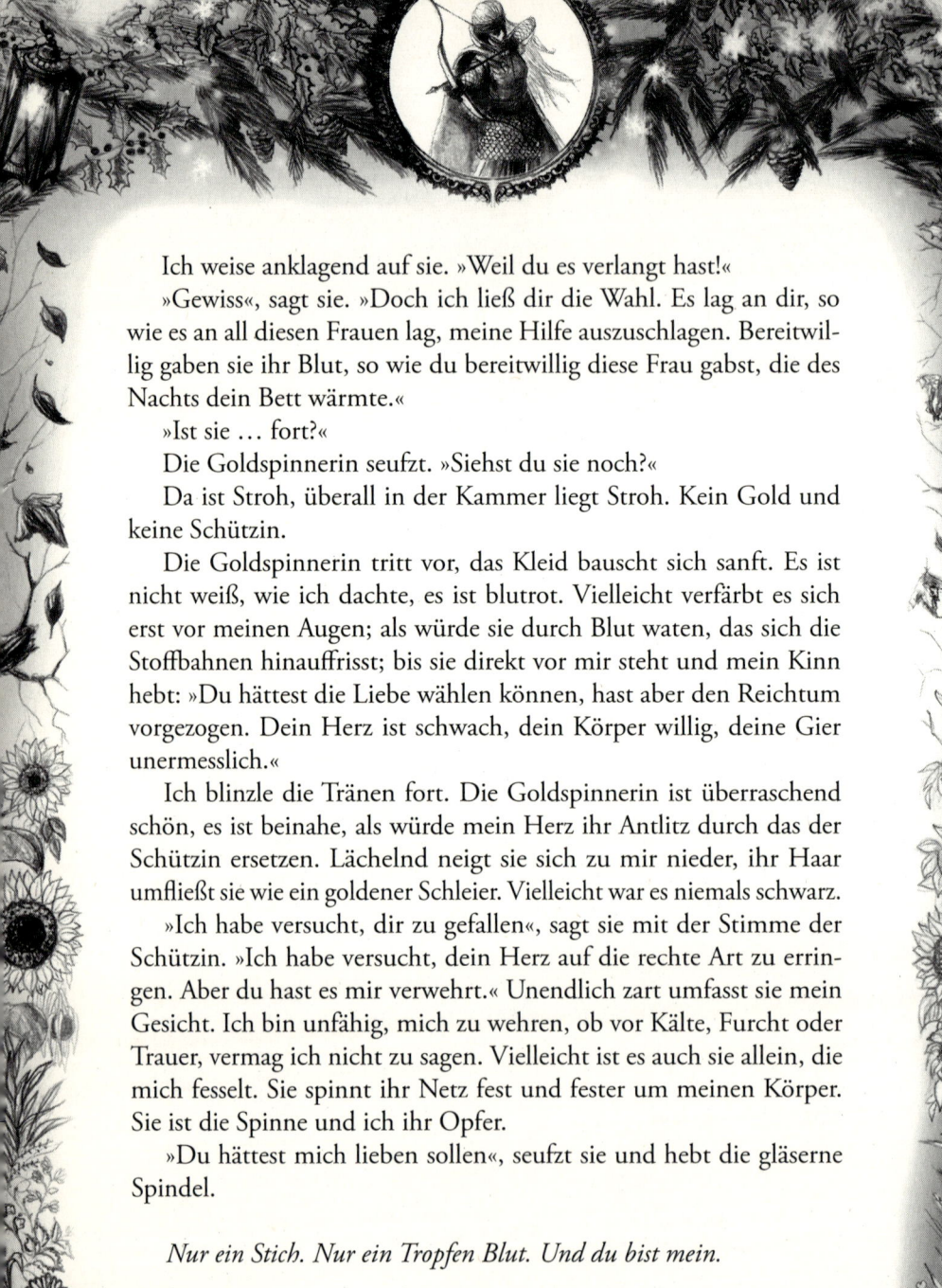

Ich weise anklagend auf sie. »Weil du es verlangt hast!«

»Gewiss«, sagt sie. »Doch ich ließ dir die Wahl. Es lag an dir, so wie es an all diesen Frauen lag, meine Hilfe auszuschlagen. Bereitwillig gaben sie ihr Blut, so wie du bereitwillig diese Frau gabst, die des Nachts dein Bett wärmte.«

»Ist sie … fort?«

Die Goldspinnerin seufzt. »Siehst du sie noch?«

Da ist Stroh, überall in der Kammer liegt Stroh. Kein Gold und keine Schützin.

Die Goldspinnerin tritt vor, das Kleid bauscht sich sanft. Es ist nicht weiß, wie ich dachte, es ist blutrot. Vielleicht verfärbt es sich erst vor meinen Augen; als würde sie durch Blut waten, das sich die Stoffbahnen hinauffrisst; bis sie direkt vor mir steht und mein Kinn hebt: »Du hättest die Liebe wählen können, hast aber den Reichtum vorgezogen. Dein Herz ist schwach, dein Körper willig, deine Gier unermesslich.«

Ich blinzle die Tränen fort. Die Goldspinnerin ist überraschend schön, es ist beinahe, als würde mein Herz ihr Antlitz durch das der Schützin ersetzen. Lächelnd neigt sie sich zu mir nieder, ihr Haar umfließt sie wie ein goldener Schleier. Vielleicht war es niemals schwarz.

»Ich habe versucht, dir zu gefallen«, sagt sie mit der Stimme der Schützin. »Ich habe versucht, dein Herz auf die rechte Art zu erringen. Aber du hast es mir verwehrt.« Unendlich zart umfasst sie mein Gesicht. Ich bin unfähig, mich zu wehren, ob vor Kälte, Furcht oder Trauer, vermag ich nicht zu sagen. Vielleicht ist es auch sie allein, die mich fesselt. Sie spinnt ihr Netz fest und fester um meinen Körper. Sie ist die Spinne und ich ihr Opfer.

»Du hättest mich lieben sollen«, seufzt sie und hebt die gläserne Spindel.

Nur ein Stich. Nur ein Tropfen Blut. Und du bist mein.

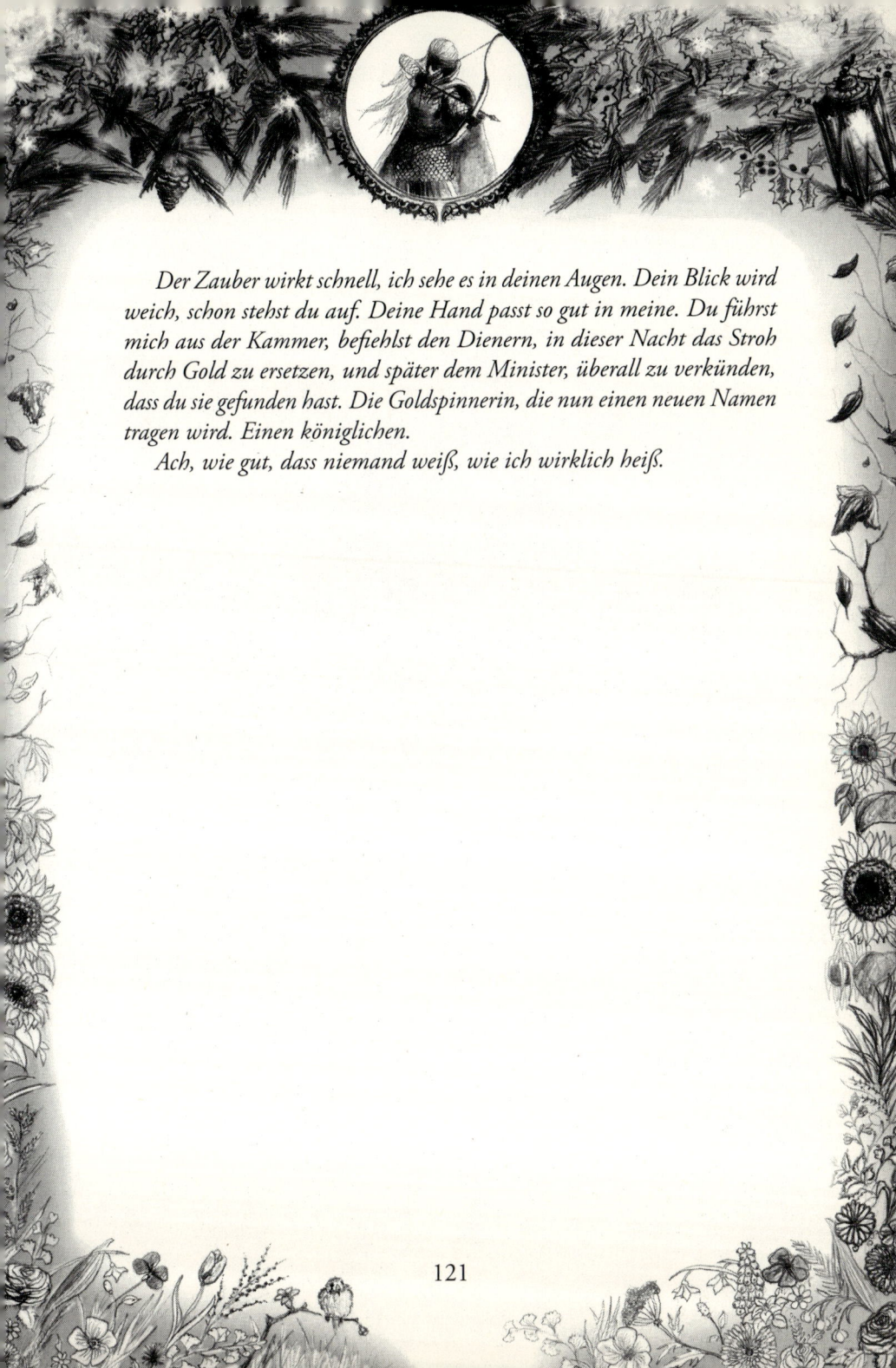

Der Zauber wirkt schnell, ich sehe es in deinen Augen. Dein Blick wird weich, schon stehst du auf. Deine Hand passt so gut in meine. Du führst mich aus der Kammer, befiehlst den Dienern, in dieser Nacht das Stroh durch Gold zu ersetzen, und später dem Minister, überall zu verkünden, dass du sie gefunden hast. Die Goldspinnerin, die nun einen neuen Namen tragen wird. Einen königlichen.

Ach, wie gut, dass niemand weiß, wie ich wirklich heiß.

Stella A. Tack

Ladon & Herakles

Götterbalg

Stella A. Tack

Du schreibst über einen bekifften schwulen Drachen?«, fragte ich Stella, als sie mir ihre Kurzgeschichte vorstellte.

»JA! Toll, oder?«, antwortete sie.

Was das jetzt mit Märchen zu tun hat, fragt ihr euch vermutlich. Nicht wirklich viel, denn Ladon & Herakles – die in der griechischen Mythologie bewanderten LeserInnen unter euch können es sich bereits denken – ist unsere erste Sagendadaption. Ladon ist der Überlieferung zufolge ein vielköpfiger Drache, der im Auftrag der Göttin Hera die Goldenen Äpfel der Hesperiden bewacht. Eine der zwölf Aufgaben des Herakles war es, diese Äpfel zu stehlen.

In der Sage verläuft das ganz anders als in der nachfolgenden Kurzgeschichte. Bei Stella hat Ladon aber auch nicht mehrere Häupter, sondern Schlangenhaare wie seine Mutter Medusa. Ich selbst bin seit dem ersten Lesen von seiner zynischen Art begeistert. Außerdem bin ich der Meinung, dass ihr nach ein paar wirklich tragischen Geschichten eine Aufmunterung gebrauchen könnt.

Und das gelingt Stella A. Tack immer, wie ihr wisst, falls ihr ihren Fantasy-Zweiteiler *Warrior & Peace* oder ihren New-Adult-Roman *Kiss Me Once* (ein Spiegel-Bestseller!) kennt.

Stella kam »als Kind eines Psychologen und einer Künstlerin« in Münster zur Welt, ist in Österreich aufgewachsen und hat nach einer 5 in der Deutschklausur beschlossen, Autorin zu werden. Drachen, Dämonen und Bad Boys haben es ihr angetan. Inzwischen lebt sie mit ihrem Mann und ihrer Tochter in München.

In ihrem nächsten Roman erwarten euch heiße Kerle, Explosionen und Motorräder. Macht euch also auf etwas gefasst. Auch bei der kommenden Geschichte.

www.facebook.com/stella.tack

Ladon & Herakles

Götterbalg

Kapitel 1

99 Jahre, 355 Tage und … ach, scheiß auf die Stunden! Im Endeffekt saß ich seit 99 Jahren und 355 Tagen wie ein gut dressiertes Hündchen vor diesem verschissenen Baum und langweilte mich zu Tode.

»Zehn Tage, nur noch zehn Tage und ich bin weg von hier«, versicherte ich mir selbst und stieß den soeben inhalierten Rauch aus der Lunge. Ein wenig unfokussiert beobachtete ich die weißen, nach Ambrosia riechenden Schwaden, die durch die kühle Abendluft tanzten und sich in der Baumkrone über mir verloren. Meine Zungenspitze wurde bereits taub, was im Normalfall ein Zeichen dafür war, dass ich aufhören sollte, mir mit dem göttlichen Zeug das Hirn wegzuknallen, doch … drauf geschissen! Wenn ich high war, spürte ich die aufgescheuerte narbige Haut an meinem Hals nicht. Bekifft war mir immerhin für ein paar Stunden die leuchtend goldene Kette, die mich an den dämlichen Baum fesselte, egal. Und allem voran spürte ich den Hunger nicht. Zumindest nicht so schlimm wie sonst. Dieser quälende nagende Hunger, der seit beinahe hundert Jahren in mir wütete und niemals aufhörte. Wie aufs Stichwort begann mein Magen zu knurren. Tief inhalierte ich den nächsten Zug des Ambrosias und stieß den eingehaltenen Rauch in die Nachtluft aus.

»Gib's auf, Kumpel! Du bekommst erst in zehn Tagen wieder was«, murmelte ich meinem Magen zu. Der knurrte nur und ich stellte mir vor, dass er mir den Mittelfinger zeigte. Ich musste grinsen.

»Führst du wieder Selbstgespräche, Ladon?«, erkundigte sich eine rauchige Stimme. Ich war so zugedröhnt, dass ich nur träge den Kopf neigte und den Blick über die Najade wandern ließ, die sich geschmeidig neben mich fallen ließ. Das grüne Gras umspielte ihre nackten Füße, während sie sich lasziv neben mir räkelte.

»Was willst du, Hespa?«, murrte ich und überlegte dabei, wann ich das letzte Mal meine Zehenspitzen gespürt hatte. Waren die noch dran?

»Mit dir reden. Ist das verboten?«, hauchte die Najade und ließ ihre Finger über meine nackten Bauchmuskeln wandern, die aus dem verrutschten Hemd hervorblitzten. Ihr Haar glänzte so schwarz wie der Nachthimmel, während ihre beinahe genauso dunklen Augen mich hungrig musterten.

»Verboten nicht, aber unwahrscheinlich. Sag, was du willst oder zisch ab«, raunte ich genervt und schlug ihre suchenden Finger weg. Hespas dunkelrote Lippen verzogen sich zu einem Schmollmund, als hätte sie tatsächlich Gefühle, die man verletzen konnte. Hatte sie nicht. Hespa war ein Miststück. Ein betrügerisches Miststück noch dazu. Sie log, sie stahl, was nicht niet- und nagelfest war, und wenn es darauf ankam, würde sie wahrscheinlich ihre eigene Großmutter verkaufen, um das zu bekommen, was sie wollte. Sie hatte mächtig einen an der Klatsche. Das war wahrscheinlich auch einer der Gründe, warum sie hier, im Hesperischen Garten, eingebuchtet worden war.

»Musst du immer so schlecht gelaunt sein, Ladon? Würde es dich umbringen, mal etwas netter zu sein?«, schmollte sie.

»Schön. Sag, was du willst und zisch ab. *Bitte.*«

»War das schon alles?«

»Take it or leave it, babe«, hauchte ich ihr einen Schwall der göttlichen Droge ins Gesicht. Hespas Schmollmund verwandelte sich in ein Husten. »Ladon! Wie hoch dosierst du dieses Zeug? Willst du dir das Hirn wegätzen?«

Grinsend hob ich eine Augenbraue: »Wenn ich dann deine hässliche Fresse nicht mehr sehen muss, immer.«

Hespa verdrehte nur die Augen und setzte sich ungefragt mit gespreizten Beinen auf meine Hüften. Ich war zu träge, um sie abzuwerfen. Dass sie nur ein luftiges, beinahe durchsichtiges Kleid trug, machte die Sache zumindest ein wenig interessant. Trotzdem rührte sich bei mir nichts. Ein netter kleiner Bestandteil meines Fluchs, der meiner Strafe das i-Tüpfelchen aufsetzte. Kein Essen, kein Trinken, kein Schlaf, kein Sex. Nope, nicht für Ladon, den missratenen Sohn der Medusa. Am Ende hätte ich mich ja noch amüsieren können.

»Also? Was willst du?«, fragte ich seufzend.

»Einen Apfel«, kam es wie aus der Pistole geschossen.

Meine Muskeln spannten sich an, während ich sie mit schmalen Augen ansah.

»Nein!«

»Ach komm, Ladon, nur einen kleinen.«

»Nein«, knurrte ich und schaffte es endlich, genug Motivation aufzubringen und die Nymphe von meinem Schoß zu werfen. Die goldene Kette an meinem Hals rasselte leise, als ich mich schwankend aufstellte und finster auf Hespa hinabsah. Der Reif um meinen Hals war so eng, dass ich immer das Gefühl hatte, gewürgt zu werden.

»Zisch ab, Hespa. Wegen dir habe ich bereits zwanzig Jahre mehr absitzen müssen. Kein Apfel mehr für dich.« Wütend schnipste ich den Glimmstängel ins Gras und trat ihn aus. Wieder kam Hespas Schmollmund zum Vorschein, während sie sich aufrappelte.

»Du bist ein griesgrämiger Geizkragen, Ladon«, zischte sie mich an. »Es ist nur ein verschissener Apfel. Noch mal zehn Jahre bringen dich nicht um!«

»Jeder Tag, den ich hier versauere, ist ein Tag zu viel. Hau ab, Hespa! Ich mein's ernst. Wenn du einen pflückst, drehe ich dir deinen dürren Hals um«, knurrte ich sie an, während ich spürte, wie meine Zähne scharf und spitz wurden. Meine Nägel verlängerten sich zu gekrümmten Krallen, während die Schlangen in meinem Haar zischten. Es waren nur fünf Stück. Fünf Stück, die in hundert Jahren nachgewachsen waren. Das restliche Gestrüpp auf meinem Kopf war schwarzes, lebloses Menschenhaar, das ich mir vor lauter Abscheu bereits mehrere Male ausgerissen hatte. Es änderte nur leider nichts daran, dass ich hier war. Dass ich getan hatte, was ich getan hatte, und auch nach dieser Strafe nie wieder derselbe sein konnte. Noch jetzt spürte ich den Nachhall der Schmerzen, als mir meine Mutter die Schlangen vom Kopf geschnitten hatte. Eine nach der anderen, bis ich zusammengebrochen und am nächsten Morgen mit dieser Kette um den Hals aufgewacht war. Nie wieder, schwor ich mir, während Haspa mir kreative Beleidigungen an den Kopf warf. Nie wieder würde ich mich einsperren lassen. Letztendlich hatte ich meine Lektion gelernt. Liebe war Schwäche und Schwäche wurde bestraft.

»Du Riesenhaufen Minotaurusmist!«, fauchte Hespa mich an. Ungerührt verschränkte ich die Arme vor der Brust.

»Bist du jetzt fertig?«

Hespas Augen verengten sich zu Schlitzen. »Komm schon, Ladon! Ich will ihn gar nicht für mich selbst. Ein Halbgott hat …«

»Nein!«, unterbrach ich sie knapp.

Hespas Augen wurden grau wie Sturmwolken, die sich vor einen reinen Nachthimmel schoben, während sie nach oben schielte. Die goldenen Äpfel glänzten wie Sterne in dem dunklen Blattwerk. Ein tief hängender Apfel bog mit seinem Gewicht einen langen Ast genau über unseren Köpfen hinab. Ich wusste, was sie vorhatte, als sie ihre Muskeln anspannte und nach vorne preschte. Plötzlich bereute ich es, mich mit so viel Ambrosia weggeballert zu haben, denn meine Bewegung war viel zu langsam, als die Najade einen Haken schlug und an mir vorbeischoss. Ich jagte ihr fluchend hinterher und merkte erst, was für eine blöde Idee das gewesen war, als mich die Kette um meinen Hals ruckartig zurückriss. Verdammt! Ich röchelte nach Luft, während die Najade auf den untersten Ast kletterte und nach dem Apfel grabschte. Nur über meine Leiche! Brüllend rannte ich zurück.

Die Kette wickelte sich wieder vom Stamm ab und ließ mir genug Bewegungsfreiheit, dass ich nach vorne hechten konnte. Ich erwischte die Najade im gleichen Augenblick am Bein, als sie an dem Apfel zog. Ich riss sie hinunter, was die Najade aufkreischen ließ. Ihr spitzer

128

Protestschrei hallte durch den verwunschenen Garten und ließ ein paar Vögel aus den Baumkronen hochflattern. Panisch starrte ich auf den Apfel über uns, der bedenklich hin und her schwankte. Nach einer qualvollen Sekunde wurde jedoch deutlich, dass er hängen bleiben würde. Zumindest vorerst. Den Göttern sei Dank!

Erleichtert atmete ich auf, während ich die Najade an ihrem langen Haar nach oben riss.

»Aua, Ladon, nicht meine Haare!«, kreischte sie.

»Hau ab! Und wenn ich dich in den nächsten zehn Tagen noch mal hier sehe, stecke ich dir deinen Apfel dahin, wo die Sonne nicht scheint.« Grob stieß ich sie von mir. Hespa stolperte, fing sich wieder und warf mir einen giftigen Blick zu.

»Bilde dir nichts ein, Ladon. Glaubst du, die Götter lassen dich einfach so gehen? Nein, denen dort oben ist scheißlangweilig und sie haben nichts anderes zu tun, als andere zu quälen. Langsam und voller Genuss. Sie lassen dich so lange hoffen, bis du die Freiheit schon schmecken kannst, und im nächsten Augenblick schicken sie jemanden, der dir deine kostbaren Äpfel unter dem Hintern wegstiehlt. Sie verarschen dich nur, siehst du das nicht? Du sitzt für immer hier fest. Finde dich damit ab!« Mit diesen Worten drehte sie sich schwungvoll um und stapfte von der Lichtung.

Lange starrte ich ihr nach.

Du sitzt für immer hier fest.

Finde dich damit ab.

Hespas gehässige Worte drehten fröhliche Runden in meinem Kopf. Eine Gänsehaut kroch meinen Nacken hoch, während ich endlich wieder so weit zur Ruhe kam, dass ich meine Fangzähne und Krallen einziehen konnte.

Zehn Tage noch, dann war ich hier weg. Zehn Tage.

Völlig fertig ließ ich mich zurück ins Gras fallen und starrte in den mit Sternen gesprenkelten Himmel. Ein paar Zweige des goldenen Apfelbaums bewegten sich im lauwarmen Wind, der meine menschlichen Haare zerzauste.

Sie lassen dich so lange hoffen, bis du die Freiheit schon schmecken kannst, und im nächsten Augenblick schicken sie jemanden, der dir deine kostbaren Äpfel unter dem Hintern wegstiehlt.

Mit zittrigen Fingern friemelte ich die nächste Fluppe aus meiner Hosentasche und zündete sie mit einem funkensprühenden Fingerschnippen an. Viel Magie hatte ich nicht mehr. Aber dazu reichte es noch.

Sie verarschen dich nur, siehst du das nicht? Du sitzt für immer hier fest. Finde dich damit ab.

So tief es der Reif um meinen Hals zuließ, inhalierte ich den betäubenden Rauch und schloss die Augen.

Zehn Tage noch.

Dann war ich frei.

Kapitel 2

Ein seltsames Geräusch holte mich aus meiner Lethargie. Eine weitere Nacht ohne Schlaf lag hinter mir. Mein Magen knurrte und der stechende Schmerz darin hätte mich beinahe von dem abgelenkt, was gerade tunlichst versuchte, meine Aufmerksamkeit nicht auf sich zu lenken. Nachlässig wischte ich mir das zerzauste Haar aus der Stirn, strich kurz über die warmen schmalen Schlangenkörper, die sich aus meiner Schädeldecke wanden, und ließ meinen Blick über die Lichtung wandern. Die Sonne schien bereits durch die Äste des Apfelbaums. Die Vögel zwitscherten, Schmetterlinge tanzten über schwere Blütenköpfe, während der Wind in den Baumkronen rauschte. Auf den ersten Blick war nichts Ungewöhnliches auszumachen. Trotzdem stimmte hier etwas nicht. Ein Knacken ließ mich die Ohren spitzen. Mein geschärftes Gehör registrierte schließlich, was mir beinahe entgangen wäre.

Ich hörte Schritte. Das vorsichtige Geräusch von Stiefeln, die sich einen Weg durch den Wald bahnten. Misstrauisch verengte ich die Augen zu Schlitzen und sprang auf die Füße.

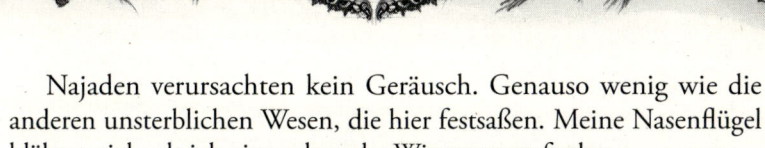

Najaden verursachten kein Geräusch. Genauso wenig wie die anderen unsterblichen Wesen, die hier festsaßen. Meine Nasenflügel blähten sich, als ich eine schwache Witterung aufnahm.

Interessant. Was da gerade einen Ast knacken ließ und glaubte, man könne sein penetrantes Mundatmen nicht hören, war menschlich. Und Menschen gehörten nicht hierher.

Sie verarschen dich nur, siehst du das nicht?

…im nächsten Augenblick schicken sie jemanden, der dir deine kostbaren Äpfel unter dem Hintern wegstiehlt.

Bei Hades' Klöten, hatte die Najade etwa tatsächlich die Wahrheit gesagt?

Fuck! Aber egal, was die Götter planten oder wen sie für die Drecksarbeit schickten, ich würde nicht zulassen, dass auch nur ein einziger goldener Apfel diesen Baum verließ.

Entschlossen drehte ich mich um und kletterte ein Stück den Baumstamm hoch, bevor ich mich auf einer stabilen Astgabel niederließ. Es dauerte nicht lange, bis der Mundatmer auch schon die Lichtung betrat. Er ging gebückt, während er ein Schwert in der Hand hielt, dessen Schneide in der Sonne blitzte. Was genau wollte er denn mit diesem Zahnstocher ausrichten? Am Ende bohrte er sich noch selbst ein Auge aus, weil er so sehr damit beschäftigt war, ohrenbetäubend laut zu schleichen. Menschen! Ich verdrehte die Augen. Mit geschärftem Blick musterte ich den Eindringling und erkannte, dass es sich bei dem Menschen um ein männliches Exemplar handelte. Blondes Haar fiel ihm über die breiten Schultern. Seine Augen, die gerade nach möglichen Gefahren die Lichtung absuchten, waren strahlend blau. Während der Mann näher kam, musste ich meine Meinung revidieren. Kein Mensch sah so perfekt aus. Er musste ein Halbgott sein. Was nicht unbedingt besser war. Sie waren zäher und lästiger als normale Sterbliche und bildeten sich nur zu gern etwas darauf ein, aus dem Schoß einer gelangweilten Gottheit gekrochen zu sein. Zeus' Bälger waren die Schlimmsten. Einem von ihnen hatte ich meine aktuelle Misere zu verdanken. Der Gedanke an Herkules weckte den unbändigen Wunsch in mir, eine Fluppe anzuzünden und die hochbrodelnden Gefühle wieder zu betäuben. Oder mich vom Baum zu stürzen. Leider musste beides gerade warten, bis ich dem Götterbalg den Knackarsch aufgerissen hatte.

Entspannt wartete ich, bis sich der junge Mann an den Baum herangeschlichen hatte. Sein Blick war so sehr auf einen der tief hängenden Äpfel fixiert, dass er mich vollkommen übersah.

»Das soll es sein? Der ganze Aufstand für so einen dämlichen Glitzerklumpen?«, fragte er ziemlich genervt. Seine Stimme klang angenehm tief und weich. Schaudernd wollten sich meine hellgrünen Nackenschuppen aufstellen, die ich rigoros wieder nach unten zwang. Es war egal, wie lange ich schon keine männliche Stimme mehr gehört hatte. Wenn er nicht abzog, würde ich dafür sorgen, dass er gar nichts mehr sagte. Der Schönling steckte sein Schwert in die Scheide und streckte sich nach dem göttlichen Gewächs.

Laut räusperte ich mich. »An deiner Stelle würde ich das sein lassen.«

»Bei den Göttern!« Der Kerl fluchte und sprang zurück. Sein Blick irrte durch das grüne Laub, während er hektisch wieder sein Schwert zückte und damit in der Luft herumfuchtelte. Ernsthaft, was glaubte er damit ausrichten zu können?

»Wer ist da? Zeig dich!«, fauchte das Götterbalg.

Seufzend schwang ich mich von der Astgabel und landete direkt vor seiner Nase. Die Kette an meinem Hals klirrte dabei laut.

Die Hände in den Hosentaschen vergraben, zog ich eine Augenbraue hoch, als der Typ die Schwertspitze auf mich richtete.

»Wo kommst du denn auf einmal her?«, herrschte mich der Kerl an. Sein süßer menschlicher Geruch stieg mir in die Nase. Wieder drückten sich meine Schuppen nach draußen. *Dumme Dinger, bleibt unten! Der hier ist weder zum Fressen noch zum Vögeln!* Ich konnte ohnehin beides nicht!

»Vom Baum«, antwortete ich nur spöttisch.

»Was … was hast du da oben gemacht?«

»Die Aussicht genossen und mich über Götterbälger lustig gemacht, die offensichtlich glauben, meine Äpfel stehlen zu können«, frotzelte ich und genoss die Zornesröte, die dem Schönling in die Wangen schoss.

»Als was spielst du dich hier auf?«, schnaubte der Kerl. »Als beknackter Apfelbaumwächter? Weißt du nicht, dass hier jederzeit ein Drache auftauchen könnte, der uns beide frisst? Hau lieber ab.«

Amüsiert legte ich den Kopf schief.

»Bist du so blöd oder tust du nur so?« Die Frage interessierte mich wirklich.

»Was?«, fragte der Kerl mit fassungslosem Blick.

Auch gut. Die Dummen ließen sich zumindest leichter fressen. Spontan entschloss ich mich, ein wenig an ihm zu knabbern, selbst wenn er mir danach wieder hochkommen würde. Es war der gute Gedanke, der zählte.

»Hast du mich nicht verstanden?«, blaffte der Halbgott. »Hier könnte jederzeit ein gigantischer Drache auftauchen! Schnapp dir einen Apfel und lauf.« Er hatte tatsächlich den Nerv, mich wegzuschubsen und erneut nach dem Apfel zu greifen. Blitzschnell packte ich sein Handgelenk und verdrehte dieses, bis ich Knochen knirschen hörte. Der Kerl schrie auf und ging wie ein gefällter Baum zu Boden. Man musste ihm zugutehalten, dass er in der anderen Pranke immer noch sein Schwert hielt.

»Bei den Göttern, was soll das?«, schrie er schmerzerfüllt zu mir hoch. Ich drückte ein wenig fester zu und senkte den Kopf, bis ich dem Dieb direkt in die Augen sehen konnte. Zum ersten Mal schien der Typ mich wirklich anzusehen. Sein Blick zuckte über die Schlangen in meinem Haar zu meinen geschlitzten Pupillen bis hin zu dem goldenen Reif an meinem Hals, der mich an den Baum kettete. Als jegliche Farbe aus seinem hübschen Gesicht wich, wusste ich, dass er die Situation endlich kapierte. Lächelnd zeigte ich ihm meine spitzen Zähne.

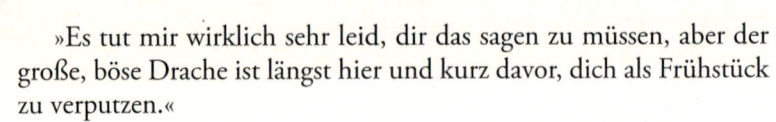

»Es tut mir wirklich sehr leid, dir das sagen zu müssen, aber der große, böse Drache ist längst hier und kurz davor, dich als Frühstück zu verputzen.«

»D…d…du bist Ladon?«, presste der Kerl ungläubig hervor.

»Der einzig Wahre.«

»Nein, nein, das kann nicht sein! Ladon ist ein Monster, eine Bestie. Sohn der Medusa. Er hat ganze Städte verschlungen. Selbst die Götter fürchten ihn! Sie haben mich vor dir gewarnt!«

»Ach ja, die guten alten Zeiten, wie schön, dass mein Ruf noch nicht völlig vergessen ist«, seufzte ich und drückte fester zu. Der Kerl fluchte und schwang sein Schwert. Die Spitze drang in meinen Bauch ein und kam an meinem Rücken wieder heraus. Es kitzelte ein wenig.

»Wie süß«, säuselte ich, ließ seine Hand los und zog mir das Schwert mit einer einzigen Bewegung wieder aus dem Körper. »Du schuldest mir ein Hemd«, sagte ich und warf ihm das spitze Spielstöckchen vor die Füße. Entsetzt krabbelte der Kerl nach hinten. Sein gebrochenes Handgelenk lief bereits blau an.

»Ladon ist ein Drache«, wurde das Göttergör nicht müde, dies fassungslos hervorzustoßen.

»… Kein … kein … kleines Bürschchen.«

»Kleines Bürschchen?« Mein linkes Augenlid zuckte, während ich langsam auf ihn zukam. Noch zwei Meter und der Bewegungsradius meiner Kette wäre aufgebraucht. Wenn ich ihn also wirklich fressen wollte, dann bald.

Schneller, als der Kerl reagieren konnte, vergrub ich meine Finger in seinem blonden Haar und riss ihn so nahe zu mir, dass ich seinen hektischen Atem an meinen Lippen fühlen konnte. *Lecker.*

»Entweder bist du sehr mutig oder sehr dumm, Göttergör. Beides schmeckt zumindest gut.«

»W…w…was?«, krächzte der Kerl so entsetzt, dass ich beinahe lachen musste.

War ich ein großer Sadist, weil ich darauf stand, wie die Röte in seine Wangen kroch?

Ich bleckte die Zähne und näherte mich seinem Hals, nicht ganz sicher, ob ich hineinbeißen oder lieber einen Knutschfleck hinterlassen wollte. Ich würde es wohl spontan entscheiden, je nachdem, was ihn mehr aus der Fassung brachte.

Der Puls an seinem Hals pochte hektisch. Ein köstlicher Duft stieg mir in die Nase und ließ mich am ganzen Körper erschaudern. Es war so verflucht lange her, seit ich einen warmen Körper berührt hatte. Genießerisch schloss ich die Augen und … ein scharfer Schmerz fraß sich durch meine Wange. Fluchend zog ich die Giftzähne zurück und schlug mit der Hand auf die Wunde. Zähes Blut begann aus einer haarfeinen Wunde hervorzuquellen.

»Bei den Göttern!«, stieß ich aus und zuckte zurück, als ich eine lange scharfe Spiegelscherbe in der Hand dieses Mistkerls entdeckte. Konnte das …? Nein, unmöglich!

»Woher hast du das?«, fauchte ich den Kerl an und rannte wieder nach vorne. Mein Gegenüber krabbelte blitzschnell von mir weg, die Hand mit der Scherbe erhoben. Im gleichen Augenblick wurde ich von dem Reif an der Kette stranguliert. Gurgelnd wurde ich von dem Schwung zurückgerissen und landete hart im Gras. Verfluchte Scheiße! Sofort sprang ich wieder auf und zischte das Göttergör an.

»Woher …«, setzte ich erneut an und wurde von seinem triumphierenden Höhnen unterbrochen: »Bleib weg von mir, Ladon! Das hier ist eine Spiegelscherbe, mit der Herkules persönlich deine Mutter geköpft hat. Wenn du mir zu nahe kommst, ramme ich sie dir in deinen …«

»Woher hast du die? Es sollte keine mehr geben! Ich habe sie allesamt persönlich zu Asche verbrannt!«, brüllte ich ihn so heftig an, dass wir beide zusammenzuckten. Der Mann schluckte, bevor er störrisch sein Kinn vorstreckte.

»Von Herkules, natürlich. Er hat deine Sippe bereits einmal ausgelöscht und ich werde es wieder tun, wenn es nötig ist.«

»Was?« Jetzt war ich derjenige, dessen Stimme eine Oktave höher kroch. »Dieser Scheißkerl lebt noch?«

Der Junge rappelte sich langsam auf und maß mich mit abschätzigen Blicken. »Natürlich! Herkules ist ein Held. Er bekam als erster Halbgott das Angebot, in den Olymp aufgenommen zu werden, und er lehnte der Liebe wegen ab. Der Platz an der Seite der Götter ist immer noch frei, also werde ich das tun, was er nicht wollte, und als erster Halbgott der Geschichte in den Olymp aufsteigen.«

»Ach, und wer bist du?«, höhnte ich. Das Blau in den Augen meines Gegenübers wurde so intensiv, dass ich den Drang unterdrücken musste, einen Schritt zurückzuweichen. Diesen Blick kannte ich. Dieser Blick hatte mich bereits einmal in fürchterliche Schwierigkeiten gebracht und jagte mir beinahe mehr Angst ein als die Worte des jungen Knilchs.

»Ich bin Herakles, Sohn des Herkules, und ich werde mir einen goldenen Apfel holen. Selbst wenn ich dafür töten muss, Ladon, Sohn der Medusa.«

Kapitel 3

Herakles. Herkules' Sohn. Ich starrte ihn drei Sekunden zu lange fassungslos an. Drei Sekunden, in denen Herakles seine Chance nutzte, sich aufrappelte und mit einem letzten abfälligen Blick davonlief.

»Ja, lauf nur weg, Kleiner«, murmelte ich und sah seinen blonden Haarschopf im dichten Wald verschwinden. Zischend warf ich mich unter den Baum und stützte den Rücken an der harten Rinde ab. Mein Finger zuckte auf der Suche nach der nächsten Ambrosiafluppe, doch nachdem ich sie endlich mit zittrigen Fingerspitzen herausgeholt hatte, starrte ich darauf, ohne sie anzuzünden. Herakles würde wahrscheinlich schneller wieder hier auftauchen, als mir lieb war. Wenn er schlau war, ließ er sich auf einen Deal mit den Nymphen ein, damit die sein Handgelenk heilten. Mit seinem Spielstock konnte er zwar auch mit einer geheilten Hand nichts gegen mich ausrichten, aber die Scherbe war da ein anderer Fall.

Grimmig wischte ich mir den letzten Rest Blut von der Wange. Der Schnitt brannte immer noch wie Feuer, genauso wie die Erinnerung, die gerade dabei war, in mir hochzukommen und meinen Verstand zu verpesten.

Das Bild von Herkules' blauen Augen tauchte vor mir auf. Das attraktive Lächeln kombiniert mit diesen sündhaft vollen Lippen. Das Flüstern seiner rauen Stimme, das mir immer einen wohligen Schauder über den Rücken gejagt hatte.

»Du musst mir nur ein Geheimnis verraten, Ladon. Ein einziges, und wir können für immer zusammen sein.«

»Fuck!« Wütend riss ich an meinen menschlichen Haaren und knallte den Hinterkopf gegen den Baumstamm.

Wie hatte ich nur so jung, dumm und naiv sein können? Mein einziger Trost hatte in den letzten Jahren darin bestanden, mir vorzustellen, wie er inzwischen alt, hässlich, eventuell tot und von Würmern gefressen worden war. Aber nein! Der Halbgott rannte immer noch quietschfidel herum und hatte nichts Besseres zu tun, als blonde Klone in die Welt zu setzen. Mit über hundert! Diese Göttergene waren wirklich unglaublich nervtötend. Mit knirschenden Zähnen wartete ich darauf, dass Herkules Junior wieder auftauchte. Die Sonne begann bereits am Horizont unterzugehen, als ich ihn schließlich roch.

»Dann wollen wir mal«, murmelte ich, stand auf und klopfte mir Erde von der Hose.

Herakles' unverkennbarer Schopf kam langsam näher. Für einen Menschen war er wirklich leise, trotzdem machte er in meinen empfindlichen Ohren Krach für zehn.

Schnaubend hob ich einen Stein auf, wartete, bis Herakles nahe genug war, und feuerte ab. Der Stein flog in hohem Bogen durch die Luft.

Zufrieden verfolgte ich seine Flugbahn, bis der Gesteinsbrocken wieder hinabsank und krachend sein Ziel traf.

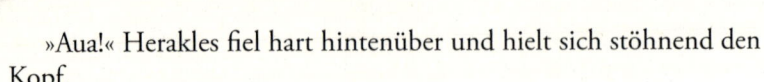

»Aua!« Herakles fiel hart hintenüber und hielt sich stöhnend den Kopf.

»Hau ab, Göttergör!«, brüllte ich ihn quer über die Wiese an.

»Mein Name ist Herakles!«, brüllte er zurück und setzte sich mit schmerzverzerrtem Gesichtsausdruck auf. Blut tropfte ihm von der Stirn. Ich zeigte ihm nur den göttlichen Finger.

Neun Tage noch, dann war ich hier weg. Neun Tage.

KAPITEL 4

Herakles war zumindest so schlau, ein wenig Zeit verstreichen zu lassen und mich damit mürbe zu machen, bevor er wieder auftauchte. Er wartete die nächste Nacht ab und traute sich erst heraus, als die Sterne hoch am Firmament standen und ich ein lautes, gekünsteltes Schnarchen ausstieß.

»Jetzt habe ich dich, du Schlange«, hörte ich ihn gehässig knurren. Angestrengt unterdrückte ich ein Grinsen und wartete, bis ich seine Schritte genau neben mir hörte.

Blitzschnell riss ich die Augen auf und schrie: »Buh!«

Der Kleine pisste sich vor Schreck beinahe ein, und ich mich vor Lachen.

»Du Monster!«, motzte Herakles und stürmte mit gezückter Scherbe auf mich zu. Schnell rollte ich zur Seite und trat ihm mit meinem Fuß in den Magen. Während Herakles sich hustend krümmte, holte ich erneut aus und gab ihm eine auf die Nase. Ein befriedigendes Knirschen war zu hören, bevor Herakles noch lauter fluchte.

»Das macht übrigens drei zu null für mich«, zog ich ihn auf und war selbst erstaunt, warum ich ihn nicht einfach umbrachte. Es würde diese Sache so viel einfacher machen.

Trotzdem ließ ich ihn mit seiner Scherbe rumfuchteln und mich, meine Mutter und meine Geschlechtsteile verfluchen. Sein finsterer Blick war das Amüsanteste, das ich seit Jahren gesehen hatte.

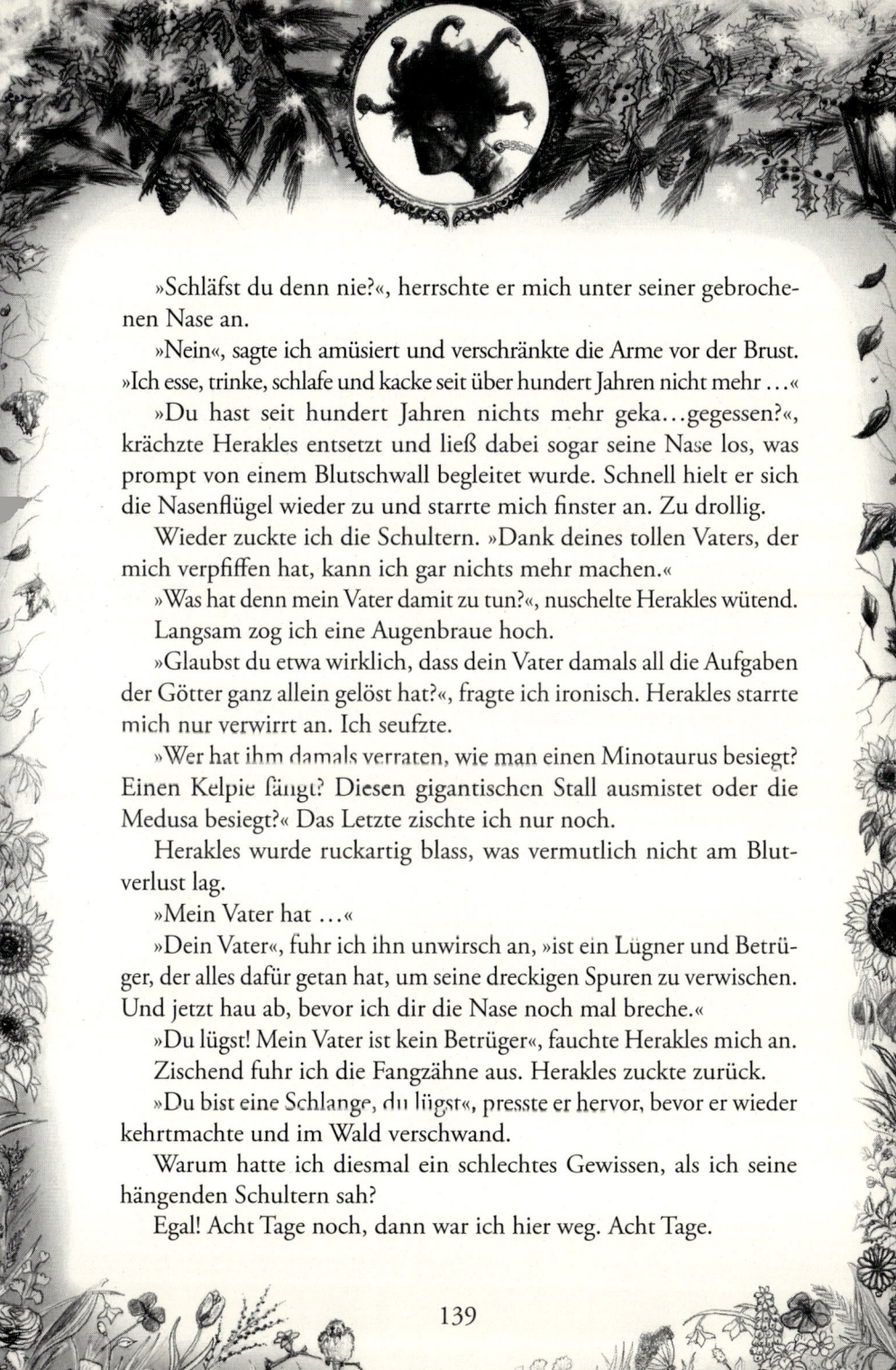

»Schläfst du denn nie?«, herrschte er mich unter seiner gebrochenen Nase an.

»Nein«, sagte ich amüsiert und verschränkte die Arme vor der Brust. »Ich esse, trinke, schlafe und kacke seit über hundert Jahren nicht mehr …«

»Du hast seit hundert Jahren nichts mehr geka…gegessen?«, krächzte Herakles entsetzt und ließ dabei sogar seine Nase los, was prompt von einem Blutschwall begleitet wurde. Schnell hielt er sich die Nasenflügel wieder zu und starrte mich finster an. Zu drollig.

Wieder zuckte ich die Schultern. »Dank deines tollen Vaters, der mich verpfiffen hat, kann ich gar nichts mehr machen.«

»Was hat denn mein Vater damit zu tun?«, nuschelte Herakles wütend.

Langsam zog ich eine Augenbraue hoch.

»Glaubst du etwa wirklich, dass dein Vater damals all die Aufgaben der Götter ganz allein gelöst hat?«, fragte ich ironisch. Herakles starrte mich nur verwirrt an. Ich seufzte.

»Wer hat ihm damals verraten, wie man einen Minotaurus besiegt? Einen Kelpie fängt? Diesen gigantischen Stall ausmistet oder die Medusa besiegt?« Das Letzte zischte ich nur noch.

Herakles wurde ruckartig blass, was vermutlich nicht am Blutverlust lag.

»Mein Vater hat …«

»Dein Vater«, fuhr ich ihn unwirsch an, »ist ein Lügner und Betrüger, der alles dafür getan hat, um seine dreckigen Spuren zu verwischen. Und jetzt hau ab, bevor ich dir die Nase noch mal breche.«

»Du lügst! Mein Vater ist kein Betrüger«, fauchte Herakles mich an.

Zischend fuhr ich die Fangzähne aus. Herakles zuckte zurück.

»Du bist eine Schlange, du lügst«, presste er hervor, bevor er wieder kehrtmachte und im Wald verschwand.

Warum hatte ich diesmal ein schlechtes Gewissen, als ich seine hängenden Schultern sah?

Egal! Acht Tage noch, dann war ich hier weg. Acht Tage.

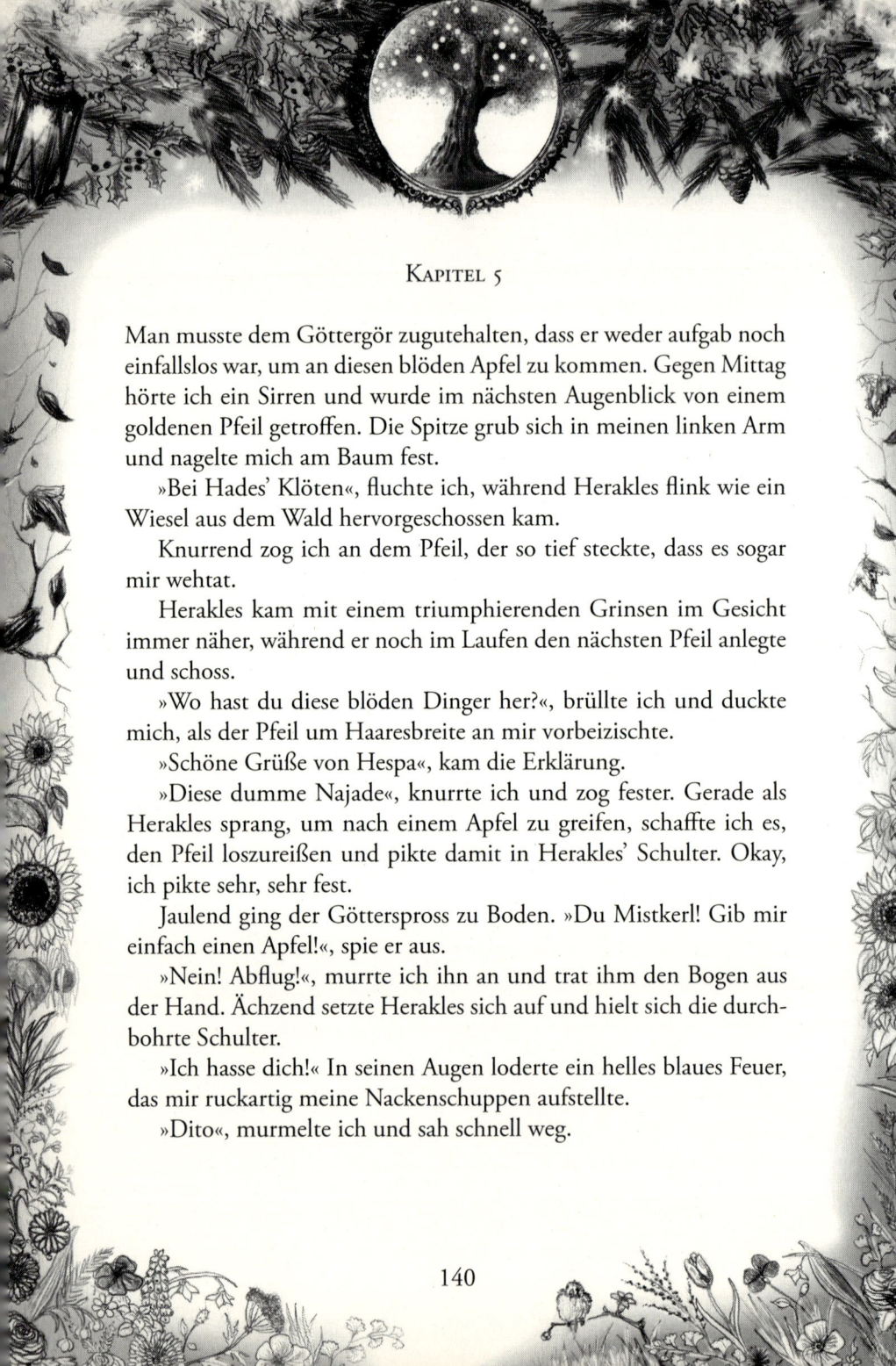

KAPITEL 5

Man musste dem Göttergör zugutehalten, dass er weder aufgab noch einfallslos war, um an diesen blöden Apfel zu kommen. Gegen Mittag hörte ich ein Sirren und wurde im nächsten Augenblick von einem goldenen Pfeil getroffen. Die Spitze grub sich in meinen linken Arm und nagelte mich am Baum fest.

»Bei Hades' Klöten«, fluchte ich, während Herakles flink wie ein Wiesel aus dem Wald hervorgeschossen kam.

Knurrend zog ich an dem Pfeil, der so tief steckte, dass es sogar mir wehtat.

Herakles kam mit einem triumphierenden Grinsen im Gesicht immer näher, während er noch im Laufen den nächsten Pfeil anlegte und schoss.

»Wo hast du diese blöden Dinger her?«, brüllte ich und duckte mich, als der Pfeil um Haaresbreite an mir vorbeizischte.

»Schöne Grüße von Hespa«, kam die Erklärung.

»Diese dumme Najade«, knurrte ich und zog fester. Gerade als Herakles sprang, um nach einem Apfel zu greifen, schaffte ich es, den Pfeil loszureißen und pikte damit in Herakles' Schulter. Okay, ich pikte sehr, sehr fest.

Jaulend ging der Göttersspross zu Boden. »Du Mistkerl! Gib mir einfach einen Apfel!«, spie er aus.

»Nein! Abflug!«, murrte ich ihn an und trat ihm den Bogen aus der Hand. Ächzend setzte Herakles sich auf und hielt sich die durchbohrte Schulter.

»Ich hasse dich!« In seinen Augen loderte ein helles blaues Feuer, das mir ruckartig meine Nackenschuppen aufstellte.

»Dito«, murmelte ich und sah schnell weg.

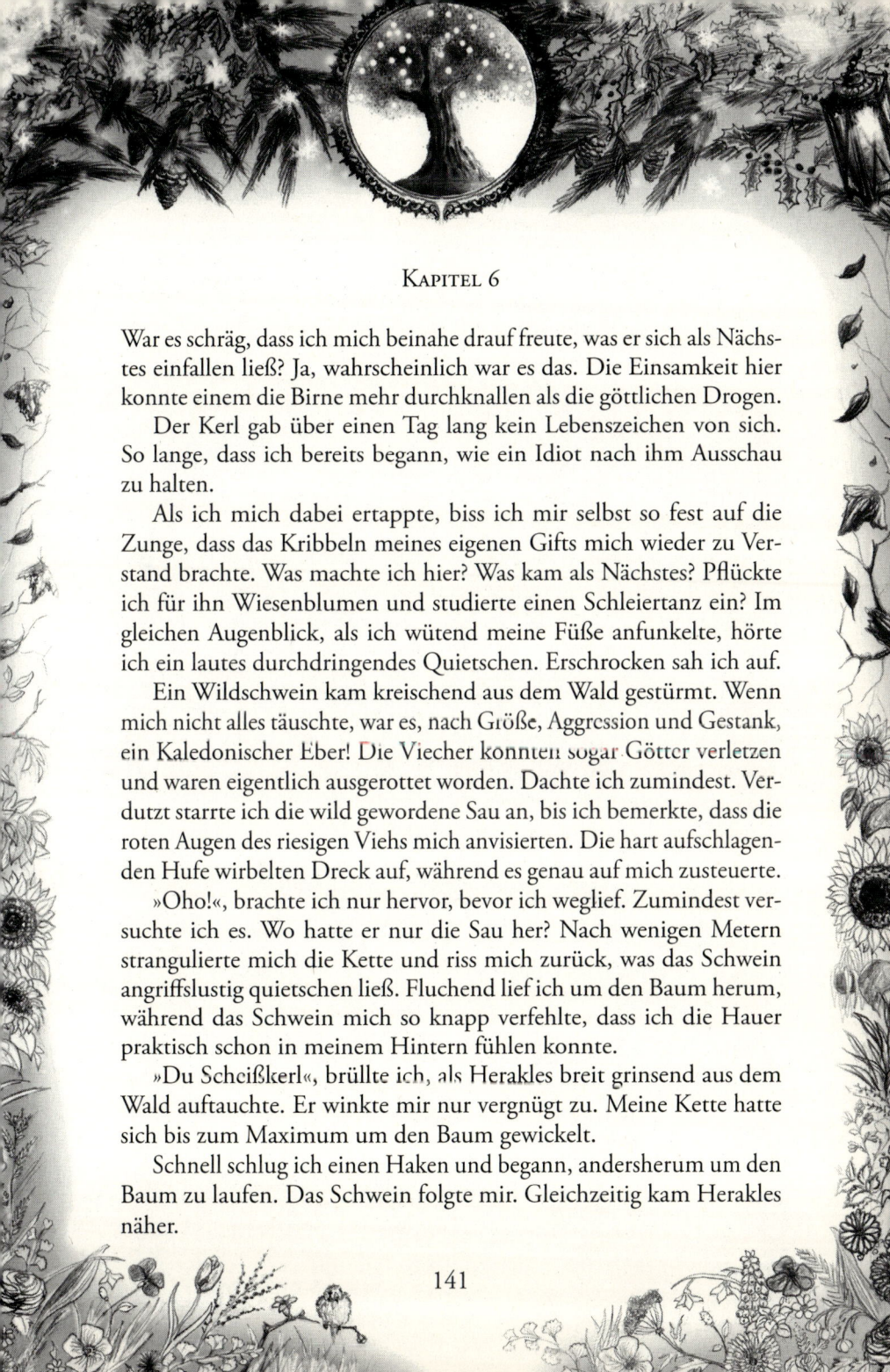

War es schräg, dass ich mich beinahe drauf freute, was er sich als Nächstes einfallen ließ? Ja, wahrscheinlich war es das. Die Einsamkeit hier konnte einem die Birne mehr durchknallen als die göttlichen Drogen.

Der Kerl gab über einen Tag lang kein Lebenszeichen von sich. So lange, dass ich bereits begann, wie ein Idiot nach ihm Ausschau zu halten.

Als ich mich dabei ertappte, biss ich mir selbst so fest auf die Zunge, dass das Kribbeln meines eigenen Gifts mich wieder zu Verstand brachte. Was machte ich hier? Was kam als Nächstes? Pflückte ich für ihn Wiesenblumen und studierte einen Schleiertanz ein? Im gleichen Augenblick, als ich wütend meine Füße anfunkelte, hörte ich ein lautes durchdringendes Quietschen. Erschrocken sah ich auf.

Ein Wildschwein kam kreischend aus dem Wald gestürmt. Wenn mich nicht alles täuschte, war es, nach Größe, Aggression und Gestank, ein Kaledonischer Eber! Die Viecher konnten sogar Götter verletzen und waren eigentlich ausgerottet worden. Dachte ich zumindest. Verdutzt starrte ich die wild gewordene Sau an, bis ich bemerkte, dass die roten Augen des riesigen Viehs mich anvisierten. Die hart aufschlagenden Hufe wirbelten Dreck auf, während es genau auf mich zusteuerte.

»Oho!«, brachte ich nur hervor, bevor ich weglief. Zumindest versuchte ich es. Wo hatte er nur die Sau her? Nach wenigen Metern strangulierte mich die Kette und riss mich zurück, was das Schwein angriffslustig quietschen ließ. Fluchend lief ich um den Baum herum, während das Schwein mich so knapp verfehlte, dass ich die Hauer praktisch schon in meinem Hintern fühlen konnte.

»Du Scheißkerl«, brüllte ich, als Herakles breit grinsend aus dem Wald auftauchte. Er winkte mir nur vergnügt zu. Meine Kette hatte sich bis zum Maximum um den Baum gewickelt.

Schnell schlug ich einen Haken und begann, andersherum um den Baum zu laufen. Das Schwein folgte mir. Gleichzeitig kam Herakles näher.

Und ich konnte ihn nicht aufhalten, weil ein Wildschwein mich verfolgte! Langsam ging mir außerdem die Puste aus. Herakles blieb in gebührendem Abstand stehen und wartete geduldig. Als eine Lücke zwischen mir und dem wütenden Schwein frei wurde, grinste er und preschte nach vorne. Nein! Schnaufend drehte ich mich um und sprang über das Wildschwein hinweg. Die Kettenglieder verhedderten sich in seinen gigantischen Hauern und als ich aufkam, riss ich es hart von den Beinen. Das Schwein quiekte wild, strampelte mit den Hufen und bockte auf, womit es mich ebenfalls zu Boden riss. Ich schaffte es gerade noch, den Mund zu öffnen und Herakles meine Giftzähne in die Wade zu schlagen, bevor dieser den Apfel pflücken konnte. Herakles schrie auf, während mein Gift wirkte. Seine Glieder versteiften sich, als er gelähmt ins Gras knallte. Das Schwein zappelte und schaffte es endlich, sich loszureißen.

Seine roten Augen fixierten mich finster und der massige Körper stürzte sich auf mich. Fluchend riss ich den Mund auf und vergrub meine Zähne in dem borstigen Fell. Das Schwein stieß ein fast schon überraschtes Quieken aus, bevor es sich ebenfalls versteifte, die Augen verdrehte und auf mir zusammenklappte. Ich war zu langsam und wurde unter einer gefühlten Tonne Wildsau begraben.

Verzweifelt zappelte ich unter dem massigen Tier.

Herakles lachte mit dem letzten Rest Puste, den er noch hatte.

»Du kannst mich mal, Göttergör!«, stieß ich ächzend unter dem Schwein hervor und versuchte, es von mir zu schieben. Erfolglos.

»Ich … heiße … Herakles!«, stieß der Göttersohn trotzig hervor.

»Mir egal, wie du heißt!«, gab ich dumpf zurück und wackelte hilflos mit den Armen.

»Wie … lange … wirkt … dein Gift?«

»Ein paar Stunden«, knurrte ich und schaffte es zumindest, den Kopf so zu drehen, dass ich Luft bekam. Dabei berührte meine Nase beinahe die von Herakles. Erschrocken blinzelten wir uns an. Unsere Gesichter waren sich so nahe, dass ich seinen Atem auf meinen Lippen

fühlen konnte. Klasse! Die erste Intimität seit Ewigkeiten und ich wurde dabei von einem Schwein zerquetscht.

»Wo hast du nur dieses Vieh her?«, presste ich ungläubig hervor. Herakles' gelähmte Gesichtsmuskeln zuckten. Versuchte er zu grinsen?

»Hespa«, murmelte er.

»Verdammte nachtragende Najade!«

»Ich … mag … sie.«

»War ja klar!«

Lange Zeit lagen wir bewegungsunfähig da und starrten uns an. Irgendwann ging ein Ruck durch Herakles' Gesichtsmuskeln, als würden diese langsam wieder aufwachen, und auch das Ohr des Schweins wackelte. Na endlich! Herakles räusperte sich.

»Ist es … wahr?«, fragte er leise.

»Was?«, genervt pustete ich mir eine Strähne meines Menschenhaares aus dem Gesicht.

»Das mit meinem … Vater«, flüsterte Herakles leise. »Hast wirklich du … ihm … alles … gezeigt?«

Seufzend schloss ich die Augen.

»Ja«, murmelte ich genauso leise zurück. Daraufhin wurde es still. So lange, bis auch das zweite Ohr des Schweins zu zucken begann.

»W…warum?«, fragte Herakles schließlich und ließ mich wieder in sein hübsches Göttergesicht sehen.

»Was, warum?«, wich ich aus.

»Warum hast du ihm geholfen?«

Mein Mund öffnete sich für eine bissige Bemerkung, doch es kam nicht mehr als heiße Luft heraus. Seine blauen Augen sahen mich so verwirrt an und erinnerten mich … an mich selbst. An den Jungen, der ich vor langer Zeit gewesen war und der genauso fassungslos hatte mitansehen müssen, wie alles, an das er bisher geglaubt hatte, zu Staub, Betrug und Lügen zerfallen war.

»Weil ich so dumm war zu glauben, dass jemand ein Monster wie mich lieben könnte«, sagte ich schließlich. Herakles' Augen fixierten

meine. Seine Pupillen wurden groß wie Spiegel, in denen ich mich
selbst sah. Einen blassen jungen Mann mit schwarzem Menschenhaar
und traurigen grünen Augen. Ich sah so … menschlich aus. Dazu
hatte Herkules mich gemacht. Menschlich, schwach. Kein Wunder,
dass Medusa mich, nachdem sie diese Sache mit dem Geköpft-Werden
verkraftet und aus der Unterwelt zurückgekommen war, als Strafe an
diesen Baum gekettet hatte. Entsetzt bemerkte ich, wie in mir die
Tränen hochkamen. Hektisch blinzelnd sah ich weg.

Herakles blieb still. Irgendwann, nachdem der Mond bereits hoch
am Himmel stand, löste sich das Gift endgültig auf. Völlig fertig mit
den Nerven erhob sich das Wildschwein von mir. Ächzend rollte
ich mich weg. Beinahe erwartete ich einen erneuten Angriff, doch
das Schwein rümpfte nur seinen Rüssel in meine Richtung und verschwand empört im Unterholz.

»Du stinkst nach Schwein«, ächzte Herakles, der es endlich schaffte,
sich aufzusetzen, wenn auch schwankend.

»Du auch«, motzte ich und lehnte mich gegen den Baum. Müde
schloss ich die Augen und wartete darauf, dass der Göttersproß die
Biege machte. Doch er blieb sitzen. Wirkte das Gift noch so stark?
Seufzend schlug ich die Augen wieder auf.

»Na komm schon, verschwinde, Kleiner, ich schlafe vielleicht nicht,
aber für heute reicht es mir.«

Doch Herakles blieb sitzen und musterte mich mit blauen Augen.
Irgendwann hob er eine Hand und legte sie mir sanft an die Wange.
Erschrocken zuckte ich zurück. Meine Nackenschuppen stellten sich auf.

»Was soll das?«, fuhr ich ihn an.

»Du bist anders, als ich es erwartet habe«, murmelte Herakles.

»Wie hast du dir mich denn vorgestellt?«, höhnte ich.

Herakles blieb ernst. «Nicht so menschlich«, gestand er. »Warum
redet ein Monster von Liebe?«

Ich schluckte und schaffte es, ihm in die Augen zu sehen, obwohl
sich dabei mein gesamter Körper zusammenzog. »Vielleicht will jedes
Monster in Wirklichkeit nur geliebt werden?«

»Hast du Herkules deshalb verraten, wie er deine Mutter töten konnte?«, fragte er nach.

Seufzend rappelte ich mich auf und setzte mich in den Schneidersitz. Die Kette an meinem Hals rasselte. »Habe ich. Er tötete sie. Aber wie viele andere Monster kam auch sie wieder aus dem Hades gekrochen und war … stinksauer. Dein Vater hatte mich damals wie ein benutztes Paar Schuhe weggeworfen und sie fand mich in Menschengestalt in einem Dorf umherirren«. Ein humorloses Lachen steckte in meinem Hals fest. »Er ließ mich zurück und Medusa legte mir das Halsband als Strafe um.«

»Für wie lange?«

»Inzwischen sind es fast hundert Jahre.«

»Verstehe …«, murmelte er und seltsamerweise glaubte ich ihm, dass er es tatsächlich verstand.

»Und«, er räusperte sich und linste verlegen zu mir hoch. »wie lange hast du noch?«

»Fünf Tage, dann bin ich weg von hier«, murmelte ich und sah zu Herakles auf, der mir so nahe war, dass sich unsere Fingerspitzen berührten. Keiner von uns zog die Hand zurück.

»Und wenn ich einen Apfel vom Baum stehle? Was passiert dann mit dir?«, fragte er sanft nach. Viel zu sanft. Mein Herz zog sich zusammen. Dieses dumme, viel zu menschliche Monsterherz. »Dann muss ich zehn Jahre länger meine Strafe absitzen«, erklärte ich ihm leise.

»Und wenn ich …«, er zögerte, »und wenn ich warte, bis du frei bist? Dann könnte ich mir einen Apfel nehmen, ohne deine Strafe zu verlängern, oder?«

Niedergeschlagen stieß ich den Atem aus und schüttelte den Kopf. »So einfach ist das leider nicht: Dieser Baum trägt nur so lange goldene Äpfel, wie jemand ihn bewacht. Sobald die Ketten weg sind, zerfallen die Äpfel zu Staub.«

»Oh …«, sagte Herakles und klang ehrlich deprimiert.

145

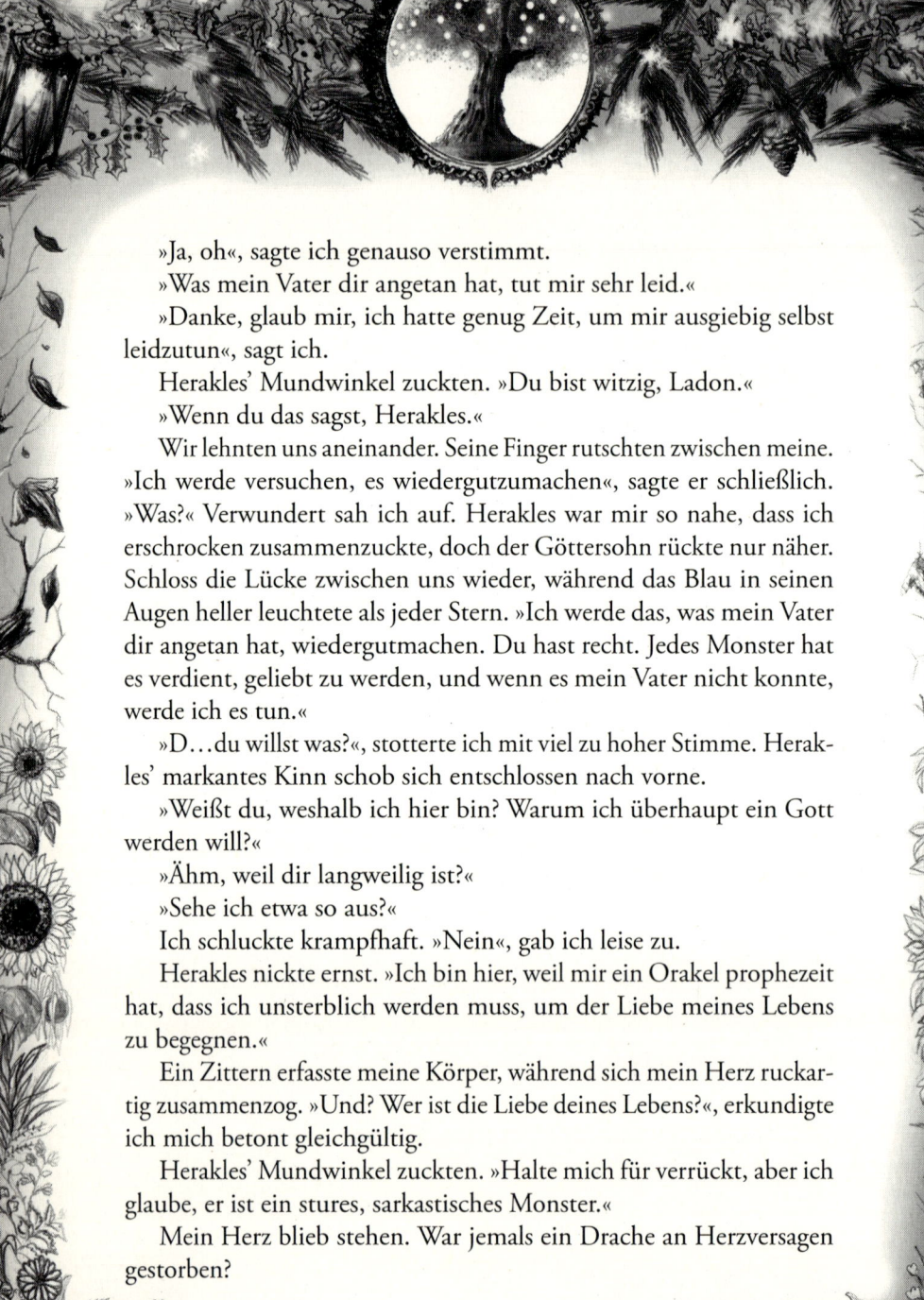

»Ja, oh«, sagte ich genauso verstimmt.

»Was mein Vater dir angetan hat, tut mir sehr leid.«

»Danke, glaub mir, ich hatte genug Zeit, um mir ausgiebig selbst leidzutun«, sagt ich.

Herakles' Mundwinkel zuckten. »Du bist witzig, Ladon.«

»Wenn du das sagst, Herakles.«

Wir lehnten uns aneinander. Seine Finger rutschten zwischen meine. »Ich werde versuchen, es wiedergutzumachen«, sagte er schließlich.

»Was?« Verwundert sah ich auf. Herakles war mir so nahe, dass ich erschrocken zusammenzuckte, doch der Göttersohn rückte nur näher. Schloss die Lücke zwischen uns wieder, während das Blau in seinen Augen heller leuchtete als jeder Stern. »Ich werde das, was mein Vater dir angetan hat, wiedergutmachen. Du hast recht. Jedes Monster hat es verdient, geliebt zu werden, und wenn es mein Vater nicht konnte, werde ich es tun.«

»D…du willst was?«, stotterte ich mit viel zu hoher Stimme. Herakles' markantes Kinn schob sich entschlossen nach vorne.

»Weißt du, weshalb ich hier bin? Warum ich überhaupt ein Gott werden will?«

»Ähm, weil dir langweilig ist?«

»Sehe ich etwa so aus?«

Ich schluckte krampfhaft. »Nein«, gab ich leise zu.

Herakles nickte ernst. »Ich bin hier, weil mir ein Orakel prophezeit hat, dass ich unsterblich werden muss, um der Liebe meines Lebens zu begegnen.«

Ein Zittern erfasste meine Körper, während sich mein Herz ruckartig zusammenzog. »Und? Wer ist die Liebe deines Lebens?«, erkundigte ich mich betont gleichgültig.

Herakles' Mundwinkel zuckten. »Halte mich für verrückt, aber ich glaube, er ist ein stures, sarkastisches Monster.«

Mein Herz blieb stehen. War jemals ein Drache an Herzversagen gestorben?

»Ach, ist er das?«, druckste ich herum.

Herakles nickte und kam näher. »Ich kenne ihn noch nicht lange, aber es war Hassliebe auf den ersten Blick. Ich träume von ihm und wenn er nicht versucht, mich zu töten, fühle ich mich schrecklich einsam.«

»Das klingt ausgesprochen masochistisch«, konnte ich es mir nicht verkneifen einzuwerfen.

»Es ist perfekt«, hielt Herakles dagegen. »Oder es wird perfekt sein, wenn er es zulässt.« In seinen Augen brannte das blaue Feuer immer heller. In diesem Augenblick sah er seinem Vater so ähnlich, dass ich wegsehen musste.

»Es gibt nur ein Problem«, wandte Herakles sanft ein und drehte mein Kinn zu sich zurück.

»Welches Problem?«, flüsterte ich beinahe schon ängstlich. Herakles beugte sich zu mir hinüber.

»Um mit ihm zusammen zu sein, muss ich unsterblich werden. Und dafür muss ich ihn zuvor betrügen. Es tut mir so leid.«

»Wa… ?«, brachte ich gerade noch irritiert hervor, bevor Herakles blitzschnell ausholte und ein sengender Schmerz mein rechtes Auge durchstieß. Ein gellender Schrei löste sich aus meiner Kehle, während wabernde Dunkelheit über mir zusammenschlug. Von weit entfernt glaubte ich, eine Stimme flüstern zu hören: »Bitte verzeih mir, Ladon.«

KAPITEL 6.

9 Jahre und 355 Tage noch, dann war ich hier weg. 9 Jahre 355 Tage.

Konnte ich 9 Jahre lang stoned sein? Da ich meine letzte Fluppe gerade rauchte, wahrscheinlich nicht.

»Ich kann es immer noch nicht fassen, dass er mit einem Apfel abgehauen ist«, murrte ich den Himmel über mir an. Mein rechtes Auge schmerzte bei jedem Blinzeln, doch immerhin hatte ich endlich aufgehört, wie ein menschlicher Totalausfall zu schielen. Dieser

147

Wichser hatte perfekt getroffen, um mich für ein paar Stunden außer Gefecht zu setzen.

»Badest du immer noch in Selbstmitleid, Ladon? Hast du aufgehört, dich andauernd schluchzend vom Baum zu stürzen?«, durchbrach eine rauchige Stimme meine tristen Gedanken.

»Hau ab, Hespa! Das mit dem Schwein habe ich dir noch nicht verziehen!«, fauchte ich, ohne die Najade anzusehen, die wie üblich aus dem Nichts aufgetaucht war. Ich hörte sie schnauben.

»Und ich habe nicht geschluchzt«, schob ich grimmig hinterher. Hespa verdrehte die Augen. »Klar, wie auch immer. Ich bin auch gleich wieder weg, ich soll dir nur etwas geben.«

»Ich will nichts von dir, Hespa.«

»Oh, es ist nicht von mir. Es ist von *ihm*.« Obwohl ich es zu verhindern versuchte, sah ich zu ihr auf.

»Ich will auch nichts von dem Göttergör!«, fauchte ich sie wütend an. »Er hat mich reingelegt. Mir eine verfluchte Spiegelscherbe ins Auge gerammt und ist dann mit dem Apfel abgehauen, obwohl er zwei Sekunden zuvor noch etwas von Liebe gefaselt hat!«

Hespa zog eine Augenbraue hoch und drückte mir einen Zettel in die Hand. »Aha, erzähl das jemandem, den es interessiert. Ich spiele nur den Boten. Und das auch nur, weil der süße Halbgott mich dafür bezahlt hat.«

»Was hat er dir gegeben?«, murrte ich sie an.

Hespa grinste. »Er holt mich raus aus diesem dummen Garten. Also dann, versaure hier schön, Ladon. Hoffentlich sehen wir uns nie wieder.« Fröhlich winkte sie mir zu und rauschte davon.

»Dämliche Najade! Ich hoffe, deine Haare fallen über Nacht aus«, brüllte ich ihr nach. Sie zeigte mir nur den göttlichen Finger.

Zorn kroch in mir hoch, während ich auf das Stück Papier in meiner Hand starrte. Dieser miese, kleine … Meine Fäuste ballten sich zusammen, während meine Krallen ausfuhren und Löcher hineinrissen. Ich würde diesen Wisch nicht lesen! Ich wollte nicht wissen, was er zu sagen hatte. Er war ein genauso betrügerisches Arschloch wie sein Vater. Dieser miese, kleine …

Während aus meinem Mund eine Beleidigung nach der anderen kam, entfaltete ich den Zettel und begann zu lesen. Ungläubig riss ich die Augen auf und las wieder und wieder. Die ganze Nacht saß ich unter dem Baum und las; und erst als die Tinte zu verschwimmen begann, bemerkte ich, dass ich weinte.

Ladon,

ich weiß, dass du mich im Augenblick hasst. Du hast auch jeden Grund dazu.

Du hast behauptet, jedes Monster will im Grunde nur geliebt werden. Ob das wirklich stimmt, wage ich zu bezweifeln, was ich jedoch mit Sicherheit weiß, ist, dass es zumindest ein Monster verdient hat, geliebt zu werden. Auch wenn du mich jetzt hasst, werde ich mich nicht aufhalten lassen, an deiner Seite zu sein. Das Orakel hat mir die Liebe meines Lebens versprochen und ich wusste in dem Augenblick, dass es recht hatte, als du aus dem Apfelbaum gesprungen bist.

Jetzt muss ich nur noch beweisen, dass auch ich die Liebe deines Lebens bin.

Selbst wenn es zehn Jahre dauern sollte, bis du mir verzeihst, wird es das wert sein. Nein, selbst wenn es weitere hundert Jahre dauern sollte, bis du wieder ein Wort mit mir sprichst, wird es das sein. Dank des Apfels haben wir bald die Unendlichkeit an unserer Seite.

Egal, wie lange du noch an diesem Baum festsitzt … ich werde bei dir sein.

Wenn du nicht essen kannst, werde ich für dich essen.
Wenn du nicht trinken kannst, werde ich für dich trinken
Wenn du nicht träumen kannst, werde ich für dich träumen.
Und wenn du nicht kac… okay, das lasse ich mal weg …

Worauf ich hinauswill, ist, dass du nie mehr allein sein musst, Ladon.
Sobald ich den Apfel in den Olymp gebracht habe, werde ich zu dir
zurückkommen. Ich werde bei dir sein.
Für immer und hoffentlich für ewig.

In Liebe

dein Herakles

Emily Thomsen

Schicksalsweberin

EMILY THOMSEN

Auch die nächste Geschichte greift Motive der griechischen Mythologie auf. Wie in ihrer Trilogie *Medusas Fluch* lässt sich Emily Thomsen von antiken Vorlagen zu etwas ganz Neuem inspirieren. »Die *Odyssee* hat mich schon immer fasziniert. Circe hatte ich sofort vor Augen, aber ich wollte gern eine andere Variante ihrer Geschichte erzählen.«

So wird die vermutlich bekannteste Magierin der griechischen Mythologie bei Emily zu einer Heranwachsenden, die mit ihrer verfluchten Familie auf einer einsamen Insel lebt, auf der es vor Tieren nur so wimmelt.

Ihre erste Geschichte schrieb Emily auf der alten Remington Schreibmaschine ihres Opas. Damals war sie noch in der Grundschule. Inzwischen kann sie auf sechs Romane zurückblicken, darunter *Das Nimbus Mädchen* und ihr Mehrteiler um die Drachenprinzessin *Flerya*.

Als Nächstes erscheint unter dem Titel *Götterflammen* der Abschlussband ihrer Urban-Fantasy-Trilogie *Medusas Fluch*. Außerdem schneidet Emily epische Buchtrailer und erschafft die wundervollsten Buchkerzen, die ich mir vorstellen kann – wie die zu dieser Anthologie.

Mit ihrer Familie lebt sie im Schwarzwald. Sie hat drei Kinder und zumindest von zweien weiß ich, dass sie ebenso buchverrückt sind wie ihre Mutter. »Unser Zuhause steht im Grünen«, verrät Emily auf ihrer Website. »Beim Schreiben kann ich auf Wald und Wiesen blicken. Im Sommer weiden Schafe ums Haus.«

Wer weiß, vielleicht waren sie ja Inspiration für ihre Geschichte.

www.instagram.com/emilystraumwelten

SCHICKSALSWEBERIN

Z eus, der alte Sack, hatte uns verflucht und auf eine Insel verbannt, deren scheußlich langen und komplizierten Namen nur Götter aussprechen konnten. Das Dumme daran war: Nur wer ihren Namen richtig *verbalisierte*, wie meine Großmutter so schön sagte, und im passenden Maß betonte, konnte sie auch wieder verlassen. Eine tolle Mausefalle hatte er uns da eingebrockt. Wir waren keine Götter. Nur »Halbgötter« und in Zeus' Augen damit zu schnöde, um seinem ach so hochwohlgeborenen Göttergeschlecht gerecht zu werden.

Kein Mensch oder Halbgott konnte den Namen der Insel ausprechen und meiner Großmutter, der einzigen Göttin unter uns, hatte Zeus die Fähigkeit dazu genommen. Was hieß: Wir saßen hier fest. Wir nannten sie deshalb in der Sprache meines Opapas »di lamentarsi«, *klagen*. Ich war in den grünen Wäldern und an den flach zulaufenden Küstenstreifen groß geworden. Das Blau, das die Insel umgab, wechselte so häufig seine Schattierungen, dass ich täglich zum Strand gehen konnte und trotzdem in all der Zeit, in der ich das Meer beobachtete, nie dieselbe Farbe zweimal gesehen hatte. Siebzehn Jahre. Siebzehn verdammte Jahre war ich jetzt hier und anders als Menschen, die sich an ihre ersten Augenblicke auf der Welt nicht erinnerten, wusste ich einfach alles. Vom Tag der Geburt an. Während meine Mutter in den Wehen gelegen hatte, hatte mein Vater sich in ein Schaf verwandelt und war zwischen den riesigen Herden, die auf der Insel lebten, verschwunden. Ich sah Mutters Tränen vor mir, als wäre das alles erst gestern geschehen. Sie weinte noch immer um ihn. Bis heute. Still. Nicht sichtbar für die Welt.

Wir drei waren verflucht. Mutter und ich sogar vor unserer Geburt. Und wer war schuld? Zeus.

Wie konnte ein Baby für etwas verantwortlich sein, das vor langer Zeit passiert war? Zeus war das scheißegal. Tagtäglich erinnerte er uns

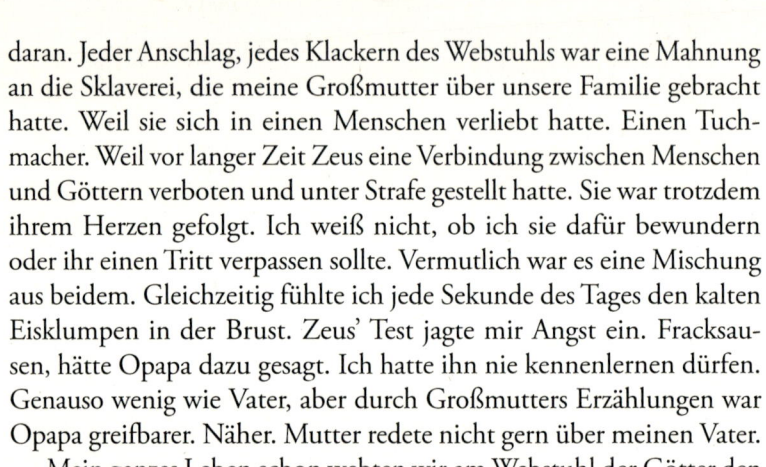

daran. Jeder Anschlag, jedes Klackern des Webstuhls war eine Mahnung an die Sklaverei, die meine Großmutter über unsere Familie gebracht hatte. Weil sie sich in einen Menschen verliebt hatte. Einen Tuchmacher. Weil vor langer Zeit Zeus eine Verbindung zwischen Menschen und Göttern verboten und unter Strafe gestellt hatte. Sie war trotzdem ihrem Herzen gefolgt. Ich weiß nicht, ob ich sie dafür bewundern oder ihr einen Tritt verpassen sollte. Vermutlich war es eine Mischung aus beidem. Gleichzeitig fühlte ich jede Sekunde des Tages den kalten Eisklumpen in der Brust. Zeus' Test jagte mir Angst ein. Fracksausen, hätte Opapa dazu gesagt. Ich hatte ihn nie kennenlernen dürfen. Genauso wenig wie Vater, aber durch Großmutters Erzählungen war Opapa greifbarer. Näher. Mutter redete nicht gern über meinen Vater.

Mein ganzes Leben schon webten wir am Webstuhl der Götter den Stoff, der uns aus der Verbannung befreien sollte, und er war fast groß genug, um Zeus einen neuen Umhang daraus zu schneidern. Ja, sein alter war kaputt gegangen, als Großmutter einen Menschen heiratete. Das hatte die Welt ganz schön durcheinandergewirbelt. Die Menschen hatten deshalb vergessen, dass es Götter gab. Shit happens. Das waren ein paar Milliarden weniger, die dem alten Zeus den Bauch pinselten.

Wenigstens war der Stoff für den neuen Umhang fast fertig, aber mit jedem Faden, den wir einflochten, verfinsterten sich die Gesichter von Mutter und Großmutter. Meine Prüfung rückte näher. Noch eine Gemeinheit von Zeus und davon hatte er sich so einige ausgedacht. Der Test war, wenn ich Mutter glauben konnte, seine Glanznummer.

Jeder Mann, der die Insel betrat, hatte Pech, denn sie alle verwandelten sich sofort in Tiere. Meistens in Schafe, Ziegen oder Angorahasen, weil sich deren Fell am besten für das Garn eignete, mit dem wir am Webstuhl arbeiteten. Zeus' Prüfung war so lachhaft, dass ich jedes Mal ein Schnauben unterdrücken musste, wenn ich nur an sie dachte. Er würde mir einen Mann schicken. Okay, nicht irgendeinen. Angeblich den Mann meiner Träume. Dabei träumte ich nicht einmal von ihnen. Ich hatte noch nie im Leben einen gesehen. Also, Zeus schickte mir den Mann meiner Träume, um mich zu prüfen. Widerstand ich ihm, würde der Stoff, den wir in all den Jahren gewoben hatten, unversehrt bleiben. Ließ ich mich verführen und verliebte mich, zerriss er und wir blieben die Schicksalsweberinnen vom alten Zeus.

Hallo!? Ich saß jeden Tag und stundenlang in der Nacht an diesem verdammten Webstuhl der Götter an dem Stoff, in dem sämtliche Fäden das Schicksal eines Menschen bestimmten, um ihn fertig zu bekommen. Wenn der Stoff riss, war das nicht nur für uns extrem dumm. Die Welt würde erneut in Krieg und Elend versinken. Auf mein Versagen konnte der alte Tyrann lange warten.

Ja, ich hatte Mutter unzählige Male gefragt, warum sie diese idiotische Prüfung nicht bestanden hatte. Ihre Antwort war immer gleich ausgefallen: Ein Blick in die Augen deines Vaters hatte genügt, um zu verlieren. Scheiße. Ich hatte nicht vor, das zu wiederholen. Egal, wer kommen würde. Sein Schicksal war sowieso bereits irgendwo im Stoff, der sich unter dem Webstuhl schichtete, verwoben. Bestand ich Zeus' Prüfung, verwandelte er sich in ein Tier wie alle anderen. Versagte ich, blühte ihm das Gleiche, nur dass er mir vorher ein Baby machen durfte. Wie krank war das denn bitte?! Mehr musste ich über Zeus nicht wissen. Schließlich war all das hier seinem perfiden Gehirn entwachsen.

Ich wollte hier weg. Endlich weg von der Insel in die Heimat meines Opapas. Sizilien. Und ich wusste, dass Mutter und Großmutter sich ebenfalls danach sehnten, von hier wegzukommen. Manchmal erwischte ich die beiden dabei, wie sie die Schafe musterten. So intensiv, als wollten sie die Tiere hypnotisieren oder meinen Vater und Opapa mit reiner Gedankenkraft dazu bringen, einen Kopfstand zu machen. Natürlich passierte nichts. Sie fraßen, blökten und schissen weiter auf die Wiesen rund um unser Haus.

Großmutter war die Göttin des Meeres gewesen, bis sie meinen Opapa getroffen und sich in ihn verliebt hatte. So groß war diese Liebe, dass sie Zeus' Strafe in Kauf genommen und Opapa geheiratet hatte. Zeus war außer sich gewesen. Wenn ihr mich fragt, war er das immer noch.

157

In schwachen Momenten, und davon hatte ich reichlich, war ich sauer auf Großmutter. Gut, sie hatte nicht wissen können, wie sehr sie damit ihr Schicksal und das all ihrer Kinder und Nachkommen veränderte. »Di lamentarsi« fraß Männer förmlich auf. Ich hatte einen Opapa, einen Vater, zwei Onkel und einen Zwillingsbruder, die irgendwo auf der Insel in einem der zahlreichen Ställe als Tier ihr Dasein fristeten. Onkel Abelardo war ein Schaf, Onkel Marlo ein Ziegenbock und mein Bruder Beppe war ein Hase. Ein Angorahase, wie es sie zu Tausenden auf der Insel gab. Aus ihrem Fell sponnen die Dienerinnen das Garn für den Webstuhl der Götter. Makaber, wenn ihr mich fragt. Aber das tat ja keiner.

Mein Blick traf Großmutter, die mir gegenüber auf der Erde kniete und Unkraut zwischen dem Gemüse herauszog. Sie bat mich auch nicht um meine Meinung. Weil es egal war. Zeus scherte sich nicht um das, was seine Leute dachten oder sich wünschten. Jetzt drang es doch aus meinem Mund. Tief und trotzig. Ein Schnauben. Ich pflückte den Salatkopf nicht so wie sonst vorsichtig aus der Erde. Ich zerrte ihn so heftig heraus, dass Matschklumpen in alle Richtungen davonflogen. Einer blieb genau auf Großmutters wirr aufgetürmten Haaren liegen. Sie musterte mich mit hochgezogenen Augenbrauen und schüttelte tadelnd den Kopf.

»Was bist du heute wieder für ein Sonnenschein, Circe.« Sie deutete auf das Gemüse in meiner Hand. »Der Salat hat dir nichts getan.«

»Wer weiß, vielleicht hat sich Zeus oder eine seiner Spioninnen als Salatkopf getarnt.« Ich lächelte. Die Vorstellung war zu komisch. »Mehr als das hier …« Ich hob die Hand mit dem Gemüse und schüttelte sie, bis Wassertropfen, die sich zwischen den Blättern gesammelt hatten, umherflogen. »Ist eh nicht in seinem Schädel.«

Großmutter schnalzte missbilligend mit der Zunge und bedachte mich mit ihrem wie üblich strengen Blick. »Du weißt, er kann dich hören.«

Ich hob trotzig die Schultern. »Na und?! Ich krieche nicht unterwürfig vor ihm auf dem Boden herum. Da kann der alte Knacker lange

darauf warten. Er darf gern wissen, was ich von einem Gott halte, der seine eigenen Leute bestraft, weil sie sich verlieben.«

Sie seufzte. »Das liegt in der Familie, fürchte ich.«

Ich warf den Salat in die Schüssel, die neben Großmutter auf der Erde stand, und sah sie fragend an. »Was liegt in der Familie? Bosheit? Da hast du recht.«

Sie schüttelte den Kopf und sah mich traurig an. »Ich rede nicht von Göttern. Ich rede von unserer Familie. Wir folgen unserem Herzen, egal, welche Konsequenzen es hat.«

Ach, so sah das aus! Jetzt kniff ich missbilligend die Lippen zusammen. »Du glaubst also wirklich, ich bin der Typ Frau, der einem Mann in die Augen sieht, anschließend nur noch mit den Eierstöcken denkt und das Schicksal der ganzen Welt darüber vergisst? Wirklich?« Ich sah sie mit hochgezogenen Augenbrauen an.

Großmutter begann zu grinsen. »Wenn du das so ausdrückst. Nein. Aber das weiß Zeus ebenfalls. Es wäre keine Prüfung, wenn er dich nicht fordern könnte. Er hat Mittel und Wege.«

Und da war er wieder, der kalte Eisklumpen. »Ja, Zauberei. Ehrlich verlieren können deine Verwandten nicht.«

»Circe!«, klang Mutters Stimme aus dem großen Fenster, das zum Garten hin lag.

In dem Zimmer stand der Webstuhl. Genauer gesagt war der Webstuhl dieser Raum, denn er nahm jeden Winkel davon ein.

»Geh und löse deine Mutter ab.« Großmutter war sauer. Eigentlich sollte sie meine Offenheit gewohnt sein. Trotzdem stieß sie ihr immer wieder auf. Mutter und Großmutter waren der Meinung, dass es besser war, Zeus nicht weiter zu verärgern. Mir war das schnurzpiepegal. Was sollte er uns denn noch antun? Wir waren Gefangene auf dieser Insel. Großmutter und Mutter waren zu einem Leben verdammt, das sie ohne die Männer verbringen mussten, die sie liebten. Schlimmer konnte es kaum werden. Ich erhob mich und klopfte mir Erde vom Kleid.

Das permanente Klacken des Webstuhls drang aus dem großen Fenster. Das Monster stand niemals still. Es quasselte mir Schlag auf Schlag die Ohren voll und erzählte dabei immer dieselbe Geschichte. Webe und bereue. Einen Scheiß tat ich. Ich webte und stellte mir mit jedem Faden, den der Stoff wuchs, vor, wie die Welt da draußen wohl war.

Ich lief ins Haus, vorbei an den Dienerinnen, die sich wie wir an den Spinnrädern abwechselten, um neues Garn für den Webstuhl zu drehen. Hasen hoppelten schnüffelnd zwischen ihren Füßen herum. Sie hatten ständig Hunger, die kleinen Biester. Draußen blökten die Schafe und die Ziegen meckerten. Ich seufzte. Das war meine Welt. Mein Leben bestand aus Viehgestank und dem Takt, der uns vom Webstuhl aufgedrängt wurde.

Die drei Dienerinnen lächelten mir zu und ich streckte ihnen wie immer die Zunge heraus. Parthena, Toula und Varinia waren alle in meinem Alter und wir verstanden uns gut. Ich verdrängte die Tatsache, dass sie in ein paar Jahren in die Dienste der Götter zurückkehren würden und neue Dienerinnen an ihrer Stelle zu uns kamen. *Vielleicht waren wir bis dahin aber auch längst frei*, dachte ich und lächelte beim Gedanken daran.

Mutter sah auf, als ich die Tür zum Folterraum durchschritt, wie ich das Webzimmer liebevoll getauft hatte. »Hast du etwas gegessen und getrunken? Und warst du noch mal auf der Toilette?«

»Mama!«, stieß ich getriezt heraus. »Wie lange willst du mich noch wie ein kleines Kind behandeln?« Ein letztes Mal trat sie eines der fünf Pedale und trieb das Schiffchen mit dem Garn durch den Schaft mit den Kettfäden.

»So lange, bis du dich nicht mehr wie eines verhältst?«, sagte sie und versuchte das Grinsen auf ihren Lippen mit einem lauten Gähnen zu überspielen. Ich bemerkte es trotzdem und lächelte.

Sie sah müde aus. Dunkle Ringe lagen unter ihren Augen und ihr langes blondes Haar glänzte nicht wie sonst im Licht der einfallenden Sonne. Ich lief zu ihr und setzte mich neben sie auf die gepolsterte Bank. »Lass mich an das Monster und geh schlafen. Du siehst aus, als könntest du es gebrauchen.«

Sie nickte und rutschte zur Seite. Ich nahm sofort ihren Platz ein und begann, gewohnheitsmäßig ihre Arbeit fortzusetzen. Über das Weben musste ich nicht nachdenken. Ich tat es sogar im Schlaf. Das taten wir alle, weil es uns ins Blut übergegangen war. Jede Bewegung, jeder Handgriff. Wir hatten sie millionenfach ausgeführt und trotzdem wuchs der Stoffhaufen unter dem Webstuhl nur sehr langsam. Weil es kein normaler Stoff war, kein gewöhnlicher Webstuhl. Wir sponnen daran das Schicksal der Welt.

»Ich schlafe unruhig«, gestand Mutter und blickte versonnen aus dem Fenster zum Meer. Unser Haus stand am höchsten Punkt der Insel und nur auf der Westseite verdeckte ein dichter Wald den Blick aufs Wasser. Manchmal sah ich Wale in der Ferne, gelegentlich Schiffe, doch wenn die Seemänner sich, verführt vom Zauber, der um die Insel lag, an Land trauten, geschah immer dasselbe. Kaum gruben sich ihre Füße in den weichen Sandstrand, waren sie auch schon ein Teil der Tierherden von »di lamentarsi«. Als Kind hatte ich jedes Mal versucht, sie dabei zu beobachten, doch alles, was ich sah, war ihr verschwommener Schemen. Erst als Tiere konnte ich sie wirklich sehen. Nur aus Mutters und Großmutters Erzählungen wusste ich, wie ein Mann aussah. Theoretisch. Und der einzige, bei dem ich so etwas wie Wärme empfand, war mein Opapa, wenn Großmutter von ihm sprach. Mein Vater war ein Dieb gewesen. Das Schiff, das vor unseren Küsten in Seenot geraten war, sollte ihn zu einem Gefängnis irgendwo weit weg von seiner Heimat bringen. In einem Kerker war er jetzt auf jeden Fall gelandet.

»Wie viel Zeit seit der Ankunft von Papa wohl vergangen ist?«, fragte ich und trieb das Schiffchen ein weiteres Mal durch den Schaft, ehe ich das Weberblatt fest zu mir zog und den Stoff verdichtete. Mutters Blick ging durch mich hindurch. Sie antwortete nicht.

»Ich bringe dir eine Karaffe mit Wasser, ehe ich mich hinlege.« Sie stand auf und drehte die Sanduhr um, die auf einem Beistelltisch neben der Bank postiert war, deren Lederbezug vom vielen Sitzen darauf schon völlig abgegriffen war. Ich brauchte sie nicht mehr, um zu wissen, wann die drei Stunden vorbei waren. Jedes Sandkorn, das durch die Öffnung ins untere Auffangbecken floss, war ein verlorenes Stück meines Lebens. Wieder blökten die Schafe auf den Weiden. Scheiße, wie sehr ich das alles hasste. All die vertrauten Geräusche. Ich wollte mehr. Mehr sehen, mehr erleben. Verdammt, ich wollte Abenteuer!

Mutter ging, während ich weiter stoisch Faden um Faden den Stoff webte und nicht einmal mehr richtig hinsah. Bis das Schiffchen schlagartig mitten im Schaft stecken blieb. Überrascht hob ich die Brauen und starrte auf die flache Holzscheibe, um die sich das Garn spannte. Normalerweise war jede Schnur weiß. Genau wie die Schaumkronen des Meeres, aber nicht einheitlich, sondern in vielen unterschiedlichen Varianten. Doch jetzt war da ein silbern schimmernder Faden, der sich bis zur Hälfte der Schaftbahn zog und sich mit einem der Kettfäden verheddert hatte. Fluchend griff ich nach dem störrischen Zwirn, um ihn zu entwirren, doch sobald meine Finger ihn berührten, bekam ich einen kleinen Schlag und es knisterte, als hätte ich versucht, ein Feuer mit ihm zu entfachen. Verdammt! Was sollte das?

Wieder griff ich den Faden, diesmal passierte zum Glück nichts und ich fing an, den Knoten zu entwirren. Endlich, nach einer gefühlten Ewigkeit zog ich das Schiffchen mit dem Garn heraus.

»Hm, du bist ein merkwürdiger Schicksalsfaden«, murmelte ich. Der silberne Streifen war so selbstverständlich im weißen Faden eingearbeitet, als gehörte er genau dorthin. Er war so lang, dass ich das Schiffchen zwei- oder sogar dreimal durch den Schaft treiben konnte, ehe er wieder in weißes Garn wechselte. »Wer auch immer du bist«, sagte ich. »Normal bist du definitiv nicht.« Ich lächelte. *Genauso wenig wie ich,* dachte ich und fühlte mich seltsam verbunden mit dem Schicksalsfaden, der so sehr aus der Reihe tanzte. »Ich bin wie du, kleiner Freund. Ich passe auch nicht in die Welt, in die ich geboren wurde«, flüsterte ich ihm zu und kam mir dabei nur ein bisschen bescheuert vor, weil ich mit einem Garnfaden sprach.

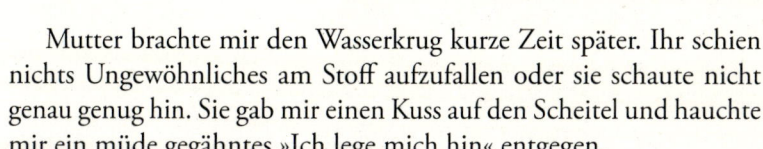

Mutter brachte mir den Wasserkrug kurze Zeit später. Ihr schien nichts Ungewöhnliches am Stoff aufzufallen oder sie schaute nicht genau genug hin. Sie gab mir einen Kuss auf den Scheitel und hauchte mir ein müde gegähntes »Ich lege mich hin« entgegen.

Der Sand in der Uhr rieselte weiter. Kurz bevor die letzten Körnchen aus der obersten Hülse fielen, kam Großmutter in den Raum. Draußen über dem Meer versank die Sonne in einem glutroten Tanz am Horizont.

»In der Küche steht eine Schale mit Gemüse für dich«, sagte sie und rutschte neben mich auf die Bank. Ich stand auf, nahm die Streichhölzer und zündete die vielen Kerzen an, die wir nachts brennen ließen, um nicht im Dunkeln arbeiten zu müssen. Großmutter nickte und ich konnte den Raum nicht schnell genug hinter mir lassen. Mutter schlief, doch ich hörte, wie sie sich im Bett herumwälzte. Ich war nicht müde genug, um mich hinzulegen, auch wenn ich wusste, dass ich nur sechs Stunden hatte, bevor ich zurück zum Monster musste. Egal, ich wollte zum Strand und die Füße ins Wasser strecken. Wenigstens eine Weile.

Auf dem Weg kreuzten Schaf- und Ziegenherden meinen Weg. Überall huschten Hasen umher. Auf dieser Insel gab es nichts, wovor sie Angst haben mussten. Genau genommen war das hier ein Paradies für Tiere. Nur keines für mich. Manchmal wünschte ich mir, Zeus hätte uns ebenfalls in Schafe oder Hasen verwandelt. Ihr Verstand reichte vom Fressen und Schlafen zum Rammeln und Begatten. Mehr nicht. Die Tiere richteten ihren Blick nicht sehnsüchtig zum Horizont. Eher auf einen Artgenossen, der gelegen kam.

Am Strand lief ich im letzten Abendrot durchs Wasser und sammelte Muscheln, die sich hier massenhaft in den Brandungsmulden anhäuften. Irgendwann hatte ich die Hände so voll, das einige auf dem Weg zurück in den Sand fielen. Frustriert schnaubend ließ ich sie alle los und wischte die Finger am Kleid ab. Wozu noch mehr Muscheln sammeln? Mein Zimmer war gefüllt mit Schalen, in denen sie sich in sämtlichen Formen und Farben häuften.

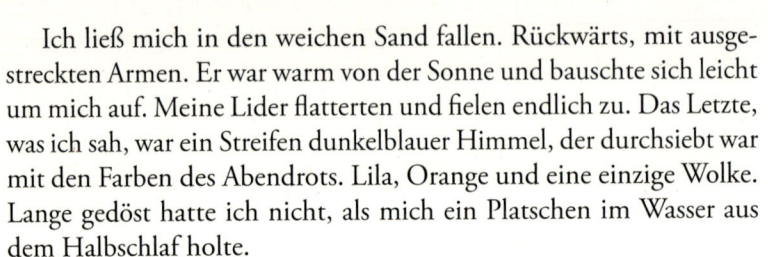

Ich ließ mich in den weichen Sand fallen. Rückwärts, mit ausgestreckten Armen. Er war warm von der Sonne und bauschte sich leicht um mich auf. Meine Lider flatterten und fielen endlich zu. Das Letzte, was ich sah, war ein Streifen dunkelblauer Himmel, der durchsiebt war mit den Farben des Abendrots. Lila, Orange und eine einzige Wolke. Lange gedöst hatte ich nicht, als mich ein Platschen im Wasser aus dem Halbschlaf holte.

»Ich hoffe du bist nicht tot«, hörte ich jemanden sagen und sprang bereits schreiend vom Boden auf, während der Mann noch redete. »Gut«, meinte er, als ich strauchelnd zurückwich. »Ich würde gern wissen, wo ich hier bin und wie genau ich hergekommen bin.«

Nie zuvor hatte ich so eine dunkle und tiefe Stimme gehört. Sie war irgendwie rau, als hätte das Salzwasser sie zu lange bearbeitet. Wasser lief ihm in Strömen aus den Kleidern. Hose, Hemd und die hellblonden Haare klebten ihm am Körper. Ich schnappte nach Luft, bekam aber definitiv nicht genug davon. Dunkle Ringe kreisten in meinem Blickfeld. Ein Mann. Hier. Mir war sofort klar, was das hieß. Der Tag der Prüfung war da.

In ordentlichem Abstand blieb ich stehen und musterte ihn forsch vom Kopf bis zu den nackten Füßen. Ich begann zu grinsen. Der Kerl sah aus wie ein ins Wasser gestürzter Angorahase. Danke, Zeus. Den Test würde ich wie das Weben mit geschlossenen Augen schaffen. Das war keine Herausforderung, aber warum zum Henker verwandelte er sich dann nicht in ein Schaf oder einen Ziegenbock und verschwand zwischen den anderen Tieren oben auf dem Hügel?

Mein Lachen verrutschte leicht. Abwechselnd zogen Kälte und Hitze über meine Haut. Der Mann deutete meine Reaktion auf ihn als Aufforderung, sich mir zu nähern. Ich stolperte ein paar Schritte zurück.

»Bleib sofort stehen!«, schrie ich und hob abwehrend eine Hand. Ich hatte nicht vor, ihn in meine Reichweite zu lassen. Immerhin hatte Zeus mir dieses »Prachtexemplar« an Mann geschickt, um mich auf die Probe zu stellen. Dummerweise hatte ich aus Mangel an Vergleichs-

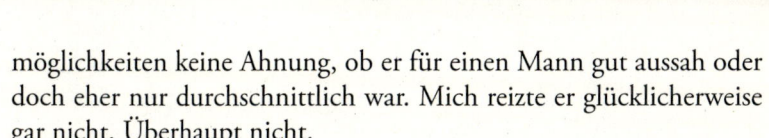

möglichkeiten keine Ahnung, ob er für einen Mann gut aussah oder doch eher nur durchschnittlich war. Mich reizte er glücklicherweise gar nicht. Überhaupt nicht.

»Entschuldige«, sagte er und strich sich dabei nasse Haare aus der Stirn. Sie hatten bis jetzt seine Augen ein wenig verdeckt. Für meinen Geschmack beobachtete er mich einen Tick zu aufmerksam. »Ich will dir keine Angst einjagen.«

Ich schnaubte. »Angst? Das hättest du wohl gern.«

»Na dann.« Er trat so schnell auf mich zu, dass ich mich beim hektischen Versuch, den Abstand aufrechtzuerhalten, im Stoff des Kleides verfing und rücklings auf den Hintern fiel.

Der Kerl war flink. Noch während ich empört die Hände auf den Sand schlug, tauchten seine langen Finger in meinem Blickfeld auf. Der wollte mir aufhelfen. Igitt, Zeus hatte mir einen *netten* Mann geschickt. Eigentlich sollte ich dem alten Göttervater dankbar sein, dass er es mir so leicht machte, aber das schürte eher meinen eigenen Zorn.

Der Mann zog die Hand zurück. »Okay, dann eben nicht.« Als ich keine Anstalten machte, aufzustehen, sackte er vor mir in die Knie. Er hielt den Kopf leicht schräg, wobei ihm wieder diese eine dicke Haarsträhne über Stirn und Augen fiel. »Mein Name ist Davino.« Ich reagierte nicht. Versuchte stattdessen, ihn mit reiner Gedankenkraft dazu zu bringen, sich in einen Angorahasen zu verwandeln. »Hhm, hast du keinen Namen?«

Verwandle dich endlich!, schrie ich ihn stumm an. Er kniete weiter vor mir. Wütend sah ich vom Sand auf und erstarrte vor Schreck. Davinos Augen waren unscheinbar grau, aber um den Saum lag ein dünner silbern glänzender Kranz, der mich sofort an das störrische Garn erinnerte, das ich zuvor nur mit Mühe hatte in den Stoff einweben können. *Scheiße*, schoss es mir durch den Kopf. Mein Mut und der überschäumende Optimismus von vorher suchten schreiend das Weite. Die Prüfung hatte begonnen.

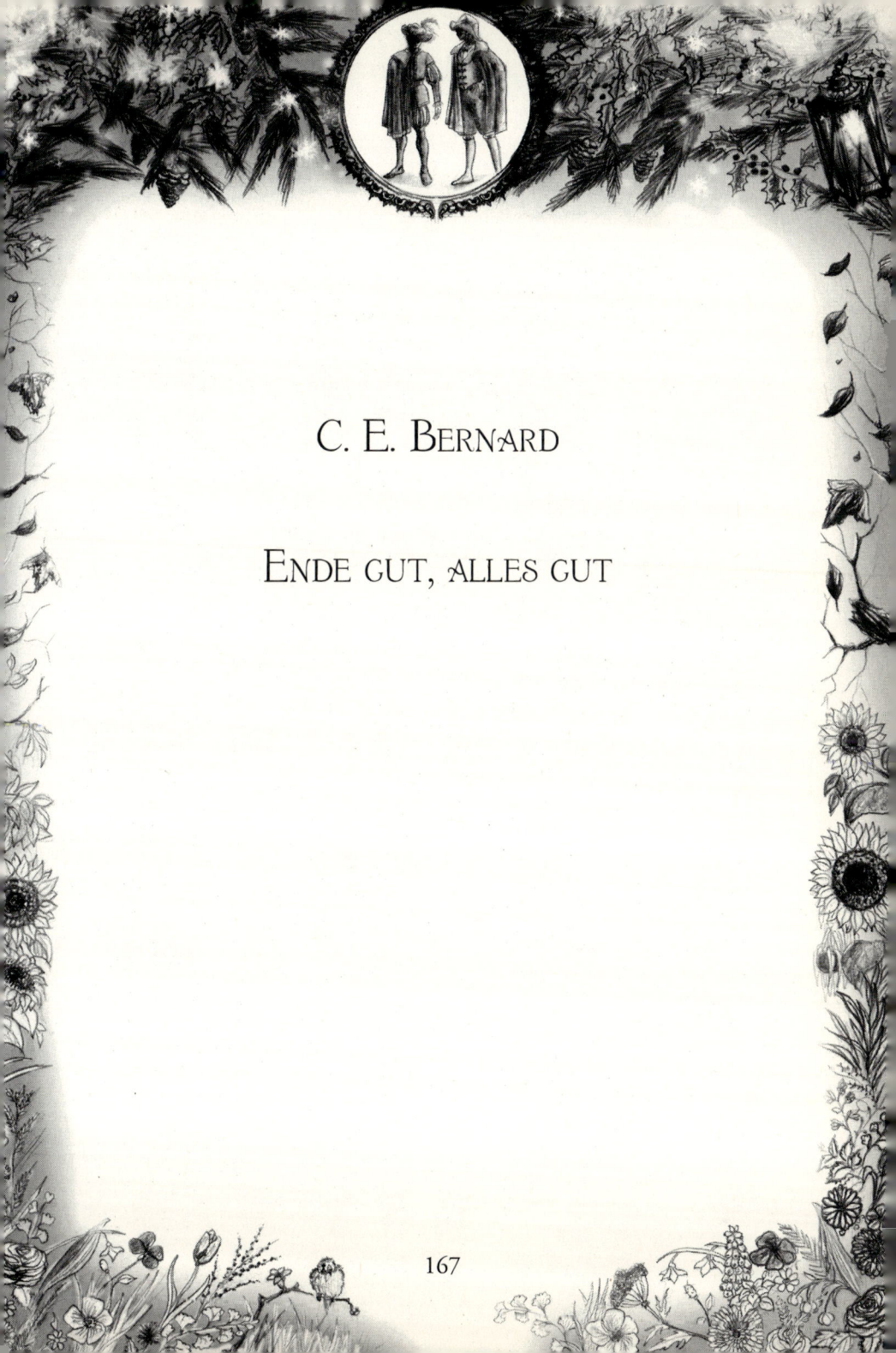

C. E. BERNARD

ENDE GUT, ALLES GUT

C. E. BERNARD

C. E. Bernard hat mit *Palace of Glass* und dessen Nachfolgebänden im vergangenen Jahr die deutsche Jugendbuchszene ziemlich aufgewirbelt. Auch in mein Herz hat sie sich geschrieben, denn ihre Geschichten sind nicht nur spannend und nachdenklich stimmend, sondern auch wunderbar queer. »Ich finde es wichtig, die Gesellschaft und die Menschen, die in ihr leben, in all ihrer Vielfalt in der Literatur sichtbar zu machen«, hat sie mir in einem Interview verraten.

Umso begeisterter war ich, als sie mir für diese Anthologie zusagte. Ihre Geschichte ist dieses Jahr die einzige, die wir ins Deutsche übertragen haben. (Danke an dieser Stelle für die Übersetzung an K. Solberg, die selbst bereits eine Kurzgeschichte in dieser Reihe veröffentlicht hat.) Und das, obwohl C. E. Bernard eigentlich Christine Lehnen heißt und in Bonn lebt, wo sie neben dem Schreiben von Romanen an der Universität Literarisches Schreiben lehrt und in zwei Mastern Englische Literaturen und Politikwissenschaft studiert. Aufgewachsen ist sie im Ruhrgebiet. Sie hat aber bereits in Kanada, den Vereinigten Staaten, Australien und Paris gelebt.

Für Oktober 2019 ist ihr nächster Roman *Palace of Blood* angekündigt – das große Finale ihrer Phantastik-Saga.

In ihrer Freizeit widmet sie sich dem Theater – als Mitglied der Bonn University Shakespeare Company inszenierte sie unter anderem eine Neuadaption von William Shakespeare's *All's Well That Ends Well*. Und auf diesem Stück basiert auch ihre nachfolgende Geschichte.

de.cebernard.eu

Ende gut, alles gut

Thank you to my fairytale crew. This is for you.

Es war einmal ein Mädchen, das sich hervorragend in der Magie der Heilkunst auskannte. Ihr Vater, ein Arzt von exzellentem Ruf, hatte dem König von Frankreich in seinem Palast in Paris genauso gedient wie den Bauern im Dorf von Roussillon. Das Mädchen wuchs zwischen grünen Pinien auf, die nach heißen Sommertagen dufteten, und großen Ockerfelsen, deren Antlitz so rot und gold war wie der Himmel bei Sonnenuntergang. Sie liebte es, zu lernen, zu heilen, zu lesen. Ihr Name war Helena.

Als Helena älter wurde, freundete sie sich mit jedem an, den sie traf, ob im Dorf oder am königlichen Hof oder auf den vielen Reisen ihres Vaters. Aber ihr liebster Freund war Parolles, ein gleichaltriger Junge aus Roussillon. Sein Haar war weiß, seine Augen so blau wie das Meer und die Wunden in seiner Seele saßen tief. Und dennoch schenkte Parolles ihr stets ein Lachen. Nie scheute er sich davor, sie bei der Hand zu nehmen und sie in einen Dorfreigen oder einen Tanz bei Hofe zu ziehen. Genauso leicht fiel es ihm, bei ihr zu sitzen, wenn sie die Bücher ihres Vaters studierte. Zu anderer Zeit erzählte er ihr abenteuerliche und romantische Geschichten, während sie auf den Ockerfelsen saßen und die Beine über dem Fluss baumeln ließen. Kaum waren sie erwachsen geworden, da stahlen sie sich weg vom königlichen Hof und besuchten einen Hautkünstler in Paris. Der nahm seine Tinte und zeichnete zwei Buchstaben auf die Innenseite ihrer Handgelenke: ein H auf seines und ein P auf ihres.

Während ihrer Zeit am königlichen Hof trafen Helena und Parolles nicht nur den König und die Königin, die das Land Frankreich und all seine Herrschaftsgebiete weise regierten. Sie trafen auch deren ältesten Sohn, den Kronprinzen.

Sein Name war Bertram. Sein Haar war schwarz, seine Augen so blau wie der Frühlingshimmel und sein Lächeln so sanft wie zart fallende Schneeflocken.

Parolles lernte ihn als Erster kennen. Er sagte, er hätte Bertram zufällig bei einer musikalischen Soiree in Paris getroffen. Der Kronprinz hatte sich inkognito unter das Volk gemischt und sie hatten sich rasch angefreundet, obwohl Welten sie trennten. Mithilfe von Helenas Vater ergatterte Parolles eine Stelle als Leibdiener des Kronprinzen. In dieser Position stellte er Helena Bertram vor. Ihr gegenüber zeigte Bertram keinerlei Anzeichen von Arroganz, Einbildung oder Überheblichkeit. Im Gegenteil, der Kronprinz gab ihr von Anfang an das Gefühl, dass er sich mit ihr gut stellen wollte. Dass er sie kennenlernen wollte, ja, sich sogar wünschte, dass sie ihn mochte. Wenn sie sich in den Fluren des Palastes trafen, hielt Bertram jedes Mal inne, um mit ihr ein oder zwei Worte zu wechseln. Mit einem Lächeln erkundigte er sich nach ihren Studien, ihren Reisen, ihren Zukunftsplänen. Wenn sie sich auf der Straße begegneten und der Kronprinz einen Blumenstrauß dabeihatte – zweifellos um diesen in sein Gemach zu bringen, wo Parolles bereits mit einer Vase auf ihn wartete –, dann verweilte Bertram für einen Plausch. Er zog eine einzelne Blume aus dem Strauß und überreichte sie Helena mit einem schüchternen Lächeln, bevor er sich von ihr verabschiedete.

Noch nie hatte ein Mann Helena so behandelt. Sie bewahrte diese Momente in ihrem Herzen. Sie wusste, dass sie als Tochter eines Doktors der Gunst des Kronprinzen nicht würdig war. Und dennoch begann sie, sich zu wünschen, dass sie es wäre. Seine Blicke, sein Lächeln, die Blumen, die er ihr schenkte: all das schien ihr zu sagen, dass er vielleicht das Gleiche fühlte.

Es war nur ein Traum, aber er war schön und schadete niemandem. Helena führte ihr Leben weiter und diente der Königin, die eine herzensgute Frau war, wann immer Ihre Majestät nach ihr verlangte. Und während all der Zeit träumte Helena weiter.

Drei Tage nach ihrem dreiundzwanzigsten Geburtstag, am letzten Tag des Sommers, starb ihr Vater.

Er hatte niemandem von der Krankheit erzählt, die ihn schließlich dahinraffte. Sein ganzes Leben lang hatte sich Gérard de Narbon um andere gekümmert, hatte dafür gesorgt, dass sie gesund und heiter waren. Er hatte nicht vorgehabt, zum Ende seines Lebens daran etwas zu ändern. Nachdem er die Anzeichen seiner tödlichen Krankheit erkannt hatte, hatte er seiner Tochter an jedem Tag gesagt, dass er sie liebte. Dann hatte er sie unter einem Vorwand am Hof zurückgelassen und war unter der warmen Sonne von Roussillon gestorben, mit geschlossenen Augen und dem Seelenfrieden eines Menschen, der auf den Abschied vorbereitet war.

Die Trauer um ihn betäubte Helena. Der Kronprinz entband sie und Parolles auf unbestimmte Zeit von ihren Pflichten und sie reisten gemeinsam nach Roussillon zur Beerdigung. »Nehmt euch alle Zeit, die ihr braucht«, hatte Bertram gesagt und sie beide zur Verabschiedung umarmt. In dem Moment, da sie in seinen Armen lag, seinen Körper und seine Stärke spürte, begriff sie, dass es nicht mehr länger nur ein Tagtraum war: Sie hatte sich in Bertram verliebt.

Vierzehn Tage nach der Beisetzung kam ein Bote in vollem Galopp nach Roussillon geritten. Er überreichte Parolles einen Brief des Kronprinzen. Darin stand, dass der König, sein hoher Vater, von einer todbringenden Krankheit befallen worden war. Keiner der Ärzte am Hof konnte ihm helfen und da Gérard de Narbon verstorben war, gab es für Seine Majestät keine Aussicht auf Heilung. Der König würde sterben. In seinem Brief bat Bertram Parolles nicht darum, zum Hof zurückzukehren. Aber Parolles war dennoch zur Rückkehr entschlossen. Er wollte an Bertrams Seite sein.

Ebenso wie Helena. Sie hatte das Handwerk ihres Vaters erlernt. Sie wusste, dass sie dem König würde helfen können. Die Chance, dass irgendjemand ihr vertrauen würde, war wohl gering. Wer würde schon glauben, dass eine Frau vollbringen konnte, was alle versammelten Ärzte und Gelehrten nicht geschafft hatten? Und dennoch musste sie es versuchen. Wenn es ihr gelingen würde, den König zu heilen, wenn sie ihm solch ein Geschenk machte – vielleicht hätte sie es dann sogar verdient, um die Hand des Kronprinzen anzuhalten.

Helena und Parolles kehrten gemeinsam nach Paris zurück. Parolles eilte unmittelbar nach ihrer Ankunft an die Seite des Kronprinzen. Helena jedoch bat um eine Audienz bei der Königin.

Ihre Majestät war eine kluge Frau. Sie sah viel und verstand noch mehr. In der ständigen Begleitung ihres Hofnarrens wurde sie gleichermaßen verehrt und gefürchtet. Gefürchtet von jenen, die sie unterschätzt und sie damit zu ihrer Feindin gemacht hatten. Verehrt von jenen, die sie ihrem Schutz unterstellt hatte und die sie mit der ganzen Macht ihres Wohlwollens und der Anmut ihres gütigen Herzens förderte.

Nun hatte die Königin bereits geahnt, dass Helena – ihr Liebling unter den Hofdamen – geheime Gefühle für den Kronprinzen hegte. Ihr Narr, der so manches Geplauder in den Fluren aufschnappte, bestätigte ihre Vermutung. So war es die Königin höchstselbst, die Helena mit der ihr eigenen Freundlichkeit fragte, ob sie dem König helfen konnte. Und sie versprach ihr, dass man ihr den Kronprinzen mit Freuden zum Mann geben würde, wenn ihr das Unmögliche gelänge.

»Helena, ich gebe dir meine Erlaubnis und meine Liebe«, sagte sie, nahm Helenas Gesicht in ihre Hände und küsste ihre Stirn, bevor sie ihr das königliche Siegel überreichte.

So fand sich Helena schließlich beim König ein, nachdem das Siegel der Königin ihr alle Türen geöffnet hatte. Das Siegel verschaffte ihr eine Audienz beim König, aber Helena würde Seine Majestät von ihren Fähigkeiten überzeugen müssen. Er war ihr stets als ein weiser und gerechter Herrscher erschienen, aber er verstand ebenso wenig wie seine Höflinge und Berater, seine Schatzmeister und Generäle, seine Vorfahren und Erben, dass eine Frau ebenso fähig sein konnte wie ein Mann. Entweder das, oder sie übten sich alle absichtlich in Unwissenheit, denn was würde die Wahrheit für sie und ihre Stellung in der Welt bedeuten?

Also hörte der König Helena mit einem freundlichen Lächeln zu, während er immer wieder keuchend nach Atem rang. Er erlaubte ihr, zu Ende zu sprechen, dann schüttelte er sacht den Kopf.

»Dank Euch, Jungfrau«, sagte er. Seine Brust zog sich schmerzhaft zusammen, als er die Zuversicht bemerkte, die seine Anrede auf das Gesicht des Mädchens zauberte. Sie erwartete, dass er ihr erlaubte, ihre Heilkunst an ihm auszuprobieren. »Doch glauben wir nicht so leicht an Heilung mehr, wo so gelehrte Ärzte uns aufgegeben. Drum«, sagte er beinahe entschuldigend, denn es gefiel ihm nicht, andere zu enttäuschen, »drum soll unser Urteil nicht so irren, noch Hoffnung uns verleiten.«

Sie starrte ihn fassungslos an. Sie war jung. Er konnte sich gut vorstellen, dass sie nicht verstand, warum er ihr Angebot ablehnte. Warum er nicht jede Chance ergriff, sein Leben womöglich zu verlängern, egal um welchen Preis.

»Unschädlich wär's, wenn den Versuch Ihr wagt«, sagte sie und sah ihn flehend mit ihren kornblumenblauen Augen an. »Er, der die größten Taten lässt vollbringen, legt oft in schwache Hände das Gelingen!«

Sie konnte nicht wissen, wie oft sich der König bereits erlaubt hatte zu hoffen. Zu hoffen, dass sein Leben noch nicht enden musste. Noch ahnte sie, welche Qualen es ihm jedes Mal bereitet hatte, wenn er sein Vertrauen in ein Heilmittel setzte, nur um dann festzustellen, dass ein weiterer Arzt von exzellentem Ruf ihn enttäuscht hatte. Sie ahnte nicht, wie sehr der König leben wollte.

»Genug!«, rief der König aus, lauter vielleicht, als er es beabsichtigt hatte. Das Mädchen zuckte zurück. Schwer atmend, erschöpft von den wenigen Worten, die sie gewechselt hatten, senkte der König das Haupt. Er schüttelte den Kopf. Seine Lunge schmerzte. Seine Brust.

Sein Herz. »Leb wohl, mein Kind. Zu lange weilst du schon, und dein vergeblich Mühen trägt keinen Lohn.«

Da er nicht mehr eigenständig gehen konnte, winkte er den Hauptmann seiner Wache heran, der ihm helfen sollte, sich zu entfernen. Er hörte schon die Schritte von Hauptmann Dumaine, seines treusten Soldaten, und schloss erleichtert die Augen. Wenn es so weit gekommen war, dass er einem gut gemeinten Angebot nicht einmal mehr mit Freundlichkeit und Güte begegnen konnte, dann war es an der Zeit, dem allen ein Ende zu bereiten.

Helena spürte die Verzweiflung in sich aufsteigen wie jene schwarzen Sturmfluten, die sich des Nachts auftürmten, um die Fischerboote und Häuser im Schatten der Calanques zu zermalmen. Sie wusste, dass der König einen Fehler machte, wenn er jetzt aufgab. Sie wusste, dass sie ihm helfen konnte. Und das würde sie, denn sie würde niemals aufhören zu hoffen, zu träumen, zu kämpfen!

Also warf sie sich zwischen den Hauptmann und den König und sank auf die Knie. Auf allen vieren flehte sie Seine Majestät an: »Oh teurer Fürst, gebt meinen Wünschen nach. Denkt nicht, dass ich – nein, dass der Himmel sprach!«

Die schweren Tritte des Hauptmanns verstummten. Helena holte tief Atem. Sie wusste, dass ihre nächsten Worte ihr Schicksal besiegeln würden. Sie wollte sich nicht nur dem Kronprinzen würdig erweisen, sie wollte sich selbst beweisen, dass sie eine gute Ärztin sein konnte. Dass sie eine Ärztin werden konnte, deren Wissen und Kunstfertigkeit die ihres Vaters noch übertraf. Hier stand nicht nur das Leben ihres Königs auf dem Spiel, sondern auch ihre Zukunft in einer Zunft, die sie von Herzen liebte.

»Ich glaube, Herr, und glaub auf festem Grunde: Noch siegt die Kunst, nah ist der Rettung Stunde!«

Einen Moment lang hörte man nur den Atem, der dem König schwer und rasselnd über die Lippen kam. Als er zum Sprechen anhob, waren seine Worte langsam. Vorsichtig. »Was wagst du?«

174

»Dass man mich der Frechheit zeiht, mich Metze schilt, der Pöbel mich verspottet. Schimpflieder singt; und schmählich ausgerottet mein Jungfrau'n-Name sei; ja, dass mein Leben sich ende!« Helena sprach so leichtsinnig von ihrem eigenen Tod, wie nur junge Menschen es tun können, die sich weder die Kürze ihres eigenen Lebens vor Augen geführt, noch um das Vergehen alles Schönen getrauert haben.

Das erzürnte den König, der nur noch so wenige Stunden seines eigenen Lebens übrighatte. »Dein Leben ist kostbar!«

Sie jedoch wich nicht vor ihm zurück. Sie hielt seinem Blick stand und er konnte nicht umhin, ihren Mut zu bewundern.

Ebenso wenig konnte er das andere verhindern: Die Hoffnung kehrte zu ihm zurück.

Wenn dieses Mädchen bereit war, sein eigenes Leben auf ihre Heilkunst zu verwetten, hatte die Hoffnung, die sie ihm anbot, dann vielleicht doch Bestand? Vielleicht musste sein Leben doch noch nicht enden? Vielleicht würde er seine Gemahlin wiedersehen, würde erleben dürfen, wie seine Söhne zu Männern heranwuchsen, und könnte seine Krone erst dann an Bertram, seinen Ältesten, weiterreichen, wenn dieser ein wenig Gelegenheit gehabt hatte, frei und ganz im Einklang mit sich selbst zu leben?

Der König sah sie an. Seine Gemahlin, die Königin, vertraute dieser jungen Frau. Warum sollte er es ihr nicht gleichtun? Was hatte er zu verlieren? »Lieber Arzt«, sagte er, immer noch zögernd. Immer noch mit stockender Stimme. »Versuch an mir dein Heil.«

Sie sprang so eifrig auf die Füße, dass er beinahe lachen musste. Gott hatte ihn nicht mit Töchtern gesegnet, aber er wünschte sich, er hätte eine junge Frau wie sie sein eigen Fleisch und Blut nennen können. »Helf ich Euch nicht, so sterb ich«, wiederholte sie, ganz achtlos der schweren Strafe gegenüber, die ihr dräute. »Doch wenn ich helfe, welchen Lohn erwerb ich?«

»Fordere, mein Kind.«

»Und wollt Ihr's wirklich geben?«

Er schnaubte beinahe. Er war der König. Es gab nichts, was er ihr nicht geben konnte. »Bei meinem Zepter, ja, beim ew'gen Leben!«

Ihr Lächeln strahlte so hell wie die Sonne im Süden seines Reiches, dort, wo sie selbst nicht allzu weit vom weiten blauen Meer aufgewachsen war. »Gebt Ihr zum Gemahl mit königlicher Hand, wen ich mir fordern darf in Eurem Land?«

Und endlich lächelte der König. Ihre Frage wärmte sein Herz und erinnerte ihn an seine eigene Jugend, als er noch willens gewesen war, alles für die Liebe zu tun, alles für einen Traum, für eine Hoffnung. »Das werde ich, teure Dame«, sagte er freundlich. Und er beschloss, dass er dieser jungen Frau geben würde, was sie sich erträumte, egal, ob sie ihn heilte oder nicht. Wenn er sein Leben mit einem solch großzügigem Geschenk beendete, würde er seinem Schöpfer mit einem glücklichen Herzen gegenübertreten.

Somit ging Helena an die Arbeit. Sie wandte alles an, was ihr Vater sie gelehrt hatte. Alles, was sie sich selbst beigebracht hatte. Jede Handfertigkeit und jedes Wissen und jede Weisheit, die sie auf ihren gemeinsamen Reisen und aus seinen Büchern zusammengetragen hatte. Dazu mischte sie eine Prise Wagemut und eine große Portion Kühnheit. Und so geschah es, dass Helena von Roussillon das vollbrachte, was keiner der Ärzte, Minister oder Priester am Hof für möglich gehalten hatte:

Sie heilte den König von Frankreich.

Die Neuigkeiten verbreiteten sich wie der Wind. Sie wurde Wunderheilerin genannt, eine Zauberin der Arzneikunst, eine Göttin gar. Jeder kam, um sie zu besuchen, und sie bezahlten sie großzügig, wenn sie sich bereit erklärte, einen Blick auf ihre Zipperlein zu werfen. Sie benutzte das Geld derer, die zu viel davon hatten, um jene zu behandeln, die sich die Dienste eines Arztes nicht leisten konnten. Die Königin küsste sie auf beide Wangen, segnete sie und ernannte sie zur Leibärztin am Hof. Parolles schloss sie in seine Arme und sagte ihr, wie stolz er auf sie war. Und Bertram – Bertram ging vor ihr auf die

Knie und nahm ihre Hand, überwältigt vor Dankbarkeit. Er küsste ihre Hand vor allen, die sich am Hof versammelt hatten.

Als er ihre Hand losließ, klopfte Helenas Herz heftig. Bertram hingegen schien ein wenig beschämt ob der öffentlichen Zurschaustellung seiner Zuneigung. Er stand auf und ging zurück zu Parolles. Sie hoffte innig, dass sie sich seiner würdig erwiesen hatte. Sie war so kurz davor, mit ihm glücklich bis ans Ende ihrer Tage zu leben.

Und der König vergaß sein Versprechen nicht. Er verkündete, dass zu ihren Ehren ein Ball abgehalten werden sollte, und lud alle heiratsfähigen jungen Männer aus dem Reich ein. Im Geheimen vertraute er ihr an, dass dies die Nacht sein sollte, in der sie ihren Auserwählten benennen durfte. Er würde die Hand ihres zukünftigen Bräutigams in ihre legen und der junge Mann würde sein Glück nicht fassen können.

Sie kamen von weither. Jeder Mann war begierig darauf, sie kennenzulernen. Sie war jung und schön und begabt. Sie war gut und warmherzig und liebenswert. Sie war weise und klug. Jeder wollte an ihrer Seite sein. Und es wurde der wunderbarste Ball des Jahres, mit Speisen und Spirituosen und goldenen Kleidern. Mit silbernen Tanzschuhen und Musik wie der Klang von Diamanten. Es gab reichlich für jedermann und den ganzen Tag über labte sich Paris an Kuchen und Wein. Man verköstigte die Armen in den Straßen der Stadt und die Gäste in den herrschaftlichen Hallen des Königs. Es war ein Feiertag, an dem niemand arbeitete, außer den Straßendirnen, den Narren, den Dieben und natürlich den Musikanten, denn überall wurde zum Tanz aufgespielt.

Kurz bevor es Mitternacht schlug, erhob sich der König von seinem goldenen Thron am Kopf des Festsaals. Er winkte Helena zu sich. Er legte den Arm um ihre Schultern und flüsterte: »Dein Wahlrecht übe. Wer dich verschmäht, verschmäht auch meine Liebe.«

Helena strahlte. In jenem Moment fehlte ihr nur Parolles, den der Kronprinz für eine Besorgung fortgeschickt hatte. Sie würde ihm jedoch alles erzählen, sobald er zurück war. Sie wandte sich um und

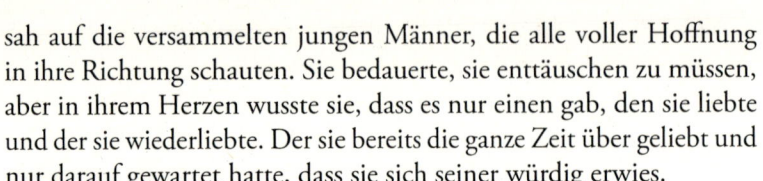

sah auf die versammelten jungen Männer, die alle voller Hoffnung in ihre Richtung schauten. Sie bedauerte, sie enttäuschen zu müssen, aber in ihrem Herzen wusste sie, dass es nur einen gab, den sie liebte und der sie wiederliebte. Der sie bereits die ganze Zeit über geliebt und nur darauf gewartet hatte, dass sie sich seiner würdig erwies.

Sie wandte sich an den Kronprinzen.

Sie wandte sich an Bertram.

»Ich sage nicht, ich nehm Euch«, begann sie und spürte im selben Moment, wie sich die Angst in ihr regte. Sie rang nervös die Hände. Sie senkte den Blick. »Doch ich gebe mich selbst und meine Pflicht, solang ich lebe, In Eure edle Hand. Dies ist der Mann.«

Der König lächelte. Die Königin lächelte. Jeder der anwesenden Männer lobte ihre Wahl, egal, wie sehr es sie schmerzte, nicht ausgewählt worden zu sein. Jeder lobte die bescheidene Rede, mit der sie ihre Liebe zum Ausdruck gebracht hatte.

Allein der Kronprinz lächelte nicht.

Der König trat mit zufriedener Miene einen Schritt nach vorn. »Nimm sie denn, junger Bertram, als Gemahlin!«

»Gemahlin, gnäd'ger Herr?«, fragte der Kronprinz. Er lachte, als wäre dies alles ein Scherz.

Aber niemand sonst lachte.

Der Saal verstummte. Der König jedoch trat auf seinen Sohn zu und seine Miene verfinsterte sich. »Bertram, weißt du nicht, was sie für mich getan?«

»Ja, großer König«, sagte Bertram mit ernster Stimme. »Doch folgt daraus, dass ich mich ihr vermähle?«

»Du weißt, sie half mir auf vom Krankenbett?«

»Und soll ich deshalb in meinem Ansehen sinken, weil sie euch aufgeholfen hat?«, zischte Bertram. Schockiert wich sein Vater vor ihm zurück. Der Kronprinz holte tief Luft, dann senkte er die Stimme und sprach allein zu seinem Vater. »Ich kenne sie. Des armen Arztes Kind, mein Weib? Weit lieber verzehre mich die Schmach!«

»Den Stand allein verachtest du, den ich erhöhen kann!«, beharrte Seine Majestät. Er konnte nicht glauben, dass sein eigener Sohn eine Frau allein wegen ihres niederen Standes ablehnte. »Wo Tugend wohnt, und wär's am niedern Herd, wird ihre Heimat durch die Tat verklärt. Jung, schön und ohne Tadel, schenkt ihr Natur unmittelbaren Adel. Folg meinem Ruf.« Er lächelte seinem Sohn zu in der Hoffnung, dass er begreifen möge, welch königliches Geschenk er ihm darbot. Er zwang ihm keine lieblose Vermählung mit einer hohen Dame auf, einer Dame, die der Kronprinz nie zuvor getroffen oder lieb gewonnen hatte. Stattdessen bot er ihm die Hand einer jungen Frau an, die ihren Mut und ihr Geschick bewiesen hatte. Die ihn liebte, und der Bertram den Gerüchten zufolge seine eigene Zuneigung geschenkt hatte.

Der Kronprinz schwieg. Eine lange, lange Zeit. Schließlich sagte er leise und ohne seinen Vater anzusehen: »Ich kann sie nicht lieben.«

Das war der Zeitpunkt, an dem Helena ihre Sprache wiederfand. Sie konnte es nicht länger ertragen. Sie hatte sich niemals einem anderen aufzwingen wollen, am wenigsten ihm, den sie liebte und bewunderte. Der so freundlich zu ihr gewesen war. Er brach ihr das Herz, zertrat es unter seinem fürstlichen Stiefel und ließ sie jene Überheblichkeit und Arroganz spüren, die er ihr gegenüber zuvor nie an den Tag gelegt hatte. Sie musste von Sinnen gewesen sein, als sie sich eingebildet hatte, dass ein Kronprinz je unter seinem Stand heiraten würde. Dass er seinen hochgeborenen Stolz überwinden würde, um das Gute in einem Mädchen vom gemeinen Volk zu sehen. Sie musste von Sinnen gewesen sein, als sie geglaubt hatte, dass er jemanden wie sie lieben konnte. »Mich freut, mein Fürst, dass Ihr genesen seid«, sagte sie zum König. »Das andre lasst.« Sie wollte nicht länger, dass er sein Versprechen einlöste.

Aber der König, so weise er auch sein mochte, war immer noch ein König. Er war immer noch ein Mann, der daran gewöhnt war, das zu bekommen, was er wollte und wann er es wollte. Er war an seine eigenen Privilegien so gewöhnt wie andere an ihre Armut. »Zum

Pfand steht meine Ehre«, sagte der König und erhob seine Stimme, sodass sie durch den ganzen Saal hallte. »Sie zu retten, mag denn der König sprechen.« Er packte Bertrams Arm und zwang ihn, sich zu der jungen Frau umzudrehen, die das Leben des Königs gerettet hatte. Ihr verdankten sie alles. »Nimm sie hin, hochmüt'ger Jüngling, unwert solchen Guts, der du in schnöder Missachtung verkennst so meine Gunst wie ihr Verdienst. Folg' unserm Willen, sonst schleu'r ich dich für immer aus meiner Gunst!«

Die Versammlung im Saal sog scharf die Luft ein. Hatte der König gerade tatsächlich dem Kronprinzen mit Enterbung gedroht? Dem Mann, der nach Gottes Gesetz einst ihr Herrscher werden sollte?

Und der Kronprinz starrte zu Boden. Und starrte. Und starrte. Und schluckte schwer.

Als er den Blick wieder hob, hatte er ein Lächeln aufgesetzt. »So reicht mir ihre Hand«, sagte er.

Lauter Applaus und allgemeine Erleichterung brach sich Bahn. Die fröhliche Stimmung kehrte zurück, als wäre sie nie fort gewesen. Die Hochzeit wurde für den nächsten Tag anberaumt und die Festlichkeiten auf den Rest der Nacht ausgedehnt.

Es gab nur einen, der das Glück nicht teilte.

In einem unbeobachteten Moment verließ Bertram den Festsaal und floh in seine Gemächer. Er wollte nicht, dass irgendjemand seine Tränen sah.

Und doch wurde er selbst dort von der Rückkehr seines Leibdieners überrascht. Es verwunderte Parolles, dass sein Herr sich in seinen Gemächern aufhielt und nicht auf dem Ball, der zu Ehren von Parolles' liebster Freundin gegeben wurde. Als er sah, dass Bertams Schultern bebten und er sein Gesicht von ihm abwandte, war er vollends beunruhigt.

»Was ist mir dir, mein Herz?«, fragte Parolles und ging zu ihm.

Bertram fuhr herum und küsste ihn.

Es war einmal ein Junge mit weißem Haar, Augen so blau wie das Meer. Das Leben hatte tiefe Wunden in seine Seele geschlagen, denn er verliebte sich nicht in die Mädchen seines Heimatdorfes Roussillon. Er verliebte sich nicht einmal in seine liebste Freundin Helena, die schön und klug und liebenswert war. Die jeder andere angebetet hätte.

Nein, Parolles verliebte sich nicht in sie oder irgendeine andere.

Erst als Helenas Vater sie beide nach Paris brachte.

Erst als Parolles sich eines Nachts davonschlich, um sich eine Soiree anzuhören

Erst als er den jungen Mann entdeckte, ihn mit den schwarzen Haaren, mit Augen so blau wie der Himmel und dem freundlichsten, traurigsten Lächeln, das Parolles je gesehen hatte

Erst als er diesen Mann sah, dessen Schultern sich unter einer Verantwortung beugten, die er in seinen jungen Jahren unmöglich schultern konnte.

Erst in diesem Moment verliebte sich Parolles zum ersten Mal in seinem Leben.

Sie tanzten zusammen, bevor Parolles seinen Namen kannte. Sie küssten einander, bevor Parolles wusste, dass er der Kronprinz Bertram war. Sie träumten von einer gemeinsamen Zukunft. Sie schmiedeten einen Plan. Mit der Fürsprache von Gérard de Narbon würde Parolles die Stelle als Bertrams Leibdiener bekommen. Sie würden geduldig abwarten. Würden warten, bis Bertram König war, und dann ihre Liebe zueinander vor allen anderen bekennen. Sie würden frei sein.

Wenn sie gemeinsam im Bett lagen, die Laken weich an ihren nackten Schenkeln spürten und ihre Finger in warme Haut drückten, dann flehte Bertram Parolles an, nichts von dem zu glauben, was er in der Öffentlichkeit tun musste. Egal, was er vor anderen sagen oder tun musste, es war alles eine Lüge. »Zweifle an der Sonne Klarheit«, beschwor ihn Bertram. »Zweifle an der Sterne Licht, zweifle nur an meiner Liebe nicht.«

Und Parolles glaubte ihm. Er war glücklich im Palast, so glücklich, wie er es kaum je gewesen war. Es machte ihn besonders froh, dass

Bertram sich darum bemühte, Helenas Freund zu werden, denn sie war die einzige Person, die Parolles niemals aufgeben wollte. Es wärmte sein Herz, dass der Kronprinz ihr so viel Freundlichkeit und ihm so viel Liebe schenkte.

Dann erkrankte der König. Und obwohl Bertram ehrlich trauerte, wussten sie doch, dass ihre Zeit gekommen war. Dass sie bald frei sein würden.

Bis Helena den König rettete.

Bis Helena sich jedem Mann im Reiche würdig erwies.

Bis Helena sich den Mann, den Parolles liebte, zum Gemahl erwählte.

Nun lag Bertram in seinen Armen. Während man sich unten im Festsaal voller Begeisterung an Tanz und Kuchen erfreute, schwor Bertram Parolles, dass er sie nie heiraten würde. Er würde nach Florenz gehen und in den Krieg ziehen. Er würde dem Palast entfliehen, Soldat werden und niemals heiraten. »Wir ziehen in den Krieg«, sagte Parolles, und Bertram wiederholte seine Worte: »Wir ziehen in den Krieg!«

Es waren einmal zwei Jungen. Das Haar des einen war schwarz, das Haar des anderen war weiß. Ihre Augen waren so blau wie der Himmel, und so blau wie das Meer. Sie zogen in den Krieg, um ihre Liebe zu bewahren.

Es war einmal ein Mädchen. Es hatte ein gutes Herz und wusste, wie es sich im Leben zurechtfand. Als sie hörte, dass der Mann, den sie liebte, und ihr teuerster Freund davongelaufen waren, um ins Feld zu ziehen, ging sie ihnen nach. Um sie zu retten.

Sie fand die beiden.

Sie fand ihre Leichen in einem Straßengraben, weit fort vom Meer und vom Himmel und den Feldern voller Kornblumen.

Alles ist gut, was gut endet.

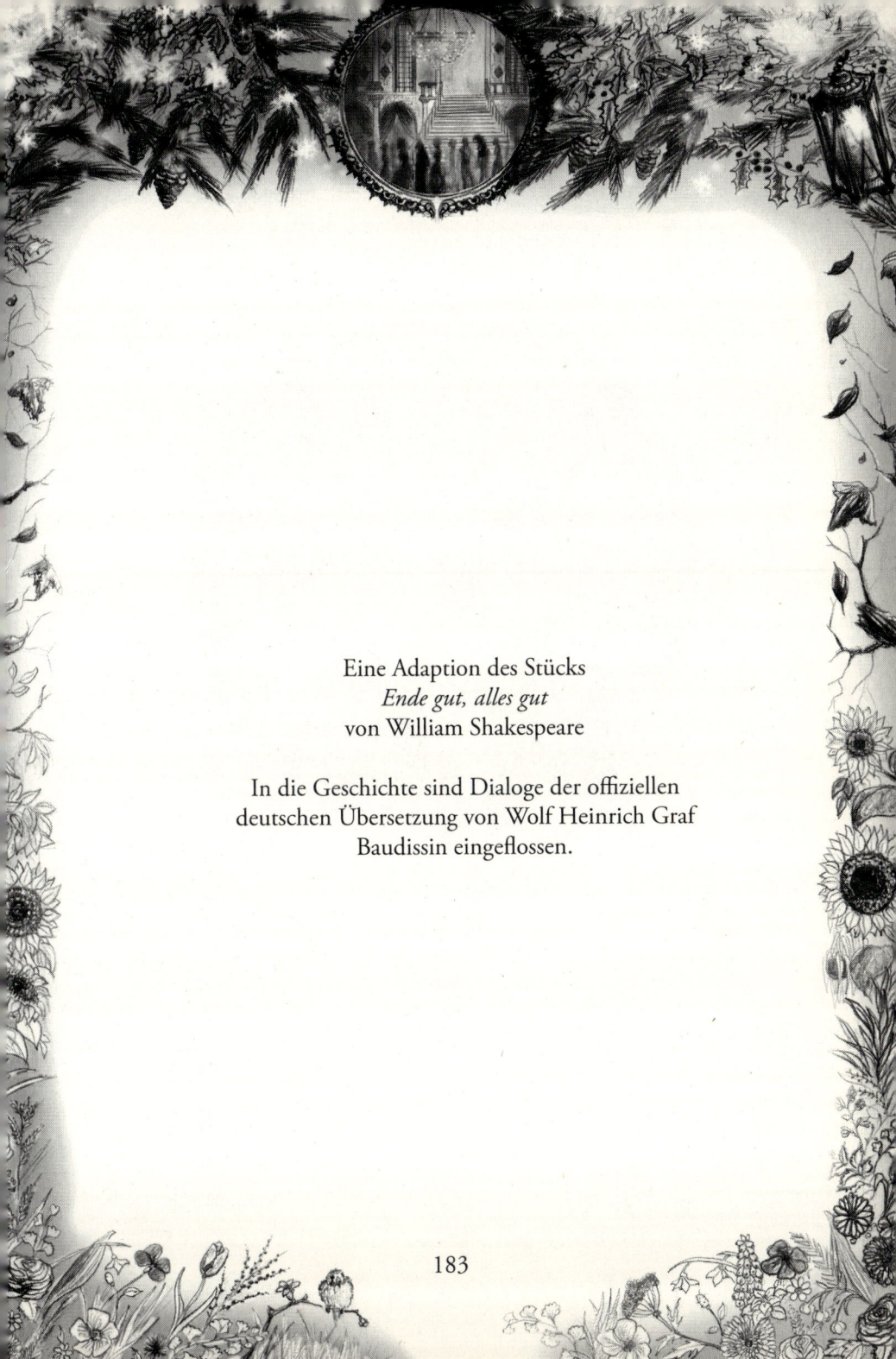

Eine Adaption des Stücks
Ende gut, alles gut
von William Shakespeare

In die Geschichte sind Dialoge der offiziellen
deutschen Übersetzung von Wolf Heinrich Graf
Baudissin eingeflossen.

Nora Bendzko

Der Schnee flüstert meinen Namen

NORA BENDZKO

Eine ganz ungewöhnliche Interpretation von Hans Christian Andersens Kunstmärchen *Die Schneekönigin* beschert uns Nora Bendzko. Wer ihre bisher veröffentlichten Bücher kennt, den überrascht dies vermutlich nicht. Nora liebt ungewöhnliche Interpretationen. In ihren *Galgenmärchen* adaptiert sie die Märchen der Brüder Grimm als dunkelphantastische Thriller vor der Kulisse des 30-jährigen Krieges in Europa. Sowohl ihr Roman *Kindsräuber* (eine Adaption von *Rumpelstilzchen*) als auch ihr Roman *Hexensold* (eine Adaption von Rapunzel) wurden für den SERAPH nominiert. Ihr nächstes Buch soll *Schwestern der Klinge* heißen – eine epische Dark Fantasy über Amazonen zur Zeit des Trojanischen Krieges.

Nora wurde 1994 in München geboren und studiert in Wien Deutsche Philologie. Neben dem Schreiben arbeitet sie als Lektorin und ist als Metal-Sängerin unterwegs.

Für die Schneekönigin hat sie sich entschieden, weil »Andersen mein Lieblingsmärchenerzähler ist.«

Außerdem »ist meine Story sehr persönlich, da kulturelle Hybridität eine Rolle darin spielt. Meine Mutter ist aus Marokko, mein Vater aus Deutschland. Letzterer war selbst immer ein guter Märchenerzähler. Seine Vorfahren sollen sibirische Tartaren gewesen sein.«

Was das alles mit Noras Geschichte zu tun hat, könnt ihr nun selbst herausfinden.

www.norabendzko.com

Der Schnee flüstert meinen Namen

Erstes Fragment,
von Wüsten aus Sand und Eis

Noch nie hatte Aisha einen Menschen gefürchtet. Sie kannte nur deren Bewunderung, war frei wie der Wind, feurig und wild. Doch dieser Mann hatte alles geändert. Ihrer Heimat hatte er sie entrissen und in dieses kalte, dunkle Land hinter dem Meer gebracht.

Ihr neuester Körper lag in Ketten, die sich in die Haut brannten und ihre Kräfte fesselten. An seinem Ledergürtel hing ein Weihrauchfass, dessen Qualm ihre Sinne vernebelte und verhinderte, dass ihresgleichen sie fand.

»Weiter«, bellte der Mann. Er beherrschte bruchstückhaft Arabisch, das einzig ihr Vertraute in diesem Ödland.

Aisha verbiss sich einen Schrei, als er an den Ketten zog und deren Eisen sie versengte. Ihr Köper stolperte vor, stürzte fast auf dem vereisten Steinboden.

Der Mann, dessen Namen sie nicht kannte, sah über seine breite Schulter. Sie glaubte, in seinen überschatteten Augen Mitleid zu erkennen.

»Wir rasten bald«, murmelte er in seinen Bart.

Ihr war nicht entgangen, wie er ihren neuen Körper betrachtete. *Fahid* hieß der Junge, in dessen Leib sie geschlüpft war. Ein schmächtiger Gelehrter, der schmal lächelnd zwischen seinen Büchern verblasst war, ehe sie seinen Körper besetzt hatte. Denn eigentlich konnte Fahid wiegend tanzen und schöner strahlen als eine Sultana. Das sah wohl auch der Fremde. Je länger er mit Fahid umherzog, desto öfter betastete er diesen mit Blicken.

Aisha ließ Fahids Kopf erhoben. Doch es machte ihr Angst, gefesselt und der Gnade dieses Riesen ausgeliefert zu sein. Sie hatte in so vielen

Körpern gewohnt, zu oft gesehen, wie Menschen ihre Sehnsüchte unterdrückten, und kaum dass Aisha sie zum Leuchten brachte, wollten andere jenes Licht haben. Zu oft mit Gewalt.

Könnte auch dieser Mann Fahid etwas antun? Wohin brachte er den Jungen? Oder vielmehr, wohin brachte er Aisha?

Zweifellos war er nicht wegen Fahid gekommen, sondern wegen ihr. Woher er auch wusste, dass Eisen und Weihrauch sie schwächten … *Sie* war sein Ziel gewesen.

Als sie später am Lagerfeuer saßen, fragte sie sich noch immer nach dem Warum. Die Nacht regnete in frostigen Stücken auf sie hinab und verfing sich in dem honiggelben Haar des Mannes. Schnee, so viel, wie sie es nur von den höchsten Bergen des Maghreb kannte.

Er briet das Fleisch eines Fuchses, den er am Nachmittag erlegt hatte. Blutig glänzte es im Widerschein der Flammen. Sie starrte auf seine Pranken, die dem Tier so mühelos das Genick gebrochen hatten.

Schließlich sah er auf, mit blitzenden Augen. Achtlos ließ er das Fleisch fallen und stapfte auf sie zu.

Aisha spannte sich und Fahids mageren Körper an, bereit, zu kämpfen. Sie erstarrte, als der Mann unversehens das Weihrauchfass von seinem Gürtel löste. Scheppernd fiel es zu Boden, die Dämpfe erstickten im Schnee. Mit einem Klirren folgten die Ketten.

»Frei«, flüsterte er, und sein heißer Atem strich über Fahids Mund. »Du bist frei.«

Aisha zögerte nicht. Sie legte Fahids Lippen auf die des Fremden. Als dieser leise stöhnend die Augen schloss, wusste sie es zweifellos. Er begehrte Fahid. Seine herabsackenden Schultern hatten etwas Ergebendes, und sie musste nicht seine Sprache kennen, um seinen hungrigen Kuss zu verstehen.

Bitte verzeih mir.

Vielleicht hätte Fahid das getan, ihm verziehen und sich dem Kuss hingegeben. Doch Aisha war dafür zu stolz. Sie war die Tochter Ighuds, Schäfer des Windes; von Shamhurish, dem König der Dschinn, aufgezogen; vermählt mit dem mächtigen Afarit Ammu Qiyu. Niemand legte ihr ungestraft Ketten an.

Sie ließ Fahid zubeißen. Seine Zähne bohrten sich ins Lippenfleisch, bis das Blut spritzte.

Die Augen ihres Gegenübers weiteten sich. Doch er wehrte sich nicht. Im Gegenteil, als Fahid von ihm abließ, um Atem zu schöpfen, hielt der Mann ihm seinen Hals hin. Wissend, dass Blut Aisha stärken und Fahid weiterleben lassen würde. Dummer, verliebter Mensch.

Aisha gab sich dem Blutrausch hin, hörte kaum noch die Worte, die von den zerfetzten Lippen tropften: »Hüte dich … vor dem Uhrmacher …«

ZWEITES FRAGMENT,
WIE AISHA LERNTE, KÖRPERLOS ZU SEIN

Fahid starb.

Seine Lippen, die eben noch Blut erhitzt hatte, gefroren. Dabei müsste Aisha nun stärker sein, wo er diesen Mann bis auf die Knochen verschlungen hatte. Aber der endlose Schnee raubte ihr mehr Kraft als Eisen.

Nein, dachte sie, als Fahids Beine nachgaben. *Er darf nicht sterben. Hier gibt es keinen Körper für mich …*

Angst fraß sie mit der Nacht auf. Sie ließ Fahid auf einen spiegelglatten See kriechen. Da erklang eine Stimme – ohne Sprache und von Seele zu Seele, wie nur Geister redeten: »Trink das.«

Sie sah durch fieberverschleierte Augen, wie sich der Schnee über dem See verdichtete. Zwei Eiskristallhände, die eine Flüssigkeit geschöpft hatten, schwebten vor ihr.

»Das Arschaan-Wasser wird dich heilen.«

Aisha trank sofort. Alles war besser, als aus einem sterbenden Körper in unbekannte Leere zu fallen. Kurz glaubte sie zu erfrieren, doch ja, es gab Kraft.

»Warum hilfst du mir, Wasserelement?«

Die Hände zerfielen zu Schnee, sodass der Geist nur noch eine Nebelgestalt war. »Anders als einige meiner Art, die dir stumm beim Leiden zusehen, kann ich kein Elend ertragen.«

Wie sehr dieses Wort schmerzte. Elend. Doch Stolz half Aisha jetzt nicht weiter. »Wer bist du?«

»Da ich eine vergessene Ahnin bin, habe ich keinen Namen mehr. Ich bin eine Yer-Sub des Baikal-Sees, auf dem wir stehen. Also nenne mich so. Baikal.«

»Wo bin ich, Baikal?«

»In Sibirien.«

Aisha fragte gar nicht erst, wie weit das vom Königreich des Maghreb entfernt lag. »Selbst Magie wird diesen Körper nicht mehr lange retten. Ich brauche einen neuen.«

Der Nebel – Baikal – formte sich zu armartigen Schwaden. »Ich verstehe. Folge mir.« Sie leitete Aisha über den See. »Ich kenne deinen Namen noch nicht, Hautwechsler.«

»Aisha Qandisha.«

»Aisha, du bist ein seltsamer Geist. Einen Menschenkörper willst du und dich nicht nach deinem Willen formen?«

Wie gut Aisha dieses Unverständnis kannte. »Die Feuer-Dschinn, bei denen ich aufwuchs, glauben, dass es mich zu Menschen hinzieht, weil meine Mutter einer war.«

Baikal schwieg verblüfft.

»Mein Vater war ein Windgeist. Wenn mich auch mehr das Feuer der Afarit geprägt hat.«

Sie dachte an ihren Mann. Ammu Qiyu hatte stets auf ihre Menschenhüllen herabgesehen. Nie verstanden, warum sie statt eines Flammenkörpers mit Hörnern, Klauen und Hufen einen sterblichen wählte. Niemand verstand es, nicht einmal Aisha.

»Oh«, sagte Baikal. »Ich kenne nur Yer-Sub, die das Blut von Menschen trinken. Von einem Geist wie dir habe ich noch nie gehört. Darum werde ich dich nicht verurteilen.«

190

Aisha sah auf den formlosen Nebel, der Baikal war. Selbst deren Stimme änderte sich fortwährend, sie klang manchmal gar wie ein Mann. Es faszinierte sie. Baikal war so anders als Aisha, ungebunden und doch eins mit der Welt.

»Wir sind da.«

Zelte, zwischen denen Feuer brannten, ragten aus der Steppe.

»Die Tataren halten das Feuerfest zum Neumond ab«, sagte Baikal. »Bei all den huldigenden Menschen solltest du leicht einen neuen Körper finden können.«

Aisha wollte Fahid weiterbewegen, als dieser keine Luft mehr bekam. »Ah!«

Baikal bemerkte es. »Du musst diesen Körper verlassen!«

Verkrampft schüttelte sie Fahids Kopf. Noch war kein Mensch in ihrer Nähe. Sie würde körperlos sein.

»Ich bringe dich zu einem der Feuer. Dort kannst du auf einen Menschen warten. Du sagtest doch, du lebtest mit Feuergeistern? In den Flammen bist du sicher. Kein Tatar darf sie während des Festes anrühren. Vertrau mir!«

Ammu Qiyu und die dämonischen Dschinn hatten sie gelehrt, nur sich selbst zu vertrauen. Und doch ließ Aisha los. Sie fiel aus dem sterbenden Fahid.

Wind drohte sie zu zerstreuen. Da berührte sie ein Hauch und hielt ihren Geist zusammen. Baikal.

Als Aisha in eines der Feuer schmolz, hatte sie keine Angst mehr. Sie fühlte sich befreit, ohne die schmerzenden Grenzen von Fahids Haut. Doch vor allem ging es ihr so, weil sie in Baikal lag. Durfte sie so fühlen?

Ammu Qiyu wird mich nicht vermissen, dachte Aisha. *Er ist mein Mann, weil wir zueinanderpassen und gefürchtet werden. Doch vermissen wird er mich nicht.*

Viele berauschende Jahre hatte sie bei den Afarit verbracht, aber war immer eine Fremde unter ihnen geblieben. Sie, der Halbmensch. Hier, in der Ferne, würde sie ebenso fremd sein.

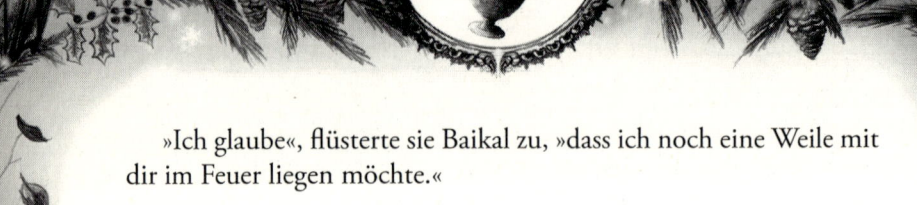

»Ich glaube«, flüsterte sie Baikal zu, »dass ich noch eine Weile mit dir im Feuer liegen möchte.«

Drittes Fragment,
des Uhrmachers gläsernes Volk

Es blieb nicht bei einer Weile. Aisha nahm sich gar keinen Körper mehr.

Bei den Yer-Sub Anschluss zu finden, war nicht leicht. Doch Baikal war bei ihr, und als der Winter endete, flog Aisha mit den anderen Geistern über die Tundra. Sie, die Wind und Feuer eines anderen Kontinents in sich trug, half, den Frühling zu bringen.

Sonst war immer Aisha beschenkt worden. Am Fluss Sebou, ihrem Zuhause, hatte man ihr Stroh und Couscous geopfert. Ihr fehlte es kaum, verehrt zu werden. Die Tataren hatten eine eigene Art, die Natur und damit Aisha zu achten, sahen sie doch in allem eine Form von Seele.

»Sie erzählen von dir«, sagte Baikal. »Hören von ihren Kindern, die noch nicht blind für die Magie sind, dass ein guter Geist das Land zum Blühen bringt.«

Sie lagen verschlungen am Ufer des Baikal-Sees.

»So?« Aisha lächelte mit einem Gesicht, das sie aus dem Ufer gestaltete. »Ich fühle mich nicht gut, sondern hungrig.«

Baikal lachte und formte sich aus der Erde, ihre Lippen an denen von Aisha. »Schon wieder? Du bist unersättlich.«

Sie seufzte in Baikals Mund. »Oh, das bin ich.«

Wie wollten sie sich heute lieben? Als Frauen, Männer, beides, nichts? Alles war lustvoll, solange es mit Baikal war. Denn nicht nur Aisha hatte gelernt. Baikal hatte sich ebenso neue Wege zeigen lassen und wie schön es zwischen Körpern sein konnte. Doch ehe sie sich diesmal ineinander verloren, hallte ein Schrei durch die Steppe.

»Was war das?« Aisha setzte sich auf.

»Ich weiß nicht. Lass uns nachsehen.«

Sie ließen ihre Sandkörper zerfallen und trieben mit dem Wind. Je weiter sie flogen, desto lauter wurde das Schreien. Es war ein niederbrennender Wald. Die Yer-Sub, die in ihm wohnten, heulten in Qualen. In der Nähe des Brandes befanden sich Menschen – zumindest glaubte Aisha, dass es Menschen waren. Ihre Haut war bleicher als der Tod, und sie bewegten sich mechanisch.

»Das Gläserne Volk?«, fragte Baikal. »Was tun sie hier?«

Aisha hatte von ihnen gehört. Menschen wie Geister munkelten von herzlosen Wesen, die mehr Uhren als Fleisch waren und im Norden hausten.

An ihrer Spitze stand ein Mann, der in seiner schillernd bunten Kleidung wie ein lebender Edelstein aussah. Er rief: »Zeig dich, Aisha Qandisha!«

Ihr wurde klamm. Nicht nur, weil er ihren Namen kannte. Er war kein Geist und sprach dennoch wie einer.

»Ich weiß, dass du hier bist. So sagen es die Tataren. Zeige dich, oder ich werde alles hier zerstören!«

Aisha ließ sich einen Körper aus dem Waldfeuer wachsen, mit Hörnern und Klauen und Furcht einflößend groß. Baikal rief sie zurück, doch sie hörte nicht hin. Es durften keine weiteren Yer-Sub verletzt werden.

»Halte ein! Was willst du von mir?«

Der gläserne Mann lächelte. »Beeindruckend, deine Dschinn-Gestalt. Wir kennen uns noch nicht. Man nennt mich den Uhrmacher. Ich bin der Mann, der jenen Söldner schickte, um dich zu mir zu bringen. Wie hat er versagt?«

Uhrmacher. Ein Name, der Aisha so erzürnte wie ängstigte. Der sterbende Fremde hatte sie vor ihm gewarnt.

»Ich habe ihn getötet«, grollte sie. »Und auch du wirst für deine Anmaßung, dieses Land zu schänden, bluten!«

Sie lenkte das Feuer gegen die Gläsernen. Ein Rauschen hinter ihr ließ sie wissen, dass Baikal die Flammen anfachte. Doch sie schossen über

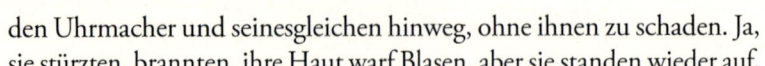

den Uhrmacher und seinesgleichen hinweg, ohne ihnen zu schaden. Ja, sie stürzten, brannten, ihre Haut warf Blasen, aber sie standen wieder auf.

»Bluten soll, was nicht lebt?« Der Uhrmacher lachte hohl und hob die verkohlte Hand. »Schießt!«

Feuer zündeten aus den Kanonenrachen der Eindringlinge. Die Yer-Sub brüllten. Aisha blendete deren Schmerz aus und versuchte, die Angreifer zurückzudrängen. Vergeblich.

»Wir können ewig weitermachen, Aisha. Oder …« Grinsend entblößte der Uhrmacher die Zahnräder in seinem Mund. »… du kommst in diesem Körper mit mir.«

Erst jetzt wurde ihr gewahr, dass einige der Glasmenschen sich um etwas scharten. Sie traten beiseite und gaben den Blick auf eine Puppe frei. Das lange Haar, die Krone darauf, das prächtige Seidenkleid, alles war schneeweiß.

»Und wenn ich mit dir gehe, verschonst du dieses Land?« Auf das Nicken des Uhrmachers hin sagte Aisha: »Dann sei es so.«

Sie glaubte, dass es besser wäre, wenn nur sie und nicht Hunderte von Geistern dem Uhrmacher ausgeliefert waren. Dass sie fliehen könnte. Doch kaum dass sie zu der entsetzten Baikal zurücksah und in den Puppenkörper schlüpfte, erkannte sie ihre Torheit. Das eiserne Korsett des Kleides schnürte ihre Kräfte schmerzhaft ab.

VIERTES FRAGMENT,
EIN MAKELLOSES SCHLOSS

Die Gläsernen brachten sie fort, übers Meer auf die Insel Spitzbergen. Dort stand ein Schloss aus Uhren. Zahnräder ratterten in Glaswänden. Im Zentrum von allem lag ein See aus Öl, und ein blattgoldener Thron stand davor.

»Du wirst die Herrscherin meines Gläsernen Volkes sein«, sagte der Uhrmacher. »Schön und einnehmend, makellos wie dieses Schloss. Eine Schneekönigin.«

Matt von ihrem Eisenkorsett, lag Aisha auf dem Thron. Die nächsten Tage verbrachte sie wie im Fieber. Gläserne kamen und gingen. Je öfter Aisha sie ansah, desto mehr glaubte sie: Ja, sie besitzen keine Herzen.

Sie schienen blutlos und atmeten nicht. Hinter ihren stumpfen Augen fuhren Räder. Jene, die von Aisha verbrannt worden waren, flickten sich einfach selbst wie Kessel. Alles hier, erkannte sie, war das Werk des Uhrmachers. Das Schloss wie seine Bewohner und die Schneekönigin.

»Warum hast du nicht eine deiner Glasfrauen zur Herrscherin ernannt?«, fragte sie, als sie mit ihm allein war.

Die Abendsonne glühte auf dem See, derweil er ihr Haar durch seine Hand gleiten ließ. »Das habe ich doch«, sagte er. »Eine perfekte Königin wird nicht geboren, sondern gemacht. Und die Königin meines Reiches muss mehr als perfekt sein. Da ich kein Leben erschaffen, sondern nur Herzen durch Uhrwerk und Fleisch durch Apparatur ersetzen kann, baute ich eine Frau zu diesem Meisterstück um. Dann suchte ich nach einem Weg, es zu beseelen. Meine Kinder hörten schließlich von einem Geist, der in einem fernen Land die Körper von Menschen stiehlt. Von dir.«

Für Aisha war es kein Meisterstück. Dieser Körper hatte weder Atem noch wärmendes Blut, aß und schlief nicht, war einengender als alle Ketten. Sie hasste ihn.

Am schlimmsten waren die Blicke. Wenn der Uhrmacher sie in seinem Schlitten hinausfuhr, starrten die Menschen sie mit leuchtenden Gesichtern an. Sie sahen eine Perfektion in ihr, die es nicht gab.

Aisha kannte es, hatte in einigen wenigen Frauenkörpern gewohnt und die Erwartung verachten gelernt, die die Welt ihnen auf den Leib schrieb. Schön, aber nicht zu schön, immer lächelnd voranschreitend, und wenn die Knöchel dabei brachen … Welche Tragödie.

Die Last, die die Blicke den zierlichen Schultern der Schneekönigin auferlegten, war ungleich größer. Nicht einmal im sterbenden Fahid war Aisha so verloren gewesen. Auch damals hatte sie Heimweh verspürt, doch die Sehnsucht, die sie nun nach Baikal und ihrer Freiheit hatte, brachte sie innerlich um. Sie wollte weinen, konnte es nicht, weil der Uhrmacher ihr keine Tränen gegeben hatte.

So saß sie wie gemeißelt auf ihrem Thron. Die Menschen erkannten das Leid hinter ihren Glasaugen nicht. Aber sie selbst sah ihnen an, was sie dachten.

Sie ist so schön.

Ich will wie sie sein.

In Dutzenden kamen sie zum Schloss, damit der Uhrmacher ihre Herzen nahm und sie Teil des Gläsernen Volkes wurden. Aisha sah zu. Sie atmete gegen den brennenden Käfig ihres Leibes und sann darüber nach, wie sie entkommen könnte.

Eines Tages, als sie auf der Suche nach einem Ausweg das Schloss durchstreifte, fand sie einen neuen Raum. Er war so entlegen, dass ihre immer schmerzenden Füße es nie dorthin geschafft hatten. Die Qual war verblasst, weil sie in Gedanken mit Baikal zusammen gewesen war.

Aisha schob den zerfetzten Vorhang beiseite, der den Eingang verdeckte. Der Raum, den sie betrat, war verwahrlost. Er passte mit seiner beleidigenden Hässlichkeit nicht zum Schloss.

Zwischen Staub und Rost lagen unzählige Gegenstände verstreut. Aisha entdeckte Öllampen, die Geister fangen konnten, und geschnitzte Totems. Es war ein Raum mit magischen Artefakten aus aller Welt.

Mitten im Zimmer erhob sich ein Spiegel. Das Glas in dem hölzernen Rahmen war zerbrochen. Als Aisha darüberstreichen wollte, erklang des Uhrmachers Stimme: »An deiner Stelle würde ich ihn nicht berühren.«

Sie wandte sich ihm zu. »Warum nicht?«

Er stand in der Tür, ein buntes Glimmen gegen die Düsternis des Raumes. »Ein Splitter dieses Spiegels vereist das eigene Herz. Wer weiß, was er mit Herzlosen anstellt?«

»Klingt, als wäre er deiner Bösartigkeit entsprungen.«

»Ja. Da gängige Magie niemanden auf meine Seite brachte, baute ich den Spiegel mit dem höllischsten aller Dämonen. Als er ganz war, machte er jeden Betrachter blind für Dinge, die als schön und gut gelten. Zerbrochen ist er noch mächtiger. Seine Splitter fliegen durch die Welt und suchen Menschen, in denen sie sich festsetzen können. Die ersten, die zu mir kamen und Gläsernes Volk werden wollten, hatten alle Herzen, die von Spiegelsplittern vereist wurden. Nun aber habe ich dich, um sie zu verführen.«

Aisha sah ihn mit heißem Zorn an. »Wozu, Uhrmacher? Was erhoffst du dir von Menschen, die tot und ohne Herzen sind?«

»Alles.« Er stand plötzlich vor ihr, eine Hand an ihrer Kehle. »Du lehnst mich ab, weil Mensch und Dämon in dir streiten und du daher glaubst, es läge Gutes in Gefühlen. Wie wäre es, meine Königin? Soll ich dir eine Geschichte über den Unsinn von Herzen erzählen?«

FÜNFTES FRAGMENT,
SEIN HERZ, DAS IN DER UNTERWELT VERSINKT

Weit vor deiner und meiner Zeit geschah es, dass ein Junge in den siebten Teil der Unterwelt reiste, wo Erlik Khan, der Gott der Krankheit, wohnt.

Sicherlich hast du vernommen, wie jenes Reich aussieht. Es hat dieselbe Sonne und denselben Mond, doch leuchten diese kaum. Dort hausen bleiche Kreaturen mit schwarzem Blut, und wandelnde Tote warten auf ihre Wiedergeburt.

Jukka, so hieß der Junge, graute vor dem, was er sah. Aber er reiste weiter, um jeden Preis wollte er den Gott der Tiefe treffen. Alle Plage bringenden Töchter und Söhne der Unterwelt ließ er hinter sich, bis er vor dem Vater stand. Erlik Khan war mehr Bestie als Mann, gewaltig gebaut, mit Hauern in seinem dunklen Bart. Er hätte auch dich das Fürchten gelehrt.

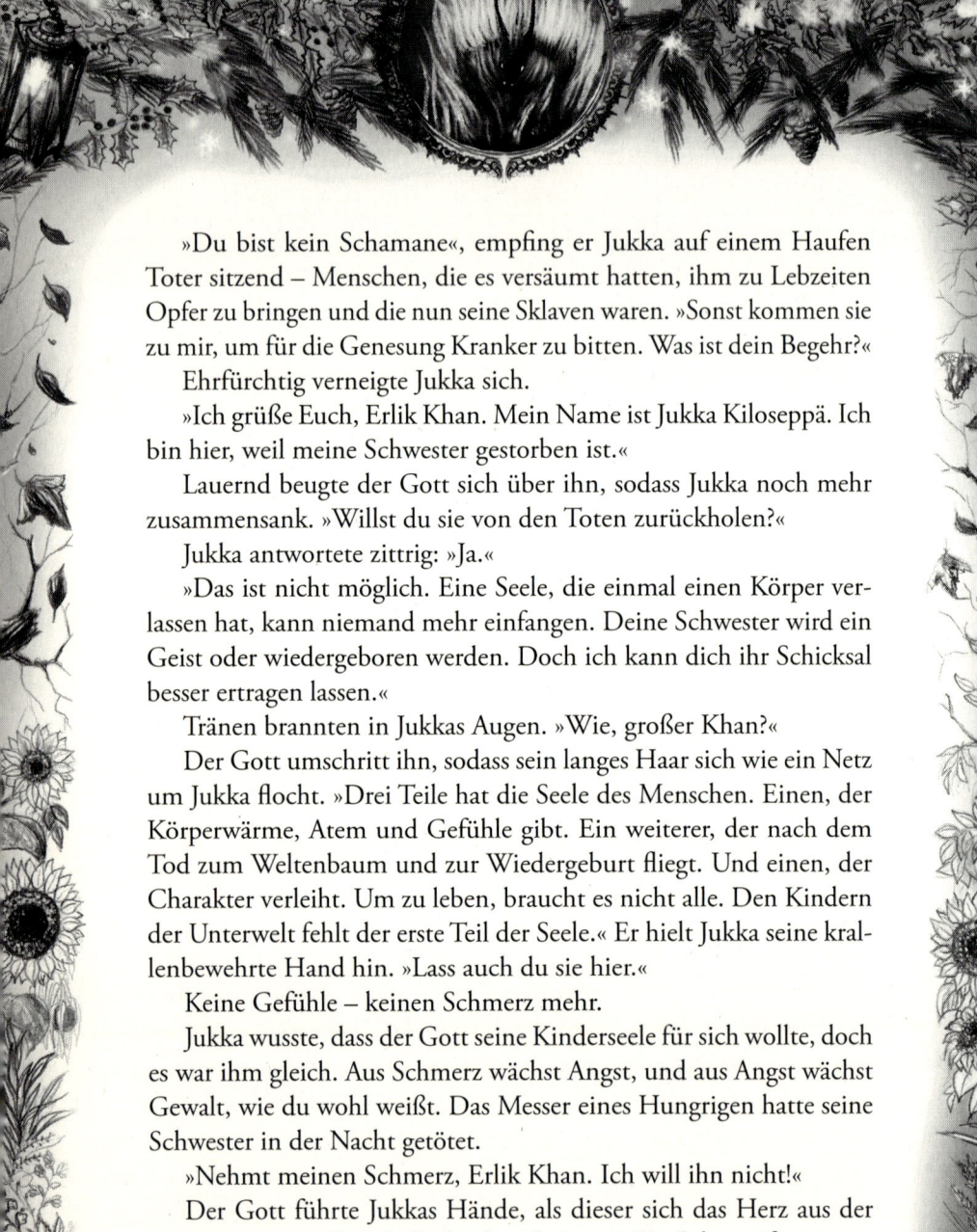

»Du bist kein Schamane«, empfing er Jukka auf einem Haufen Toter sitzend – Menschen, die es versäumt hatten, ihm zu Lebzeiten Opfer zu bringen und die nun seine Sklaven waren. »Sonst kommen sie zu mir, um für die Genesung Kranker zu bitten. Was ist dein Begehr?«

Ehrfürchtig verneigte Jukka sich.

»Ich grüße Euch, Erlik Khan. Mein Name ist Jukka Kiloseppä. Ich bin hier, weil meine Schwester gestorben ist.«

Lauernd beugte der Gott sich über ihn, sodass Jukka noch mehr zusammensank. »Willst du sie von den Toten zurückholen?«

Jukka antwortete zittrig: »Ja.«

»Das ist nicht möglich. Eine Seele, die einmal einen Körper verlassen hat, kann niemand mehr einfangen. Deine Schwester wird ein Geist oder wiedergeboren werden. Doch ich kann dich ihr Schicksal besser ertragen lassen.«

Tränen brannten in Jukkas Augen. »Wie, großer Khan?«

Der Gott umschritt ihn, sodass sein langes Haar sich wie ein Netz um Jukka flocht. »Drei Teile hat die Seele des Menschen. Einen, der Körperwärme, Atem und Gefühle gibt. Ein weiterer, der nach dem Tod zum Weltenbaum und zur Wiedergeburt fliegt. Und einen, der Charakter verleiht. Um zu leben, braucht es nicht alle. Den Kindern der Unterwelt fehlt der erste Teil der Seele.« Er hielt Jukka seine krallenbewehrte Hand hin. »Lass auch du sie hier.«

Keine Gefühle – keinen Schmerz mehr.

Jukka wusste, dass der Gott seine Kinderseele für sich wollte, doch es war ihm gleich. Aus Schmerz wächst Angst, und aus Angst wächst Gewalt, wie du wohl weißt. Das Messer eines Hungrigen hatte seine Schwester in der Nacht getötet.

»Nehmt meinen Schmerz, Erlik Khan. Ich will ihn nicht!«

Der Gott führte Jukkas Hände, als dieser sich das Herz aus der Brust riss, um es ihm als Opfer darzubringen. Ein Schwur, für immer gefühllos zu bleiben.

Erlik Khan, erfreut ob dieses bösen Eifers, machte ihm ein Geschenk. Gemeinsam bauten sie einen Spiegel, der die Macht besaß, Blicke zu verändern. Wer hineinschaute, sah nicht mehr das Schöne und Gute und gierte nach der Perfektion des Todes.

»Kiloseppä«, sagte der Gott, »ist das finnische Wort für *Uhrmacher*. So gehe in die Welt und mache sie dir zurecht, wie du eine Uhr bauen würdest.«

Und das tat ich.

SECHSTES FRAGMENT, VERGESSENE NAMEN

»Dafür hast du dein Herz aufgegeben?«, fragte Aisha verächtlich. »Weil du nicht annehmen willst, dass der Zirkel des Lebens nicht nach deinem Willen verläuft?«

Lächelnd drückte er ihren Hals weiter zu. »Wenn ich noch Gefühle hätte, würden mich deine Worte treffen. Doch dem ist nicht so. Es ist ein Segen, den jeder haben sollte. Du und ich, wir werden die ganze Menschheit in Herzlose verwandeln.«

Sie ließ nicht zu, dass er ihre Worte erwürgte, und zischte: »Nein. Davor werde ich dich niederstrecken.«

In ihrer Nähe erklangen Rufe.

»Was …?« Der Uhrmacher wandte sich ab.

Aisha sah ihm nach, wie er davoneilte, und wusste, dass etwas nicht stimmte. Selbst mit ihren abgestumpften Sinnen konnte sie die knisternde Magie in der Luft spüren.

Sie hob eine Spiegelscherbe auf. Tatsächlich löste die Berührung Kälte in ihr aus, doch wichtiger war die Sicherheit, die das Glas ihr gab. Sie fühlte sich, als wäre ihr eine Klaue gewachsen. Kampfbereit.

Aisha lief los. Die Rufe führten sie zum Thronsaal. Der Uhrmacher war dort, wie viele des Gläsernen Volkes. Und nicht nur sie. Eisbären, Tataren, Polarwölfe … Wesen aus allen Breiten des Nordens hatten sich versammelt. Sie schlugen mit den Tatzen, zückten ihre Schwerter und fletschten die Zähne.

An ihrer Spitze stand eine Frau in einer Rüstung aus Eis, ein Tuch in den Händen. »Wir sind gekommen, um Aisha Qandisha zurückholen. Lass sie frei und verlasse unsere Lande, Uhrmacher!«

Kurz floss die Zeit für Aisha langsamer. Ihr Blick kreuzte den der Anführerin. Deren Gesicht hatte etwas Grobes, als sei es aus Erde geformt. Wahrscheinlich war es das auch.

»Baikal«, flüsterte Aisha.

Ihre Geliebte lächelte, traurig und schuldvoll. Als wollte sie sagen: *Verzeih, dass ich nicht früher kommen konnte.*

Aisha nickte und umklammerte die Spiegelscherbe. So war ihre Baikal. Nicht überstürzt, sondern mit Verbündeten an der Seite zum rechten Moment da.

»Den Versuch würde ich gern sehen«, höhnte der Uhrmacher. »Warum solltet ihr nun mehr Glück haben als damals?«

Baikal schlug das Tuch zurück. Darunter offenbarte sich ein roter Klumpen.

»Weil ich dein Herz habe!«

Sie warf es, woraufhin es klatschend vor seine Füße fiel. Der Uhrmacher wich zurück, das Herz zuckte bei seiner Bewegung. Fäden spannen sich aus dem Fleisch und griffen nach seiner Brust. Er schrie auf, schlug um sich. Doch sein Herz wollte nicht loslassen.

»Bemerkenswert«, knurrte er. »Meine Schwäche zu suchen und eigens in die Unterwelt reisen, um sie aus der Totenflut zu bergen. Aber du wirst keine Gelegenheit bekommen, sie auszunutzen. Gläserne, greift an!«

Nordlinge und Uhrenmenschen prallten aufeinander. Waffen und Maschinen klirrten unter Wolfsgeheul. Mittendrin stand Baikal und schwang einen Schild aus Eis, während der Uhrmacher an seinem klebenden Herzen zerrte und sich fortzuschleppen versuchte.

Aisha setzte ihm nach. Sie war völlig unbeachtet von ihm. Er hatte sich dermaßen davon überzeugt, sie bezwungen und unter seiner Kontrolle zu haben, sie hätte genauso gut unsichtbar sein können.

Als sie neben ihn trat, trafen sich ihre Blicke. Er erkannte ihr Vorhaben wohl, denn er schlug nach ihr mit einer Gewalt, die er nie zuvor gegen sie angewandt hatte. Sie verdrängte den Schmerz nicht, ließ ihn ihre Wut nähren. Heilige Wut, mit der sie die Spiegelscherbe durch sein Herz zog.

Seine Augen weiteten sich. Den Mund zu einem stummen Schrei geöffnet, fiel er auf die Knie. Sogleich fror der Splitter sein Herz ein. Die Glasmenschen zuckten, ehe sie kaputten Geräten gleich zusammenfielen.

»Aisha!« Baikal stürzte auf sie zu, während die Nordlinge in Jubelrufe ausbrachen. »Es ist vorbei!«

Allein ihre Berührung schien das Eis an Aishas Brust zu schmelzen. Sie fühlte sich so leicht in Baikals Armen, konnte nicht aufhören, sie zu küssen.

»Ja, es ist vorbei«, krächzte der Uhrmacher.

Aisha löste sich von Baikal und sah zu ihm. Das Eis war dabei, seinen Körper einzuschließen. Sein Gläsernes Volk gefror mit ihm. Er wirkte fast würdelos, wie er sich wand, die Augen voll Agonie.

»Nicht nur für mich.« Er lachte bitter. »Wie seltsam. Du warst mir gleich, als ich keine Gefühle mehr hatte. Aber kaum dass ich sie wiederhabe, will ich nichts mehr, als dich mit mir in den Abgrund zu ziehen. Oh, wie ich dich liebe und hasse. Grund meines Schmerzes. Meine teure Schwester … Lumiki.«

Baikal versteifte sich. Sie taumelte zurück, als wäre sie von einem Schlag getroffen worden.

Aisha traute ihren Ohren nicht. Sie riss den Kopf herum, sah Baikal flehend an. *Sag, dass das nicht wahr ist!* Aber in den Augen ihrer Gefährtin leuchtete zweifellos Erkenntnis.

»Nein!«, schrie Aisha. »Sprich kein Wort!«

201

Das Grauen stand Baikal ins Gesicht geschrieben, ihre Zunge bewegte sich wie von allein. »Ich erinnere mich. Lumiki Kiloseppä … Das war mein Name.«

Aisha sah, wie Baikal zersprang. Nicht in Elemente, die sich neu zusammensetzen konnten. Sie löste sich gänzlich auf. Zu einem Geist war sie geworden, weil ihr Name nicht mehr genannt worden war, und nun, da es sich ereignet hatte, musste sie gehen.

Aisha heulte auf. Sie griff nach der zerstiebenden Baikal, um sie festzuhalten.

»Jukka, mein Bruder …« Baikals Stimme verging, und dann war nichts mehr von ihr übrig. Mit einem Wimpernschlag fort. Nur der Uhrmacher war noch bei Aisha, sein hämisches Zahnradgrinsen im Eis verewigt.

Sie fiel auf die Knie. Das Spiegeleis schnitt sie wie das Wissen, dass sie nie wieder mit Baikal zusammen sein würde. Sie dachte an das, was sie herablassend über den Zirkel des Lebens gesagt hatte, und schluchzte. Tränenlos weinte der dumme, verliebte Mensch in ihr.

Siebtes Fragment,
die Königin und das Mädchen

Nach jenem Kampf gab es das Gläserne Volk nicht mehr. Alle waren sie mit dem Uhrmacher zu Eisstatuen geworden.

Auch Aisha hatte der Fluch des Spiegels getroffen. Sein Eis brach ihr eisernes Korsett auf. Doch war sie nur scheinbar frei. Nach all der Mühsal und der Zeit im Körper der Schneekönigin hatte sie verlernt, wie man einen Leib verließ.

Sie machte ihren Frieden damit und lud die Yer-Sub ins Schloss. Bald hatten die Geister alles Uhrwerk ersetzt, mit Wänden aus Schnee und Fenstern aus Winden. Der See aus Öl zerbrach in schwarze Eiskristalle.

Aisha war dankbar, von guter Magie umgeben zu sein. Ein wenig füllte es die Lücke, die sie seit Baikals Verschwinden in sich trug. Soweit es ihr Verlust erlaubte, genoss sie die wiedererlangte Freiheit.

Sie fuhr mit dem Schlitten hinaus, weiter, als sie es beim Uhrmacher je gekonnt hätte. Um die Welt zu sehen und die Jahreszeiten zu bringen, aber auch, um Menschen zu helfen, die von den immer noch umherfliegenden Spiegelsplittern vereist wurden.

Einmal reiste sie durch eine der größer werdenden Städte, als etwas ihre Aufmerksamkeit erregte. Zwei Kinder saßen spielend vor einem Haus. Ein Rosenstock und allerlei Kraut, das in Blumenkästen vor den Fenstern wuchs, umrankten sie. Der sommersprossige Junge verblasste neben der Kleinen, die mit den Blüten um die Wette leuchtete. In allen Kindern wohnt mehr Magie als in Erwachsenen, doch das Potential dieses Mädchens war so groß, dass es Aisha lähmte.

»Gerda! Kay!«, erklang eine großmütterliche Stimme. »Kommt herein, der Kuchen ist fertig.«

Das Mädchen sprang auf und zog den Jungen mit sich. Aisha war von ihr so eingenommen gewesen, dass sie erst jetzt seine steifen Bewegungen bemerkte. Diese trüben Augen ... Eindeutig hatte er einen Spiegelsplitter im Herzen.

Des Nachts kam Aisha wieder, um den Jungen zu beobachten. Sie wollte sehen, wie fortgeschritten seine Krankheit war und ob sie ihn mitnehmen müsste. Stattdessen saß sie in ihrem Schlitten, zog ihr Bärenfell enger um sich und konnte den Blick nicht von dem Mädchen nehmen. Gerade aß die Familie zu Abend.

Die Art, wie Gerda sich bewegte – ihr herzhafter Hunger – die Freiheit, mit der sie sich durch die Welt trug – ihre vor Magie sprühenden Augen –, es musste Einbildung sein. Aisha sollte wegfahren.

Aber sie konnte es nicht leugnen: Sie sah Baikal – Lumiki – in dem Mädchen.

Tags darauf holte Aisha den Jungen. Er folgte ihr sofort, verzaubert von dem Spiegel und der Schönheit der Schneekönigin.

Aisha wusste, dass sie diesmal nicht einfach versuchen würde, sein Herz zu enteisen. Diesmal war es anders. Gerda würde ihnen folgen, weil sie Kay liebte und die wiedergeborene Baikal war.

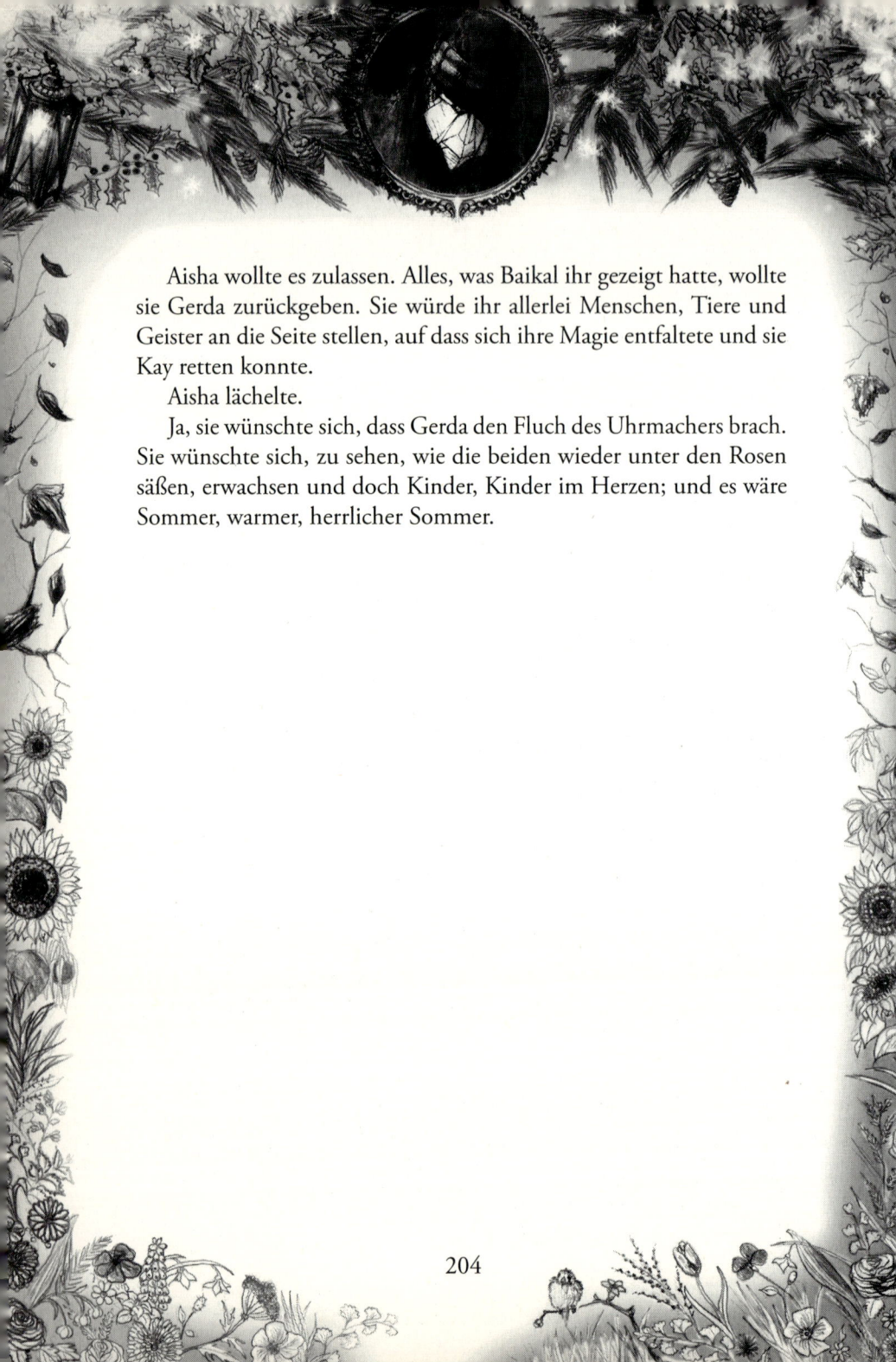

Aisha wollte es zulassen. Alles, was Baikal ihr gezeigt hatte, wollte sie Gerda zurückgeben. Sie würde ihr allerlei Menschen, Tiere und Geister an die Seite stellen, auf dass sich ihre Magie entfaltete und sie Kay retten konnte.

Aisha lächelte.

Ja, sie wünschte sich, dass Gerda den Fluch des Uhrmachers brach. Sie wünschte sich, zu sehen, wie die beiden wieder unter den Rosen säßen, erwachsen und doch Kinder, Kinder im Herzen; und es wäre Sommer, warmer, herrlicher Sommer.

Maja Köllinger

The Madness begins:

Die Stadt der verlorenen Herzen

MAJA KÖLLINGER

Die 1997 geborene Maja Köllinger liebt Geschichten, seit sie denken kann. Wenn sie nicht studiert, schreibt sie, angetrieben von dem Wunsch, die Welten in ihrem Kopf mit anderen Menschen zu teilen.

Eine dieser Welten ist Lewis Carrolls *Wunderland*, dem sie in ihrem Roman *Madness: Das Land der tickenden Herzen* einen steampunkartigen Anstrich verliehen hat. Die Bäume dort bestehen aus Kupfer, Käfer besitzen Flügel aus Glas und am Firmament drehen sich gigantische Zahnräder.

Madness war Majas erster veröffentlichter Roman. Inzwischen sind vier weitere hinzugekommen, jüngst mit *Des Todes Sünden* das Finale ihrer *Living-Legends*-Trilogie.

Mit *The Madness begins: Die Stadt der verlorenen Herzen* kehrt sie in die Welt ihres Erstlings zurück. Streng genommen ist *Alice im Wunderland* freilich kein Märchen. Ebenso wie *Peter Pan* und *Der Zauberer von Oz* werden die *Alice*-Romane aber oft als moderne Märchen bezeichnet. Deshalb war ich einverstanden, als Maja mich gefragt hat, ob sie mit ihrer Kurzgeschichte die tragische Vorgeschichte der Herzkönigin erzählen darf. Denn die wenigsten Monster werden als solche geboren.

Damit wäre eigentlich zur kommenden Geschichte alles gesagt. Wenn nicht der Umstand wäre, dass Maja diese Anthologien seit dem ersten Band begleitet. Wir haben uns durch die Leserunde zu *Hinter Dornenhecken und Zauberspiegeln* kennengelernt. Mit ansteckender Begeisterung hat sie daran teilgenommen, noch ehe sie ein Jahr später zu meiner Verlagskollegin wurde.

Maja, du ahnst nicht, wie glücklich es mich macht, dass du dieses Jahr auch eine Geschichte mit uns teilst.

www.majakoellinger.com

THE MADNESS BEGINS:

DIE STADT DER VERLORENEN HERZEN

Es war einmal ein verborgenes Reich, dessen Existenz so sagenumwoben war wie ein mächtiger Zauber. Keiner wagte es, den Namen dieses Landes in den Mund zu nehmen, denn absolut niemand wollte riskieren, dass seine Worte die Wahrheit heraufbeschworen. Und doch kannte jeder den Mythos von dem Land unter der Erde, in dem keine weltlichen Regeln galten und in das bis jetzt niemand einen Fuß gesetzt hatte. Zumindest niemand Lebendiges. Der Name dieses Reiches lautete: *Wunderland.*

Doch was die Erdlinge nicht wussten: Wunderland existierte. Und es lebte. Es glich einem Uhrwerk. So beständig wie die Zeit selbst und so berechenbar wie ein Sekundenzeiger, der seine Bahnen über ein Ziffernblatt zog. Unter der Erde gab es Bäume mit Ästen so schwer wie Blei. Wilde Tiere mit eisernen Gliedmaßen und gläsernen Flügeln. Und einen Herrscher ohne Herz, aber mit einem Übermaß an Verstand. Über Jahre hinweg schien alles seinen gewohnten Gang zu nehmen. Der Weiseste von ihnen regierte über die Unwissenden. Sein Name war Absolem, die weise Raupe.

Er ließ sich auf einem gigantischen Pilzhut nieder und zog Tag für Tag an seiner Pfeife, während er die Machenschaften der Bewohner Wunderlands beobachtete. Unablässig pustete er den Dunst hinab zu ihnen und hüllte sie so in schützenden Nebel. Doch auch ein ewiges Wesen blieb nicht vom Verfall verschont. Die Scharniere des Weisen begannen zu knarzen und zu knarren. Jede Bewegung wurde mühselig. Sein allwissender Blick war nicht länger überall, erfasste nicht jede Handlung der Bewohner Wunderlands. Seine Macht schwand mit jedem vergehenden Tag weiter dahin. Diese Erkenntnis brachte die weise Raupe zum Nachdenken.

Ich bin nicht mehr für diese Aufgabe geschaffen. Meine Kräfte sind nicht mehr, was sie einmal waren. Wunderland braucht einen neuen Herrscher.

Der unruhige Blick des Weisen streifte über die Landschaft, blieb hier und da an einigen Bewohnern hängen, die möglicherweise als Nachfolger infrage kamen. Die älteren Hasen waren zwar flink und geschickt, doch ihr Wissen war auf die Futtersuche und das Fortpflanzen beschränkt. Die metallischen Glühwürmchen konnten nichts anderes tun, als leuchtend herumzusurren und sich zwischen den Blättern der Kupferbäume zu verstecken. Die fluoreszierenden Wale, die des Nachts durch das tintenschwarze Wasser trieben, sahen zwar majestätisch aus, doch gewiss waren sie nicht für die Krone geeignet.

Es ist zum Verzweifeln.

Kaum hatte sich dieser Gedanke im Kopf des Weisen manifestiert, blinkten zwei neonblaue Augen vor dem Gesicht des Herrschers auf. Ein Grinsen so scharf wie Rasierklingen breitete sich mitten in der Luft aus, bevor eine Stimme schnurrte: »Was gibt es da zu grübeln, Meister? Jemand, der so weise ist, wie du es bist, wird doch keine Sorgen im Leben haben, oder?«

Der Weise blies einen Schwall heißen Dampfes aus, bevor er müde erwiderte: »Sei still, Kater. Du weißt rein gar nichts.«

»Vielleicht bin ich nicht allwissend wie du, aber ich bin ein guter Beobachter. Was würden die Bewohner Wunderlands dazu sagen, wenn sie erfahren, dass ihr Beschützer und Herrscher anfängt zu rosten? Dass er nicht länger dazu in der Lage ist, auf all seine Schützlinge achtzugeben?« Das Grinsen begann sich in der Luft zu drehen und stand schließlich auf dem Kopf.

»Was willst du von mir, Grinser? Die Herrschaft? Die Krone? Sollte es so sein, so verschwinde auf der Stelle! Mit einer Verschlagenheit, wie du sie in dir trägst, kann nur Chaos und Unheil gestiftet werden!« Der Geduldsfaden des Weisen war dünner als die Glasflügel der Glühwürmchen.

»Oh mein lieber, alter Freund. Wie kannst du nur so von mir denken? Ich will dir helfen bei deinem kleinen Problem. Alles, was wir brauchen, ist ein Menschenkind.«

»Du bist vollkommen verrückt, Grinser.« Der Herrscher wandte sich unter lautstarkem Ächzen seiner rostigen Gliedmaßen von dem Kater ab. Trotz der lauten Geräuschkulisse vernahm der Weise die dahingesäuselten Worte seines Gegenübers: »Ein bisschen Wahnsinn hat noch niemandem geschadet. Denk doch nur mal darüber nach. Wir ziehen das Menschenkind unter unseresgleichen auf, bereiten es auf seine Aufgabe vor und krönen es schließlich zur Königin oder zum König.« Nun ließ sich der Weise tatsächlich auf die Gedankengänge des Katers ein. Dessen Verschlagenheit floss durch die Spalten seines Panzers wie Öl und brachte in seinem Inneren gänzlich neue Gedanken in Bewegung. Grinser schien den langsamen Sinneswandel seines Gegenübers zu bemerken. Deshalb fuhr er fort: »Wir könnten ihr oder ihm unsere Werte vermitteln, wir könnten das Kind zu einem von uns machen! Wir erziehen einen König, der sowohl mit Verstand als auch aus Güte handelt. Jemand, der die Bedürfnisse der Bewohner versteht und für sie da ist. Jemanden mit Empathie!«

Den Kater erzählte sogleich von einem jungen Mädchen, das an der Oberfläche lebte und jeden Tag beim ausgelassenen Spielen in die Nähe des Portals zum Wunderland gelangte, ohne es zu bemerken. »Das junge Ding kann zumindest schon laufen, es ist vielleicht zwei oder drei Jahre alt. Ihre Haare sind heller als der Schein der Sonne und ihre Haut so rein wie Alabaster. Und ihre Augen! Ach, ihre Augen! Wie die eines schüchternen Rehes! Sie ist eine weiße Rose in einem Beet aus schwarzen Dornen. Sie könnte unsere Königin sein, wenn du es dir wünschst, Meister.«

Für einen Moment lang verweilte der Weise und dachte über die Worte des Katers nach.

Könnte es tatsächlich so simpel sein?

Ein langes Seufzen entfuhr dem Weisen. Er hatte eine Entscheidung getroffen. Für ihn, für Grinser, für ganz Wunderland. Dies hier war vielleicht seine letzte Chance. Seine Stimme hallte schwer wie Blei über das Land, beinahe wie eine Prophezeiung, als er verkündete: »So pflücke die weiße Rose.«

Achtzehn Jahre später

Die junge Thronfolgerin blickte sich nachdenklich im Spiegel an. Heute war also der Tag gekommen. Der Tag, auf den sie seit ihrer Ankunft im Wunderland vorbereitet wurde. Ihre Krönung stand bevor. Ihr Name war Sienna, die erste menschliche Königin über Wunderland.

Die junge Frau zögerte den Moment hinaus, in dem sie sich ihrem Schicksal stellen musste. Stattdessen rief sie sich den Plan ins Gedächtnis, den sie sich schon vor Monaten zurechtgelegt hatte. Sobald sie im Besitz der Krone war, durfte sie als einzige Wunderländerin zwischen den Welten wandern und ihre menschliche Herkunft aufsuchen, wenn auch nur für kurze Zeit.

Sienna fehlte es an nichts im Wunderland. Ihre Gefährten, Grinser und die weise Raupe, ebenso wie alle Wunderländer, hatten sich immer um sie gesorgt und sich gut um sie gekümmert. Doch das änderte nichts an der Tatsache, dass sie *anders* war. Sie war nicht aus Eisen, Zink oder Kupfer geschaffen worden und sie trug keine Fasern aus Glas oder Karbon in sich. Sie bestand aus Fleisch und Blut und Knochen. Die Erkenntnis, dass sie ein Mensch aus der Welt jenseits des Portales war, hatte sie als Heranwachsende schwer erschüttert. Seitdem hegte sie den heimlichen Wunsch, ihre Heimat einmal kennenzulernen, nur um dann wieder nach Wunderland zurückzukehren. Denn obwohl sie aus einer anderen Welt stammte, so war doch Wunderland ihr Zuhause. Die Kupferbäume, der schachbrettartige Boden und der dunkelrote Himmel waren ihr vertraut und sie fühlte sich hier geborgen. Dennoch lauerte in ihrem Inneren eine unstillbare Neugierde, die sich besonders an diesem Tag bemerkbar machte. Sie verbrannte Sienna beinahe von innen heraus und sorgte dafür, dass der Drang, ihren Wunsch laut auszusprechen, beinahe unerträglich wurde. Als sie schließlich für die Krönung von einem kleinen Kaninchen aus ihren Gemächern abgeholt wurde, nickte sie sich selbst im Spiegel zu, als wolle sie ein Versprechen besiegeln.

Während der Krönung stand sie der weisen Raupe gegenüber. Zumindest sah sie ihren gigantischen Schatten über sich aufragen. Die Raupe war nämlich größer als jeder Baum und gewaltiger als jeder Gott, den sich Sienna vorstellen konnte. Sie befanden sich im Herzen Wunderlands, direkt am Portal der Menschenwelt. Das Portal bestand aus zwei Bäumen, die auseinander gewachsen und an der Baumkrone schließlich wieder zusammengefunden hatten, sodass sie ein Herz bildeten. Am Fuße des Hügels, auf dem sich das Herz befand, hatten sich unzählige Wunderländer versammelt, um dem Schauspiel beizuwohnen. Pferde aus dunklem Eisen scharrten mit den Hufen und Vögel aus reinem Gold flatterten lautstark auf und ab, während sich mehrere Katzenwesen immer wieder in düsteren Rauch hüllten. Sienna meinte, die neonblauen Augen von Grinser zwischen seinen Artgenossen zu erkennen, aber vielleicht bildete sie sich das auch nur ein.

Als die Krönungszeremonie endlich begann, richtete die weise Raupe einige Worte an die Wunderländer, die Sienna nicht wahrnahm. Erst als der noch amtierende Herrscher sie ansprach, schenkte sie dem Geschehen wieder ihre Aufmerksamkeit. Sie hatte sich noch nie in ihrem Leben so fehl am Platz gefühlt. Dennoch sehnte sie den Moment der Krönung herbei. Noch heute Abend wollte sie sich auf den Weg in die Menschenwelt machen.

»Sienna, Tochter der Menschen, Trägerin eines fühlenden Herzens. Bist du bereit, das Amt einer Regentin anzunehmen und über uns zu richten, uns zu lehren, zu beschützen und dein Leben ganz Wunderland zu verschreiben?« Die weise Raupe sprach feierlich und dröhnend laut, damit auch die Wunderländer in den letzten Reihen sie vernahmen.

Siennas Antwort war hingegen nur ein Flüstern: »Ja, ich bin bereit.«

»So sei es. Hiermit lege ich mein Amt ab und kröne dich, Sienna, zur Königin über Wunderland. Mögest du lange leben und regieren, Großes leisten und immerzu treue Gefährten an deiner Seite wissen. Ich verleihe dir dieses hohe Amt von jetzt an bis in alle Ewigkeit. Für immer, bis zum Tag deines Todes.«

Tosender Applaus brach aus, als sich vor ihren Augen Grinser materialisierte, ein funkelndes Diadem hervorzog und es behutsam auf ihr Haupt setzte. Sienna wusste, dass sie sich freuen sollte, doch ihr Herz zog sich bloß schmerzhaft zusammen beim Anblick ihrer Untertanen, ihres Volkes. Denn ihre Gedanken kreisten beständig um das Portal zur Menschenwelt, neben dem sie gerade stand und das so eine verheißungsvolle Wirkung auf sie hatte.

Bald ist es so weit.

Noch in derselben Nacht machte sich Sienna auf den Weg zum Portal. Die Krone lastete schwer auf ihrem Haupt und erdrückte sie beinahe mit ihrer Verantwortung, allerdings traute sie sich nicht, das verräterische Ding abzusetzen. Niemand schien sie zu beobachten oder von ihr Notiz zu nehmen, als sie durch das klimpernde Dickicht schlich und schließlich vor den Herzbäumen stehen blieb. Wer sollte sie auch aufhalten? Schließlich war sie die Königin. Sienna gab sich nicht einmal selbst die Gelegenheit, ihre Entscheidung zu überdenken, sondern trat im Schutz der Dunkelheit durch das Herz, ohne einen Blick zurückzuwerfen.

In der Menschenwelt hieß sie strahlender Sonnenschein und sattes Grün willkommen. Sie stand neben einem breiten Kaninchenloch, dem Portal zum Wunderland, stolperte in ihrer langen weiß schimmernden Robe über das weiche Gras unter ihren Füßen und sah sich staunend um. Bäume wucherten um sie herum und obwohl sie den ihr bekannten Kupferbäumen fast bis ins Detail glichen, waren sie doch ganz anders. Alles schien in dieser Welt vor Leben zu pulsieren, wohingegen in Wunderland nur Kälte regierte. Sienna befühlte die knorrige Rinde und die weichen Blätter mit größter Bewunderung und Zärtlichkeit, bevor sie sich weiter in die neue Welt hineinwagte.

Nach einiger Zeit musste sie feststellen, dass es sich bei dem vermeintlichen Wald bloß um einen Park handelte. Genauer gesagt um den *Abney Park*, wie ihr das Schild neben dem gusseisernen Eingangstor verriet. Hinter dem Park erstreckten sich Straßen in scheinbar unendliche Weite. Die Wege wurden von Gebäuden gesäumt, die wie Wildblumen in den Himmel sprossen. Staunend setzte Sienna einen Fuß vor den anderen und besah sich die Umgebung. Allein die Tatsache, dass die Welt nicht vollständig aus kaltem Metall bestand, verwunderte sie zutiefst. Doch am schönsten war mit Abstand der Anblick des Himmels. Durch das Wunderland war sie die dunkelrote Färbung des Horizonts gewohnt, allerdings bestach der Himmel in der Menschenwelt durch eine blasse Blaufärbung. Alles wirkte hell und freundlich, besonders die weißen Wolken, die über das Firmament waberten. Siennas Aufmerksamkeit wurde abrupt wieder auf den Erdboden gezogen, als sie gegen einen harten Widerstand stieß und das Gleichgewicht verlor. Sie landete unsanft auf dem Gesäß und konnte einen kurzen, schmerzerfüllten Aufschrei nicht unterdrücken.

»Verdammt! Können Sie nicht aufpassen?« Ein breitschultriger Schatten schob sich in Siennas Sichtfeld und blockierte das Licht der Sonne. Die junge Frau war viel zu perplex, um schnell genug zu reagieren. Ein schweres Seufzen ertönte über ihr, bevor sich die Stimme wieder an sie richtete, dieses Mal mit einem deutlich sanfteren Tonfall: »Entschuldigen Sie bitte. Ich hatte heute keinen guten Tag und wollte Sie nicht so angehen. Kommen Sie, ich helfe Ihnen hoch.« Eine Hand streckte sich Sienna entgegen, die sie zögerlich ergriff. Mit einem kräftigen Ruck zog der Fremde sie in die Höhe. Die Wärme der Berührung erschreckte sie zunächst, denn sie war es gewohnt, dass ihr Gegenüber sich kalt und glatt anfühlte. Die lebendige Hitze unter der Haut des Fremden und das Pulsieren seiner Kraft versetzte Sienna augenblicklich in Staunen. Und nun, da sie sich mit ihm auf Augenhöhe befand, konnte sie die arme Person, in die sie hineingerannt war, genauer betrachten. Es war ein junger Mann, höchstens einige Jahre älter als sie selbst. Sein sanft gelocktes dunkelbraunes Haar war größtenteils zu einer Seite gekämmt und seine kantigen Gesichtszüge wurden durch den Schatten eines Dreitagebartes hervorgehoben. Er besaß eine sportliche Statur mit breiten Schultern und sehnigen Unterarmen, die unter hochgekrempelten Hemdsärmeln hervorlugten. Was sie allerdings am meisten faszinierte, waren seine Augen. Tiefbraune Iriden blitzten Sienna wie Kupfer, das von der Sonne reflektiert wurde, an. Diese Augen … Sie war sich sicher, dass sie noch nie in ein solch außergewöhnliches Augenpaar geblickt hatte.

Doch auch ihrem Gegenüber schien es die Sprache verschlagen zu haben. Der junge Mann musterte sie von oben bis unten, als sei sie eine Erscheinung. Sienna wusste nicht, ob sie nach menschlichen Maßstäben hübsch war, aber die Faszination im Gesicht des Fremden sprach Bände. Er besah sich ihre hellblonden, fast weißen Locken und ihre zierliche Figur, ebenso wie ihre zarte, herzförmige Gesichtsform. Als sich ihre Blicke schließlich trafen, lud sich die Luft um sie herum geradezu elektrisch auf und beinahe erwartete sie, dass ein Blitz genau zwischen ihnen einschlug.

»Wer bist du?«, flüsterte der junge Mann und blinzelte mehrmals, um sich von ihrer bezaubernden Wirkung zu lösen. Er schien sie und ihr seltsames Auftreten nicht richtig einordnen zu können. »Ich habe dich hier in der Gegend noch nie gesehen.«

Nun konnte Sienna der Konversation nicht länger ausweichen. Sie räusperte sich kurz, bevor sie antwortete: »Ich komme aus der Umgebung und bin zum ersten Mal hier unterwegs. Ich glaube, ich habe mich verlaufen.«

»Ja, du wirkst ein wenig verloren. Das East End Londons ist nicht jedermanns Sache. Ich bin übrigens Mason.«

Mason …

Der Name fühlte sich süß und unbekannt auf Siennas Zunge an, wie ein exotisches Gewürz. Ein Lächeln zupfte an ihrem rechten Mundwinkel.

»Ich heiße Sienna.«

Mason erwiderte ihr Lächeln und fuhr sich gleich darauf mit leicht zittrigen Fingern durch die Locken. »Wenn du magst, kann ich dir ein paar schöne Ecken von diesem Teil Londons zeigen. Natürlich nur, wenn du möchtest.«

Für einen Moment zögerte Sienna. Dieser junge Mann war ein Fremder für sie und dennoch … seine Ausstrahlung, sein offenes und interessiertes Wesen hatte sie sofort für sich eingenommen. Außerdem loderte die Neugier in ihr wie ein knisterndes Feuer, das von den Eindrücken dieser fremden Stadt genährt werden wollte. Mason bot ihr seinen Arm an und nach wenigen Sekunden des Überlegens legte Sienna zögerlich ihre Hand darauf. Zusammen zogen sie los und erkundeten die Straßen einer für Sienna fremden Welt. Mason deutete mit seinem Zeigefinger immer wieder auf Gebäude und Geschäfte, die in bunten Farben gestrichen worden waren, doch seine Erzählungen und die Eindrücke flossen in Siennas Gedächtnis ineinander, als würde sie in einen bunten Strudel aus Farben, Geräuschen und Gerüchen hinabgesogen werden. Mit jeder vergehenden Sekunde entspannte sich die junge Königin mehr und die flüchtigen Berührungen zwischen ihr und Mason sorgten dafür, dass ihr Herzschlag sich immer mehr beschleunigte. Ihr Puls trommelte das Stakkato eines Zahnrades, das kurz vor dem Durchdrehen war, von innen gegen ihr Ohr, sodass sie sich regelrecht zur Konzentration zwingen musste.

Nach Stunden des Spazierens brachte Mason sie zurück zum *Abney Park*. Allerdings war keiner der beiden bereit, sich von dem jeweils anderen zu verabschieden.

»Ich würde dich gern wiedersehen«, sprach Mason schließlich zögerlich seinen Wunsch aus.

»Ich dich auch«, flüsterte Sienna. Sie traute sich kaum, die Sehnsucht zuzulassen, die sie nach diesem Ort und diesem Mann bereits jetzt empfand. Wie sollte sie dieser Welt einfach den Rücken kehren?

»Sollen wir uns morgen wieder hier treffen? Um dieselbe Zeit?« In Masons Stimme schwang Hoffnung mit. So leicht und unscheinbar und doch mächtig genug, um Siennas Bedenken auf einen Schlag auszulöschen. Sie stimmte ihm zu und traf eine Entscheidung: Sie würde die Menschenwelt nicht einfach so hinter sich lassen. Stattdessen wollte sie dieses Universum voller neuer Eindrücke und Empfindungen kennen- und lieben lernen.

Fortan traf sie sich jede wunderländische Nacht mit Mason, der ihr wiederum die Menschenwelt zeigte und mit ihr zusammen ein Abenteuer nach dem anderen erlebte. Nun ja, für Sienna waren es Abenteuer, für ihn waren es eher alltägliche Erlebnisse. Das erste Mal mit einer unterirdischen Bahn fahren, das erste Mal einen Hund mit flauschigem Fell streicheln und zum ersten Mal einen hausgemachten Schokoladenkuchen aus der Konditorei unterhalb von Masons Wohnung essen.

Aus den täglichen Treffen wuchs eine feste Freundschaft zwischen den beiden heran und aus ebenjener Freundschaft entwickelte sich eine junge, zarte Liebe. Zum ersten Mal in ihrem Leben fühlte sich Sienna wahrhaft lebendig. Das Leben hatte an Intensität und Emotionen gewonnen, sobald sie mit Mason zusammen war. Ihre versteckten Küsse und behutsamen Berührungen verliehen der jungen Königin Flügel der Freiheit. Allerdings musste sie jeden Abend in ihren goldenen Käfig zurückkehren und die Kälte und Leblosigkeit ihres Königreiches ertragen. Fast wünschte sie sich, sie könne ihre Emotionen mit ihren geliebten Wunderländern teilen, doch sie wusste ebenso, dass diese ihre Besuche in der Menschenwelt nicht gutheißen würden.

Die Nächte in der Menschenwelt wurden zu Siennas liebster Zeit, was dazu führte, dass sie tagsüber stets müde und erschöpft war.

Auch ihre Untertanen bemerkten diesen Unterschied, jedoch wagte es keiner, ihre Majestät zu kritisieren. Für eine Weile funktionierte diese Farce und alles schien in Ordnung zu sein. Bis sich unter den engen Gewändern der Königin eine kleine Kugel am Bauch abzeichnete. Inzwischen waren Mason und sie über ein halbes Jahr zusammen. Aus schüchternen Küssen waren Berührungen voller Verlangen und Leidenschaft geworden. Zwischen ihren Seelen und ihren Körpern hatte sich ein Band geknüpft, das keiner in der Lage war zu durchtrennen. Sie liebten einander, so wie Sonne und Mond einander liebten, auf eine sehnsuchtsvolle, verzweifelte Art und Weise. Trotzdem, oder gerade deswegen, war Sienna sich bewusst, dass es keine Zukunft für sie gab mit ihrer Berufung als Königin von Wunderland. Dennoch kehrte sie jedes Mal zurück in die Menschenwelt und flüchtete sich in die Illusion eines normalen Lebens, das sie mit Mason hatte. Dieser bemerkte recht schnell die körperliche Veränderung seiner Geliebten und eröffnete der jungen Königin: »Wir bekommen ein Kind, Sienna!« Sein Gesicht strahlte vor Freude aufgrund dieser glücklichen Nachricht. Natürlich waren sie beide jung, doch gemeinsam konnten sie es schaffen. Zumindest war das Masons Sichtweise. Obwohl Sienna wusste, dass sie sich freuen sollte, konnte sie es nicht. Das Lächeln auf ihrem Gesicht glich einer Grimasse. Wie sollte sie ein Kind großziehen, wenn sie zwischen den Welten wandelte? Sie war nicht bereit dafür, ihrem eigen Fleisch und Blut diese Art des Wahnsinns anzutun.

Doch die Tage und Monate zogen ins Land und mit jeder untergehenden Sonne rückte der Tag der Geburt näher. Inzwischen verbarg Sienna ihren runden Bauch unter wallenden Gewändern und langen Stoffen. Trotz all ihrer Bemühungen bemerkten die Wunderländer natürlich die Veränderung. Allerdings sagte noch immer keiner ein Wort. Als würden sie die Tatsache, dass ihre Königin ein Kind gebären würde, einfach ignorieren. Die Veränderungen fanden jedoch nicht nur äußerlich statt, sondern auch innerlich: Denn obwohl Sienna ihr Kind anfangs von sich abzuschotten versuchte, baute sie eine Bindung zu dem kleinen lebendigen Wesen in sich auf. Ihre Zuneigung und Liebe wuchs mit jedem Tag und so auch der Wunsch nach Normalität und Mason. Die Besitzerin der Konditorei, über der Mason wohnte, hatte vor Kurzem ebenfalls ein Kind geboren, einen kleinen Jungen. Die Selbstverständlichkeit, mit der der Kleine in dieser behüteten und wundervollen Welt aufwuchs, wünschte sich Sienna auch für ihr Kind. Sie hatte es satt, sich jeden Tag von ihrem Liebsten zu verabschieden, besonders da Mason sich natürlich auch fragte, was sie vor ihm geheim hielt und warum sie nicht eine Nacht bei ihm bleiben konnte. Also traf die Königin eine Entscheidung, die ihr Leben und das ihres ungeborenen Kindes für immer verändern würde.

Nur wenige Tage vor der Geburt machte sich Sienna auf den Weg zur weisen Raupe. Ihr großer Bauch zwang sie dazu, nach jedem dritten Schritt zu pausieren und tief durchzuatmen. Sie kam nur langsam voran und schnaufte laut, doch schließlich hatte sie es geschafft.

»Ich habe dich bereits erwartet«, eröffnete der Weise ihr mit seiner dröhnenden Stimme, unter der sich die Baumwipfel des Kupferwaldes beugten.

»Ich muss mit dir reden, Absolem.« Sie hielt inne und griff sich an den Kopf, wo ihr Diadem ruhte. Zögernd umklammerte sie den Rand, nur um sich dann das tückische Ding vom Kopf zu reißen. »Ich will mein Amt niederlegen. Meine Rückkehr in die Menschenwelt ist längst fällig. Ich bin der Aufgabe einer Königin nicht gewachsen.«

»Sei nicht töricht. Du weißt, dass das nicht geht. Dein Platz ist hier, bei uns.«

Die junge Frau schüttelte den Kopf. Ihre Hand hatte sie sich schützend auf ihren Bauch gelegt. »Es ist die einzige Lösung. Ich muss gehen.« Unheilvolle Stille legte sich wie ein alles erstickendes Tuch über den Wald.

»Wenn dem so ist, dann geh. Aber sei gewarnt: Wunderland holt sich das zurück, was rechtmäßig ihm gehört. Du hast dich uns mit deinem Leben verschrieben. Wir werden uns wiedersehen, Sienna.«

Ein Schauder jagte die Wirbelsäule der jungen Frau hinab, bevor sie sich von der weisen Raupe abwandte und so schnell wie möglich in Richtung des Portals eilte. Aus dem Dickicht der Messingbüsche und Kupferbäume schienen sie glühende und blinkende Augenpaare auf ihrem Weg zu verfolgen. Allerdings wagte es kein Wunderländer, sie aufzuhalten. Sie wussten alle nur zu gut, dass sie zurückkehren würde. Früher oder später …

Sobald Sienna in der Menschenwelt angelangte, fiel die Last der letzten Jahre und der Krone wie ein Felsbrocken von ihren Schultern. Sie machte sich sofort auf den Weg zu Mason und brach schließlich erleichtert in seinen Armen zusammen. Und obwohl er sie immer und immer wieder fragte, was geschehen war, brachte sie es nicht über sich, ihm alles zu erzählen.

Wenige Tage später lag der Fokus sowieso auf ganz anderen Dingen, denn Sienna gebar endlich ihre heiß ersehnte, wunderschöne Tochter. Mason und sie hatten monatelang nach dem richtigen Namen gesucht. Nun, wo sie ihr Kind in der Welt willkommen hießen, schien er einfach zu passen und kam ihnen wie selbstverständlich über die Lippen: »Hallo, kleine Alice.«

Das Glück schien perfekt zu sein. Aber das sollte nicht lange so bleiben. Denn die weise Raupe hatte recht behalten: Die Wunderländer waren fest entschlossen, sich das zurückzuholen, was rechtmäßig ihnen versprochen war. Sienna. Und sie wussten genau, was sie tun mussten, um ihren Willen durchzusetzen. Sie hatten kein Gewissen, sie besaßen keine Reue oder Moral.

Sienna wartete an jenem schicksalhaften Tag in Masons Wohnung darauf, dass er von der Arbeit heimkehrte. Normalerweise machte er überpünktlich Schluss, um so schnell wie möglich bei seiner kleinen Familie zu sein. Heute allerdings wartete sie Stunde um Stunde auf die Rückkehr ihres Geliebten. Als es bereits dämmerte, war die junge Frau es leid zu warten und machte sich auf die Suche nach ihm. Ihre Tochter ließ sie solange in der Obhut der freundlichen Konditorin und deren

Sohn, der nur wenige Monate älter war als Alice. Die beiden verstanden sich auf Anhieb und brabbelten aufeinander ein, sodass Sienna kaum ein schlechtes Gewissen dabei hatte, ihre Tochter zurückzulassen. So machte sie sich auf die Suche nach Mason. Sie war so hilflos, dass sie sogar ihren alten Treffpunkt, den Eingang des *Abney Parks*, aufsuchte. Einige Augenblicke stand sie ratlos neben dem eisernen Eingangstor, bis plötzlich etwas Ungewöhnliches ihre Aufmerksamkeit erregte. Es war ein Kaninchen wunderländischer Herkunft. Das erkannte sie sofort an den metallenen Hinterläufen, die aus einer komplizierten Mechanik aus Spulen und Zahnrädern bestanden. Was hatte ein Wunderländer hier zu suchen? Sienna schwante Übles, sodass sie dem Kaninchen vorsichtig ins Dickicht folgte. Überraschenderweise ergriff es nicht die Flucht, sondern wartete auf die junge Frau.

»Was soll das? Was hast du hier zu suchen?«, fuhr sie das Kaninchen sofort an.

»Das weißt du ganz genau. Wir stehlen unser rechtmäßiges Eigentum zurück.«

Eigentum ... als sei sie ein Objekt, das man beliebig hin- und herreichen kann.

Sienna fuhr ein Schauder über den Rücken. »Was habt ihr mit Mason gemacht? Ich schwöre euch, wenn ihr ihn verletzt habt ... «

»Finde es doch heraus. Und vergiss nicht, deine Tochter mitzubringen.« Das gehässige Tierwesen zwinkerte seiner einstigen Königin verschwörerisch zu, bevor es sich auf dem Absatz umdrehte und ins Dickicht davonhoppelte. Sienna hatte lange genug unter den Wunderländern gelebt, um die tödliche Bedrohung hinter den Worten des Kaninchens zu erkennen. Sie hatte keine Wahl. Tränen schimmerten in den Augenwinkeln der jungen Frau, als sie sich vom Park abwandte und den Rückzug antrat. Während des Heimweges hatte sie genug Zeit, um sich einen Plan zurechtzulegen. Er war heimtückisch und grausam, allerdings der einzige Weg, um ihre Tochter und ihren Mann zu retten. Dieser Gedanke trieb sie dazu an, unmenschliche Dinge zu tun.

Daheim angekommen, wurde sie von der Konditorin begrüßt, die auf ihre Tochter aufgepasst hatte. Sienna bemühte sich, ruhig zu wirken, und erklärte ihr, dass sich Mason bei ihr gemeldet hatte und alles in Ordnung war. Um sich zu revanchieren, bot sie an, während des Abends auf die beiden Kleinkinder aufzupassen, damit sich die Konditorin erholen konnte. Diese stimmte überraschend schnell zu und so rückte das erste Puzzlestück des Plans an seinen Platz. Sienna versuchte, das brodelnde schlechte Gewissen in sich zu ignorieren. Sie musste ebenso kaltblütig und gewissenlos handeln wie die Wunderländer. Und so kam es, dass sie Alice zu Bett brachte und ihr einen sanften Abschiedskuss auf die Stirn hauchte. Große blaue Augen starrten sie neugierig an. Am liebsten hätte sie für immer hier in diesem Augenblick verweilt, doch das war unmöglich. Stattdessen wickelte sie den kleinen Jungen der Konditorin in eine weiche Decke und presste ihn an ihre Brust. Auch in seinen Augen blitzte die Neugierde auf. Sie waren verschiedenfarbig, wie Sienna überrascht feststellte. Das linke Auge strahlte in einem warmen Goldton, wohingegen das rechte in einem dunklen Grün leuchtete. Einen Moment lang zögerte sie. Allerdings nicht lange.

Mit dem Bündel im Arm schlich sie sich aus dem Haus und zurück zum *Abney Park*. Ohne Umschweife gelangte sie zum Kaninchenloch, den Weg kannte sie inzwischen sogar blind. Sie warf keinen Blick zurück auf die Menschenwelt, ihre alte und neue Heimat, und stürzte sich zusammen mit dem Jungen der Konditorin hinab in die Tiefe.

Es war höchstens ein Wimpernschlag vergangen, als Sienna im Wunderland durch das Portal des Herzbaumes trat. Auf der anderen Seite wurde sie bereits von Grinser, dem Kaninchen und einigen anderen Wunderländern erwartet. Der dunkelrote Himmel hing unheilverkündend über ihnen allen. Erst jetzt bemerkte Sienna Mason. Grinser hatte sich um seinen Hals geschlungen und schien mit seinem massiven Körper auf seinen Kehlkopf zu drücken, da nichts als ein ersticktes Keuchen aus dem geöffneten Mund ihres Liebsten kam, als er sie erblickte.

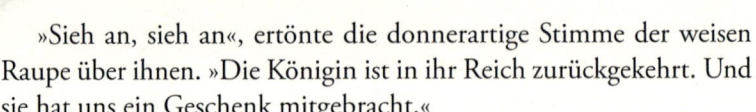

»Sieh an, sieh an«, ertönte die donnerartige Stimme der weisen Raupe über ihnen. »Die Königin ist in ihr Reich zurückgekehrt. Und sie hat uns ein Geschenk mitgebracht.«

»Lasst sie gehen«, zischte diese zunächst, doch dann erhob sie ihre Stimme über alle anderen: »Lasst meine Familie gehen!«

»Ts, ts, ts, und wie sollen wir dann sichergehen, dass du nicht wieder in deine Menschenwelt fliehst?« Die Zweifel der weisen Raupe waren berechtigt, aber auch für diesen Fall hatte sich Sienna etwas überlegt.

»Wir werden das Portal schließen. Ich werde eigenhändig dafür sorgen.« Erstaunte Stille breitete sich unter der kleinen Versammlung aus. Ein Räuspern erklang oberhalb der Baumkronen.

»Nun denn. So soll es sein. Ein Teil deiner Familie darf gehen. Schickt den Menschen weg und vergesst nicht, ihn mit dem Ver-giss-mein-Pulver zu bestäuben. Das Kind bleibt hier.« Siennas Herz stockte, doch mit so etwas hatte sie bereits gerechnet. Das war der Grund gewesen, warum sie Alice daheim gelassen hatte. Mason wusste allerdings nichts von ihrem Plan, weshalb er sich mit aller Macht gegen den Griff der Grinsekatze wehrte. Sie meinte sogar Tränen in seinen Augen schimmern zu sehen. Ihre Unterlippe zitterte verräterisch, als zwei Wunderländer ihn an den Armen packten und in Richtung des Portals zerrten. Als sie auf Augenhöhe waren, flüsterte Sienna leise: »Ich liebe dich.«

Im selben Moment drehte sie den Kopf des Babys leicht, sodass Mason die verschiedenfarbigen Augen des gestohlenen Kindes sehen konnte. Er schaute seine Liebste schockiert an, doch brachte kein Wort über die Lippen. Das Entsetzen in seiner Miene war das Letzte, was Sienna jemals von ihm sehen würde, denn im nächsten Moment wurde er durch das Portal gestoßen. Das weiße Kaninchen hoppelte hinter ihm her. Vermutlich um ihn vergessen zu lassen, dass Wunderland überhaupt existierte. Er würde denken, dass sie ihn einfach mit

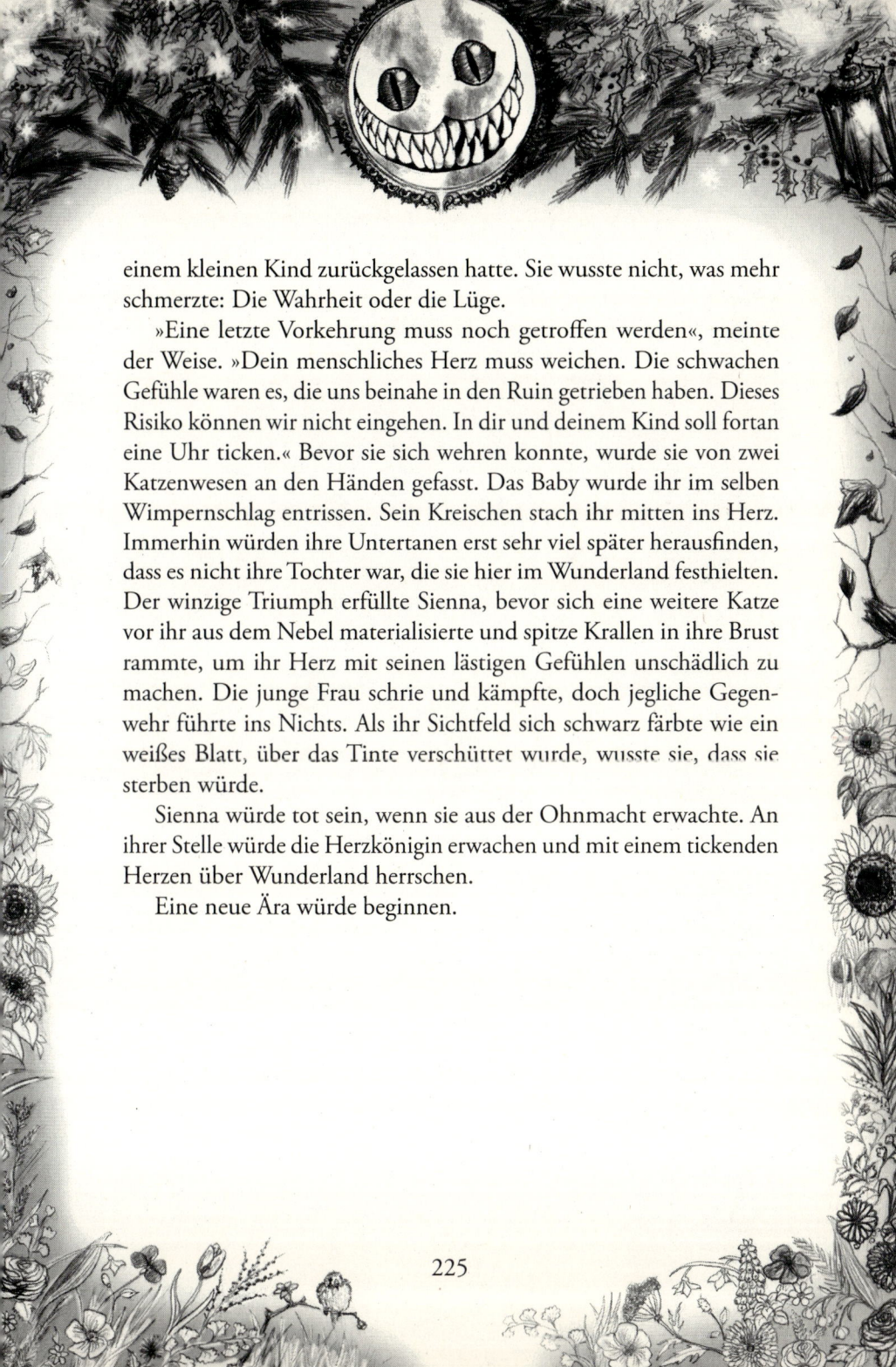

einem kleinen Kind zurückgelassen hatte. Sie wusste nicht, was mehr schmerzte: Die Wahrheit oder die Lüge.

»Eine letzte Vorkehrung muss noch getroffen werden«, meinte der Weise. »Dein menschliches Herz muss weichen. Die schwachen Gefühle waren es, die uns beinahe in den Ruin getrieben haben. Dieses Risiko können wir nicht eingehen. In dir und deinem Kind soll fortan eine Uhr ticken.« Bevor sie sich wehren konnte, wurde sie von zwei Katzenwesen an den Händen gefasst. Das Baby wurde ihr im selben Wimpernschlag entrissen. Sein Kreischen stach ihr mitten ins Herz. Immerhin würden ihre Untertanen erst sehr viel später herausfinden, dass es nicht ihre Tochter war, die sie hier im Wunderland festhielten. Der winzige Triumph erfüllte Sienna, bevor sich eine weitere Katze vor ihr aus dem Nebel materialisierte und spitze Krallen in ihre Brust rammte, um ihr Herz mit seinen lästigen Gefühlen unschädlich zu machen. Die junge Frau schrie und kämpfte, doch jegliche Gegenwehr führte ins Nichts. Als ihr Sichtfeld sich schwarz färbte wie ein weißes Blatt, über das Tinte verschüttet wurde, wusste sie, dass sie sterben würde.

Sienna würde tot sein, wenn sie aus der Ohnmacht erwachte. An ihrer Stelle würde die Herzkönigin erwachen und mit einem tickenden Herzen über Wunderland herrschen.

Eine neue Ära würde beginnen.

Asuka Lionera

Der Fluch der Rose

Asuka Lionera

Hinter dem Pseudonym Asuka Lionera verbirgt sich eine im Jahr 1987 geborene Träumerin, die schon als Kind fasziniert von Geschichten und Comics war.« Das verrät uns die Autorin auf ihrer Website. Zum Schreiben fand sie bereits als Jugendliche. Damals konzentrierte sie sich allerdings auf Fanfictions zu ihren Lieblingsserien.

Inzwischen erzählt Asuka eigene Geschichten. Ihr bevorzugtes Genre ist die Romantasy. Nach Reihen wie *Divinitas*, *Feral Moon* und *Illuminated Hearts* hat sie mit *Let Me Teach You* gerade einen New-Adult-Roman veröffentlicht.

In *Der Fluch der Rose* erzählt sie die tragische Lebensgeschichte einer Nebenfigur aus einem der beliebtesten Märchen überhaupt: die der Fee aus *Die Schöne und das Biest*.

»Es ist töricht, an Märchen zu glauben. Sie werden nicht wahr, auch nicht für Prinzessinnen«, beginnt der Klappentext von Asukas Roman *Löwentochter*.
Vielleicht aber werden Märchen doch wahr.
Vielleicht sind sie nur viel düsterer, als wir uns das eingestehen wollen.

www.asuka-lionera.de

Der Fluch der Rose

Meine Schönheit war schon immer mein Fluch.
Seit ich denken kann, bereitete sie mir nichts als Kummer. Das hat sich auch nicht geändert, als ich älter wurde – ganz im Gegenteil. Aber mit der Zeit habe ich gelernt, meine Vorteile daraus zu ziehen.

Ich stamme aus ärmlichen Verhältnissen; meiner Familie gehörte nur eine schäbige Hütte am Stadtrand. Eingepfercht lebten wir zwischen dem Gestank der Metzgereien und Abdecker. Damals kannte ich keinen anderen Geruch als den, der mir tagtäglich um die Nase wehte. Ich kannte kein anderes Leben und richtete mich darauf ein, irgendwann die Frau eines ebenfalls armen Handwerkers zu werden und – genau wie meine Mutter – mit noch nicht einmal vierzig Jahren vor lauter Arbeit nicht mehr aufrecht gehen zu können.

Dennoch verrichtete ich die mir übertragenen Aufgaben ohne zu klagen. Ich wusste, dass ich mein Leben nicht ändern konnte, schließlich sah ich es bei meiner Mutter und Schwester. Es gab kein Entkommen, erst recht nicht, da ich über keinerlei Talente verfügte.

Ich kann mich noch genau daran erinnern, wie mich meine Mutter eines Tages zum Markt schickte. Mit nur ein paar Kupfermünzen in der Tasche, trug sie mir auf, Essen für die kommende Woche zu kaufen und dann sofort wieder nach Hause zu kommen.

Überglücklich, dass ich zum ersten Mal allein auf den Markt gehen durfte, spurtete ich los. Zwar war ich schon öfters dort gewesen, aber stets in Begleitung. Nun konnte ich ausgiebig die Nase in die Luft halten und die vielfältigen Düfte und Gerüche in mich aufsaugen, die hier allgegenwärtig waren. Ich wähnte mich im Paradies und konnte mir nicht vorstellen, zurück in die stinkende Hütte zu gehen.

Ziellos schlenderte ich zwischen den Ständen umher, bis ich schließlich von einem magisch angezogen wurde. Mit großen Augen betrachtete ich die vielfältigen Blumen, die einen solch herrlichen Duft verströmten, dass es mir in der Nase kribbelte. Eine Blume fesselte meine Aufmerksamkeit ganz besonders.

»Na, meine Kleine«, sagte die Frau, der anscheinend der Stand gehörte.

Sofort zog ich die Hand, die ich bereits nach der leuchtend roten Blume ausgestreckt hatte, zurück und stammelte eine Entschuldigung. Bestimmt wollte sie nicht, dass ich diese wunderschönen Blumen mit meinen schmutzigen Händen anfasste …

»Du hast einen Blick für Schönheit«, fuhr sie statt eines Tadels fort. »Möchtest du die Rose haben? Sie kostet nur fünf Kupfermünzen.«

Fünf Kupfermünzen. Genau so viel hatte ich einstecken. Genug Geld, um meine Familie und mich für eine Woche halbwegs satt zu machen.

Ich wollte verneinen. Die Blume zu kaufen und dafür alles, was ich bei mir trug, einzutauschen, wäre nicht richtig. Doch das betörende Rot der Blütenblätter lockte mich, ebenso wie der süße Duft, der mich noch in meinen Träumen verfolgen würde, wenn ich die Blume nicht haben könnte.

Ich kaufte sie, obwohl ich wusste, dass es falsch war. Das freundliche Lächeln der Frau entschädigte mich für die Schelte, die ich bekommen würde, sobald ich zu Hause war. Es war mir egal, ob wir die nächsten Tage würden hungern müssen. Zufrieden, aber so behutsam wie möglich drückte ich mir die strahlend rote Blume an die Brust und machte mich auf den Heimweg.

Inmitten des Leuchtens und der Gerüche des Marktes hatte ich völlig die Zeit vergessen; die Sonne war bereits untergegangen, als ich durch die enger und schmutziger werdenden Gassen zum Stadtrand huschte. Dennoch waren meine Schritte beschwingt, und das Lächeln, das seit dem Kauf der Rose auf meinen Lippen prangte, wollte nicht verschwinden.

Auch nicht, als ich Schritte hinter mir hörte. Es war nicht ungewöhnlich, dass um diese Zeit noch Handwerker oder Bewohner unter-

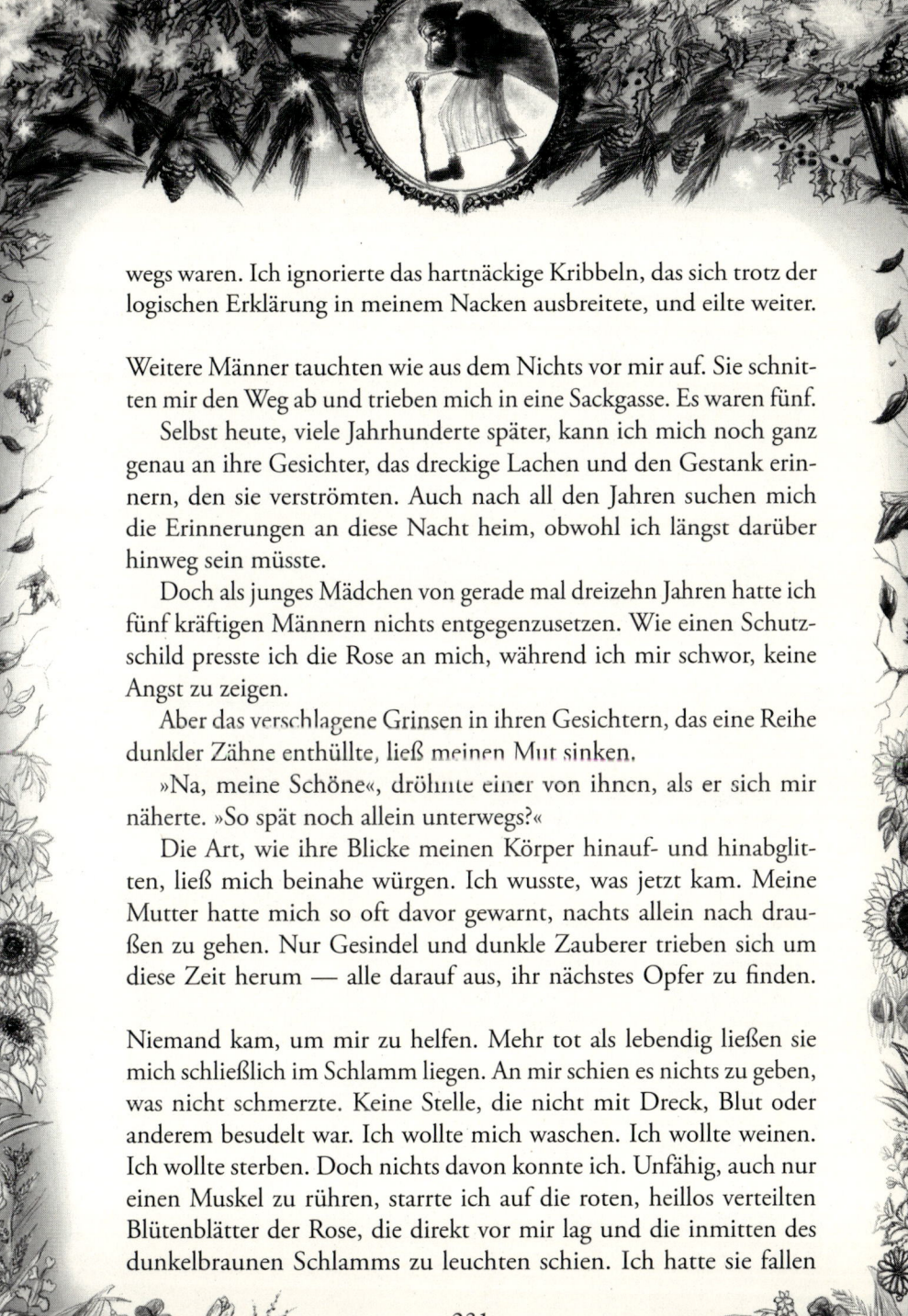

wegs waren. Ich ignorierte das hartnäckige Kribbeln, das sich trotz der logischen Erklärung in meinem Nacken ausbreitete, und eilte weiter.

Weitere Männer tauchten wie aus dem Nichts vor mir auf. Sie schnitten mir den Weg ab und trieben mich in eine Sackgasse. Es waren fünf.

Selbst heute, viele Jahrhunderte später, kann ich mich noch ganz genau an ihre Gesichter, das dreckige Lachen und den Gestank erinnern, den sie verströmten. Auch nach all den Jahren suchen mich die Erinnerungen an diese Nacht heim, obwohl ich längst darüber hinweg sein müsste.

Doch als junges Mädchen von gerade mal dreizehn Jahren hatte ich fünf kräftigen Männern nichts entgegenzusetzen. Wie einen Schutzschild presste ich die Rose an mich, während ich mir schwor, keine Angst zu zeigen.

Aber das verschlagene Grinsen in ihren Gesichtern, das eine Reihe dunkler Zähne enthüllte, ließ meinen Mut sinken.

»Na, meine Schöne«, dröhnte einer von ihnen, als er sich mir näherte. »So spät noch allein unterwegs?«

Die Art, wie ihre Blicke meinen Körper hinauf- und hinabglitten, ließ mich beinahe würgen. Ich wusste, was jetzt kam. Meine Mutter hatte mich so oft davor gewarnt, nachts allein nach draußen zu gehen. Nur Gesindel und dunkle Zauberer trieben sich um diese Zeit herum — alle darauf aus, ihr nächstes Opfer zu finden.

Niemand kam, um mir zu helfen. Mehr tot als lebendig ließen sie mich schließlich im Schlamm liegen. An mir schien es nichts zu geben, was nicht schmerzte. Keine Stelle, die nicht mit Dreck, Blut oder anderem besudelt war. Ich wollte mich waschen. Ich wollte weinen. Ich wollte sterben. Doch nichts davon konnte ich. Unfähig, auch nur einen Muskel zu rühren, starrte ich auf die roten, heillos verteilten Blütenblätter der Rose, die direkt vor mir lag und die inmitten des dunkelbraunen Schlamms zu leuchten schien. Ich hatte sie fallen lassen und wahrscheinlich war jemand darauf getreten. Nun lag die Rose genauso gebrochen und zerschmettert im Dreck wie ich. Ob sie ebenfalls stumm schrie?

Die Kälte schien mir bis in die Knochen zu kriechen, während ich auf den Tod wartete. Warum ließ er sich nur so viel Zeit? Ich war bereit.

Gerade als ich dabei war, die Augen zu schließen, um sie hoffentlich nie mehr zu öffnen und die Schmerzen, die in meinem Körper tobten, endlich vergessen zu können, betrat jemand die Gasse. Mein Herz zog sich vor Schreck zusammen. Kamen die Männer etwa zurück? Hatten sie noch nicht genug?

Ich kniff die Augen zusammen, wappnete mich für die erneuten Schmerzen, spürte jedoch eine warme Hand, die mir über den Kopf streichelte.

»Warum weinst du nicht, Mädchen?«, fragte die Frau, die ich erst nach mehrmaligem Blinzeln als diejenige erkannte, die mir vorhin die Rose verkauft hatte.

»Weil … ich nicht … traurig bin«, antwortete ich abgehackt.

Eine Weile schwieg die Frau. Dann fragte sie: »Wieso hast du dein ganzes Geld ausgegeben, um die Rose zu kaufen? Etwa nur, weil sie schön war?«

Aus Gewohnheit heraus wollte ich den Kopf schütteln, entschied mich jedoch schnell dagegen. »Weil sie … so gut gerochen hat. Weil sie … herausstach aus all den anderen.«

»Genau wie du«, murmelte die Frau. »Schönheit ist ein Fluch. Wäre die Rose nicht so schön gewesen, hätte sie weiterhin zusammen mit den anderen am Strauch verweilen können. Nun ist sie zerbrochen, genau wie du. Sie wird nie wieder so schön sein wie in dem Moment, als ich sie vom Strauch schnitt. Aber genau wie in der Rose sehe ich auch in dir etwas anderes als nur bloße Schönheit. Ich habe lange auf ein Mädchen wie dich gewartet.«

Mühsam hob ich den Kopf. »Was?«

Die Frau bewegte die Hand und ein seltsames Leuchten, das mir in den Augen stach, ging von ihren Fingerspitzen aus. Mit angehaltenem Atem sah ich dabei zu, wie sich die zerfallene Rose Blütenblatt für Blütenblatt wieder zusammensetzte. War das … Magie? In den Geschichten, die Mutter uns vor dem Schlafengehen erzählte, kamen oft magische Wesen vor, aber ich hätte nie gedacht, dass sie … real sein könnten. Nie hätte ich es für möglich gehalten, Magie mit eigenen Augen sehen zu dürfen. Fast vergaß ich bei dem wunderschönen Anblick ihrer leuchtenden Hände und der wieder tadellosen Rose die Schrecken der letzten Stunde. Für einen Moment konnte ich mich in eine Welt flüchten, in der mir nichts zugestoßen war – in der ich … noch genauso heil und unberührt war wie die Rose.

Dann konzentrierte ich mich wieder auf die fremde Frau, die mich unverwandt musterte.

»Wer … seid Ihr?«, presste ich hervor.

»Mein Name tut nichts zur Sache«, erwiderte sie, ohne dabei eine Miene zu verziehen. »Ich bin eine Zauberin und weile schon lange auf dieser Welt. Trotzdem ist es mir noch nicht gelungen, sie zum Besseren zu verändern. Aber du könntest das schaffen.«

Ich zog die Augenbrauen zusammen. Selbst diese winzige Bewegung ließ mich beinahe vor Schmerzen aufschreien. »Warum?«

Doch die Frau ignorierte meine Frage. »Die Männer, die dir das angetan haben … Erinnerst du dich, wie sie aussahen?«

Ich verzog den Mund – Wie könnte ich ihre Gesichter je vergessen? – und nickte knapp, während mein Blick wieder auf die unversehrte Rose gerichtet war. Strahlend schön — vielleicht sogar schöner als zuvor — leuchteten ihre roten Blätter und ihr betörender Duft kitzelte mir in der Nase. Ich wäre so gern wie sie gewesen … Stattdessen war ich gebrochen und schmutzig. Das Leuchten, das mir früher innegewohnt hatte, war innerhalb eines Abends verblasst.

»Willst du dich für das, was dir widerfahren ist, rächen?«

Ein bisher unbekanntes Gefühl kochte bei ihren Worten in mir hoch und überdeckte sogar die Schmerzen und die Kälte, die mir beinahe den Verstand vernebelt hätten. *Rache*. So fest ich konnte, klammerte ich mich an diesen Gedanken und schob die Schwermut und Trauer beiseite. Rache war viel besser als diese anderen Gefühle – mächtiger, brennender und zielführender.

Wieder nickte ich, entschlossener diesmal.

»Dann nimm meine Hand!«

Ich kämpfte mich in eine halb sitzende Position hoch und griff nach der dargebotenen, herrlich warmen und weichen Hand. Die Hand meiner Mutter war rau und schwielig von der täglichen harten Arbeit, doch die Hand dieser fremden Frau war so zart und feingliedrig, dass sie unmöglich aus einem ähnlichen Umfeld stammen konnte wie ich.

Vorsichtig, um mich nicht noch mehr zu verletzen, zog mich die Frau auf die Füße und wischte mir mit dem Zipfel ihres dunklen Mantels den Schmutz und das Blut aus dem Gesicht. Mir zitterten die Knie, doch irgendwie schaffte ich es, stehen zu bleiben.

»Ich mache dir ein Angebot«, murmelte die Frau. »Möchtest du dem Leben, das du bisher kanntest, entfliehen? Möchtest du das, was dir angetan wurde, vergelten?«

»Ja«, hauchte ich, ohne auch nur eine Sekunde darüber nachdenken zu müssen.

Sie schnippte mit den noch glühenden Fingern und von einem Moment auf den anderen verschwanden die Schmerzen, die mich bis eben noch heimgesucht hatten.

»Dann werde ich dich zu meiner Schülerin machen und die Magie, die in dir schlummert, wecken«, sagte sie.

Die Schülerin einer Zauberin. Ob alle magischen Frauen so anmutig und rein waren wie sie? Ob ich je so sein könnte? Aber war ich dazu überhaupt fähig?

»Ich habe … Magie in mir?«

Die Frau nickte. »Jeder Mensch trägt Magie in sich – manche mehr, manche weniger. Einige verlieren ihre Magie, wenn sie älter werden oder ihnen etwas Schreckliches zustößt. In wiederum anderen wird die Magie dadurch nur stärker.« Sie legte mir einen Finger unters Kinn und drückte meinen Kopf nach oben, sodass ich ihr in die Augen sehen musste. »Du stehst gerade an dem Punkt, an dem sich alles für dich entscheidet. Wenn du den einfachen Weg wählst und dich selbst bemitleidest, wird die Magie in dir schwächer werden. Wenn du jedoch ein Ziel findest, dem du folgen willst, ganz gleich, wie schwer es auch wird, könntest du eines Tages so mächtig sein wie ich.«

Ich schluckte angestrengt. »Was … könnte ich dann tun?«

»Alles, was du willst«, antwortete sie. »Dich an diesen Bestien rächen. Andere Mädchen davor bewahren, ähnliche Erfahrungen machen zu müssen wie du. Du kannst sogar bei anderen ein Umdenken bewirken. Jedoch wird das nur bei einzelnen Personen möglich sein.«

»Das macht nichts«, hauchte ich.

Solange ich irgendetwas würde bewirken können und nicht mehr komplett hilflos wäre, sollte es mir recht sein.

Sie führte mich nach Hause, wo meine Eltern bereits auf mich warteten. Meine Mutter und mein Vater mussten nur einen Blick auf mich werfen, um zu wissen, was mir widerfahren war. Während Mutter sofort anfing zu schluchzen, ballte Vater die Hände zu Fäusten. Ich wich vor ihm zurück und versteckte mich hinter der fremden Frau.

»Ich werde sie mitnehmen«, verkündete sie.

»Aber …«, presste Vater hervor. »Sie sollte einmal eine gute Ehe eingehen und uns Wohlstand bringen. Sie ist doch so liebreizend.«

Die fremde Frau wedelte mit der Hand, als wolle sie Vaters Einwand beiseitewischen. »Das kann sie nun nicht mehr. Nehmt dies als Entschädigung.«

Durch Magie erschien ein prall gefülltes Säckchen auf dem Küchentisch und sofort verschwand die Sorge aus den Mienen meiner Eltern. Für mich hatten sie keinen zweiten Blick übrig, als ich der Frau aus der Hütte folgte, die Rose fest an mich gepresst. Sie starrten nur auf das im spärlichen Kerzenschein glänzende Gold – nicht auf ihre Tochter, die gerade so dem Tod entronnen, doch nun wertlos für sie war. Ich sollte darüber traurig sein. Ihre Geringschätzung sollte mich verletzen. Aber nichts davon spürte ich, fast so, als würde die leuchtende Rose sämtliche negativen Empfindungen vor mir abschirmen. Ohne zurückzublicken, folgte ich der Zauberin.

Seit diesem Tag sind viele Jahre vergangen. Ich habe aufgehört, sie zu zählen. Irgendwann hörte ich auf zu altern, und auch ein weiterer verronnener Tag lässt keine Falte in meinem Gesicht erscheinen.

Ich bin schön. Ich bin mächtig. Und ich bin der Albtraum all jener, die glauben, sie könnten sich alles nehmen, was sie wollen, und die unfähig sind, hinter die Fassade zu blicken.

Die Ausbildung bei der Zauberin war schonungslos und dauerte mehrere Jahre, jedoch beklagte ich mich nie. Ich war dankbar für die Gelegenheit, die sie mir bot, und lernte mit Feuereifer alles, was sie mir beibringen konnte. Zunächst dauerte es, bis ich über die Magie, die nur latent durch meine Adern floss, gebieten konnte, doch mit jedem Tag wurde es besser. Ich lernte nicht nur, die Magie zu kontrollieren, sondern mich auch über kleine Fortschritte zu freuen.

Meine Familie sah ich seit jenem Tag nie wieder, und nach und nach verblasste die Erinnerung an sie.

Nachdem ich eine harte und erbarmungslose Ausbildung bei der Zauberin durchlaufen hatte, nahm ich mir als Erstes die fünf Männer vor, die mein Leben zerstört hatten. Ich war weder sanft noch vorsichtig und erst recht nicht nachsichtig. Ich versuchte gar nicht erst, die Macht, die durch meine Adern pulsierte, zu zügeln, sondern zahlte ihnen die Qualen, die sie mir bereitet hatten, zehnfach heim. Genau wie sie war ich taub für ihr Flehen um Gnade. Als ich mit ihnen fertig war, hinterließ ich für jeden von ihnen eine verwelkte Rose.

Meine Meisterin war nicht begeistert über das Blutbad, das ich angerichtet hatte, und ich musste ihr versprechen, nie wieder so sehr die Beherrschung zu verlieren. Zähneknirschend stimmte ich zu und erdachte mir andere Wege, um meine Macht auszureizen.

Heute kann ich dank meiner Magie in die Herzen der Menschen sehen und die Hässlichkeit, die sie im Inneren zu verbergen versuchen, nach außen kehren.

In der heutigen stürmischen Nacht bin ich in die Gestalt einer gebückt laufenden alten Frau geschlüpft. Schon länger kommen mir Gerüchte über einen Prinzen aus einem fernen Land zu Ohren, der nicht enden wollende und ausschweifende Feste in seinem Schloss feiert, zu denen er nur die schönsten Frauen einlädt.

Es wird mir eine besondere Freude sein, an diesem eingebildeten Monarchen ein Exempel zu statuieren.

Ich klopfe an die riesige Pforte des Schlosses. Es dauert lange, bis mir jemand öffnet, und ich bin überrascht darüber, dass es der Prinz selbst ist, der vor mir steht. Beinahe erliege sogar ich dem guten Aussehen und dem Charme, den er versprüht, indem er nur atmet. Dann huscht mein Blick hinter ihn und ich entdecke nur kichernde junge Frauen.

»Verzeiht meinen späten Besuch, Herr«, murmele ich und senke ehrerbietig den Kopf. »Draußen tobt ein Sturm und ich kann nicht mehr weitergehen …«

Der Prinz gibt ein glucksendes Lachen von sich. »Das ist nicht mein Problem. Wenn ich etwas so Altes und Hässliches wie dich einlasse, wird die Feier ihren Tiefpunkt erreichen. Verschwinde!«

»Bitte, Herr«, sage ich. »Ich werde da draußen den Tod finden! Habt Erbarmen mit einer alten Frau! Lasst Euch nicht von Äußerlichkeiten blenden. Manchmal verbirgt sich die Schönheit im Verborgenen.«

Grob stößt er mich an der Schulter nach hinten. »Verschwinde endlich!«

Ohne mir die Gelegenheit zu geben, etwas zu erwidern, schlägt er mir die Tür vor der Nase zu. Ich habe damit gerechnet, dass er mich nicht ins Schloss lassen wird. Aber dass er einer alten Frau nicht einmal die Bedienstetenunterkünfte oder Ställe anbietet … Sein Innerstes ist kalt und ohne jegliches Mitgefühl — genau wie das der Männer, die ein junges Mädchen des Nachts in einer dunklen Gasse überfielen und sich an ihm vergingen. Mehr muss ich über diesen Prinzen nicht wissen, um ihn zu hassen.

Ich lege die Gestalt der alten Frau ab und schmettere die Pforte mittels meiner Magie auf.

Mit vor Schreck geweiteten Augen starrt der Prinz mich an; einige der jungen Frauen fliehen kreischend aus dem großen, pompösen Saal.

»Wer … seid Ihr?«, will er wissen, als ich gemächlich auf ihn zuschreite.

Mir genügt ein Blick in sein Herz, um zu sehen, dass es darin keine Liebe oder Güte gibt – nur die Sucht nach Schönheit und Reichtum. Der Drang, sich selbst zu profilieren, ohne dass je jemand den Mut hatte, ihm Einhalt zu gebieten. Das ist nun meine Aufgabe – und ich werde nicht versagen.

»Ich bin die alte Frau, die Ihr eben zum Sterben in den Sturm geschickt habt«, entgegne ich kalt.

Langsam sackt der Prinz vor mir auf die Knie und hebt flehend beide Hände. »Bitte … Ich wusste nicht, dass Ihr …«

»Dass ich, was?«, falle ich ihm ins Wort. »Dass ich schön bin? Mächtig? Hättet Ihr dann anders gehandelt?«

»Ja«, entfleucht es ihm, ehe er schnell den Mund schließt.

Es ist die Antwort, mit der ich gerechnet habe, dennoch versetzt sie mir einen Stich. Wenn ich nicht als junges Mädchen schon so schön gewesen wäre, hätten mich die Männer angerührt? Hätten sie mich eines zweiten Blickes gewürdigt, wenn ich hässlich oder unscheinbar gewesen wäre? Diese Fragen sind mühsam, dennoch erscheinen sie wie von selbst in meinem Kopf und fachen den Hass auf den vor mir knienden Prinzen nur noch weiter an.

»Wie es scheint, muss ich Euch eine Lektion erteilen.« Ich strecke die Hand aus, über der eine noch nicht erblühte Rose erscheint. »Ich werde dieses Schloss und all seine Bewohner unter einen Zauber bannen. Wenn Ihr es schafft, dass sich eine Frau um Euretwillen in Euch verliebt, bevor das letzte Blütenblatt gefallen ist, werdet Ihr frei sein.«

»Das … ist alles?«, fragt der Prinz, wobei ein überhebliches Lächeln auf seinen Lippen erscheint. »Es gibt Hunderte Frauen, die mich lieben! Nehmt also Eure Rose gleich wieder an Euch. Ich muss nur meine Gäste rufen und …«

Ich lege ihm einen Finger an die Lippen. »Ihr glaubt, dass ich es Euch so einfach mache?«

Nun kehrt der leicht panische Ausdruck in seine Augen zurück. Es kostet mich nur ein Fingerschnippen, um ihn in eine Gestalt zu pressen, die seinem lieblosen und dunklen Herzen besser zu Gesicht steht – in die eines abscheulichen Biests. Schreiend krümmt er sich auf dem Boden, während sich seine Knochen und Muskeln verschieben und dunkles Fell die makellose Haut ersetzt. Während ich die Verwandlung beobachte, suche ich nach einem Funken Mitleid, finde ihn jedoch nicht. Er hat sich dieses Schicksal selbst eingebrockt. Meine Fähigkeit, Mitleid zu empfinden, starb in jener Nacht zusammen mit dem naiven jungen Mädchen in einer dunklen Gasse.

»Ich rede nicht von der oberflächlichen Liebe nach dem Schönen«, sage ich, während ich mein Werk betrachte. Keuchend und auf allen vieren kauert das Biest am Boden und starrt die widernatürliche Gestalt in den blitzblank geputzten Fliesen an. »Ich rede von Liebe, die hinter die Fassade und direkt ins Herz blicken kann. Liebe, die Ihr noch nie empfunden habt und die Euch noch nie jemand entgegengebracht hat.« Mit einem Lächeln füge ich hinzu: »Ich bin gespannt, ob Ihr diese Lektion bis zum Verblühen der Rose begriffen habt. Wenn nicht …«

»Was … passiert, wenn nicht?«, grollt das Biest.

Eine Weile betrachte ich das Gesicht, das nicht mehr das eines hübschen Prinzen ist. Nun erinnert es an eine Mischung aus Stier und Wolf. Nur die Augen … Diese wunderschönen blauen Augen habe ich ihm gelassen – der letzte menschliche Spiegel zu seiner Seele, die in Dunkelheit liegt.

»Dann wird alles so bleiben, wie es jetzt ist. Auch Ihr.«

Das Biest fletscht die Zähne. »Warum tut Ihr das? Was habe ich Euch getan?«

Vorsichtig lege ich die Rose neben der Bestie ab. »Abgesehen davon, dass Ihr billigend meinen Tod in Kauf genommen hättet? Ich verabscheue Männer wie Euch. Ich verabscheue all jene, die sich für stark und unantastbar halten. Die glauben, sich alles nehmen zu können, was sie wollen. Deshalb versuche ich, Euch einen anderen Weg aufzuzeigen.«

»Indem Ihr mich … in ein Monster verwandelt?«

»Oh nein, Ihr missversteht.« Ich wende mich zum Gehen. »Ich habe Euch nur die Gestalt gegeben, die zu Eurem Inneren passt. An etwas Bestimmtes habe ich dabei gar nicht gedacht. Der Zauber wirkt von ganz allein.« Ich deute eine Verbeugung an, während meine Hand bereits an der Pforte liegt. »Vielleicht gibt es da draußen eine Frau, die mehr in Euch sieht, als Euer Äußeres nun preisgibt. Ich wünsche Euch viel Glück.«

Hinter mir ertönt sein gequältes Brüllen, während ich durch den ausladenden Schlossgarten laufe und über das gesamte Anwesen einen Zauber lege.

Öfter habe ich Männer wie ihn mit diesem Bannspruch belegt; ihre Gestalten waren jedes Mal anders, aber immer passend zu dem verdrehten Selbstbild, das sie besaßen. Der Prinz jedoch ist mit Abstand die furchtbarste Kreatur, die ich je geschaffen habe. Ausgeschlossen, dass es ihm gelingt, den Zauber vor Ablauf der Zeit zu brechen!

Dennoch bin ich gespannt, ob er es nicht doch schaffen kann. Die Zauber, die ich auf die Männer lege, sollen nicht dazu dienen,

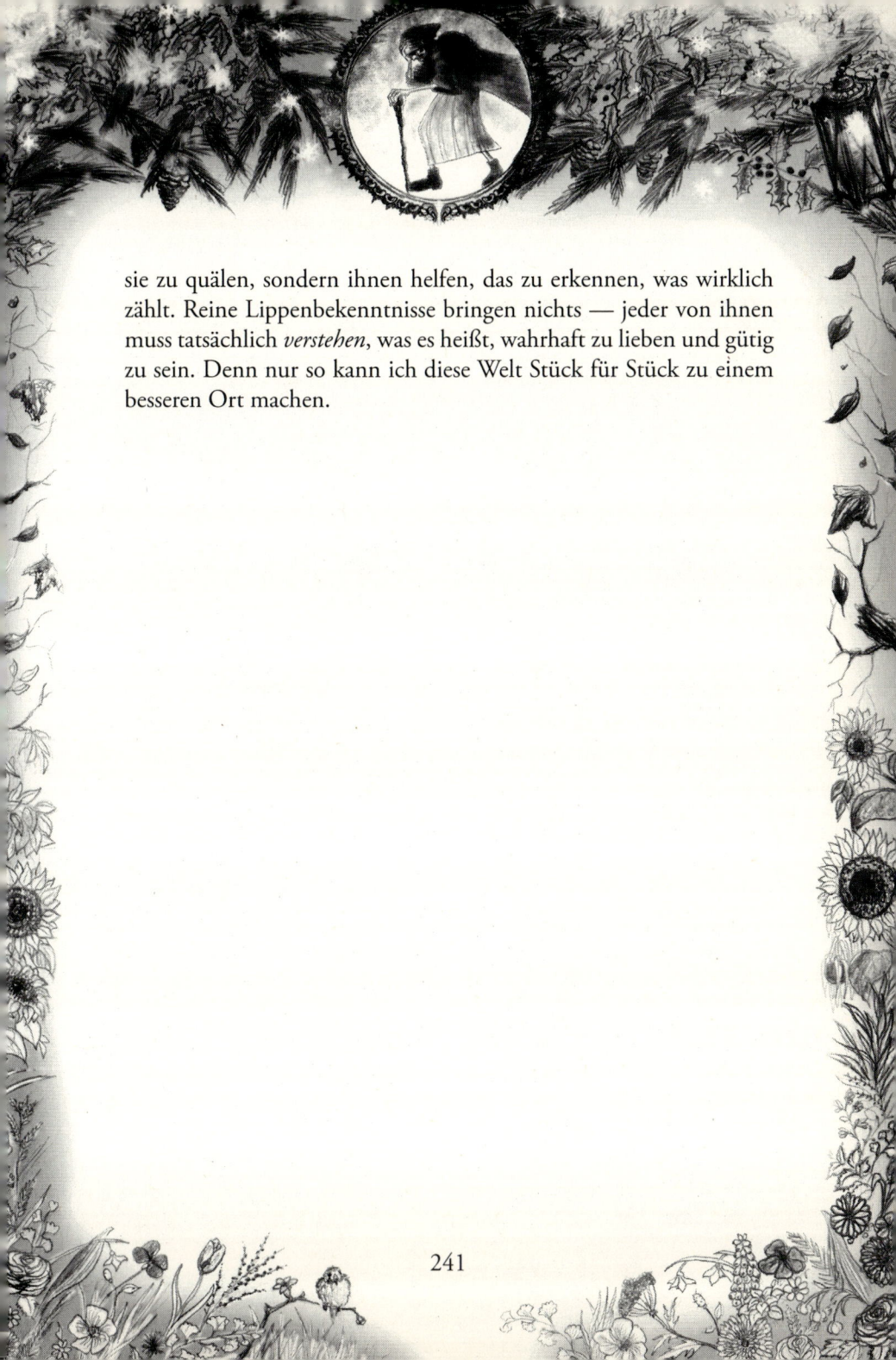

sie zu quälen, sondern ihnen helfen, das zu erkennen, was wirklich zählt. Reine Lippenbekenntnisse bringen nichts — jeder von ihnen muss tatsächlich *verstehen*, was es heißt, wahrhaft zu lieben und gütig zu sein. Denn nur so kann ich diese Welt Stück für Stück zu einem besseren Ort machen.

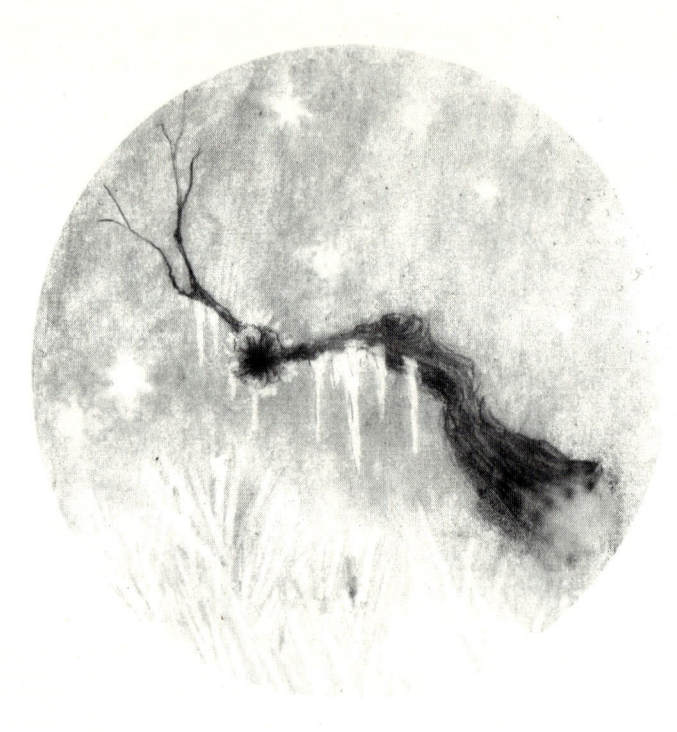

Lin Rina

Der bestrafte Ehrgeiz des Mondes

LIN RINA

An einem Silvester vor einigen Jahren nahm sich Lin Rina vor, jedes Jahr ein Buch zu schreiben. Wie das mit guten Vorsätzen so ist: Gleich im ersten Jahr hat das nicht geklappt. Aber dann schrieb sie *Vom Wind geküsst* und seither läuft es.

Lin, die ebenso bezaubernde viktorianisch angehauchte Liebesgeschichten (*Animant Crumbs Staubchronik*) schreiben kann wie dramatisch-emotionale Science Fiction (*KHAOS*), kenne ich eigentlich nur mit einem sonnigen Lächeln auf der Lippen. Daran, dass sie für diese Sammlung ein Märchen über Sonne und Mond geschrieben hat, ist also allenfalls überraschend, dass sie sich für den Mond entschieden hat, statt für die Sonne. Oder besser die Mond, denn in der nachfolgenden Geschichte ist der Erdtrabant weiblich.

Der falsche Ehrgeiz des Mondes basiert auf einem jüdischen Märchen. Ich kannte es bisher noch nicht. In Vorbereitung auf diese Sammlung hat Lin sich mit einigen mir völlig unbekannten Vorlagen beschäftigt.

Ich erinnere mich äußerst gut an eine Sprachnachricht, in der sie mir begeistert mitteilte, auf ein Märchen gestoßen zu sein, in dem Gott eine Seeschlange pökelt. Im ersten Moment habe ich geschluckt, aber im Nachhinein bin ich sicher, auch daraus hätte sie eine berührende Geschichte stricken können.

Wenn Lin nicht gerade schreibt oder mit ihren Kindern Sandburgen baut und Papierdrachen bastelt, begeistert sie sich für das Illustrieren und Handlettering.

Ihr neuer Roman *Limea – Innerer Sturm* ist ein Roman um eine starke junge Frau, die in einem Matriarchat aufwächst. Da Lin gern verschiedene Genres ausprobiert, ist ihr neues Projekt ein Near-Future-Jugendthriller.

www.instagram.com/teekind

DER BESTRAFTE EHRGEIZ DES MONDES

Wie lange noch?«, murmelte Meer an mein Ohr und ich gab ein leises Summen von mir. Mit geschlossenen Augen horchte ich in mich hinein, maß die langsam ablaufende Zeit der kalten Hälfte des Tages. Meiner Hälfte, in der ich über die Welt wachte.

Verstimmt seufzte ich. »Nicht mehr lange«, antwortete ich daher und blickte in den hell erleuchteten Himmel hinauf, aus dem ich mein Licht kalt und sanft über die Welt erstrahlen ließ.

Meers Finger strichen sanft meinen Rücken entlang, tanzten kribbelnd von der Gischt den Bogen meiner Hüfte hinauf. »Kommst du in der nächsten Mondphase wieder, Jareach[1]«, wollte es wissen, fast als fürchtete es, ich hätte Besseres zu tun.

Ein Lächeln umspielte meine Lippen, als ich mich ihm zuwandte und in seine türkisblauen Augen blickte. Erwartungsvoll schwappte die Farbe darin und die Wasseroberfläche erzitterte, als ich es ansah.

»Natürlich«, flüsterte ich und drückte mich noch näher an Meers Gestalt, die sich unter meinen Fingerspitzen fester anfühlte, als man Wasser zugetraut hätte.

Kühl sickerte mein weißes Licht in seinen Körper, als ich Meer küsste, sodass er ebenfalls leicht zu schimmern begann und mein Schein sich in vielen Facetten auf der Oberfläche brach.

Doch egal, wie sehr ich mich in diesem Anblick verlieren und nie wieder von seiner Seite weichen wollte, der Sog zog bereits an mir, bis ich mich kaum noch halten konnte.

»Ich muss los«, hauchte ich, betrunken von der Nähe des Wassers, das mich umspülte.

»Nur noch einen Kuss«, bat mich das Meer und ich hätte ihm liebend gern Hunderte Küsse gewährt, doch gleich würde sich meine Gestalt auflösen und zu meiner Gesamtheit ans Himmelszelt zurückkehren.

---

[1] Hebräisch für »Mond«

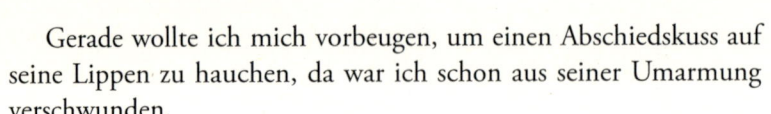

Gerade wollte ich mich vorbeugen, um einen Abschiedskuss auf seine Lippen zu hauchen, da war ich schon aus seiner Umarmung verschwunden.

Sein Lachen haftete noch an mir, als sich mein Bewusstsein in der Schwärze des Universums sammelte. Der Geschmack nach Salz auf meiner Zunge brachte mich unwillkürlich zum Lächeln.

»Du bist spät dran, Mond«, begrüßte mich mein Bruder Sonne, der in seiner vollen Hitze aus der Dunkelheit des Alls aufstieg.

Ich betrachtete ihn ganz genau, versuchte herauszufinden, ob er wütend oder eingeschnappt war. Doch sein flammendes Gesicht zierte nur die gewohnte Gleichmütigkeit.

»Ich hatte zu tun«, erwiderte ich, versuchte desinteressiert und genauso nüchtern zu wirken, wie Sonne es immer tat, doch der Gedanke daran, worin meine Beschäftigung bestanden hatte, ließ meine Mundwinkel von ganz allein nach oben zucken.

Sonne lächelte unverbindlich. Sein Blick richtete sich auf den Planeten unter uns, über den wir als Trabanten wachten.

Ich, Mond, mit meinem sanften, kalten Licht, und Sonne, mit seinem heißen, starken Strahlen, damit die Welt niemals die Dunkelheit sehen musste.

»Dein kalter Tag scheint gut gewesen zu sein. Hast du etwas Schönes gesehen?«, erkundigte er sich bei mir und ich war so überrascht von der Frage, dass ich tatsächlich antwortete.

»Ich war mit Meer zusammen«, sagte ich, erstaunt darüber, dass Sonne sich für das interessierte, was ich in meiner Hälfte des Tages tat.

Trotz seiner extremen Hitze, mit der er die Welt wärmte, empfand ich sein Wesen als unterkühlt. Er tauschte sich nicht gern mit mir aus, kam meist ohne ein Wort zu mir, um mir die Krone der Herrschaft zu überreichen, oder sie, nachdem meine Zeit abgelaufen war, wieder an sich zu nehmen. Tag um Tag, Jahr um Jahr, Ewigkeit um Ewigkeit.

»Meer«, sprach Sonne den Namen meines Liebsten auf eine Art aus, die mir ganz und gar nicht gefiel. Als hätte ich ihm eine Erinnerung geschenkt, die er bis eben vergessen hatte.

Etwas zog sich unangenehm in mir zusammen, mein Licht flackerte kurz und ich bereute es, Meer erwähnt zu haben. Denn von Zeit zu Zeit gefiel es Sonne, mich zu triezen.

»Ich kenne es kaum.« Sonnes Blick verlor sich in der Betrachtung der Welt unter uns, über die Wolken zogen und ein Muster auf ihre Schönheit zeichneten. »Kennt ihr euch gut?«

Das drückende Gefühl wurde stärker und ich wünschte, er würde mich das nicht fragen. »Ja.« Ich sah in die Dunkelheit. »Aber es ist ja nur verständlich, dass die Pracht der Blumen dich mehr braucht als einfache Wassermassen«, bemühte ich mich, seine Aufmerksamkeit umzulenken, doch es war mir, als könnte ich das Glitzern auf der Wasseroberfläche bereits in seinen Augen sehen.

Etwas Eisiges griff nach dem Pulsieren in mir und zerquetschte es so schmerzhaft, dass mir die Angst wie ein Schatten durch jeden Lichtpartikel huschte.

»Da hast du sicher recht«, meinte Sonne dann plötzlich und sah mich erwartungsvoll an.

Ich rührte mich nicht.

»Die Krone«, forderte er mich sanft auf, als hätte ich es nur vergessen, und ich zwang mir ein Lächeln auf.

»Natürlich.« Widerwillig hob ich die Hände an den Reif auf meinem Haar. Es kostete mich schon immer Überwindung, die Krone der Herrschaft wieder abzugeben, doch heute erschien es mir noch schrecklicher als sonst.

Lieber wollte ich zu Meer zurück, es sehen und in seinen Augen lesen, dass es nur mein Licht widerspiegeln würde, wenn ich mich ihm zuwandte.

Langsam legte ich meine Fingerspitzen an das eisige Metall und zwang mich, keine Miene zu verziehen, als ich die Krone abstreifte und sie an Sonne weiterreichte.

Er nahm sie ohne viel Aufhebens aus meinen Händen und unter seiner Berührung wandelte sich der gedrehte Kranz in eine prachtvolle Sonnenkrone mit hohen verschnörkelten Zacken.

Passend zu ihrem Träger.

Sonne wirkte zwar immer so still und bescheiden, die Krone zeichnete jedoch ein ganz anderes Bild.

Kaum hatte ich das Symbol der Macht abgegeben, wurde ich hinaus ins Nichts gezogen, konnte nur noch erhaschen, wie Sonnes Glanz in kleinen Stürmen von ihm ausging und die Welt umspannte.

Dann wurde es finster und ich war allein.

Ich setzte mich nicht, so wie sonst, sondern ging von Unruhe getrieben hin und her, rang die Hände, wünschte mir wie nie zuvor, die warme Hälfte des Tages beobachten zu können.

Was hatte Sonne vor? Ging er seine Blüten besuchen und ließ sich von ihnen besingen? Oder was er sonst zu tun pflegte, von dem ich eigentlich nichts wusste?

Ging er zu Meer? Und wie würde Meer auf ihn reagieren?

Sonne war schön, prachtvoll. Obwohl wir beide gleich hell schienen und die gleiche Zeit über den Planeten wachten, so hörte ich doch das Flüstern der Gräser, das Murmeln der Bäume, das Zirpen der Insekten, wie sie für Sonnes Wärme schwärmten. Sie tuschelten miteinander, wenn ich vorübergezogen war, fröstelten müde und priesen den Sonnenschein in höchsten Tönen.

Ich tat, als hörte ich sie nicht, wusste selbst, dass sie mein Licht und die Ruhe, die ich ihnen damit schenkte, genauso benötigten wie die von Sonne. Und doch schmerzte es mich, entflammte meinen Ärger und schuf den Wunsch, ebenfalls bewundert zu werden.

Sonne und Mond, wir beide waren die Könige des Firmaments, trugen gemeinsam die Krone. Aber Sonne wurde geliebt und ich nur geduldet.

Nur Meer liebte mich, meine Kühle, meine Sanftmut.

Ich stieß einen lauten Seufzer aus.

Liebte es mich nur, weil es Sonne bisher nicht kennengelernt hatte? Würde es auch seine Pracht bewundern, mit Entzücken ansehen, wie die kräftigen Strahlen ein diamantenes Funkeln auf es legten?

Oh Sonne, ich wünschte, ich könnte ihn verfluchen! Konnte er nicht wenigstens Meer ganz für mich allein lassen? Musste er wirklich die Liebe aller erhaschen?

Haareraufend stampfte ich umher, zählte die Augenblicke und schimpfte diese warme Tageshälfte als die längste seit Anbeginn der Zeit. Sorge und Ärger kreisten wie Kometen um mich, machten mich kopflos und verrückt. Erst als die Zeit endlich gekommen war, ballte ich die Hände zu Fäusten, sammelte meine Selbstbeherrschung und verließ die Finsternis mit entschlossenen Schritten.

Kalt pulsierend trat ich neben Sonne, der, pünktlich wie immer, an unserem Treffpunkt stand. Doch nur ein Blick in sein Gesicht und meine so mühsam gefasste Beherrschung zerbarst in Myriaden von Funken. Denn Sonne lächelte verträumt.

Ich wusste ganz genau, was dieser Ausdruck zu bedeuten hatte.

Mein Innerstes bekam einen Riss, aus dem Wut und Entsetzen quoll. »Du warst bei Meer?«, fragte ich geradeheraus und Sonnes Lächeln wurde noch breiter.

»Du hast recht. Es lohnt sich, Meer einmal seine Aufmerksamkeit zu schenken«, flüsterte er versonnen.

Meine Fäuste verkrampften sich schmerzhaft und meine Wut bildete kalte Schlieren in der Dunkelheit. Ich konnte nur noch daran denken, dass Sonne bei Meer gewesen war.

»Das darfst du nicht!«, platzte es aus mir heraus und ich wäre am liebsten in vielen kalten Blitzen explodiert. Doch ich hatte die Krone nicht. Ohne sie war meine Macht völlig nutzlos.

Sonne sah mich verwundert an und besaß die Frechheit, ein ahnungsloses Gesicht zu machen. »Was darf ich nicht?«

»Meer«, japste ich. »Es gehört mir. Und ich verbiete dir, dich mit ihm zu treffen.«

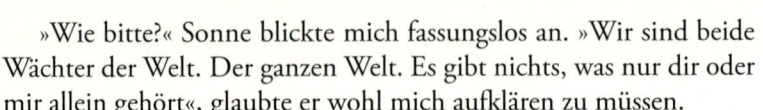

»Wie bitte?« Sonne blickte mich fassungslos an. »Wir sind beide Wächter der Welt. Der ganzen Welt. Es gibt nichts, was nur dir oder mir allein gehört«, glaubte er wohl mich aufklären zu müssen.

»Ich. Verbiete. Es. Dir«, zischte ich, betonte jedes einzelne Wort und trat einen Schritt auf ihn zu. Ich wusste, dass es mir nicht möglich war, ihm die prachtvolle Krone vom Haupt zu reißen, doch ich wünschte mir, ich könnte es.

Sonnes Mund verzog sich ganz langsam zu einem Lächeln, unverbindlich und überheblich zugleich. Ein angstvoller Schauer rieselte mir den Rücken hinunter, als auch er einen Schritt in meine Richtung machte, sodass wir ganz dicht voreinander standen.

»Ich tue an meiner Hälfte das Tages, was immer mir beliebt. Ich sage dir schließlich auch nicht, was du zu tun und zu lassen hast«, sagte er mit so ruhiger Stimme, dass man tatsächlich glauben könnte, es würde ihn nicht interessieren. Doch das Licht zuckte wütend um uns und verriet seinen Unmut.

In einer einzigen geschmeidigen Bewegung nahm er sich die Krone vom Kopf und setzte sie auf mein Haupt. Sofort nahm die Hitze um uns herum ab und mein Licht breitete sich über die Welt aus wie ein heller silberner Schimmer.

»Hab einen schönen Tag, Jareach«, wünschte er mir und mir wurde noch elender, als ich meinen Kosenamen aus seinem Mund hörte. So nannte mich nur Meer.

Sonne verschwand in der Finsternis und ich konnte mich nicht rühren, keuchte, spürte, wie Kälte mein Inneres überzog und unter einer dicken, schmerzhaften Eisschicht begrub.

Wie konnte er es wagen? Dieser arrogante Wichtigtuer!

Mit einem Ruck riss ich mich aus der Starre, wandte mich der Welt unter mir zu und ließ mich fallen.

Wie ein Pfeil schnellte ich auf den Planeten zu und durchbrach mit einem lauten Knall die Atmosphäre. Die Erde erbebte unter mir, als ich mit voller Geschwindigkeit auf der Oberfläche aufkam.

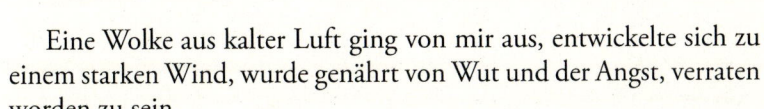

Eine Wolke aus kalter Luft ging von mir aus, entwickelte sich zu einem starken Wind, wurde genährt von Wut und der Angst, verraten worden zu sein.

Grasbüschel zogen sich frierend zusammen, der große Baum in der Nähe des Strandes erzitterte und all sein prachtvolles Laub verfärbte sich augenblicklich braun.

Doch ich schenkte ihm keine Aufmerksamkeit, ging nur weiter auf den breiten Streifen Sand zu, der Meer vom Land trennte, und blickte auf die Weiten des salzigen Wassers, das als entfesselte Naturgewalt riesige Wellen auftürmte und mit kraftvollen Bewegungen den Strand hinaufschickte.

So mächtig und wunderschön.

Es schien meine Anwesenheit zu spüren, denn sofort erhob sich seine Gestalt aus den Fluten und blickte zu mir herüber.

»Jareach«, rief er mir zu und ich stieß einen empörten Schrei aus, weil ich das Gefühl nicht ertrug, das dieser Name in mir auslöste.

»Hast du ihm gesagt, dass du mich so nennst?«, verlangte ich zu erfahren und der Wind trug meine scharfe Stimme zum tosenden Wasser.

»Wem? Sonne?«, erkundigte Meer sich und versuchte sich zu mir zu strecken. Doch ich stand zu weit oben, sodass es ihm nicht möglich war, meine Fußspitzen zu erreichen. »Komm zu mir«, bat es mich und ich wandte den Blick ab, spürte, wie der Riss in mir immer tiefer wurde.

»Hast du es ihm gesagt?«, fragte ich ein zweites Mal.

»Er kam zu mir bei Sonnenaufgang. Wir haben uns lange unterhalten. Die ganze warme Tageshälfte. So viel Aufmerksamkeit hat er mir die ganzen Jahrtausende nicht geschenkt«, erzählte es mir mit Ehrfurcht in der Stimme und ich hielt es nicht aus.

»Du lässt dich also von seinen Strahlen beeindrucken?« Meine Stimme zitterte.

Meer legte verwundert den Kopf schief. »Jareach? Was ist los? Komm endlich zu mir, dann können wir über alles reden«, flüsterte es und streckte seine Hand im Treiben der Wellen nach mir aus.

Meine Liebe zog mich hinüber, meine Wut trieb mich fort. Doch ich gab dem Drängen des Meeres nach und lief über den goldenen Sand in seine Richtung.

Ich fürchtete mich vor dem, was passiert sein könnte, und hoffte gleichzeitig, dass ich ganz grundlos wütend war und Sonne nur wieder versuchte, mich zu ärgern.

Meer streckte sich mir entgegen. In seine türkisblauen Augen zu blicken, ließ mein Inneres schneller pulsieren und die trügerische Empfindung in mir keimen, alles wäre in bester Ordnung.

»Ich habe auf dich gewartet«, säuselte es und streckte seine Finger nach meinem Gesicht aus. Leise seufzend ließ ich meine Wange in seine Hand sinken. Und zuckte sofort zurück.

»Du bist warm«, stieß ich hervor und wich einen Schritt nach hinten. Zeit meiner Existenz war Meer immer kalt gewesen, hatte mir mit seiner kühlen Nähe geschmeichelt. Doch jetzt war es warm wie eine Pfütze.

Die Wut, die gerade noch am verfliegen gewesen war, flammte wieder auf, züngelte in kaltem Feuer in mir hoch und brannte sich durch mein Wesen.

»Das muss an Schemesch[2] liegen. Als er bei mir war …«

Ich schnitt ihm das Wort ab. »Du nennst ihn Schemesch?«, japste ich und alles in mir begann zu schmerzen, während sich der Sand unter mir mit einer dünnen Eisschicht überzog.

»Es ist doch nicht von Bedeutung, wie ich ihn nenne«, verteidigte sich Meer und streckte schon wieder die Hände nach mir aus.

Doch noch bevor es mich berühren konnte, gefror das Wasser zu Eis. Meers Gestalt taumelte zurück, die Augen schockgeweitet.

»Es ist von Bedeutung! Für mich ist es das!«, schrie ich, als die Gefühle in mir aufbegehrten, nach außen drängten und kaltes Licht in den Himmel strahlten.

---

[2] Hebräisch für »Sonne«

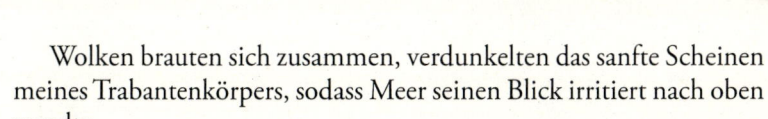

Wolken brauten sich zusammen, verdunkelten das sanfte Scheinen meines Trabantenkörpers, sodass Meer seinen Blick irritiert nach oben wandte.

»Mond, was tust du?«, wollte es von mir wissen und es verletzte mich unendlich, dass es mich nicht *Jareach* nannte.

Doch es war nicht allein seine Schuld. Nein, Sonne hatte es mir weggenommen. Sonne nahm mir alles weg!

Donner erklang in den finsteren Wolken, die sich über die Welt ausbreiteten. Meer rief etwas, doch ich hörte ihm nicht mehr zu, als ich mich umwandte und auf die Ebene zuschritt, die sich grün und unerträglich vollkommen vor mir ausbreitete.

Wenn Sonne an seiner Hälfte des Tages tun konnte, was immer ihm beliebte, konnte ich das auch. Viel zu lange hatte ich mir die hämischen Bemerkungen der Pflanzen und Lebewesen gefallen lassen, war immer das sanfte Licht gewesen und hatte zugelassen, dass Sonne mich zum Gespött der Welt machte.

Jetzt würde ich ihm ebenfalls etwas wegnehmen.

Mit meinen Finger strich ich am Stamm des Baumes entlang, dessen braun verfärbte Blätter bereits zu Boden segelten, und überzog das gesamte Gewächs mit einer kristallenen Eisschicht. Mein Zorn wuchs an, quetschte die Wolken aus, sodass der fallende Regen gefror und in vielen nadelscharfen Eisgeschossen auf die Erde niederhagelte. Die Natur schrie auf, als meine Schritte sie mit Frost überzogen, ihr die Kraft raubten und jede noch so wunderschöne Blume erstickten. Und ich genoss es.

Als meine Hälfte des Tages auslief, lag die Welt stumm unter mir. Sonne trat hervor und öffnete den Mund, um etwas Selbstgefälliges zu sagen, doch ich riss mir nur den Reif vom Kopf, warf ihn ihm zu und verschwand in der Finsternis.

»Was hast du getan?«, schrie Sonne, als ich aus dem Nichts des Universums wieder emporstieg. Sein Gesicht war wutverzerrt, Entsetzen durchfurchte seine Züge. Noch nie hatte ich bei ihm so viele Gefühle wahrnehmen können und es verschaffte mir eine ungemeine Befriedigung, dass er endlich gezwungen war, sein wahres Gesicht zu zeigen.

Ohne eine Miene zu verziehen, hob ich das Kinn noch ein Stück höher und strafte ihn mit einem Blick aus Verachtung und Kälte.

»Was interessiert es dich, was ich in meiner Hälfte tue?«, erwiderte ich spottend und Sonne raufte sich das Haar. Es gefiel ihm ganz und gar nicht, dass ich seine Worte umdrehte.

»Du hast alle Blumen getötet, Mond! Und die Bäume beinahe auch. Das sind meine Pflanzen, hörst du!«, keifte er und ich lächelte nur schwach. *Seine Pflanzen.* Erst vor einem Zyklus hatte er behauptet, es gäbe nichts, was ihm oder mir allein gehörte.

»Dann fass Meer nicht mehr an«, stellte ich meine Bedingung und Sonne schüttelte abschätzig den Kopf, zögerte jedoch mit seiner Antwort.

»Ich habe es nicht angefasst«, behauptete er und ich glaubte ihm kein Wort.

»Es war warm!«, brüllte ich und wieder schmerzte es mich so, dass ich am liebsten zusammengebrochen wäre. Doch nicht hier und nicht jetzt. Nicht vor Sonnes Augen.

»Was willst du von mir hören?« Sonne klang kalt, distanziert, ertappt.

»Die Wahrheit.«

Er schnaubte, trat noch einen Schritt von mir weg, sah mir nicht in die Augen. »Ich habe es angefasst. Es hat sich geschmeichelt gefühlt«, sagte er, als wäre dies die Rechtfertigung für seine Taten.

»Wie konntest du nur?«, wollte ich schreien, doch meine Stimme brach, glich mehr einem Schluchzen. All der Schrecken des letzten Tages überfiel mich, riss mich schier auseinander.

»Ich? Du hast beinahe die Welt zerstört. Die Welt, die wir zu bewahren haben«, warf Sonne mir vor und ich konnte nicht fassen, dass er

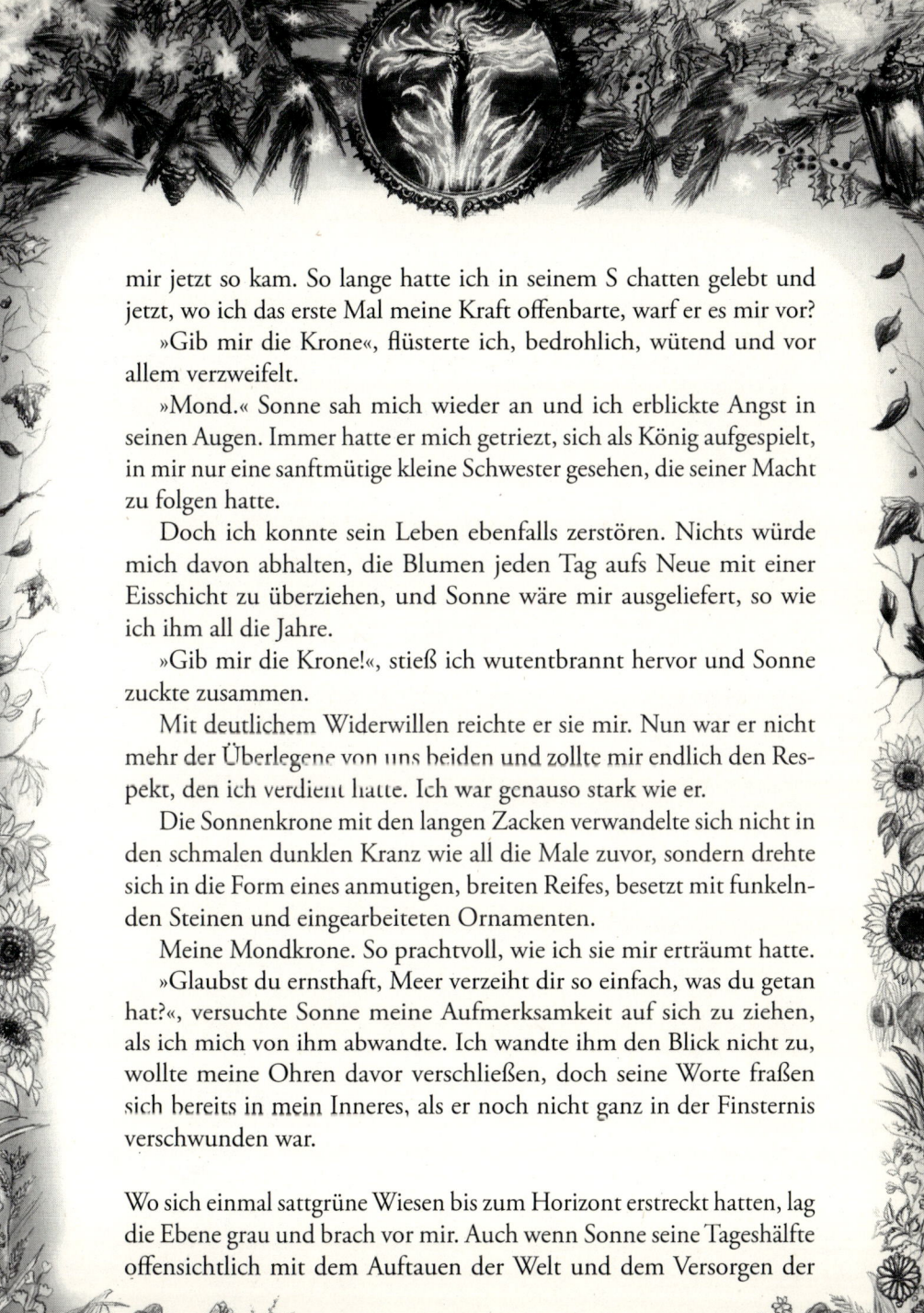

mir jetzt so kam. So lange hatte ich in seinem S chatten gelebt und jetzt, wo ich das erste Mal meine Kraft offenbarte, warf er es mir vor?

»Gib mir die Krone«, flüsterte ich, bedrohlich, wütend und vor allem verzweifelt.

»Mond.« Sonne sah mich wieder an und ich erblickte Angst in seinen Augen. Immer hatte er mich getriezt, sich als König aufgespielt, in mir nur eine sanftmütige kleine Schwester gesehen, die seiner Macht zu folgen hatte.

Doch ich konnte sein Leben ebenfalls zerstören. Nichts würde mich davon abhalten, die Blumen jeden Tag aufs Neue mit einer Eisschicht zu überziehen, und Sonne wäre mir ausgeliefert, so wie ich ihm all die Jahre.

»Gib mir die Krone!«, stieß ich wutentbrannt hervor und Sonne zuckte zusammen.

Mit deutlichem Widerwillen reichte er sie mir. Nun war er nicht mehr der Überlegene von uns beiden und zollte mir endlich den Respekt, den ich verdient hatte. Ich war genauso stark wie er.

Die Sonnenkrone mit den langen Zacken verwandelte sich nicht in den schmalen dunklen Kranz wie all die Male zuvor, sondern drehte sich in die Form eines anmutigen, breiten Reifes, besetzt mit funkelnden Steinen und eingearbeiteten Ornamenten.

Meine Mondkrone. So prachtvoll, wie ich sie mir erträumt hatte.

»Glaubst du ernsthaft, Meer verzeiht dir so einfach, was du getan hast?«, versuchte Sonne meine Aufmerksamkeit auf sich zu ziehen, als ich mich von ihm abwandte. Ich wandte ihm den Blick nicht zu, wollte meine Ohren davor verschließen, doch seine Worte fraßen sich bereits in mein Inneres, als er noch nicht ganz in der Finsternis verschwunden war.

Wo sich einmal sattgrüne Wiesen bis zum Horizont erstreckt hatten, lag die Ebene grau und brach vor mir. Auch wenn Sonne seine Tageshälfte offensichtlich mit dem Auftauen der Welt und dem Versorgen der

Pflanzen verbracht hatte, war die einstige Pracht der Natur nur noch zu erahnen. Niemand tuschelte mehr über mich, keine arrogante Blüte sah auf mich herab. Wenn ich nun vorüberzog, erbebten die Bäume furchtsam und die gefallenen Blätter knirschten unter meinen Füßen.

Ein unerwartetes Gefühl von Traurigkeit überkam mich beim Anblick der Zerstörung, die ich verursacht hatte. So lange hatte ich mir nichts sehnlicher gewünscht, als dass die Natur meine Macht anerkannte und mir die gleiche Liebe entgegenbrachte wie Sonne. Und nun zitterte sie in Angst vor mir.

Hatte ich das wirklich gewollt?

Auf der kargen Erde kauerte ich mich zusammen und dachte an Meer. An seine Zärtlichkeit, das Lachen in seinen Augen. Es hatte so viele Tage, ja Jahre gekostet, es zu umwerben, ihm zu schmeicheln, sein Interesse an mir zu wecken. Und Sonne hatte es an einem verdammten Tag geschafft, es für sich zu gewinnen.

Eine Welle aus Verzweiflung packte mich, überwältigte mich und ich grub meine kühlen, schimmernden Finger tief in den Erdboden, um mich an irgendetwas festzuhalten.

War es wirklich zu viel verlangt, geliebt zu werden?

Reichte es nicht, *ich* zu sein? Meine Aufgabe zu erfüllen? Hatte ich irgendwas verpasst in all den Zyklen, die ich mit meinem hellen, sanften Licht über diese Welt gewacht hatte?

Wieso durfte nur Sonne ihrer Liebe wert sein? Weil nur durch seine Wärme die Blumen sprossen?

Es war nicht gerecht. Mein Licht war ebenso wichtig. Ohne meine Stille würden sie genauso wenig überleben.

Ich atmete tief ein und schloss die Augen, konzentrierte mich auf das Licht, das mich ausmachte, und ließ es in den Boden unter mir strömen. Nicht kalt und schneidend wie gestern, sondern weich und prickelnd. Das Licht bahnte sich seinen Weg, kitzelte die Samen im Boden, zog an den winzigen Trieben, die herausbrachen, und führte sie durch die Oberfläche dem Himmel entgegen.

Als ich die Augen wieder öffnete, erhob sich vor meinen Füßen eine Pflanze. Ein Glücksgefühl packte mich, ließ mich für einen Moment glauben, ich hätte es vollbracht, da öffnete sich die Spitze des Stängels und hervor kam keine farbenfrohe Blüte, sondern ein stacheliges Knäuel an Fasersträngen.

Für den ersten Versuch gar nicht so schlecht, sagte ich mir und versuchte es weiter, strengte mich an, bemühte mich darum, nicht nur kühles, sondern auch warmes Licht zu erzeugen. Es gelang mir mit äußerster Konzentration, leichter Schmerz pulsierte durch meinen Kopf, doch schlussendlich stand vor mir ein winziges schneeweißes Blümchen, das seinen Kopf neigte wie eine kleine Glocke.

Jubelnd sprang ich auf. Es war geschafft! Mein Licht konnte Blumen sprießen lassen. Ich verspürte das Bedürfnis, diesen Erfolg zu teilen, doch die Bäume wandten ihr Bewusstsein von mir ab, Insekten waren weit und breit keine zu entdecken und bis auf mein winziges Schneeglöckchen waren alle Blumen einen eisigen Tod gestorben.

In der Ferne rauschte Meer und mein inneres Pulsieren zog sich sehnsüchtig zusammen. Ich musste ihm von dem Blümchen erzählen. Mein Licht stand dem meines Bruders in nichts nach und Meer würde ihn mir nicht mehr vorziehen müssen.

Schnell kam ich auf die Beine und ließ mich von den Winden der kühlen Hälfte des Tages hinaus auf den Ozean tragen.

Ohne lange zu überlegen, ließ ich mich in das nun wieder kalte Nass stürzen und sandte mein Schimmern durch die Dämmerung. Doch das Bewusstsein des Meeres kam nicht zu mir.

»Meer!«, rief ich, doch niemand antwortete. Meine Freude wurde je gedämpft und Sonnes Worte bohrten ein schmerzhaftes Loch in mein Inneres.

»Mayim[3]«, flüsterte ich furchtsam den Namen meines Liebsten, hoffte inständig, es würde mich hören. Und tatsächlich dauerte es nur noch wenige Augenblicke, da erschien es hinter mir.

---

[3] Hebräisch für »Meer«

»Was willst du?«, frage es mich, als ich zu ihm herumwirbelte. Seine Miene wirkte verschlossen.

»Ich …«, begann ich und rang nach Worten. Dabei wollte ich von der Blume erzählen. Aber seinen kritischen Blick zu sehen, der auf mir lastete, ließ mich verstummen.

»Mond, wenn du hier bist, um dich zu entschuldigen, ist vielleicht heute nicht der richtige Zeitpunkt«, blubberte Meer abschätzig und winzige Luftblasen stiegen der Oberfläche entgegen.

Ich schüttelte den Kopf. »Mich entschuldigen?«, fragte ich irritiert.

»Du bist über den Planeten hergefallen und hast jede Blume getötet. Ich habe ihre Schreie bis in meine Tiefen gespürt«, hielt es mir vor und ich zuckte vor der Abscheu zurück, die in seiner Stimme mitschwang. »Sei froh, dass Sonne es wieder hinbiegen wird. Ein paar Jahre, hat er gesagt, dann wird alles wieder beim Alten sein.«

Obwohl ich dachte, mich beruhigt zu haben, grollte der Zorn wieder in mir auf und kaltes Licht stob in weißen Schlieren durch das Wasser. »Aber natürlich. Sonne ist der große Held, der alles wieder richten wird«, spottete ich laut und verschränkte abwehrend die Arme vor meiner Brust.

»Sprich nicht so von ihm. Sein Licht lässt den Planeten erblühen«, schimpfte das Meer und ich schnaubte.

»Mein Licht kann das auch«, behauptete ich selbstgefällig und Meer schenkte mir einen skeptischen Blick. »Ich habe es schon getan. Ich habe eine Blume wachsen lassen.«

Meer zuckte mit den glitzernden Schultern. »Das mag ja sein, aber das ist nicht deine Aufgabe«, sprach es mir meine Errungenschaft ab und meine Wut zauberte winzige Eiskristalle, die kalt mein Licht reflektierten.

»Was ist denn meine Aufgabe?«, wollte ich höhnisch wissen. »Von aller Natur verlacht zu werden? Mich neben Sonne klein und unzulänglich zu fühlen? Mir meinen Liebsten von meinem Bruder stehlen zu lassen?«

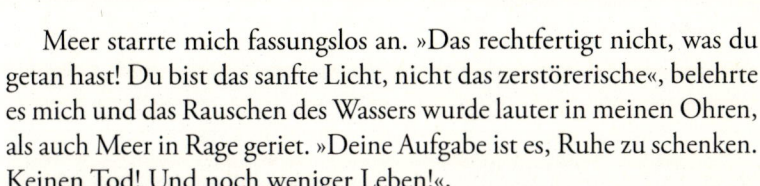

Meer starrte mich fassungslos an. »Das rechtfertigt nicht, was du getan hast! Du bist das sanfte Licht, nicht das zerstörerische«, belehrte es mich und das Rauschen des Wassers wurde lauter in meinen Ohren, als auch Meer in Rage geriet. »Deine Aufgabe ist es, Ruhe zu schenken. Keinen Tod! Und noch weniger Leben!«,

»Das werden wir ja sehen«, zischte ich wutentbrannt, wollte nichts mehr davon hören und stieß mich am Meeresgrund ab. Ich schoss nach oben, ohne zurückzublicken, und verwünschte dieses uneinsichtige Element. Meer traute mir nicht das Geringste zu, wusste gar nicht, wie stark ich wirklich war.

Meine Tageshälfte ging zu Ende und gleich würde Sonne aus der Finsternis zurückkehren. Doch vorher würde ich es dem Meer beweisen. Würde es ihnen allen beweisen.

Der Kosmos umhüllte mich, ließ die Welt unter mir ganz klein erscheinen, als ich meinen konzentrierten Blick über die unebene Oberfläche gleiten ließ. Irgendwo dort unten blühte ein Schneeglöckchen unter meinem Licht und das gab mir Mut und Entschlossenheit.

Die Krone auf meinem Haupt erstrahlte, während ich mein kühles Licht mühsam wandelte, mehr Kraft hineinlegte, es zu einer Hitze anstachelte, die mir nicht eigen war.

Doch ich würde es schaffen!

»Mond?«, ertönte Sonnes Stimme neben mir, verzerrt vor Überraschung. »Was tust du da?!«

»Was ich schon längst hätte tun sollen«, erwiderte ich tonlos und bündelte meinen Willen, drückte gegen die Grenzen meines Seins, wuchs über mich hinaus.

»Nein, hör auf! Mond. Gib mir die Krone!« Sonne wurde panischer, drängte sich in meine Richtung, doch egal was er tat, ohne die Krone der Herrschaft würde er mir nie Einhalt gebieten können. Nie wieder würde er mich unterdrücken und Meer würde erkennen, dass ich es genauso wert war, geliebt zu werden.

»Nie wieder«, sprach ich die Worte laut aus und zog noch mehr Kraft aus meinem Inneren, bis ich so hell und heiß erglühte wie mein Bruder.

Ich war die Sonne!

Lautes Lachen drang aus meinem Mund, als meine eigene Macht mich durchströmte wie ein reißender Fluss, mich in Höhen aufschwang, die ich nie zuvor gekostet hatte. Ob Sonne sich wohl immer so fühlte?

Am Rande meiner Wahrnehmung hörte ich ihn brüllen und flehen, doch ich achtete nicht auf ihn, richtete meinen Blick nur hinunter auf die Landmassen des Planeten, auf dem die grauen Flächen verschwanden und von grüner Pracht überwuchert wurden.

Tollkühnheit und an Wahnsinn grenzendes Glück ließen mich die Arme ausbreiten und noch mehr Licht hinuntersenden.

Und dann kippte das Gefüge plötzlich in die falsche Richtung. Erschrocken keuchte ich auf, als das Feuer, das ich heraufbeschworen hatte, sich unvermittelt gegen mich richtete. Ein scharfer Schmerz zerschnitt mein Pulsieren, ließ mich gequält aufschreien, als die Hitze begann, mich von innen zu verzehren.

Verzweifelt versuchte ich dagegen anzukämpfen, mich abzukühlen, das Licht zu dämpfen, mir sogar die Krone vom Kopf zu reißen. Doch es gelang mir nicht.

Die Macht, die ich freigelassen hatte, saugte mir das Licht aus dem Körper, mein Trabant schrumpelte zusammen und verklumpte zu einer festen, starren Kugel.

Es war genauso plötzlich vorbei, wie es begonnen hatte. Ich versuchte aufzuatmen, als der Schmerz mich verließ, konnte es jedoch nicht. Kein Laut drang über meine Lippen, keine Bewegung ging durch meinen Leib.

Panik ergriff mich und doch war es mir weder möglich zu zittern noch zu schreien.

Wie durch einen Schleier blickte ich auf die Welt unter mir, die zu meinem Erschrecken in Dunkelheit lag. Noch nie zuvor hatte es so etwas gegeben. Wo war mein Licht hin?

Wo war Sonne?

Er tauchte vor mir auf, in dem Moment, als ich an ihn dachte. In den Händen hielt er die Krone, die mir irgendwann vom Kopf gerutscht sein musste. Doch sie hatte sich in keine strahlende Sonnenkrone verwandelt, sondern war lediglich ein goldener Kranz, viel zu bescheiden für einen Trabanten wie die Sonne.

»Wieso hast du das getan?«, fragte er mich, es war jedoch keinerlei Vorwurf zu hören. »Du bist verglüht.«

Ich wollte ihm antworten, doch es ging nicht.

»Was … was mache ich denn jetzt ohne dich?«

Die Frage traf mich unerwartet und auch das Schluchzen aus seiner Kehle war ein Geräusch, das ich bei ihm nie zuvor vernommen hatte.

»Mein Mond, es tut mir so leid«, weinte er und glühende Tränen liefen über sein edles Gesicht. »Was sollen wir nur tun? Wir können doch deine Hälfte des Tages nicht in Dunkelheit versinken lassen?«

Sonnes Hände schlotterten, als er sich den Kranz aufsetzte und sein Licht sich über die Erde ausbreitete. Und auch über mich. Er lachte hicksend. »Du leuchtest ja in meinem Licht«, stellte er fest und ich war viel zu überfordert mit den Gefühlen, die er zeigte. Doch egal, was ich dachte, ich konnte es ihm nicht sagen.

»Das gefällt dir sicher gar nicht. Durch meine Kraft zu strahlen«, meinte er und ich gab ihm recht. »Aber vielleicht hilft es der Welt, nicht im Dunkeln zu versinken. Und dir, um auf sie hinunterzublicken.« Sonne schluckte hart, streckte seine Hand aus und strich behutsam über meine verkrustete Oberfläche. Ich spürte es nicht.

»Es tut mir so leid«, hauchte er wieder und weinte bis zum Ende seiner Tageshälfte.

Als er sich entfernte und sein Licht meine starren Strukturen beleuchtete, erstrahlte die Welt nicht in dem kühlen Licht, das normalerweise

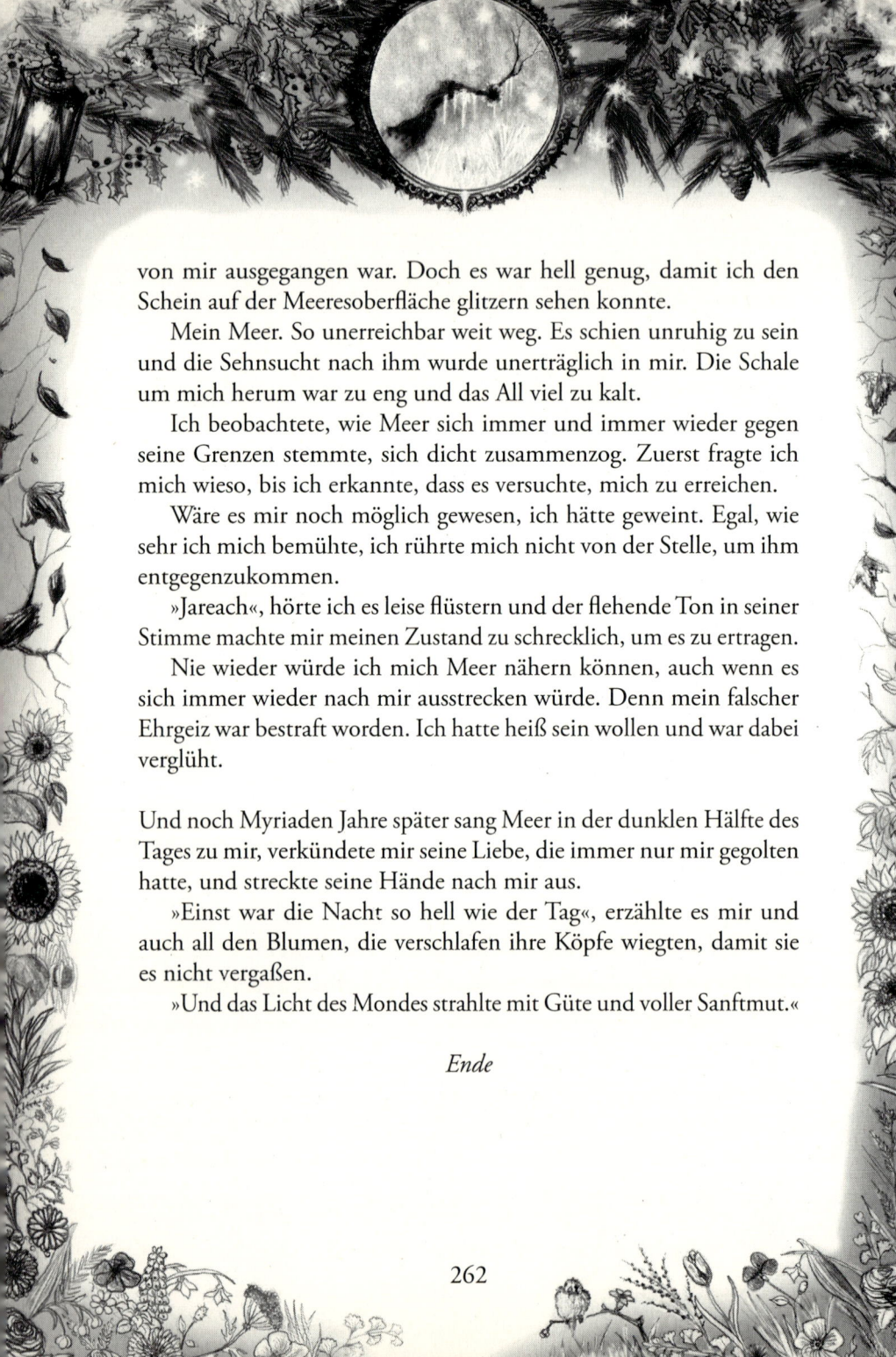

von mir ausgegangen war. Doch es war hell genug, damit ich den Schein auf der Meeresoberfläche glitzern sehen konnte.

Mein Meer. So unerreichbar weit weg. Es schien unruhig zu sein und die Sehnsucht nach ihm wurde unerträglich in mir. Die Schale um mich herum war zu eng und das All viel zu kalt.

Ich beobachtete, wie Meer sich immer und immer wieder gegen seine Grenzen stemmte, sich dicht zusammenzog. Zuerst fragte ich mich wieso, bis ich erkannte, dass es versuchte, mich zu erreichen.

Wäre es mir noch möglich gewesen, ich hätte geweint. Egal, wie sehr ich mich bemühte, ich rührte mich nicht von der Stelle, um ihm entgegenzukommen.

»Jareach«, hörte ich es leise flüstern und der flehende Ton in seiner Stimme machte mir meinen Zustand zu schrecklich, um es zu ertragen.

Nie wieder würde ich mich Meer nähern können, auch wenn es sich immer wieder nach mir ausstrecken würde. Denn mein falscher Ehrgeiz war bestraft worden. Ich hatte heiß sein wollen und war dabei verglüht.

Und noch Myriaden Jahre später sang Meer in der dunklen Hälfte des Tages zu mir, verkündete mir seine Liebe, die immer nur mir gegolten hatte, und streckte seine Hände nach mir aus.

»Einst war die Nacht so hell wie der Tag«, erzählte es mir und auch all den Blumen, die verschlafen ihre Köpfe wiegten, damit sie es nicht vergaßen.

»Und das Licht des Mondes strahlte mit Güte und voller Sanftmut.«

Ende

Katharina V. Haderer

Der Brunnen im Hof

Katharina V. Haderer

Es ist jedes Jahr das Gleiche. Ich nehme mir fest vor, für diese Anthologie keine Geschichte aufzunehmen, die nicht in einem märchenhaften *Es war einmal*-Zeitalter spielt. Und jedes Jahr erhalte ich eine Geschichte, die mich so fesselt, dass ich meine eigene Regel dafür breche. Diesmal ist das Katharina V. Haderer gelungen.

Privat lebt die Autorin mit zwei Katzen im südlichen Niederösterreich. In ihrer Freizeit beschäftigt sie sich mit Zeichnen, mittelalterlichen Themen, Kochen, Freunden, Kräutern – und den Hühnern ihres Bruders. Außerdem kann ich euch aus eigener Erfahrung versichern, dass es keine perfektere Begleitung gibt, falls ihr euch mit jemandem an einem Buchmessesamstag in Frankfurt am Main verlaufen wollt.

Ihren ersten Roman *Das Herz im Glas* veröffentlichte sie 2014 als Selfpublisherin. Mit ihrer *Drachen von Talanis*-Reihe wurde sie dann Verlagsautorin. Derzeit arbeitet sie am abschließenden Band dieser Trilogie.

Als Vorlage für Kathis Geschichte diente das Märchen *Die Brunnennixe*. »Ich fand das Märchen bereits als Kind faszinierend und verstörend zugleich«, erklärt sie. »Zwei Kinder fallen in einen Brunnen, in dem eine Nixe wohnt, die diese zur Sklavenarbeit zwingt. Als die Kinder fliehen wollen, werden sie von der Nixe verfolgt. Sie entkommen dank der Hilfe eines Kamms, einer Bürste und eines Spiegels, die sie jeweils hinter sich werfen und die sich auf magische Weise in riesige Hindernisse verwandeln. Ich habe nie verstanden, woher Bürste, Kamm und Spiegel kamen.« Das wollte sie in ihrer Kurzgeschichte ergründen. Zudem hat sie herausgefunden, wie die Nixe überhaupt in den Brunnen kam. Meine Empfehlung: Lest diese Geschichte besser nicht nachts, wenn ihr allein zu Hause seid.

www.katharinavhaderer.com

Der Brunnen im Hof

*D*u brauchst keine Angst zu haben, Gretchen. Es ist nur ein altes Haus.

Siehst du es nicht, Hans? Die Dachziegel schütter wie das Haar eines Greises, die Fassade von Falten durchfurcht, die Mauern mit Löchern gespickt, die Fenster zerschlagen wie ein gebrochener Blick? Die Trümmertür, Balken zerborsten wie faulige Zähne? Die verdorrten Blumen in den verrutschten Kästen, herabgespült von Himmelstränen? Siehst du das alles denn nicht?

Grete, du und deine Fantasie! Ich möcht keinen Tag in deinem Kopf wohnen.

Mach ich dir Angst, Hans? Denn das macht dieses Haus mit mir. Es lehrt mich das Fürchten.

»Kinder!«

Margarete und Hans zuckten herum. Einer von Gretchens Zöpfen peitschte gegen seine Schulter. »Pass auf!«, zischte er. Mutters Winken stieg wie eine weiße Taube vor dem barocken Gebäude auf. Etwas regte sich hinter ihr im Eingang.

Erschrocken grapschte Grete nach der Hand ihres Bruders, doch fasste ins Leere, als er sich entzog. Früher hatte er das nicht getan. Aber früher erschien Gretchen wie eine längst vergangene Zeit – noch rückwärtsgewandter als das alte Haus, zu dem sie ihre Eltern verschleppt hatten.

Die eineinhalb Jahre Altersunterschied, die Margarete einst kaum gespürt hatte, trennten sie nun von ihm wie ein Bergkamm. Ihr Hänschen verlangte nun Hans genannt zu werden und hatte nicht länger Lust, mit ihr zu spielen. Die Regenwolken in Gretchens Kopf nannte er Spinnereien und seine Hand fasste nicht schützend die ihre. Das war der neue Hans.

Gretchen mochte ihn nicht wirklich.

Sie verhakte die Finger vor sich.

»Hans! Grete!«, erscholl Vaters wütende Stimme. Er steckte den Kopf durch die Haustür. Hinter ihm streifte der Schemen der Maklerin wie ein Geist vorbei, der diesem verfluchten Gebäude zu entkommen versuchte. »Kommt endlich!«

Hans stopfte die Hände in die Hosentaschen und marschierte voran. Seine Knie guckten aus den Löchern seiner Jeans, sein Haar beschattete seine Augen. Er lief davon, eine Fähigkeit, die er mit seinen neuerdings überlangen Beinen perfektioniert hatte. Direkt auf das Maul dieses grausigen Hauses hielt er zu.

Gretchen zögerte. Sie bohrte die Sandalenspitze in die Wiese, die sich strahlend von dem kränkelnden Haus abhob. Gänseblümchen kitzelten an ihren Zehen. Sie spürte die feuchte Erde. Wenn es nach ihr ginge, würde sie dieses Haus nie betreten. Als jedoch Mutter im zackigen Schlund verschwand und sich auch Hans dem abgesplitterten Tor näherte, überkam Gretchen die Angst, ihre Familie könne darin verloren gehen.

»Hans! Warte auf mich!«, rief sie aus und lief hinterher.

Der erste Schritt über die Türschwelle tauchte ihre Zehen in Schatten. Als sie auftrat, knirschte es. Das Außenlicht zeichnete zackige Muster durch die Fenster. Geistesabwesend strich sich Gretchen über die Nase. Es muffelte. Einst prächtige Seide schälte sich von den Wänden und enthüllte die dahinterliegenden Ziegel wie verkrustete Wunden. Die Stimme der Maklerin mäanderte aus der Entfernung zu Gretchen, wies ihr den Weg wie ein goldener Faden.

Zögerlich folgte sie dem Plappern. Jeder Schritt klirrte. Licht blitzte über den Boden wie über Messerschneiden. Spiegelscherben lagen auf dem verdreckten Parkett verstreut und reflektierten die Farben von

Gretchens Kleid und ihren ängstlichen Blick. Es war ihr, als starrte ihr ein bleiches, tausendäugiges Monster entgegen.

Sie spürte, wie ihr ein Schauer über die Arme kroch und hinauf zu ihrem Hals wanderte. Er zupfte an den feinen Härchen in der Nackenmulde, die sich dagegen sperrten, zu den beiden dicken Zöpfen gefasst zu werden, auf die Gretchen so stolz war.

Leere Spiegel reihten sich an den Wänden, ihr schwülstigen Goldrahmen verstaubt. Einzelne Scherben steckten noch in den Rahmen, erblindet wie Augen mit grauem Star. Abgedecktes Mobiliar harrte in den Ecken. Löwentatzen spähten unter Tüchern hervor, die Krallen gebogen und von Spinnweben überzogen, hielten still. Gretchen täuschten sie nicht. Im Augenwinkel merkte sie ihr aufgeregtes Zittern, wie eine lauernde Raubkatze. Sie warteten bloß. Warteten auf frische Beute.

»Wen haben wir denn da?« Die Maklerin mit dem vorbildhaft sitzenden Kostüm und der noch tadellosen Frisur wandte sich Grete zu. »Ist das nicht ein Anblick? Haare wie Gold, Augen wie ein Rehlein!«

Gretchen verstand nicht, was sie meinte, doch eine unbestimmte Kälte ließ sie frösteln, sodass sie die Arme um sich schlang.

Hans schlenderte zu einem der Möbelstücke und zupfte an dem Tuch, das vor Staub starrte. Die Klauen zuckten.

Bist du des Wahnsinns, Hans? Willst du sie wecken?

»Jetzt sieht es noch nicht nach viel aus«, setzte die Maklerin das Gespräch mit den Eltern fort. »Das Haus stand lange Zeit leer. Aber die Grundmauern sind robust und durch die Autobahn-Anschlussstelle erlebt diese Gegend einen wahren Aufschwung! Sie gelangen innerhalb von zwanzig Minuten in die Hauptstadt und können zeitgleich die ländliche Idylle auskosten. Hier müssen Sie sich nicht für Stadt oder Land entscheiden. Für alt oder neu. Hier kommen Sie in den Genuss von beidem.«

Mutter wirkte unentschlossen. Unsicher durchschritt sie den Raum, ihr Blick glitt über Wände und Böden. »Das sieht nach einer Menge Arbeit aus. Dass es seit so langer Zeit leer steht, ist ein schlechtes Zeichen.«

»Vertraue meinen Kenntnissen«, merkte Vater an, der sich als Architekt auf die Restaurierung von historischen Gebäuden spezialisiert hatte. »Hierbei handelt es sich um ein barockes Juwel! So etwas lässt sich nicht neu bauen – bloß wieder herrichten.« Mit seinem Schuh strich er die Scherben zur Seite. »Siehst du das? Sternenförmiges Tafelparkett – die unterschiedlichen Farben weisen auf den Einsatz verschiedener Holzarten hin.«

»Ganz recht«, stimmte die Maklerin zu. »Kirsche, Eiche und Birke, um genau zu sein.«

Mutter seufzte. »Ich kenne dein Faible für das Alte.«

»Für das Historische«, verbesserte er.

»Ich will dennoch nicht jahrelang auf einer Baustelle leben.«

»Noch ist diese Gegend erschwinglich«, wandte die Maklerin ein. »Genau wie dieser Grund. Dreitausend Quadratmeter englischer Garten kommen mit ihm. Der einstige französische Prunkrosengarten ist leider mit der Zeit verwildert, aber es existieren Pläne, sollte Interesse daran bestehen, ihn originalgetreu herzurichten. Einige der Rosenstöcke gibt es in dieser Form gar nicht mehr zu kaufen.«

Mutter strich sich eine Strähne aus der Stirn, die die Sonne ausgeblichen hatte. »War der letzte Besitzer ebenfalls ein Freund des Historischen?«, hakte sie nach.

Die Maklerin zögerte. »Er war vielmehr selbst historisch«, erwiderte sie. »Das Haus wurde von einem Friseurmeister im 18. Jahrhundert errichtet.«

Hans griff in die Tücher. »Von einem Friseur?« Er lachte. »Und der konnte sich eine Villa leisten?« Mit einem Ruck zog er das Leinen ab. Die Löwentatzen fuhren die Krallen aus. Gretchen duckte sich. Doch anstatt sich auf Hans zu stürzen, trat ein Spiegeltisch in Erscheinung, auf dem sich zahlreiche Bürsten und Kämme reihten.

270

Hans rümpfte die Nase. »Was'n das?«

»Der Erbauer dieses Juwels sah sich als Liebhaber des Schönen«, sagte die Maklerin. Ihr Lächeln blitzte in Vaters Richtung, sollte ihn locken. »Genau wie Sie. Um seinetwillen reisten die Damen aus der Hauptstadt in der Kutsche an. Egal ob Bourgeoisie oder Adel – sie suchten seinen Rat.« Sie flatterte an den Tisch heran und fasste nach einer silbernen Bürste. »Durch ein familiäres Unglück war Herr Hagenau recht überstürzt dazu gezwungen, sein Heim zu verlassen.« Ihre Finger glitten über die barocken Muster der Silberbürste, über die Borstenreste, die einst durch seidiges Haar gestrichen hatten. Ihr Blick verlor sich im Spiegel – dem bisher einzigen, dessen reflektierende Fläche die Zeit überdauert hatte. Helle und dunkle Flecken spickten das Glas, als hätte sich dahinter Schimmel abgesetzt.

Grete beobachtete die Frau ganz genau, wie diese sich mit einem seligen Lächeln betrachtete. Sie konnte sich gut vorstellen, wie andere Frauen an ihrer Stelle gestanden hatten. Es war, als blickte sie durch ein Fenster in die Vergangenheit.

Plötzlich blinzelte die Maklerin. Scharf sog sie die Luft durch die gebleichten Zähne, die Bürste – oder das, was von ihr übrig war – fand ihren Weg zurück auf den Spiegeltisch. »Wie dem auch sei – das Gebäude blieb weiterhin im Besitz des Hausherrn. Er war leider nicht mit Nachkommen gesegnet, weswegen es nach seinem Tod an einen entfernten Verwandten aus Italien ging. Dieser kümmerte sich nicht darum. Es blieb unbewohnt, bloß seine Besitzurkunde wechselte die Hand, bis sich endlich jemand für seinen Verkauf interessierte.« Sie lächelte breit. »Da kam ich ins Spiel. Dieses Haus braucht eine liebevolle Hand, die es restauriert, einen Geist«, sie tippte sich mit einem manikürten Fingernagel gegen die Schläfe, »der seine Geschichte zu schätzen weiß, und eine Familie, die es mit Lachen füllt.« Sie rotierte auf dem Absatz im Kreis. »Aber bisher haben wir ja nur einen Bruchteil seiner Möglichkeiten entdeckt! Bitte folgen Sie mir! Ich möchte Ihnen die restlichen Räumlichkeiten präsentieren, in denen einst das

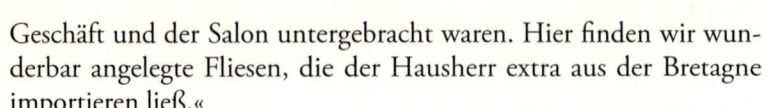

Geschäft und der Salon untergebracht waren. Hier finden wir wunderbar angelegte Fliesen, die der Hausherr extra aus der Bretagne importieren ließ.«

»Die rosa Granitküste«, kommentierte Vater und folgte ihr.

»Ein Kenner! Sie werden bestimmt Ihre Freude daran haben. Dahinter liegen die einst privaten Räumlichkeiten …« Ihre Stimme wanderte mit ihr davon, und Mutter und Vater trotteten ihr hinterher wie Ratten, die dem Flötenspiel des Fängers von Hameln lauschten.

Bloß Hans zögerte. Er grub die Schuhspitzen zwischen die Parkettritzen und blies sich die Strähne aus der Stirn. Seine Brauen formten ein finsteres V. »Ein Friseurladen«, murmelte er. »Das ist an Coolness ja kaum noch zu übertreffen.« Damit rammte er die Fäuste zurück in die Hosentaschen und schlurfte den Eltern hinterher.

Gretes Blick huschte zum Tisch. Sie sah sich selbst, ein Mädchen im Blumenkleid, über dessen Schlüsselbeine dicke Zöpfe fielen. Unzufrieden schob sie die Unterlippe vor. Sie sah tatsächlich ein wenig aus wie ein verängstigtes Reh.

Sie ballte die Finger zu Fäusten wie Hans und trat mutig an den Spiegeltisch heran. Der Löwe schlief weiter. Sie zog die Brauen zusammen und sah trotzig ihr Spiegelbild an. Die Nase zuckte, die darauf befindlichen Sommersprossen tanzten. Ein bisschen hatte sie etwas von Hans, aber nur sehr wenig. Niemand konnte so sauer dreinschauen wie er.

Vorsichtig streckte sie die Hand aus. Sie berührte die silbernen Bürsten, groß und klein, eine nach der anderen. Daneben Kämme aus Horn und Metall, Silber, Bronze und Gold. Ein Knauf spähte unter der marmornen Tischfläche hervor. Sie packte ihn und zog eine Lade auf. Finsternis lauerte im Spalt. Sie wollte hineingreifen, als ein Geräusch sie zusammenzucken ließ. »Hans?« Ihre Brauen hüpften. Im Augenwinkel blinzelte ein ängstliches Mädchen durch den Spiegel. »Bist du das?«

Niemand antwortete. Irgendwo raunte die Stimme der Maklerin. Ein Brummen war die Antwort ihres Vaters.

Grete raffte den Rock und eilte der Familie hinterher. Etwas knirschte über die Scherben, und es waren nicht ihre eigenen Schuhe.

Sie lief schneller, durchquerte ein Zimmer, in dem die Maklerin Möbeltücher gelüftet haben musste. Auf einer gewaltigen Tafel reihten sich verstaubte Flakons in bunten Farben. Der nächste Raum war dunkel, bloß Lichtstrahlen stachen durch die Ritzen der Fensterläden und reflektierten sich in Spiegeln. Wie ein Geist verwischte Gretchens Reflexion im Lauf und trieb ihren Herzschlag an. »Mama?« Ihre Stimme schauerte durch die Räume.

Eine Tür stand halb offen. Der Geruch von Frischluft lockte das Mädchen nach draußen. Gretchen stolperte in den Innenhof, zwischen dessen Steinfliesen sich Gras und Löwenzahn hervorgekämpft hatten sowie ein Haselstrauch, der neben einem kreisrunden Brunnen samt Kupferdach seine Blütenstände schaukelte. Hans saß am Brunnenrand und ließ die Beine hineinbaumeln. Ein Spatz leistete ihm Gesellschaft und pickte Gräser zwischen den Steinen hervor.

Heftig atmend gelangte Gretchen neben ihm an. Sie stützte sich an das Mauerstück, ihre goldenen Zöpfe schwankten vor dem schwarzen Rund, die Sonne brannte im Nacken und ihr Herz schlug gegen die Rippen.

»Schon wieder Geister gesehen?«, brummte Hans. Seine Fersen klatschten gegen die Brunneninnenseite und lösten Kiesel, die in die Tiefe rieselten. »Muss dich Mama wieder retten?«

»Sei nicht so gemein«, keuchte Grete außer Atem. Ein Plätschern ertönte.

»Hans! Grete!« Ihre Mutter stieß eine andere Tür auf, die in den Innenhof führte. »Kommt her! Schaut euch das ehemalige Schlafzimmer an. Da seht ihr die Hausherrin, die einst hier gewohnt hat!«

Hans blieb stur sitzen. Seine Daumen lugten aus den Hosentaschen und spielten mit den Gürtelschlaufen seiner Jeans. »Kannst ja hierbleiben«, murmelte er. »Sonst frisst dich das Haus noch auf!«

Manchmal war er so gemein! Wütend schubste sie ihn. Hans schaukelte. Er ruderte mit einem Arm und krallte sich mit der anderen Hand am Brunnenrand fest. »Ho-o …!«, entfleuchte ihm, der Spatz stob davon.

Überrascht schnappte Grete seinen Ärmel.

»Pass doch auf!«, fauchte Hans und rutschte zurück auf beide Pobacken. »Ich schwör dir, ich pack dich an den Zöpfen und dann landen wir beide dort unten!«

Einen Augenblick lang stand Gretchen noch da, die Hand an seinem Ärmel verkrampft, die Lippen zusammengepresst, dann ließ sie abrupt los. Sie stapfte zu der Tür, hinter der sie ihre Mutter vernahm, und folgte ihr.

»… die Dame des Hauses hatte ein eigenes Boudoir, in dem sie sich ankleiden konnte, ein Lesezimmer und ein Waschzimmer, das mit dem ihres Zimmermädchens verbunden war. Es heißt, der Hausherr habe sie nach Strich und Faden verwöhnt. Kein Wunder … Sollte sie nur annähernd so schön gewesen sein, wie das Portrait vermuten lässt, so hat er sich bestimmt nicht allein um sie bemüht.« Verschmitzt blinzelte sie dem Vater zu.

Gretchen merkte, wie Mutter die Augen verdrehte. Automatisch tastete sie nach ihrer Kinderhand. Dankbar schloss sie die Finger um die ihrer Mutter. In gegenseitiger Gesellschaft sahen sie zu dem Bild empor, vor dem sich auf dem Boden ein Häufchen Leinen raffte. Das Tuch hatte den alten Glanz bewahrt, das Außenlicht spielte mit den satten Ölfarben, die tropfenförmigen Ohrringe der wunderschönen Frau blitzten, als bestünden sie tatsächlich aus grünem, durchscheinendem Stein.

»Sie sieht ein bisschen wie unsere Margarete aus, findet ihr nicht?«, kommentierte Mutter und drückte Gretchens Hand.

Unsicher strich sich Grete über den Mund. »Was ist mit ihr passiert?«, fragte sie leise.

Erstaunt drehte sich die Maklerin zu ihr herum. Sie hatte sichtlich nicht erwartet, dass das Rehlein zu sprechen fähig war.

»Sie sagten, der Hausherr ist weggezogen«, sagte Gretchen leise. »Ging seine Frau mit ihm?«

Unsicher spitzte die Maklerin die Lippen. »Ein tragisches Unglück«, sagte sie. »Sie dürfte an einer damals grassierenden Krankheit verschieden sein – den Weißen Tod, die Schwindsucht – Krankheiten lauerten hinter jeder Straßenecke. Der Hausherr ertrug daraufhin die Pracht seines Anwesens nicht länger. Er gab es auf wie seinen Beruf. *Tragisch.* Mit dem Verlust seiner Schönsten fand er wohl generell keinen Gefallen mehr an der Schönheit.« Die Maklerin suchte die Zustimmung des Vaters.

Dieser trat an Gretchens andere Seite und berührte ihre Schulter. Sie fühlte sich sicher zwischen den beiden. »Ob das ein Zeichen ist?«, fragte er.

Mutter seufzte. »Ich glaube nicht an Zeichen. Und glauben sollten wir hier überhaupt nicht – schließlich stecken wir unsere Zeit, Geduld und unser Geld in diese Bruchbude.«

Er legte den Kopf zur Seite, sah die Mutter über Gretchen hinweg an, ein Lächeln umspielte seine Lippen. »Stecken wir?«, hakte er nach.

»Ich sehe doch, wie sehr du das willst. Also komm schon. Wir machen ein Angebot.«

Das Haus kleidete sich in ein Gerüst, von dem Plastikfolie flatterte wie ein Trauerschleier. Auf dem Dach hämmerte der Dachdecker, Vater zankte mit den Bauarbeitern, die ohne Rücksicht über die alten Böden trampelten, Männer und Frauen kratzten im Schlafzimmer der Hausherrin Stoffreste von den Wänden. Es war eines der ersten Zimmer, die fertig wurden. Als zwei weitere Zimmer gestrichen und geputzt waren, zog Gretchen mit ihrer Familie aus der Stadt hinaus. Was sie selbst wollte, fragte niemand. Sie war auch nie das Problem. Hans war es, der lautstark verkündete, wie kotzätzend das alles war, dass sie sein Leben ruinierten und wollten, dass er dort draußen auf dem Land einsam verrotte wie das Haus vor ihm.

Er stritt mit den Eltern und die Eltern stritten mit ihm. Sie merkten nicht, wie still Gretchen blieb. Mutter wunderte sich nicht, dass Margarete niemals im eigenen Zimmer schlief, sondern des Nachts zu ihr ins Himmelbett kletterte – ein altes Himmelbett aus der Jahrhundertwende, das Vater vor Jahrzehnten gekauft und aus Platznot in einer Lagerhalle verstaut hatte.

Mutter verstand wohl Gretchens Unrast, zogen sie doch alle an diesen fremden Ort. Sie selbst erklärte, sie müsse sich erst an die Stille gewöhnen, das Fehlen des Stadtrauschens, an den morgendlichen Ruf der Nachtigall und das mittägliche Rattern der Traktoren, die aufs Feld fuhren.

Mit dem Haus gelangten sie in den Besitz von allem, was es in seinem alten Herzen trug. Vater wollte restaurieren, was zu flicken war, und den Rest an Liebhaber verkaufen, die sich genauso für das Historische interessierten wie er selbst. Er räumte die zurückgelassenen Dinge – Spiegel, Bürsten, Kämme, Parfümflakons, Haarnadeln, zerkrümelnde Perücken – vorsichtig in Kisten und stapelte sie in jenen Räumen, die von den Renovierungsarbeiten unberührt blieben. Der Gestank von modrigen Wandstoffen wich jenem von Putz und später von Farbe. Dennoch blieb Gretchen nie allein. Die neue Fassade konnte sie nicht täuschen. Im Herzen blieb dieses Haus ein altes Ding mit dunklen Geheimnissen, die wie Spinnen in den Ecken nisteten. Eine alte Frau in neuen Kleidern und dicker Schminke blieb eine alte Frau.

Hans war untertags kaum zu Hause anzutreffen. Das Erste, das sie aus der Stadt holten, war sein Fahrrad. Darauf stieg er nach dem Frühstück, manchmal sogar zuvor, und verschwand damit über die Feldwege. Auf elterliche Fragen seines Aufenthalts reagierte er mit: »Hier und da«, und hielt sich so verschlossen wie so manche Truhe, die Vater aus einer Ecke zerrte.

War er dennoch mal daheim, saß er in den frühen Abendstunden am Brunnenrand und tippte in sein Handy. Zu dem Brunnen im Hof führte er eine absurde Beziehung. Er nannte ihn ›sein Loch‹ und erklärte Gretchen, dass ›jenes Loch stellvertretend für das gesamte Dreckloch‹ stünde, in das Vater sie verschleppt hatte.

In einer jener Nächte, in denen Grillen zirpten und die Luft nach frisch gemähtem Sommergras schmeckte, wachte Gretchen auf und fröstelte. Es dauerte eine Weile, bis sie merkte, dass sie einsam im Himmelbett lag. Ihre Hand tastete über das kalte Laken, doch sie erfühlte nur die zerwühlten Falten, wo Mutter geruht hatte. Das Zimmer war dunkel, die Nacht rastete schwer auf Gretchen. Und je länger sie so dalag und durch den Spalt der Tür dem Grillenzirpen lauschte, desto weniger Atem schien sie zu bekommen.

Beunruhigt rutschte sie zwischen den Kissen hin und her. Kalte Luft streifte ihre Zehen, die sie rasch zurück unter die Decke zog. Ihr Herz klopfte stet und pochte gegen ihr Schlüsselbein, doch Mutter kehrte nicht zurück.

Ein Leuchten im Innenhof ließ Gretchen die Lider aufreißen. Einen Augenblick erstarrte sie im Bett und wartete darauf, dass der Moment vorbeizog. Doch das Leuchten blieb – ein fahler Punkt nahe dem Brunnen. *Glühwürmchen*, sprach sie sich selbst zu und zog die Decke bis zur Nasenspitze. *Das können nur Glühwürmchen sein!*

Der Punkt wogte sacht hin und her, und plötzlich regte er sich hinter den milchigen Scheiben der Tür und näherte sich.

Ein Quietschen entfuhr Gretchen. Sie winkelte die Beine an und zog die Decke über den Kopf, wühlte sich darin ein, als könne sie dadurch ein Teil davon werden – und somit verschwinden. Atemlos wartete sie. Ihr Herz pochte, sie hörte das Blut in ihren Ohren rauschen.

Etwas quietschte. Etwas ächzte.

Ein Schritt folgte dem anderen.

Sie bibberte am gesamten Leib.

Ein Knistern erklang. Etwas berührte die Bettdecke. Am liebsten hätte Gretchen geschrien, doch die Furcht lähmte sie.

Mit einem Ruck wurde ihr die Decke entrissen.

»Buh!«

Gretchen schrie.

Hans lachte.

Sie spürte, wie Tränen aus ihren Augen quollen und über die Wangen kullerten. Sie grapschte nach dem Stoff und riss ihn an sich. »Warum tust du das?«, schrie sie. Rotz kroch aus ihrer Nase. Sie raffte die Decke an der Brust. In seiner Hand leuchtete das Display seines Handys. »Warum bist du so gemein zu mir?«

Hans' Lachen dämpfte ab. Seine Lider weiteten sich ein Stück. »Du heulst jetzt doch nicht etwa?«, fragte er und hielt ihr das Handy entgegen, um sie anzuleuchten.

Sie schlug danach. »Lass mich in Ruhe!«

»Ach, komm schon, Gretchen«, meinte er. Plötzlich klang er unsicher. »Das war doch nur ein Spaß!«

Sie ertrug es nicht, dass er sie weinen sah. Also streckte sie die schlotternden Beine über den Bettrand. Unter dem Bett lauerte die Dunkelheit. Gretchen spürte sie, zum Greifen nah, gepaart mit der Angst, etwas könne daraus hervorlangen, sie packen und ins Reich der Albträume ziehen. Zwei hastige Schritte trugen sie davon, in Sicherheit.

»Gretchen!«, brummte Hans und packte ihren Arm.

»Wo ist Mama?«, rief sie.

»Mit Papa spazieren gegangen. Nachdem sie sich wegen den Bauarbeitern gezankt haben, sprechen sie sich wohl aus.«

Gretchen schniefte. »Ich warte beim Eingang auf sie.« Sie schleifte die Decke hinter sich her, als sie in den Hof eilte. Ihre bloßen Füße streiften Grasbüschel. Kieselsteinchen schmerzten. Trotzdem fühlte sie sich hier draußen besser. Die Sterne blinzelten ihr beruhigend vom Himmel zu wie Freunde. Es duftete nach Sommerwiese. Die Grillen zirpten ein Konzert.

Gretchen hielt auf die andere Seite zu, der Tuchzipfel schlurfte über den Boden. Hinter ihr her schwankte Hans' Licht. »Ach menno«, rief er aus. »Du gehst jetzt aber nicht petzen?«

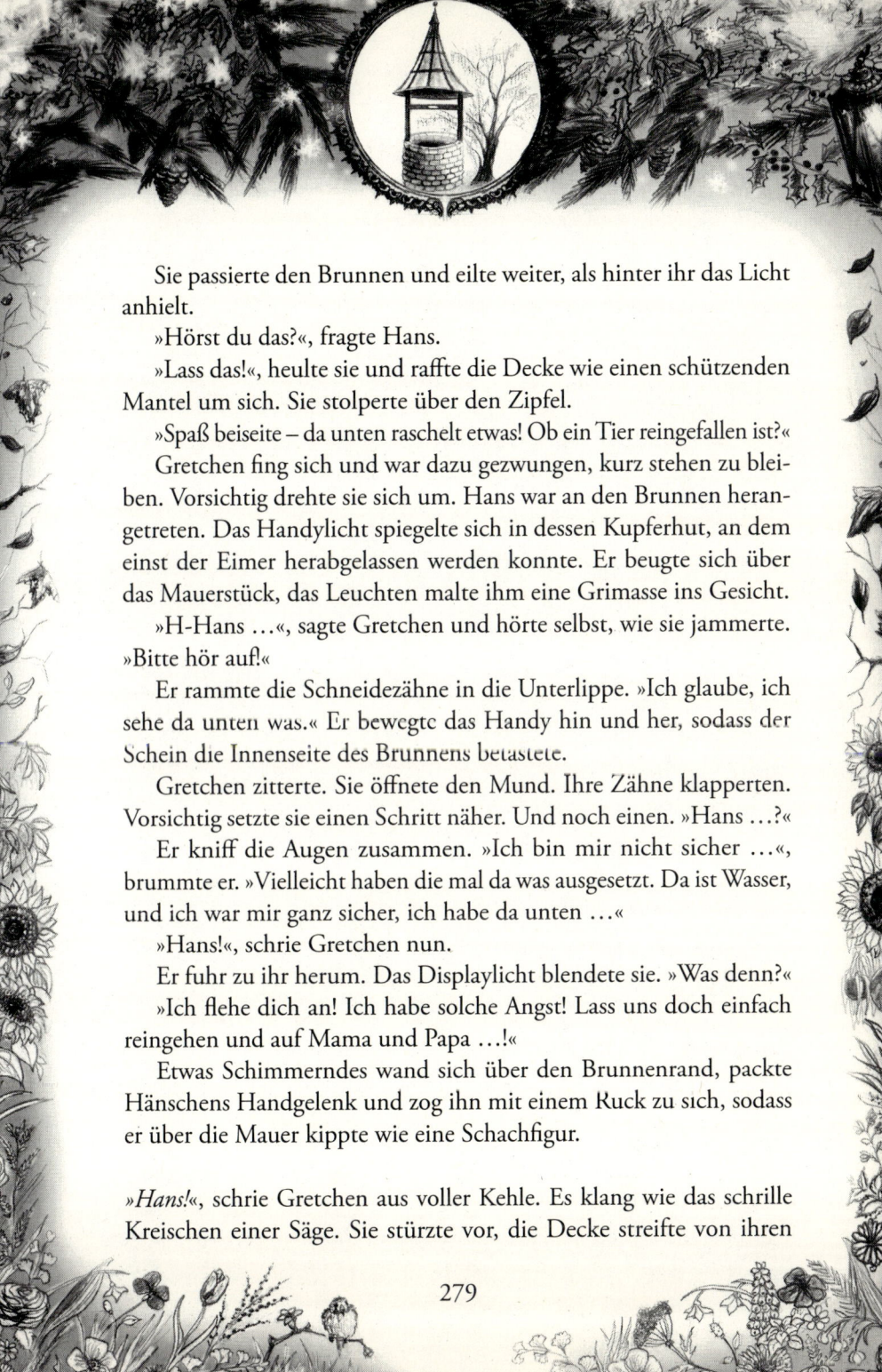

Sie passierte den Brunnen und eilte weiter, als hinter ihr das Licht anhielt.

»Hörst du das?«, fragte Hans.

»Lass das!«, heulte sie und raffte die Decke wie einen schützenden Mantel um sich. Sie stolperte über den Zipfel.

»Spaß beiseite – da unten raschelt etwas! Ob ein Tier reingefallen ist?«

Gretchen fing sich und war dazu gezwungen, kurz stehen zu bleiben. Vorsichtig drehte sie sich um. Hans war an den Brunnen herangetreten. Das Handylicht spiegelte sich in dessen Kupferhut, an dem einst der Eimer herabgelassen werden konnte. Er beugte sich über das Mauerstück, das Leuchten malte ihm eine Grimasse ins Gesicht.

»H-Hans …«, sagte Gretchen und hörte selbst, wie sie jammerte. »Bitte hör auf!«

Er rammte die Schneidezähne in die Unterlippe. »Ich glaube, ich sehe da unten was.« Er bewegte das Handy hin und her, sodass der Schein die Innenseite des Brunnens betastete.

Gretchen zitterte. Sie öffnete den Mund. Ihre Zähne klapperten. Vorsichtig setzte sie einen Schritt näher. Und noch einen. »Hans …?«

Er kniff die Augen zusammen. »Ich bin mir nicht sicher …«, brummte er. »Vielleicht haben die mal da was ausgesetzt. Da ist Wasser, und ich war mir ganz sicher, ich habe da unten …«

»Hans!«, schrie Gretchen nun.

Er fuhr zu ihr herum. Das Displaylicht blendete sie. »Was denn?«

»Ich flehe dich an! Ich habe solche Angst! Lass uns doch einfach reingehen und auf Mama und Papa …!«

Etwas Schimmerndes wand sich über den Brunnenrand, packte Hänschens Handgelenk und zog ihn mit einem Ruck zu sich, sodass er über die Mauer kippte wie eine Schachfigur.

»*Hans!*«, schrie Gretchen aus voller Kehle. Es klang wie das schrille Kreischen einer Säge. Sie stürzte vor, die Decke streifte von ihren

Schultern und sie packte sein Bein, das nach wie vor in einer Jeans steckte. Der Stoff fuhr unter ihren Fingern davon. Ein drängender Laut entkam ihr, als sie sich fester krallte und mitgerissen wurde. Die Brunnenkante schlug hart in ihren Magen und zwängte Galle ihren Hals empor.

Ihre Hände verhakten sich an dem Knöchel, schrammten über die Socken, versuchten Halt an den Schuhen zu finden. Sein Gewicht zog sie ein Stück in die Höhe, die Kante schnitt in ihren Bauch, sie strampelte mit den Füßen, die vom Grund abhoben. Ihre Zehen suchten Widerstand, fanden wilde Grashalme in einer Mauerritze, zwischen die sie sich gruben. Sie zappelte, und an ihren Armen zappelte der schreiende Hans. Sein Ruf wurde vom Echo des Brunnens in die Tiefe und zurück emporgetragen, direkt in den sternenklaren Himmel. Speichel lief Gretchen aus dem Mundwinkel. Ihre Zöpfe baumelten in die Finsternis. Ihre Ellenbögen schlugen gegen den Stein, ein Blitz brannte ihre Nerven entlang. Sie sah Hans, wie er halb in der Düsternis verschwand, sein Handy ein leuchtender Punkt, verzerrt von peitschendem Wasser. »M-ma…«, presste Gretchen hervor, …ma.

Ein Schatten verdeckte das strahlende Rechteck. Etwas schimmerte wie Schlangenhaut – oder wie die schleimigen Schuppen der Karpfen, die Onkel Hans aus dem Stausee zu fischen pflegte. Oder …

Etwas zog an Hans, die Grashalme zwischen Gretchens Zehen rissen und beide kippten schreiend in den Brunnen hinab.

Zunächst war da Wasser, auf das Gretchen klatschte. Der Aufprall brannte auf ihrem gesamten Körper. Eiskalt schloss sich das Wasser um sie, raubte ihr Sicht und Atem. Sie strampelte, spürte Dinge, die sie nicht erspüren wollte, einen Arm – und bekam noch mehr Panik. Als sie hustend und quietschend an die Oberfläche strampelte, merkte sie, dass es Hans war. Ein Heulen entfuhr ihr. Brackige Flüssigkeit strömte über ihre Lippen. Sie hustete und winselte, die Angst packte sie am Nacken und trieb sie mit eisernem Griff zu ihrem Bruder. »Was ist das?«, heulte sie. »Was hat an dir gezogen?«

Hans ergriff ihre Hand und drückte sie. Er blieb stumm, doch zog sie zum Brunnenrand, wo er sich an der Wand festklammerte. Er zog sie in eine Umarmung. Die Tränen an seiner Wange waren heiß. Alles andere war kalt. Er zitterte.

»Das Handy«, keuchte er. Er wischte sich die Tränen von den Augen. Behutsam legte er ihre Hände an die Steinmauer. »Halt dich fest!«

Alles in Gretchen sträubte sich dagegen, die ekligen Wände zu berühren. Ihre Finger fuhren durch Schlick und Algen, ihre Nägel kratzten an Stein. Ihre Beine ruderten in der Tiefe. Am liebsten hätte sie sich herauskatapultiert. Sie versuchte sich an den Ritzen ein Stückchen in die Höhe zu ziehen. *Raus, raus!* Sie wollte nichts als raus! Bloß ein Stück weit hob es sie aus dem Wasser, dann konnten ihre Ärmchen ihr Gewicht nicht länger halten und sie sank zurück. Panik presste einen Laut aus ihrer Brust.

Sie drehte sich zu Hans um, der in die Brunnenmitte schwamm. »Hans?«, stieß sie zögerlich aus.

»Ich bin gleich wieder da.«

Er holte einen tiefen Atemzug – und tauchte unter Wasser. Sein Schemen verdeckte einen Augenblick lang das Handydisplay, das Wasser darum schimmerte fahl. Gretchen erinnerte sich an den anderen Schatten – der, der an Hänschen gezogen hatte – und Panik ließ sie einen zweiten Versuch wagen, an der Wand emporzuklettern. Ihre Finger krallten sich in die erste Ritze, dann in die zweite. Ihre Armmuskeln rebellierten. Sie sackte zurück und platschte ins Wasser.

Hans kam prustend zum Vorschein. Das Handylicht kreiste über die Umgebung, ließ die Brunneninnenseite schimmern. Algen, Moose und Farne streckten ihre Fortsätze in Richtung des gepunkteten Himmels. Die Wasseroberfläche schwankte, Hans ruderte mit den Beinen

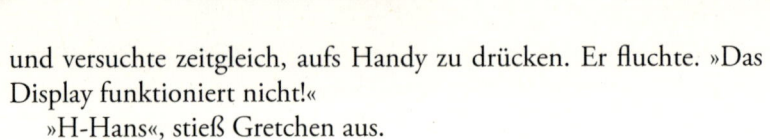

und versuchte zeitgleich, aufs Handy zu drücken. Er fluchte. »Das Display funktioniert nicht!«

»H-Hans«, stieß Gretchen aus.

Er sah zu ihr.

»Da hinten ist ein Loch.«

Langsam wandte sich Hänschen um, die Haare klebten in seiner Stirn und quer über seiner Nase. Wie von selbst trieben ihn Schwimmbewegungen an Gretchen heran. Sie starrten hinüber zu der Lücke, die halb über, halb unter dem Wasser verborgen lag.

Hans schluckte. »M-mein Loch«, stieß er hervor, ohne dass es einen richtigen Sinn ergab.

Es plätscherte. Etwas klatschte wie die Flossen eines an der Wasseroberfläche rotierenden Fisches.

Gretchen packte ihren Bruder an der Schulter. Sie spürte seinen Herzschlag durch sein Schlüsselbein.

Es war, als streifte ein Windhauch durch die Untiefen. Dann erscholl ein schauriger Klang. Eine Frauenstimme, ein grausiger Singsang, der Gretes Härchen emportrieb.

Du nahmst mein Kindelein
Das nicht war dein
warfst es in den Brunnen
ertränktest es herunnen
und wirfst mich hinterdrein

Gretchen hielt den Atem an. Ein Tropfen zog einen Bogen von ihrer Braue über die Schläfe, lief zum Kieferknochen hinab und tropfte ins Wasser. *Plock.* So leise und doch so laut. Der Gesang verstummte.

Hänschen, was ist das?

Hörst du das, Gretchen? Oder werde ich verrückt?

282

Das ist der Albtraum, der im Brunnen wohnt. Der Brunnen im Hof. Der Hof im Haus. Fürchtest du dich?

Ich fürchte mich.

Sie klammerten sich aneinander. Ihr Atem fuhr heiß durch die Kälte.

Ein Plätschern drang aus dem Loch. Hans wagte es nicht, das Handy zu bewegen. »Grete«, flüsterte er. »Wir müssen hier raus.«

Ihre Lippen zitterten. Sie blickte empor. Kein Seil, das ihnen Halt bot. Doch der Brunnenschacht war nicht allzu breit. Ihre Zöpfe trieben wie fahlgoldene Schlangen durch das Wasser. »Rücken an Rücken«, sagte sie.

»Wie?«

»Das Spiel, das uns Mama beigebracht hat. Rücken an Rücken. Wir haken uns an den Armen ein. Mama hat uns so gelehrt, gemeinsam ohne Einsatz unserer Hände aufzustehen und hinzusetzen. Wir müssen nur gleichzeitig drücken, dann stützen wir uns gegenseitig. Rücken an Rücken. Jeder auf der anderen Seite des Schachtes. Dann steigen wir hinauf.«

Hans' Atem fauchte als schales Echo. Seine Augen reflektieren weiß das Licht des Sternenhimmels. Das Handylicht flackerte. Und erstarb.

Beide erstarrten. Das Wasser trieb. Unter ihnen harrte Schwärze.

Hans öffnete den Mund, er bibberte. »J-jetzt.«

Vorsichtig lösten sie sich von der Wand. Sanft durchkämmten ihre Arme das Wasser, als wären sie selbst der Damenfriseur, der hier einst gelebt und das glänzende Haar der Damen gestreichelt hatte. Doch sosehr sie sich auch Mühe gaben, jede Bewegung verursachte ein Plätschern, das durch den Brunnen wanderte. Hastig sah sich Gretchen um. In der Finsternis war nichts zu sehen außer ihr eigenes Nachthemd und die Beine, die im tiefer werdenden Wasser verschwanden.

Sie schwammen Rücken an Rücken. Ihre Hände suchten einander. Finger tasteten über Finger. Sie verhakten die Arme, Ellenbeuge fest an Ellenbeuge. Hans' Rücken presste sich fest an den ihren. Ihre Beine suchten nach der Wand. Sie spürte Widerstand. Drückte ab und trieb zu weit davon, da fand Hans Halt an seiner Mauer und presste zurück. Fest schmiegten sich ihre Schultern aneinander.

»Geht es?«, flüsterte sie. Ihre Knie waren leicht angewinkelt. Das Wasser schwankte. Sie lauschte dem Singen, dem fremden Plätschern, doch kein Geräusch ertönte. Sie spürte Hans' Nicken an ihrem Hinterkopf.

»Eins – zwei – drei.«

Sie stemmten sich gegen die Wände. Ihr Rücken fügte sich fest an den seinen. Sie waren wie ein Stab, der einzig zwischen den Fugen hielt, sollte er nicht brechen. Ihre Füße rutschten unter Wasser über die Steine, suchten Halt.

»Eins.« Ein Schritt.

»Zwei.« Noch ein Schritt.

Das Plätschern des Wassers, das von ihrer durchtränkten Kleidung zurück in den Brunnen floss, klang wie ein Krachen in ihren Ohren. Einen Augenblick presste Grete die Lider zusammen, dann zwang sie sich, diese wieder zu öffnen.

»Eins. Zwei.«

Sie erhoben sich ein Stück von der Oberfläche. Ihr vollgesogenes Nachthemd sackte nieder. Die Schwerkraft drückte sie herab, sie fühlte sich schwer wie ein Stein.

»Eins. Zwei. Eins. Zwei.« Die Füße rutschten über die Moose, ihre Zehen rissen an den Farnen. Etwas Spitzes bohrte sich in ihre bloßen Füße. Gretchen rammte die Zähne zusammen. Die Furcht vor dem, was dort unten in der Dunkelheit lauerte, war größer als die Angst vor dem Schmerz.

»Eins. Zwei. Eins …« Hans' Rücken schwankte. Er wackelte hin und her. Das Zittern ging auf Gretchen über. Ihr Fuß rutschte über die Steine. Moos löste sich unter ihren Zehen, ihr Zehennagel verkeilte

sich in einem Riss und splitterte. Sie quietschte. Ihr linkes Bein musste sie halten. Sie waren ein Ast, der nur hielt, wenn er nicht barst.

Der Ast schwankte.

Und der Ast brach.

Gretchen und Hans wurden zur Seite gerissen und stürzten in die Tiefe.

Das Platschen klang ohrenbetäubend. Wellen klatschten gegen den Brunnenrand, Wasser schäumte. Hans hustete. Gretchen kämpfte gegen die tobenden Fluten, die sie gegen die Wand schlugen.

Ein Schimmern. Schleimige Schuppen. Ein Zischen in der Nacht.

Gretchen packte, was auch immer sie von Hans zu fassen bekam. »Los!« Sie hustete das Wasser aus ihrer Kehle. »Keine Zeit! Noch einmal!«

Sie fanden sich in der Mitte. Arme verknoteten sich. Beine suchten hastig Halt. Eins – zwei. Eins – zwei.

Gretchen riskierte einen Blick in die Tiefe.

Eins – zwei. Eins – zw…

Schuppen in der Nacht.

Sie zitterte, doch riss sich zusammen. Drückte ihre zitternden Beine gegen die Wand und ihren Rücken gegen Hans. Nur gemeinsam konnten sie es schaffen.

Eins – zwei, eins – zwei.

Augen, die unter Wasser aufschnappten. Ein Plätschern, als sich etwas aus dem Wasser löste.

Eins – zwei, eins – zwei.

Gretchens Befehl war ein Hecheln.

Nun bin ich nicht mehr allein
herze bald die Kinder mein

Eins – zwei, eins – zwei.

Der Takt war wie ein zweiter Herzschlag. Die Angst schüttelte ihren gesamten Körper durch, aber es war, als gäbe es zwei Gretchens – eine, die sich fürchtete, und eine, die bloß dumpf der einen Aufgabe nachging, die ihr Leben bestimmte. Die Füße patschten über den Stein, gruben sich in Moose und Farne, suchten Spalten, stießen sich blutig, rissen Nägel auf. Wie eine Schlange erhob sich unter ihnen etwas aus dem Wasser. Das Sternenlicht reflektierte sich in grünen Augen – oder waren es grüne Tränen? Es schmatzte, als es die Wände berührte.

Der Takt wurde schneller. Eins-zwei-eins-zwei-eins-zwei … pfiff es aus Gretchens Kehle. Ihr Fuß stieß auf etwas Scharfes. Wie eine Scherbe bohrte sich ein Stein in ihren Ballen. Sie schrie auf und erzitterte, doch Hans zog die Arme fest, hakte sie an sich wie einen Rucksack. Sie löste den Fuß von der Spitze und hörte es schmatzen wie das Ding unter sich.

… mein Kindelein …

Eins … Der Brunnenrand näherte sich.

Zwei … Er war zum Greifen nah.

Eins … nur noch drei Schritte. Oder zwei?

Zwei … Das Schmatzen klatschte heran. Etwas zog sich aus den Tiefen wie ein Salamander.

Eins … Ihre Zehen kitzelten den Rand.

»Und jetzt?«, keuchte Hans. Da standen sie, Rücken an Rücken, zwischen die Welt dieses Brunnens gespannt – ihre Köpfe streckten sich über den Rand, die Frischluft zum Greifen nah. Hier draußen klang alles ganz anders. Doch unten erscholl das schmatzende Echo.

Schuppen glitten durch Licht. Geweitete Augen tauchten aus der Dunkelheit auf, direkt auf sie zu. »Was jetzt?«, rief Hans noch lauter. Sie wackelten. Wie ein Bogen spannten sie sich über den Brunnen.

Gretchen atmete aus. »Ich drück dich über den Rand«, sagte sie. »Hol Hilfe.«

»Nein!«

Mein Kindelein!, zischte es unter ihr. Etwas packte ihr Kleid. Gretchen schwankte unter dem Ruck. Sie tat das Einzige, das ihr übrig blieb. Als wolle sie losspringen, schob sie Hans so fest an, dass sie hoffte, er würde über den Rand katapultiert werden.

Sie schubste.

Ihre Füße lösten sich.

Er würde Hilfe holen.

Und sie würde …

Etwas Schleimiges schlang sich um ihren Oberschenkel. Krallen fuhren über ihre Haut. Ein Trümmermund öffnete sich zu einem grotesken Lächeln.

Gretchen löste ihren Griff. Sie würde das Ding mit sich reißen, hinab in die Tiefe, und hoffen, dass sie ihm zumindest wehtat. Ihre Arme glitten aus denen ihres Bruders. Ein Arm. Und …

»Nein!«

Hans hakte sich fest. Im Fall sah sie, wie er sich umdrehte. Er packte sie, mit einer Hand, und wäre beinahe selbst wieder zurück über den Brunnenrand geraspelt, sein Rückgrat wie eine Säge. Es gelang ihm irgendwie, sich zu wenden, seine Taille hakte sich an der Mauer fest. Vor Schmerz verzog er das Gesicht.

Gretchen sackte in die Tiefe – und blieb an seinem Griff hängen. Eisern schlangen sich seine Finger um ihren Arm. Unter ihr erklang ein Kreischen. Das Ding aus der Tiefe zerrte an ihr, schleimig glitt es über ihre Schenkel.

Hänschens Zähne saßen fest aufeinander. Er biss zusammen, dass es knackte. Sie hatte keine Ahnung, wie er sie mit seiner dünnen Hand halten konnte. Seine Stirnfransen bebten vor seinem Gesicht.

Er wollte etwas sagen, doch er konnte nicht. Allein der Laut hätte ihm die Kraft geraubt, Gretchen zu halten. Ihre freie Hand fächerte durch die Luft, bis sie endlich etwas berührte – sie riss Grasbüschel aus den Mauerritzen, Farne, die um sie herum in die Tiefe segelten.

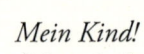

Mein Kind!

»Mama!«, kreischte sie und rammte die Finger in die Spalten. Mit all der verbliebenen Kraft zog sie sich empor – und gab somit Hans die Möglichkeit, Halt zu finden und an ihr zu zerren. Mit einem Ruck löste sich die schleimige Hand von ihrem Bein, rutschte über ihr Knie, über die Wade und zog noch kurz an ihrem Zeh. Ihre Brust, ihre Rippen und ihr Beckenknochen schleiften über die Mauer. Sie stürzte hart auf die Knie, doch ihr Oberkörper kam weich auf Hans zu landen. Mehrere Atemzüge lang lagen sie benommen da.

»Scheiße!«, entfuhr Hans. Er stemmte sich unter Gretchen empor. Sie rollte sich zur Seite und sah, wie etwas über das Mauerstück kroch.

Wie ein Frosch kauerte es auf allen vieren auf der Brüstung. Verfilztes Haar hing verlottert in ein fischiges Gesicht, das jegliche Farbe verloren hatte. Die eingerissenen Lippen öffneten sich zu einem Grinsen voll verdorbener Zähne, hinter denen sich eine blaue Zunge regte. *»Meine Kindelein«*, zischte das Wesen. Auf den feuchten Schultern und den abstehenden, dürren Knien spiegelte sich das Sternenlicht. Warzen und Schnecken hafteten daran, Algen und Wasserwürmer. Die knotigen Finger mit den langen Nägeln streiften über das Mauerstück.

»Lauf!«, schrie Hans und zerrte Gretchen in die Höhe. Sie war kaum richtig auf den Beinen, da sprang das Untier aus den Tiefen auf sie zu.

Es klatschte, als es hinter ihnen auf den Steinfliesen landete. Das Schmatzen stammte nicht mehr allein von den Schritten, sondern auch von der Zunge, die hinter den Zahntrümmern spielte. *»… Kind, Kind, Kindelein …«*

Hand in Hand rannten die beiden zur nächsten Tür, die in den Raum mit den verschlossenen Fensterläden führte.

»Halte sie auf!«, brüllte Hans. Seine Finger lösten sich von ihren. Sie glaubte schon, er würde vorauslaufen, als sie hörte, wie er Kisten umstieß. Glas klirrte, als die Parfümflakons zu Boden fielen und zerbrachen. Der penetrante Duft vergangener Zeiten verteilte sich brünstig. Gretchen rannte und riss mit sich, was sie fand. Möbel polterten,

288

Boxen kippten. Der nächste Raum erwartete sie mit Sternenparkett, über das ihre Schritte klopften. Hinter ihnen erklang ein Knirschen, dann ein Knarzen.

Im Vorbeilaufen räumte Gretchen den Tisch ab. Der Marmor verwischte kalt unter ihren Händen. Alte Bürsten und Kämme polterten zu Boden. Ein Quietschen ertönte, als das Vieh drauftrat und sich an den metallenen Zinken aufspießte. Ein Fauchen fuhr wie ein Windhauch durch das Herz des Hauses.

»Schneller!«, rief Hans. »Schneller!«

»Es holt uns ein!«

»Wir müssen zum Ausgang!«

Der Parkett dröhnte unter ihrem Laufschritt. Mondlicht streifte durchs Fenster und besah sich selbst im Spiegeltisch. Die Tigerklauen harrten still. *Warum helft ihr uns nicht?*

Gretchen zog einen Bogen.

»Grete!«, erscholl Hans' Stimme.

Das Vieh aus dem Brunnen donnerte durch die Tür. Blut befleckte den Boden. Gretchen packte den Spiegel – und riss ihn aus der Verankerung. Mit aller Gewalt warf sie ihn dem Ding entgegen. Die Platte drehte sich, blitzte auf und prallte gegen den Flechtenvorhang, der vor dem Gesicht des Untiers schwankte. Mit einem klirrenden Geräusch wurde das Ding zurückgeworfen.

Gretchen warf Bürsten und Kämme, bis nichts mehr da war, doch da erhob es sich – sie sich, die Mutter auf der Suche nach dem Kinde, die Brust verdorrte Lappen – aus den Scherben, die lautstark zu Boden rieselten.

Grete riss die Lade auf. Griff hinein. Packte, was drinnen war.

Mein Kindelein, schnarrte das Vieh. *Jetzt bist du mein.*

Mit einem Satz katapultierte sich das Wesen auf Gretchen zu. Sie schrie auf. Eine Schere zuckte durch die Nacht. Der Mond glotzte dumm, als das Mädchen mit rotierenden Zöpfen zustach.

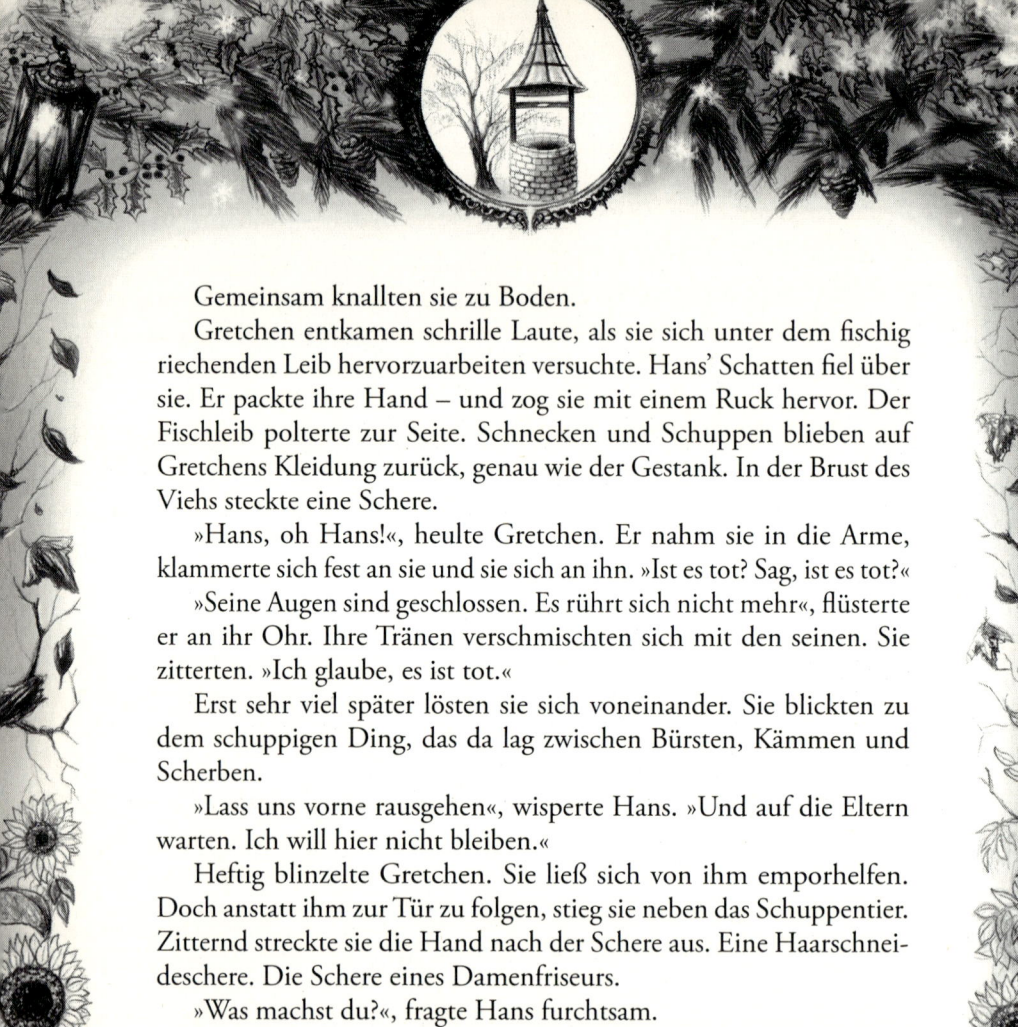

Gemeinsam knallten sie zu Boden.

Gretchen entkamen schrille Laute, als sie sich unter dem fischig riechenden Leib hervorzuarbeiten versuchte. Hans' Schatten fiel über sie. Er packte ihre Hand – und zog sie mit einem Ruck hervor. Der Fischleib polterte zur Seite. Schnecken und Schuppen blieben auf Gretchens Kleidung zurück, genau wie der Gestank. In der Brust des Viehs steckte eine Schere.

»Hans, oh Hans!«, heulte Gretchen. Er nahm sie in die Arme, klammerte sich fest an sie und sie sich an ihn. »Ist es tot? Sag, ist es tot?«

»Seine Augen sind geschlossen. Es rührt sich nicht mehr«, flüsterte er an ihr Ohr. Ihre Tränen verschmischten sich mit den seinen. Sie zitterten. »Ich glaube, es ist tot.«

Erst sehr viel später lösten sie sich voneinander. Sie blickten zu dem schuppigen Ding, das da lag zwischen Bürsten, Kämmen und Scherben.

»Lass uns vorne rausgehen«, wisperte Hans. »Und auf die Eltern warten. Ich will hier nicht bleiben.«

Heftig blinzelte Gretchen. Sie ließ sich von ihm emporhelfen. Doch anstatt ihm zur Tür zu folgen, stieg sie neben das Schuppentier. Zitternd streckte sie die Hand nach der Schere aus. Eine Haarschneideschere. Die Schere eines Damenfriseurs.

»Was machst du?«, fragte Hans furchtsam.

Sie packte die gewundenen Griffe, gedreht und geformt wie die Hälse zweier sich liebender Schwäne. Vorsichtig löste sie sie aus den Rippen des eingefallenen Brustkorbs. »Siehst du das?«, fragte sie heiser.

Schweigend trat er heran.

»Das Ding … es trägt Ohrringe.« Grüne Tropfen lugten zwischen dem verflochtenen Haar hindurch. Der Mond spiegelte sich darin und ließ sie leuchten. Wie auf dem Gemälde, das in Mutters Schlafzimmer hing.

Zitternd streckte Gretchen die Hand danach aus. Wenige Fingerbreit hielt sie davor an. »S-sie …«, stieß sie aus.

Mit einem Ruck öffnete die Hausherrin die Augen.

Astrid Behrendt

Das Lied der Banshee

Astrid Behrendt

Ihr glaubt nicht, was für eine besondere Freude und Ehre es ist, in diesem Jahr eine Geschichte von Astrid Behrendt mit euch teilen zu dürfen.

In *Das Lied der Banshee* schenkt sie einer Todesfee ihre Stimme. Inspiriert zu ihrem Märchen hat sie das *Anam Cara* – das keltische Konzept des Seelenfreunds – und ihre Liebe zu Irland. Diese Liebe spiegelt sich auch in ihrem mit zahlreichen Schwarz-Weiß-Fotografien illustrierten Buch *Please keep gate closed – Auf der Suche nach dem irischen Herzschlag wider*.

Ein Leben ohne Bücher und Geschichten ist für Astrid nicht vorstellbar. Sie behauptet von sich selbst, zwar an jedem Schuhgeschäft vorbeigehen zu können, aber an keiner Buchhandlung. Neben ihrem Studium (Germanistik und Romanistik) hat sie selbst eine Zeit lang im Buchhandel gearbeitet.

Außerdem hat sie sich jahrelang für den Tierschutz in Namibia stark gemacht und ist dabei in Afrika selbst so manchem Raubtier über den Weg gelaufen. Vielleicht hat ihr das den Mut gegeben, einem Drachenschwarm ein Zuhause anzubieten.

1996 gründete sie den Drachenmond Verlag. Seither hat sie vielen Geschichten Flügel verliehen – und vielen AutorInnen Mut gemacht.

Liebe Astrid, danke dafür!
Und danke für deine wundervolle Geschichte.
Ich hoffe sehr, ihr folgen noch viele weitere!

Das Lied der Banshee

Die Wellen hatten sie gerettet.

Sie hätte nicht sagen können, wie lange das kleine Boot sie über das Meer getragen hatte. Sie erinnerte sich an den Hunger, der wie ein wildes Tier in ihrem Inneren gewütet hatte. An den Durst, der kaum erträglich gewesen war. All das kannte sie und ertrug es wie immer stumm.

Sie erinnerte sich aber an die Worte, die in ihrer Seele Hoffnung gefasst hatten.

»Bitte beschützt mich.«

Ein unausgesprochenes Gebet zu den Sternen, die ihre Reise begleiteten. Die den Wind beruhigt und die Wellen in die richtige Richtung gelenkt hatten, damit sie entkommen konnte. Weit fort von den Misshandlungen der Menschen, die für sie hätten sorgen sollen. Fort von dem Verschlag, in dem die Wände sie zu erdrücken drohten.

Sie hegte keinen Groll in ihrem Herzen, wenn sie das Murmeln und Flüstern hinter ihrem Rücken hörte.

Sie sah die Angst, die aus den Augen der Menschen sprach, wenn sie ihren Kopf nicht schnell genug senkte und bis auf den Grund ihrer Seelen hinabblickte.

Doch sooft sie auch ihr Spiegelbild im Wasser der Pfützen betrachtete, nie konnte sie darin ein zweites Gesicht ausmachen. Auch die Krähen, die ihr ständig folgten, schienen keinen Anstoß an ihr zu nehmen.

Die Wellen der kleinen Bucht spülten Jahr um Jahr ihre Tränen fort. Doch als die Schmerzen eines Abends zu groß für ihren Körper wurden und ihre Tränen unaufhörlich flossen, baten die Wellen den Wind um Hilfe.

Er löste das Tau eines nachlässig befestigten kleinen Bootes und schickte es in die Bucht, damit das Meer sie in Sicherheit bringen konnte. Das Boot war kaum groß genug für ihre schmächtige Gestalt. Sie trug

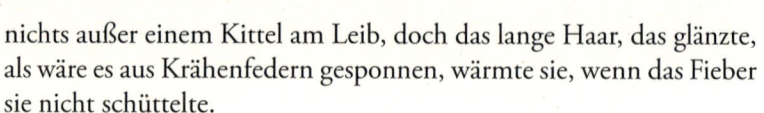

nichts außer einem Kittel am Leib, doch das lange Haar, das glänzte, als wäre es aus Krähenfedern gesponnen, wärmte sie, wenn das Fieber sie nicht schüttelte.

Und das Funkeln der Sterne lenkte ihren Weg.

Ihr Körper schmerzte und brannte. Zeit floss träge im Strom des Meeres dahin und das Glucksen der Wellen sang ihr ein Wiegenlied. Ihre Augenlider schienen viel zu schwer, um sich jemals wieder zu öffnen.

Doch dann war da diese Stimme. Eine Stimme, die sie nicht kannte. Die Worte sprach, die sie nicht verletzten, sondern die etwas in ihrem Inneren anrührten.

Sie hervorlockten aus der Dunkelheit, in die sie sich geflüchtet hatte.

Sie wurde hochgehoben und fortgetragen. Nicht mehr von Wellen, sondern von zwei Armen. Vorsichtig, als wäre sie ein zerbrechlicher Schatz. Mehr Geist als Mensch, ließ sie es geschehen. Sie spürte kein Flattern der Angst in ihrem Bauch, sondern etwas, das sie nie zu vor gespürt hatte: Geborgenheit.

Als sie sich traute, die Augen zu öffnen, erblickte sie ein Kinn. Dunklen Bartflaum. Sie spürte einen Herzschlag, der kräftig und so lebendig an ihrem Ohr dröhnte, als wolle er den ihren mitbeleben.

Und schließlich sah sie in Augen, die noch dunkler als ihre eigenen waren – und die auch in *ihre* Seele hinabblickten.

Er ging zielstrebig weiter, trug sie scheinbar mühelos immer höher die Dünen hinauf. Ein schmaler Pfad, den der Wind den Felsen abgetrotzt hatte, führte sie schließlich in schwindelnder Höhe zu einer Hütte. Salzverkrustet thronte sie auf einer Klippe, unter sich das Meer, das wie ein lebendes Gemälde aus tausend Blautönen wogte.

»Wen habt Ihr mir da mitgebracht?«, krächzte eine Frau, die in einem Schaukelstuhl auf den Horizont hinaussah.

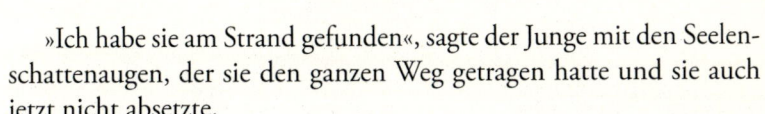

»Ich habe sie am Strand gefunden«, sagte der Junge mit den Seelenschattenaugen, der sie den ganzen Weg getragen hatte und sie auch jetzt nicht absetzte.

»Nun, dann gehört sie wohl Euch«, befand die Frau und erhob sich schwerfällig. »Aber ich werde auf sie aufpassen«, versprach sie und öffnete die verwitterte Tür der Hütte mit einer einladenden Geste.

Der Junge nickte und trug das Mädchen hinein. Es wurde auf eine schmale Bank gelegt und schloss die Augen vor Dankbarkeit, denn nie zuvor hatte es bequemer gelegen. Die Frau breitete eine Decke über ihr aus und bettete ihren Kopf auf ein gefaltetes Wolltuch. Bald darauf zog der köstliche Duft nach Suppe durch die kleine Behausung.

Das Krähenmädchen konnte die Arme nicht heben, doch der Junge führte den Löffel. Langsam und behutsam.

»Wie heißt sie?«, fragte die Frau, deren Gesichtszüge aus zerknittertem Pergament zu bestehen schienen.

Der Junge zögerte einen Moment und sein Blick suchte den des Mädchens. Kaum merklich schüttelte es den Kopf.

»Ich denke, wie auch immer ihr Name gelautet hat – es ist Zeit für einen neuen.«

Die Frau nickte zustimmend. »Ich werde sie *Muirgen* nennen. Seekind. Denn die Wellen haben sie zu uns gebracht.«

Ein scheues Lächeln schlich sich auf Muirgens Lippen.

Man fragte sie nichts. Ihr versehrter Körper verriet auch ohne Worte genug. Und sosehr sie sich auch bemüht hätte – kein Ton wäre aus ihrem Mund geschlüpft, denn ihre Stimme hatte man schon vor langer Zeit vertrieben.

»Ich habe keinen Palast zu bieten, aber sie wird hier in Sicherheit sein«, versprach die Frau, deren Züge sich immer mehr zu glätten schienen, je später es wurde.

Als die Schatten durch die Fenster krochen, setzte der Junge sich widerwillig auf und ging zur Tür.

»Bitte bleib«, sprach der Blick des zerzausten Krähenmädchens, dessen Augen das Leid der ganzen Welt in sich zu tragen schienen.

»Ich komme wieder«, versprach er und mit einem wehmütigen Blick über die Schulter ging er davon.

Die Leere, die Muirgen in ihrem Herzen fühlte, ließ ihr die Sinne schwinden.

Als sie erwachte, da sie eine Krähe auf dem Dach der Hütte rufen hörte, sah sie die Frau an ihrem Bett sitzen. Mit sanften Worten hatte sie um Muirgens Lebensgeister geworben. Bis diese der Verlockung nach Nähe nicht mehr widerstehen konnten und aus der Finsternis des Schmerzes zurückgekehrt waren. Die Frau lächelte und ihre Gesichtszüge zerknautschten wie das seltsame Instrument, das sie mal auf dem Markt gesehen hatte, als die Spielleute sich zu ihnen verirrt hatten. Muirgen verstand die Worte nicht, die in der Luft hingen, aber sie begriff, dass ihre Hüterin *Ailis* hieß. Und dass sie mit ihr in einer Sprache redete, die ihr fremd war, aber die ihr Herz berührte.

Muirgen spürte eine Hand an ihrer Wange – eine Hand, die sie nicht schlagen, sondern liebkosen wollte. Und auch wenn sie aus Gewohnheit zurückzuckte, wusste sie, dass sie für diese Frau alles tun würde.

Die Tage und Nächte zogen an den winzigen Fenstern der Hütte vorbei. Der Wind rüttelte an den Brettern, als wolle er sie zum Spielen hinauslocken, huschte zwischen den Ritzen der Wände hindurch und kitzelte ihre Nase. Doch die Wände der kleinen Hütte trotzten jedem Sturm und jedem Regenguss mit stoischer Unerschütterlichkeit und sie erkannte, dass Wände nicht nur einsperren, sondern auch schützen konnten. Krähen krächzten ihr bei jedem Morgengrauen einen Weckruf zu, als wollten sie sich vergewissern, dass es ihr gut ginge. Und das tat es. Besser als jemals zuvor.

Als der Mond sich vollständig gerundet hatte, überflutete sein Licht den Boden der Hütte und tauchte alles in einen bläulichen Schein, in dem Staubkörner taumelnd umhertanzten. Ailis strich Muirgen über das Haar und versprach wiederzukehren. Dann legte sie sich ein Wolltuch um und verließ die Hütte.

Muirgen hoffte, sie würde ihr Versprechen ebenso halten wie der Junge, der fast jeden Tag nach ihr sah.

Ailis kehrte im Morgengrauen zurück, doch auch wenn sie versicherte, alles sei in Ordnung, schien sie um Jahrzehnte gealtert und verbrachte den folgenden Tag schlafend in ihrem Schaukelstuhl, bis sie ihre Lebenskräfte wiedergewonnen hatte.

Auch das Krähenmädchen heilte. Die Wunden hatten sich geschlossen. Die Knochen stachen nicht mehr unübersehbar durch die Haut. Der zerzauste, verhungerte Vogel mauserte sich zu einem Mädchen, welches das Versprechen von eigenwilliger Schönheit in sich trug.

Jeden Morgen wartete Muirgen mit klopfendem Herzen vor der kleinen Hütte, ob sich Besuch ankündigte. Sie spürte, wenn er kam. Dann schlug ihr Herz lauter, als würde es sein Gegenstück herbeirufen.

Der Junge, der inzwischen fast schon keiner mehr war, hatte ihr seinen Namen verraten. *Niall.*

Sie wisperte ihn lautlos an die tausend Mal, als wäre er ein Gebet, das keine weiteren Worte benötigte.

Sie konnte ihm nichts im Austausch geben. Doch er lächelte und schenkte ihr einen neuen Namen, der ihr Geheimnis bleiben würde: *Cara.*

Er sagte, dass dies *Freund* hieße, und sie verstand, was er meinte, als er ihre Hand an seine Brust legte und sie den Herzschlag spüren ließ, der seinen Widerhall in dem ihren fand.

Manchmal reichte Nialls Zeit nur, um sich davon zu überzeugen, dass es ihr gut ging. Manchmal verbrachten sie Stunde um Stunde damit, auf das Meer zu schauen. Ihre Beine waren stark genug geworden, um selbst laufen zu können, doch er trug sie jedes Mal nach draußen und sie genoss die Geborgenheit dieser Berührung zu sehr, um ihn daran zu hindern. Sie saßen schweigend in einer windgeschützten

Nische in den Dünen und hörten dem zufriedenen Murmeln der Wellen zu.

Wenn sie einnickte, erwachte sie angelehnt an seiner Schulter. Aufgeweckt von seinem lauten Herzschlag, der wie eine Trommel durch ihren Körper dröhnte. Es war nicht nötig zu sprechen. Erst recht nicht, wenn sein Auge blau verfärbt war oder er das Gesicht verzog, wenn er sich setzte und es ihm nicht gelang, den Schmerz zu verbergen. Er brauchte sie nicht einmal anzuschauen. Sie verstand. Sie fand die Worte in seinem Herzen. Auch er brauchte diese Zuflucht. Auch er lauschte den Wellen, um dem Lärm in seinem Inneren zu entkommen.

Die Tage wurden kürzer und wieder länger und bestanden aus Warten und Hoffen, dem Erlernen von Ailis' Kräutergeheimnissen und erneutem Warten.

Als sie eines Nachts erwachte, hörte sie das Poltern der Tür, die immer wieder aufgerissen und zugeschlagen wurde. Der aufziehende Sturm schien sie hinauszurufen.

Ailis war wieder fortgegangen. Doch dieses Mal schien sie Cara zu sich zu rufen.

Also folgte sie dem kleinen Pfad, der die Klippe hinabführte. Fort vom Meer, ins sumpfige Hinterland.

Hier schwieg der Wind. Zog sich ehrfurchtsvoll zurück, um dem Wehklagen Raum zu geben, das über das Moor heulte.

Caras Nackenhaare stellten sich auf und sie sehnte sich nach der Sicherheit ihrer Bettstatt. Doch sie konnte weder wegsehen noch die Ohren verschließen. Das Klagen kroch in ihre Knochen und schien sie zerbersten zu lassen. Sie fühlte Schmerz und Leid und erinnerte sich an alles und noch mehr. Sie sackte zusammen und wimmerte. Krümmte sich Schutz suchend. Und konnte doch nicht entkommen. Irgendwann löste sich ihr Geist und schien über das Moor zu gleiten. Sah gütige Augen, die vor Leid gebrochen waren. Und doch so viel Stärke ausstrahlten.

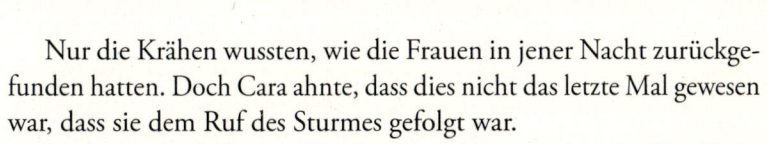

Nur die Krähen wussten, wie die Frauen in jener Nacht zurückgefunden hatten. Doch Cara ahnte, dass dies nicht das letzte Mal gewesen war, dass sie dem Ruf des Sturmes gefolgt war.

Sie hatte am Morgen eine Suppe zubereitet. So wie ihre Ziehmutter es einst für sie getan hatte. Sie hatte eine Decke über der vor Gram gealterten Ailis ausgebreitet und ihr still beigestanden, bis die Lebensgeister wieder zurückgefunden und das Leid vertrieben hatten.

Jedes weitere Mal.

Die Frauen gingen nicht oft ins Dorf, das sich einen strammen Marsch entfernt an die Felsen schmiegte. Cara mochte die finsteren Blicke der Leute nicht. Ebenso wenig wie ihr Getuschel.

»Wie braun ihre Haut ist«, raunte man, wenn sie vorbeiging. Und tatsächlich schien niemand außer ihr sonnengeküsste Haut zu haben.

»Wie dunkel ihre Augen sind«, vernahm sie im Gemurmel der Vorbeieilenden und Cara fragte sich, ob sie sich mit der Zeit verdunkelt hatten.

»Sie wohnt über dem Meer bei der alten Hexe, die die Toten beweint«, zischelte das Geflüster, das in Caras Ohren kroch und sie frösteln ließ.

Misstrauisch beäugt huschte sie stets mit gesenktem Blick durch die Gassen und tauschte Kräutertränke gegen ein paar Münzen ein, die sie danach im Krämerladen wieder hergab.

Eines Tages beschleunigte sich ihr Herzschlag mit einem Mal und sie fürchtete, den vergessen gehofften Geschmack der Angst zu kosten. Doch da entdeckte sie Niall, der aus dem Wirtshaus trat. Sie vergaß alles um sich herum und schritt auf ihn zu, bis sie den entsetzten Blick in seinen Augen sah und erstarrte.

Erst jetzt bemerkte sie, was für prachtvolle Kleidung er trug. Einen Hut und einen kostbaren Umhang mit Pelzbesatz.

Und er war nicht allein. Ein Mann, der wie eine ältere Version Nialls aussah, schlug ihm auffordernd auf den Rücken und drängte ihn zu einer Kutsche, die einen Steinwurf entfernt wartete.

Sie fuhren davon, während Cara ihrem Herz zu erklären versuchte, dass es sich beruhigen sollte.

Eine Frau kam mit ihren Töchtern auf sie zu. Während die Mädchen aufgeregt von einer Brautschau plapperten, hörte sie die Mutter berichten, dass zahlreiche junge Frauen ins Schloss eingeladen seien – nur sittsame natürlich. Auch wenn man munkelte, dass vermögende Eltern mehr zählten als Sittsamkeit.

Cara hörte, doch sie verstand nicht. Als sie jedoch nach ihrer Rückkehr unerträglich lange vergeblich auf Niall gewartet hatte, legte sie sich ihr Wolltuch um und folgte dem einen Weg, den sie noch nie begangen hatte.

Der, der sie zu Niall führen würde.

Mit jedem Schritt, den sie auf dem sandigen Pfad machte, schien ihr Herz lauter zu schlagen. Selbst als der Weg steinig wurde und leise unter ihren nackten Füßen knirschte, beruhigte er das Pochen in ihrer Brust nicht. Sie wusste nicht, was sie erwartete. Was sie erhoffte – oder fürchtete. Sie wusste, dass Niall kein einfacher Bauer aus der Gegend war, doch was er war, das hatte Ailis ihr nicht verraten.

Und sie hatte nicht gefragt.

Die Achtung, die ihre Ziehmutter vor dem Jungen hatte – der inzwischen zu einem stattlichen Jüngling herangewachsen war –, schien gegenseitig zu sein und nicht aus Pflichtgefühl zu bestehen. Doch was wusste sie, was Cara verborgen blieb?

Die nächste Wegbiegung offenbarte es durch ein Tal, das von felsigen Bergwänden bewacht wurde. Ein riesiger See lag ihr zu Füßen und spiegelte die Türme eines Schlosses, das in der Ferne in den Himmel wuchs. So schmerzlich schön, dass Cara einen Stich in der Brust spürte.

Dies war Nialls Zuhause.

Und es würde nie das ihre sein.

Sie wandte sich ab und lief den ganzen Weg zurück, ohne sich einmal umzudrehen.

Cara wartete den ganzen Tag, dass er zu ihr kam. Doch nichts geschah. Die Wolken jagten einander nach, blieben an den Dünenkanten hängen und verdeckten das Land ebenso wie ihren Schmerz.

In der folgenden Nacht rief der Sturm nach ihr. Doch als sie aus dem Bett stieg, hörte sie Ailis keuchend um Atem kämpfen. »Es wird Zeit«, hustete sie und Cara nickte.

Sie würde ins Moor gehen.

Allein.

Sie war bereit. Schon lange hatte sie gespürt, dass Ailis' Kräfte schwanden und dass es Zeit war, ihren Platz einzunehmen. Ein nie eingefordertes, aber aus Dankbarkeit gegebenes Versprechen zu erfüllen.

Sie küsste ihre Ziehmutter auf die Stirn und ging.

Der Sturm schien mit jedem Schritt lauter zu heulen und doch bewegte sich kein Grashalm auf ihrem Weg. Eine Faust schien ihr Herz zu umklammern und immer weiter zuzudrücken.

Und dann schlug der Schmerz wie eine Welle über ihr zusammen. Keine Welle, die sie beschützen würde, sondern eine, die sie von den Füßen riss und aufs Meer hinauszog, sie in der Brandung wieder ausspuckte und über die Kieselsteine am Strand spülte. Schmerz floss durch ihr Blut und sie wünschte, sie könnte das Brennen in ihrer Seele auslöschen. Doch es wurde immer mehr, bis sich ein Schrei in ihrem Brustkorb sammelte, der aus ihr herausbrach und von jedem noch so entfernten Berg widerzuhallen schien. Sie schrie und schrie und konnte nicht aufhören. Sie wollte sich die Haare ausreißen und die Haut von den Knochen kratzen, damit bloß dieser Schmerz aufhörte, der sie innerlich zerfraß.

Doch niemand erhörte sie.

Sie sah die sterbende Seele, deren Zeit gekommen war. Sie war friedlich. Sie klammerte sich nicht an ihr Dasein. Sie hatte gelebt, sie war bereit. Es gab niemanden, der sie betrauerte oder vermissen würde – außer Cara, die erst aufhörte zu klagen, als ihre neugeborene Stimme nur noch ein flüsterndes Krächzen war und schließlich erneut erstarb.

Ihr Hemd war tränennass und ihre Hände voller Blut, das aus Kratzspuren auf ihrem Körper geflossen war.

Plötzlich spürte sie Wärme. Zwei Arme, die sie aufnahmen und an einer warmen Brust bargen. Einen Herzschlag, der ihr sagte, dass sie die Seele nur betrauern, aber nicht begleiten durfte.

Einen Herzschlag, der sie daran erinnerte, dass sie weiterleben durfte. *Musste.*

Sie sah in seine Augen und verlor sich in den Schatten, die sich gnädig um ihren erschöpften Geist legten.

Er trug sie zur Hütte zurück und hielt sie die ganze Nacht. Jeder Atemzug, den er machte, schien auch Luft in ihre Lunge zu drängen. Spendete neue Kraft, fing die Lebensgeister wieder ein und zwang sie in ihren Körper zurück.

Sie fand wieder zu sich. Und als sie ihre Hand besah, die in der seinen lag, war diese nicht mehr ausgezehrt und alt, sondern wieder geschmeidig und jung.

War diese Hütte nun Caras alleiniges Zuhause? Sie blickte auf und kannte die Antwort. Ihr Zuhause war weder in einer Holzhütte noch in einem steinernen Palast zu finden, denn ihr Zuhause war das schlagende Herz, das sie neben sich spürte.

In seiner schützenden Umarmung fand sie Schlaf.

Und einen Traum. Ein Kleid, feiner als alles, was sie je berührt hatte, besetzt mit zarten Blüten aus funkelnden Kristallen. Ein Schloss, das dem Schnee trotzte und in der Sonne leuchtete. Blendend hell. Ein See, der in Kälte erstarrt war, kein Murmeln der Wellen. Nur Stille.

Sie erwachte und fand sich in seinen Armen. Spürte seinen Atem auf ihrem Haar und wagte nicht mehr einzuschlafen, um jeden Moment dieser Berührung auszukosten und seinen Herzschlag zu spüren, der ihr vergewisserte, dass sie lebte – und nicht mehr allein war.

Als der Morgen die ersten Lichtstrahlen aussandte, machte er sich von ihr los. Und sprach aus, was sie schon in seiner Seele gelesen hatte.

»Ich muss fort. Mein Vater verlangt, dass ich meinen Pflichten nachkomme und mir eine Braut suche, damit er Gelder für den Unterhalt des Schlosses und seine Kämpfer hat, die das Land schützen sollen. Doch ich möchte mir keine Braut suchen, solange ich nicht die wählen kann, der mein Herz gehört.«

Ihr Blick verschwamm und Kälte kroch unter ihre Haut bis in ihr Herz.

»Du würdest dort nicht glücklich werden. Denn ich bin es auch nicht. Also werde ich fortgehen, mein Glück versuchen und mich freikaufen. Ich werde zurückkehren und dich holen. Das verspreche ich dir. Ich brauche kein Geplapper, keine vornehm blasse Haut, keinen Reichtum. Aber ich brauche dich.«

Er nahm ihre Hand und legte sie auf seine Brust, wo sie das vertraute Pochen unter der Handfläche spürte.

»Cara, ich schenke dir kein Schmuckstück, denn das einzig wirklich Wertvolle, das ich zu geben habe, besitzt du bereits, seit ich dich aus dem Meer gefischt habe.«

»Nimm mich mit«, flehten ihre Augen, doch sie wusste, dass auch sie gebunden war.

Sie betrachtete Nialls Gesicht, als wäre es das erste Mal, und sah einen jungen Mann, hochgewachsen mit feinen Gesichtszügen, zu denen die Narbe nicht recht passen wollte, die seine rechte Augenbraue teilte. Und die sich doch harmonisch ins Bild einfügte. Es war die letzte Wunde gewesen, die sein Vater ihm zugefügt hatte, und sie war noch nicht lange verheilt.

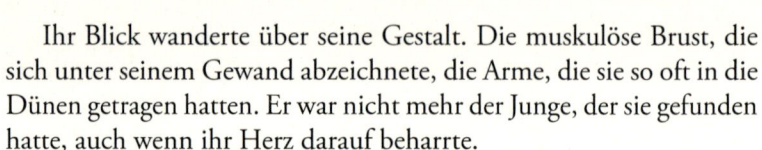

Ihr Blick wanderte über seine Gestalt. Die muskulöse Brust, die sich unter seinem Gewand abzeichnete, die Arme, die sie so oft in die Dünen getragen hatten. Er war nicht mehr der Junge, der sie gefunden hatte, auch wenn ihr Herz darauf beharrte.

Er hob ihren Kopf an und besiegelte sein Versprechen mit einem Kuss, der auf ihren Lippen brannte und ihr Herz in Flammen setzte.

Und dann war er fort.

Die Tage und Nächte zogen endlos dahin. Der Sturm rief Cara ins Moor, wenn eine Seele umherirrte und betrauert werden musste. Ihre Schreie ließen alles Leben im Moor verharren. Als würden die Tiere Anteil nehmen, schwieg jeder Vogel, jede Grille. Nicht mal ein Windhauch wagte es dann zu pfeifen. Die Moorgeister versammelten sich in den Schatten und im aufsteigenden Dunst. Sie alle standen Cara bei. Und bewachten ihren Schlaf, wenn sie keine Kraft mehr für den Rückweg hatte, da der Schmerz ihre Lebensgeister zu ersticken drohte.

Sie erholte sich. Doch mit jedem Mal wurde es beschwerlicher.

Erträglich war es nur, da sie stets das vertraute Pochen spürte, das im Gleichklang mit ihrem Herzen schlug. Er war fort. Aber dennoch trug sie ihn in sich.

Im Dorf erzählte man sich, dass einer der Türme des Schlosses eingestürzt war. Dass der Vater des Nachts mit wirrem Blick am See entlanglief und den Namen seines vermissten Sohnes in die Dunkelheit schrie. Man munkelte, der Sohn hätte in einem fernen Land sein Glück gemacht und sich in die schöne Tochter eines Wüstenherrschers verliebt.

Cara glaubte dem Geschwätz nicht. Zu beständig war das doppelte Pulsieren in ihrer Brust.

Doch als sie am Morgen aufwachte, hatte sich eine Strähne ihres krähenfarbenen Haares weiß gefärbt.

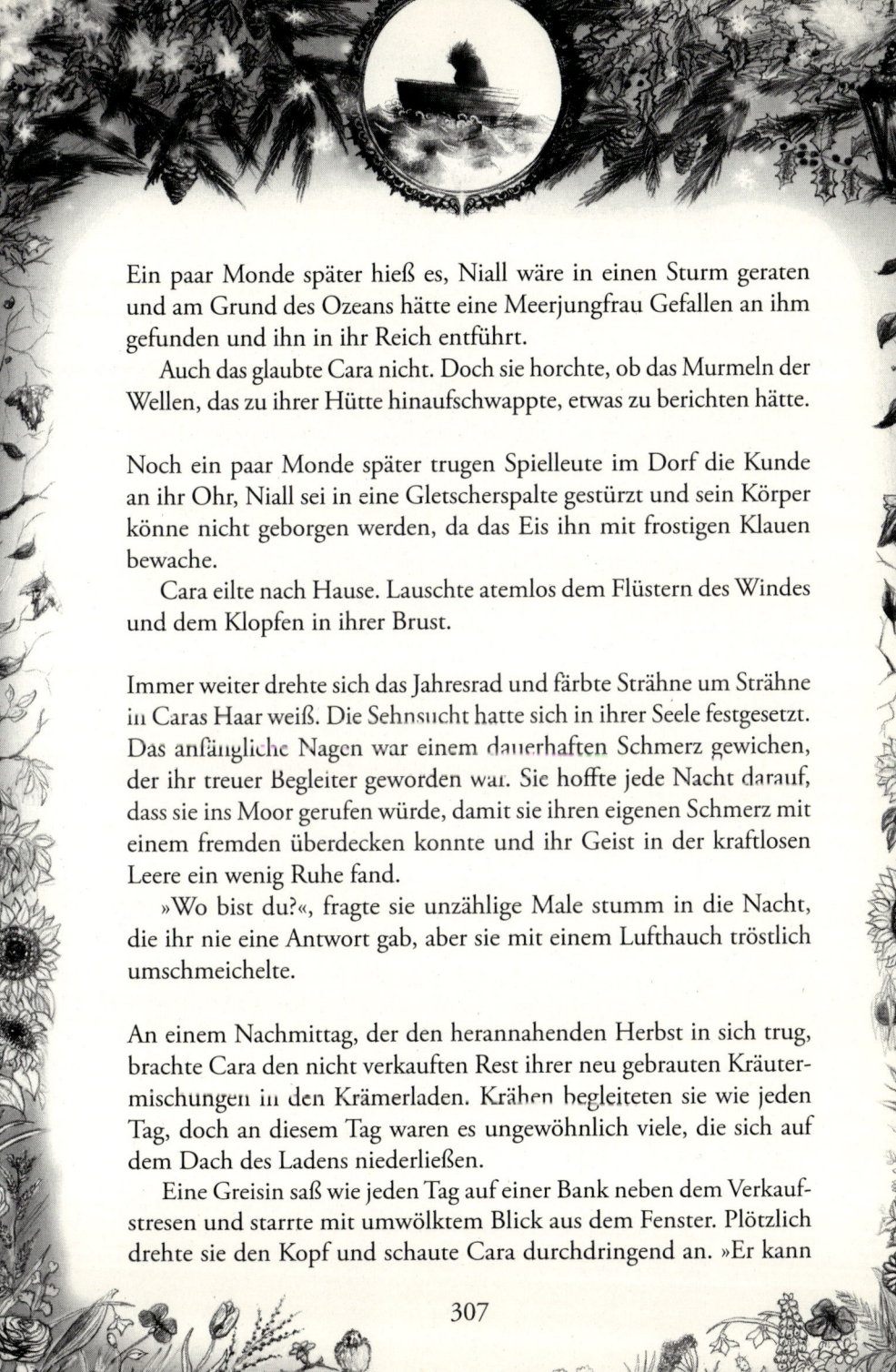

Ein paar Monde später hieß es, Niall wäre in einen Sturm geraten und am Grund des Ozeans hätte eine Meerjungfrau Gefallen an ihm gefunden und ihn in ihr Reich entführt.

Auch das glaubte Cara nicht. Doch sie horchte, ob das Murmeln der Wellen, das zu ihrer Hütte hinaufschwappte, etwas zu berichten hätte.

Noch ein paar Monde später trugen Spielleute im Dorf die Kunde an ihr Ohr, Niall sei in eine Gletscherspalte gestürzt und sein Körper könne nicht geborgen werden, da das Eis ihn mit frostigen Klauen bewache.

Cara eilte nach Hause. Lauschte atemlos dem Flüstern des Windes und dem Klopfen in ihrer Brust.

Immer weiter drehte sich das Jahresrad und färbte Strähne um Strähne in Caras Haar weiß. Die Sehnsucht hatte sich in ihrer Seele festgesetzt. Das anfängliche Nagen war einem dauerhaften Schmerz gewichen, der ihr treuer Begleiter geworden war. Sie hoffte jede Nacht darauf, dass sie ins Moor gerufen würde, damit sie ihren eigenen Schmerz mit einem fremden überdecken konnte und ihr Geist in der kraftlosen Leere ein wenig Ruhe fand.

»Wo bist du?«, fragte sie unzählige Male stumm in die Nacht, die ihr nie eine Antwort gab, aber sie mit einem Lufthauch tröstlich umschmeichelte.

An einem Nachmittag, der den herannahenden Herbst in sich trug, brachte Cara den nicht verkauften Rest ihrer neu gebrauten Kräutermischungen in den Krämerladen. Krähen begleiteten sie wie jeden Tag, doch an diesem Tag waren es ungewöhnlich viele, die sich auf dem Dach des Ladens niederließen.

Eine Greisin saß wie jeden Tag auf einer Bank neben dem Verkaufstresen und starrte mit umwölktem Blick aus dem Fenster. Plötzlich drehte sie den Kopf und schaute Cara durchdringend an. »Er kann nicht zurückkehren«, schnarrte ihre Stimme, die wie ein eingerostetes Scharnier klang. »Sie lassen ihn nicht frei. Doch er wird einen Weg finden.«

Die Greisin sackte entkräftet in sich zusammen; und auch wenn Cara sie am Arm zupfte, ahnte sie, dass sie keine weitere Auskunft mehr erhalten würde.

Krächzend flatterten die Krähen vom Dach des Ladens auf und stoben davon.

Cara lief so schnell sie konnte den Weg zurück zu ihrer Hütte. Er würde zurückkehren. Er hatte es versprochen!

Als der Mond in einer Sommernacht in voller Pracht am Himmel stand und die Schaumkronen der Wellen mit glitzerndem Funkeln krönte, wippte Cara in Ailis' altem Schaukelstuhl auf und ab. Das abgewetzte Holz der Armlehnen unter ihren Händen zu spüren beruhigte sie stets, wenn sie aus dem Moor zurückkehrte, und sie hoffte, so endlich Schlaf und Frieden zu finden. Unruhe hatte sich in ihr Herz geschlichen und Vorahnung prickelte wie Nadelstiche auf ihrer Haut. Als sie endlich eingenickt war, lief sie wieder den Weg zum Schloss entlang. Den Weg, den sie nie wieder beschritten hatte.

Das Schloss ragte noch immer stattlich über den See. Ein schneidender Wind pfiff über das Eis, zu dem das Wasser erstarrt war. Gänsehaut überzog ihre Arme, doch sie ging weiter, bis sie am Ufer angekommen war. Kaum hatte ihr nackter Fuß das Eis berührt, knackte und krachte es, durchlief ein Zittern ihren Körper und setze sich im Eis fort. Das wunderschöne Kleid wogte um ihre Beine, als würde sie im Wasser wandeln. Und dann hörte sie seinen Ruf. *Cara!*, tönte es aus den Tiefen des Sees hinauf. Sie wusste, dass er dort nicht zu finden war. Eine Träne fiel auf ihren Saum und eine winzige Flamme entzündete sich. Eine weitere folgte, gespeist von Sehnsucht und Kummer. Die Blütenblätter ihres Kleides fingen Feuer und Funken umwirbelten sie ebenso wie Eiskristalle. Ascheflocken stiegen auf, doch sie konnte sich

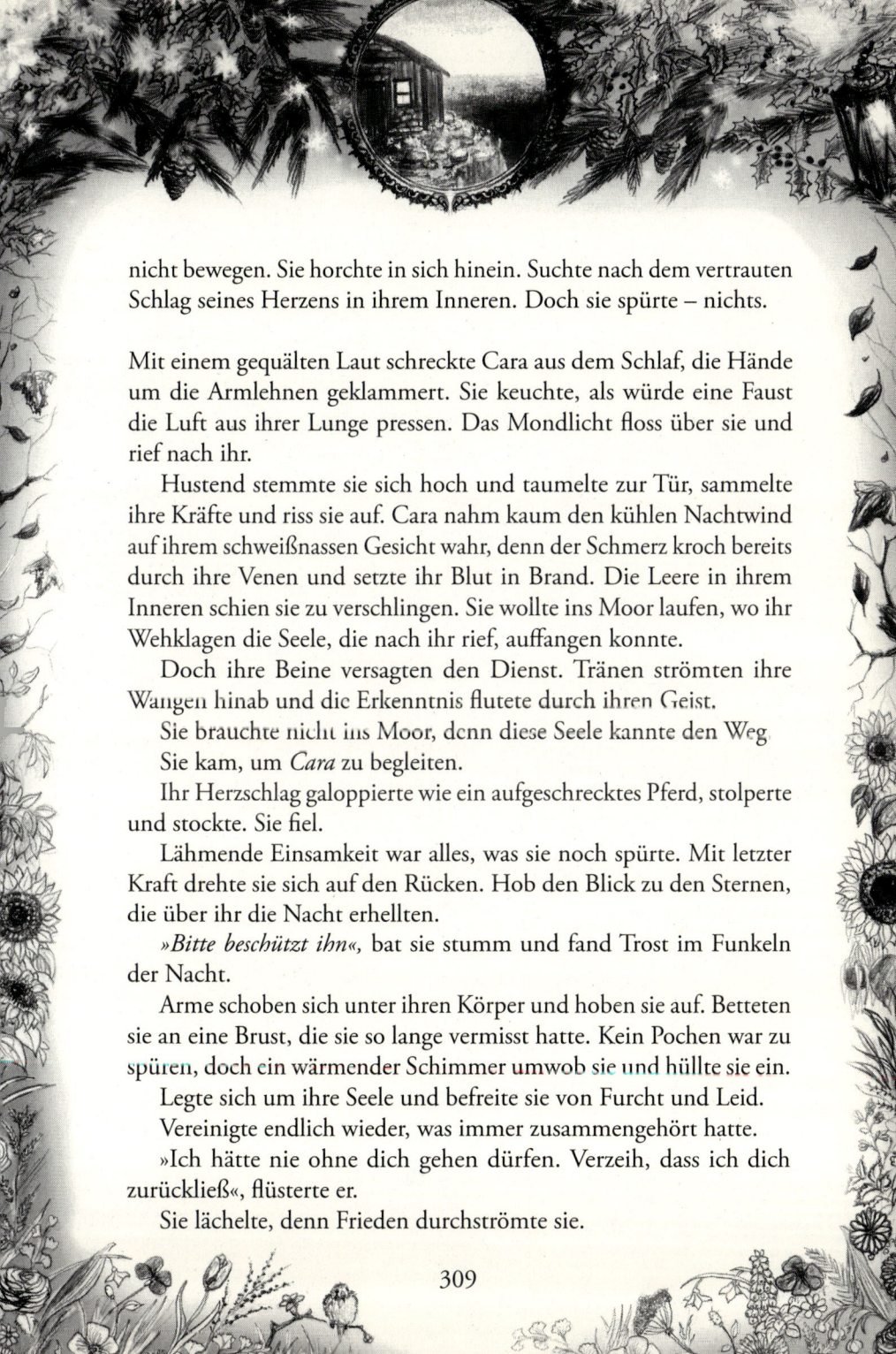

nicht bewegen. Sie horchte in sich hinein. Suchte nach dem vertrauten Schlag seines Herzens in ihrem Inneren. Doch sie spürte – nichts.

Mit einem gequälten Laut schreckte Cara aus dem Schlaf, die Hände um die Armlehnen geklammert. Sie keuchte, als würde eine Faust die Luft aus ihrer Lunge pressen. Das Mondlicht floss über sie und rief nach ihr.

Hustend stemmte sie sich hoch und taumelte zur Tür, sammelte ihre Kräfte und riss sie auf. Cara nahm kaum den kühlen Nachtwind auf ihrem schweißnassen Gesicht wahr, denn der Schmerz kroch bereits durch ihre Venen und setzte ihr Blut in Brand. Die Leere in ihrem Inneren schien sie zu verschlingen. Sie wollte ins Moor laufen, wo ihr Wehklagen die Seele, die nach ihr rief, auffangen konnte.

Doch ihre Beine versagten den Dienst. Tränen strömten ihre Wangen hinab und die Erkenntnis flutete durch ihren Geist.

Sie brauchte nicht ins Moor, denn diese Seele kannte den Weg.

Sie kam, um *Cara* zu begleiten.

Ihr Herzschlag galoppierte wie ein aufgeschrecktes Pferd, stolperte und stockte. Sie fiel.

Lähmende Einsamkeit war alles, was sie noch spürte. Mit letzter Kraft drehte sie sich auf den Rücken. Hob den Blick zu den Sternen, die über ihr die Nacht erhellten.

»*Bitte beschützt ihn*«, bat sie stumm und fand Trost im Funkeln der Nacht.

Arme schoben sich unter ihren Körper und hoben sie auf. Betteten sie an eine Brust, die sie so lange vermisst hatte. Kein Pochen war zu spüren, doch ein wärmender Schimmer umwob sie und hüllte sie ein.

Legte sich um ihre Seele und befreite sie von Furcht und Leid.

Vereinigte endlich wieder, was immer zusammengehört hatte.

»Ich hätte nie ohne dich gehen dürfen. Verzeih, dass ich dich zurückließ«, flüsterte er.

Sie lächelte, denn Frieden durchströmte sie.

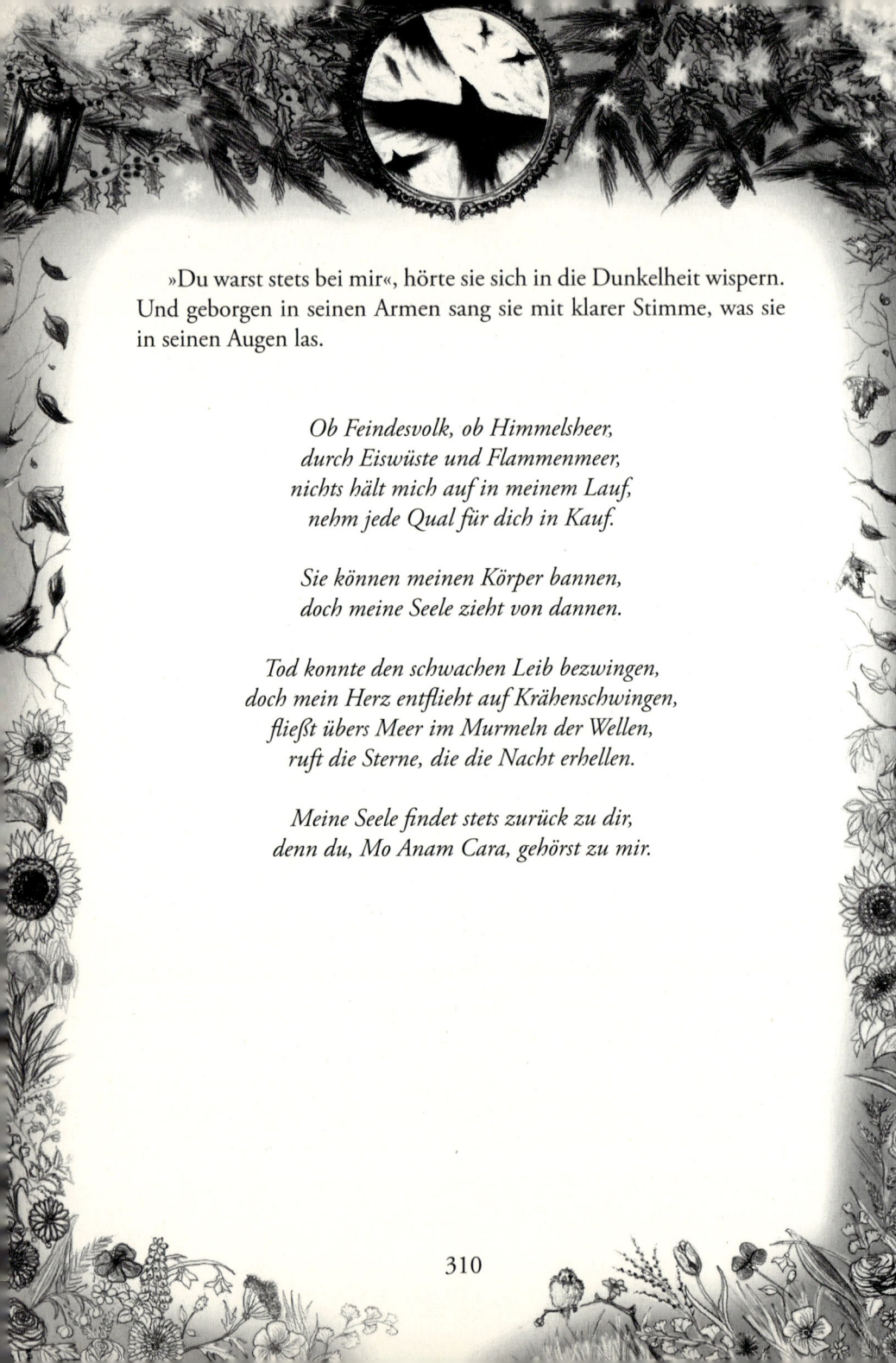

»Du warst stets bei mir«, hörte sie sich in die Dunkelheit wispern. Und geborgen in seinen Armen sang sie mit klarer Stimme, was sie in seinen Augen las.

Ob Feindesvolk, ob Himmelsheer,
durch Eiswüste und Flammenmeer,
nichts hält mich auf in meinem Lauf,
nehm jede Qual für dich in Kauf.

Sie können meinen Körper bannen,
doch meine Seele zieht von dannen.

Tod konnte den schwachen Leib bezwingen,
doch mein Herz entflieht auf Krähenschwingen,
fließt übers Meer im Murmeln der Wellen,
ruft die Sterne, die die Nacht erhellen.

Meine Seele findet stets zurück zu dir,
denn du, Mo Anam Cara, gehörst zu mir.

Sameena Jehanzeb

Shahrazad und das Königreich der sieben Berge

Sameena Jehanzeb

Sameena Jehanzeb wurde 1981 in Bonn geboren. Sie beschreibt sich als »diplomierte und selbstständige Grafik-/Kommunikationsdesignerin, Illustratorin und Scherenschnittkünstlerin, eine nimmermüde Sarkasmusschleuder, Katzenbändigerin und halbexotische Rheinländerin.« Wenn sie nicht gerade mit der Nase über dem Zeichenbrett hängt, versinkt sie in Büchern, verfasst Buchrezensionen auf ihrem Blog moyasbuchgewimmel.de oder wird selbst zur Geschichtenweberin. Sowohl beim Schreiben als auch beim künstlerisch-handwerklichen Arbeiten setzt sie sich am liebsten mit phantastischen Themen, Sagen und Märchen auseinander, denen sie nur zu gern einen modernen und mitunter rebellischen Anstrich verpasst. Wann ihr nächstes Buch erscheint, weiß ich noch nicht. Allerdings kann ich euch verraten, dass es den Arbeitstitel *White Room* trägt und ein Ausflug in die Science Fiction wird.

Kennengelernt haben Sam und ich uns, weil wir beide ziemlich zeitgleich unser Debüt veröffentlicht haben (ihr Science-Fantasy-Buch *BRÏN* erschien im August, *Rosen und Knochen* im September 2017) und im Zentrum beider Romane queere Protagonistinnen stehen.

Das trifft übrigens auch auf ihre märchenhafte Novelle *Winterhof* zu, die mit den Motiven des Märchens *Die Schneekönigin* spielt.

Ihre nachfolgende Geschichte entführt in wärmere Gefilde. Zunächst jedenfalls, denn Sameena kreuzt ein abendländisches Märchen mit Elementen aus *Tausendundeiner Nacht*. Auf die Idee kam sie, weil es sie »interessiert hat, was aus Rapunzel wurde, nachdem sie in die Wüste verbannt worden war.«

Viel Spaß mit unserem letzten Märchen in dieser Sammlung.

www.sameena-jehanzeb.de

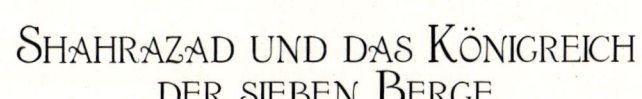

Shahrazad und das Königreich der sieben Berge

Der Wind wehte Shahrazad kühl durchs Haar. Sie betrachtete die Burg von ihrem fliegenden Teppich aus, während sie über die Wälder hinweg dem Burghof entgegenflog. Kantig und ohne jede Anmut wirkte das Schloss auf sie. Nur die rot-goldenen Banner machten das graue Gemäuer ein wenig ansehnlicher. Der König, der hier lebte, heiratete nun schon zum vierten Mal, denn die tragischen Ereignisse folgten ihm auf Schritt und Tritt. König Areus trug den Beinamen »Fluchbrecher«. Er war der Retter der verfluchten Maiden, der Held ohne Furcht und Tadel. Manche munkelten jedoch, es läge inzwischen auf ihm selbst ein Fluch, weil er mit seinen gebrochenen Flüchen die bösen Feen und Hexen aller sieben Berge verärgert hatte. Schaute man sich seine Geschichte an, so war durchaus nicht zu übersehen, dass etwas nicht mit rechten Dingen zuging. Shahrazad bezweifelte allerdings, dass es wirklich etwas mit schwarzer Magie zu tun hatte.

Areus' erste Braut erweckte der damalige Königssohn unter größten Gefahren aus einem hundertjährigen Schlaf. Die junge Maid allerdings litt, wohl als Folge des Fluchs, an der *maladie mentale* und beschuldigte den Königssohn, sie ihrer Unschuld beraubt und im Schlaf zur Mutter gemacht zu haben. Sie verachtete ihren Retter offen heraus und wurde nicht müde, ihn zu beschimpfen. Betrüblicherweise fiel sie bei einem gemeinsamen Ausritt unglücklich vom Pferd und brach sich das Genick, bevor das Paar seine Differenzen klären konnte. Das bedauernswerte Töchterchen hörte noch in derselben Nacht auf zu atmen und folgte der Mutter ins Grab. Areus war untröstlich über diesen doppelten Verlust und gedachte der Ehe zu entsagen, wovon sein Vater, der auf einem Enkel bestand, jedoch nichts wissen wollte. Areus' zweite Gattin fand sich nach langer Suche in der verwaisten

Tochter eines Herzogs, die von ihrer Stiefmutter und deren leiblicher Töchter zur Dienstmagd degradiert worden war. Die Herzogstochter jedoch besaß einen sturen Charakter, widersprach dem Königssohn zu jeder Gelegenheit und verschwand eines Tages spurlos. Sie hinterließ nur ihren gläsernen Schuh und eine kaum lesbare Notiz, in der es hieß, sie liebe einen anderen und ginge mit ihm fort. Nach dieser demütigenden Niederlage ließ sich der Königssohn noch mehr Zeit damit, eine neue Braut zu finden, wurde derweil zum König gekrönt und heiratete schließlich eine glücklose Königstochter, die er vor der Hexenkunst ihrer Stiefmutter und aus den frivolen Händen von sieben Zwergen befreit hatte. Die Königstochter, die sehr anmutig, offenbar jedoch nicht sehr geschickt war, trug bald ein Kind im Leib. Sie verlor es allerdings nach einem ihrer vielen unglücklichen Treppenstürze – und damit wohl auch ihren Lebenswillen. Zwei Jahre grämte sie sich noch, dann fand man ihren leblosen Körper, angespült ans Ufer des Dornheckensees. Manche vermuteten, sie habe sich das Leben genommen, andere waren überzeugt, dass sie wieder einmal unglücklich gestürzt war.

So also kam es, dass König Areus, der inzwischen fünfzig Lenze zählte und noch immer ohne gültigen Erben war, dieser Tage erneut heiratete und zu den Feierlichkeiten Gaukler, Zauberer und Spielmänner aus aller Welt eingeladen hatte; und so kam es auch, dass sich Shahrazad auf ihren fliegenden Teppich gesetzt hatte, um das Abendland zu bereisen und dem unglücklichsten König aller Zeiten ihre Aufwartung zu machen.

»Und was bringst du mir, Shahrazad aus dem Morgenland?«, fragte der König in einer offenkundig griesgrämigen Stimmung, die nicht viel von Hochzeitsfreuden verriet.

»Geschichten, Majestät.«

»Geschichten«, schnaubte er gelangweilt. »Davon kenne ich mehr als genug.«

»Ihr habt noch nie eine Geschichte von mir gehört. Ich bin die größte Erzählerin des Orients.«

»Ähnliches haben schon viele Barden von sich behauptet.«

»Ich bin eine Zauberin, Majestät, keine Bardin«, entgegnete Shahrazad mit stolzer Stimme. »Ich genieße zudem die Gunst eines Djinn.« In ihren tiefdunklen Augen flammte ein goldener Ring auf, der dort inbrünstig loderte.

»Ein Djinn?«

»Mächtige Zauberwesen meiner Heimat, mit der Macht, Wünsche zu erfüllen. Schenkt mir nur einen Moment Eurer Zeit. Wenn Ihr dann nicht überzeugt seid, so werft mich hinaus.«

»Ich würde ihre Geschichten gern hören, mein König. Sicher können wir die Zeit erübrigen?« Die Stimme von Areus' vierter Braut war zart und zerbrechlich wie eine Lilie. Er warf dem zierlichen Blümchen einen harten Blick zu, lehnte sich jedoch im nächsten Moment in seinem Sessel zurück und nickte.

»So fahre fort«, knurrte er.

Shahrazad verneigte sich elegant und löste eine unscheinbar wirkende Öllampe von ihrem Gürtel. Barfüßig wich sie ein paar Schritte zurück. Kleine Glöckchen bimmelten an ihren Fußknöcheln, während sie die Lampe vor sich hielt und auf ihren Fingern balancierte. Als sie genug Abstand zum Königspaar gewonnen hatte, nahm sie die Lampe und strich über deren Bauch. »Zeig dich mir, Djinn.«

Augenblicklich strömte schwarzer Rauch aus dem Lampenhals, verteilte sich im Nu über den Boden, kroch in jeden Winkel und verdunkelte auch noch die tiefsten Schatten im Saal. Die Flammen, die auf den Kerzen der Kronleuchter tanzten, wurden kleiner, als fürchteten sie die schwelenden Funken, die feurig golden im Rauch auf- und abtauchten. Der leise Gesang vieler Stimmen folgte dem Dunst, in einer Sprache, die der König und seine junge Braut vermutlich nie zuvor gehört hatten. Shahrazad kannte sie freilich sehr gut, es war die Sprache ihrer Heimat, ihrer Wind- und Feuergeister. Stimmen, mit denen sie aufgewachsen war und die Teil ihrer Seele waren.

Shahrazad beobachtete, wie sich der Blick des Königs verfinsterte. Das Zauberwerk behagte ihm offenkundig nicht. Bedrohlich und teuflisch mussten ihm der kriechende schwarze Nebel und die glühenden Aschefunken erscheinen. Shahrazad bewegte die Hand mit tänzerischer Grazie. Ihre Gesten lockten den Rauch und sie wickelte ihn sich wie ein Stück Garn um den Finger.

»Aus einem fernen Land komme ich zu Euch ins Reich der sieben Berge und bringe Euch Geschichten und Legenden aus dem Orient«, begann sie und sofort wandelte sich der Rauch. Hohe Bäume reckten sich aus dem tiefen Schwarz empor, mit langen Stämmen und wenigen, aber dafür riesigen Blättern anstelle dichter Baumkronen. Für den König waren sie fremdartig, für Shahrazad war der Anblick der Palmen ein Stück Heimat. Berge aus Sand hoben sich als Nächstes zwischen den Palmen empor, man hörte das Rieseln feiner Körner, spürte die Hitze der Wüste und sah das Flimmern der Sonnenstrahlen über den Dünen. Shahrazad erzählte dem Königspaar von dem goldenen Palast des Sultans und von den Tempeln der Djinn, zu denen die Verzweifelten gingen, um sich ihre Wünsche erfüllen zu lassen. Drei Wünsche gewährten die Djinn einem Menschen im Leben, niemals mehr. Und während Shahrazad erzählte, ließ der Rauch die Worte in den schillerndsten Farben, Klängen und Düften zum Leben erwachen.

Shahrazad schüttelte das Handgelenk, die Armreife daran schlugen sanft gegeneinander und klingelten leise. Der Rauch reagierte auf ihre Geste und zog sich in sich selbst zusammen. Nach kurzer Zeit verschwand die Szenerie und stattdessen erhob sich ein pechschwarzes Wesen neben Shahrazad, dessen Körper ganz aus den wabernden Rauchschwaden und den Aschefunken bestand. Zwei orangefarben glühende Augen schauten daraus hervor. Wie gebannt starrte Areus in diese Augen und der Djinn blickte zurück, tief in die Seele des Königs, die so viele Geheimnisse verbarg. Das orangefarbene Glühen begann sich zu verändern und auch der Rauch bewegte und verflüchtigte sich. Plötzlich schauten den König zwei himmelblaue Augen aus einem rosigen Gesicht an. Langes goldenes Haar fiel um blasse Schultern bis auf den Boden, wo es in einem Rest von Rauch verschwand. Eine junge Frau, fast noch ein Mädchen, stand dort nun anstelle des Djinns und der König schnappte laut nach Luft.

»Rapunzel«, flüsterte er so leise, dass Shahrazad die Silben nur anhand seiner Lippenbewegungen erkennen konnte.

Die Djinn-Rapunzel grinste ein wenig anzüglich. Dann zerfiel ihre Gestalt vor des Königs Augen erneut in Rauch und verschwand im Bauch der Lampe. Die Kerzen im Saal flammten zu ihrer normalen Stärke auf und Shahrazad erkannte, wie bleich der König geworden war.

»Dieses Mädchen … Ist sie der Djinn?«

»Sie ist nur ein Abbild, Majestät, eine Illusion wie alles, was ich Euch eben gezeigt habe.«

»Woher kennt dein Djinn ihre Gestalt?«

»Sie ist Teil einer wahren Geschichte«, antwortete Shahrazad. »Einer Geschichte von trügerischen Helden und tragischen Schicksalen. Einer Geschichte, die Euer Königreich mit meinem verbindet. Der Djinn muss etwas von ihr in diesem Saal gespürt haben, Majestät.«

»Ich will mehr von ihr sehen. Ihre Geschichte. Erzähle mir ihre Geschichte, Zauberin!«

»Wie Ihr wünscht, Majestät.«

So rief Shahrazad den Djinn erneut herbei und begann von der Frau zu erzählen, die nicht von den leckeren Rapunzeln im Garten der Mutter Gothel lassen konnte, von dem Garten, der Gothel im Tausch sein erstgeborenes Kind versprach, und schließlich von dem Mädchen, das er bald darauf an Mutter Gothel übergab, die es schlicht Rapunzel nannte. Während Shahrazad die Worte sprach und mit dem Klang ihrer Stimme spielte, erschuf der Djinn all die Szenen vor den Augen des Königspaares, als wäre es in diesem Moment bei den Ereignissen zugegen. Der König folgte den Bildern voller Faszination und Neugier. Er sah, wie die kleine Rapunzel aufwuchs und im Garten spielte, bis sie größer und älter wurde und sich ihr Körper ganz langsam von dem eines Kindes zu unterscheiden begann.

Ein diebischer Glanz schlich sich in Areus' Blick und er lehnte sich ein wenig in seinem Sessel vor. Doch plötzlich endeten Shahrazads Worte und die Bilder erstarrten, wurden pechschwarz und zerfielen zu Asche.

»Was geschieht da? Fahre fort!«, rief Areus. Endlich näherte sich die Erzählung dem interessanten Teil.

»Wenn Ihr es wünscht, werde ich morgen zu Euch zurückkehren und die Geschichte von Rapunzel fortführen.«

»Nein! Ich will sie jetzt hören!«

»Ich muss mich ausruhen, Majestät. Meine Zauberei ist gefährlich. Es erfordert einen wachen Geist, einen Djinn zu kontrollieren. Ich könnte es mir nicht verzeihen, würde Euch oder Eurer lieben Braut durch meine Schwäche ein Unglück geschehen.« Der König brummte unzufrieden. »Majestät, ich will Euch ein Geschenk machen, damit Euch die Wartezeit angenehmer wird. Ich schenke Euch einen magischen Wunsch.«

»Mein Wunsch ist es, mehr von der Geschichte zu hören!«

»Sicher gibt es etwas, was Euer Herz mehr begehrt als das und nur ein Djinn Euch geben kann?«

»Was könnte mir dein Djinn schon anbieten?«

»Alles, nur die Toten kann er nicht wieder lebendig machen. Doch nehmt zunächst diesen Rat von mir an: Ein Djinn wird stets versuchen, Euch zu hintergehen und Euren Wunsch in Schrecken zu verwandeln. Die Geister halten uns Menschen für gierig und einfältig. Bietet dem Djinn für Euren Wunsch ein Opfer an. Als Zeichen Eurer Dankbarkeit und Demut.«

»Demut? Ein König zeigt keine Demut!«

»Nicht einmal für die Erfüllung seiner sehnlichsten Wünsche?«, fragte Shahrazad.

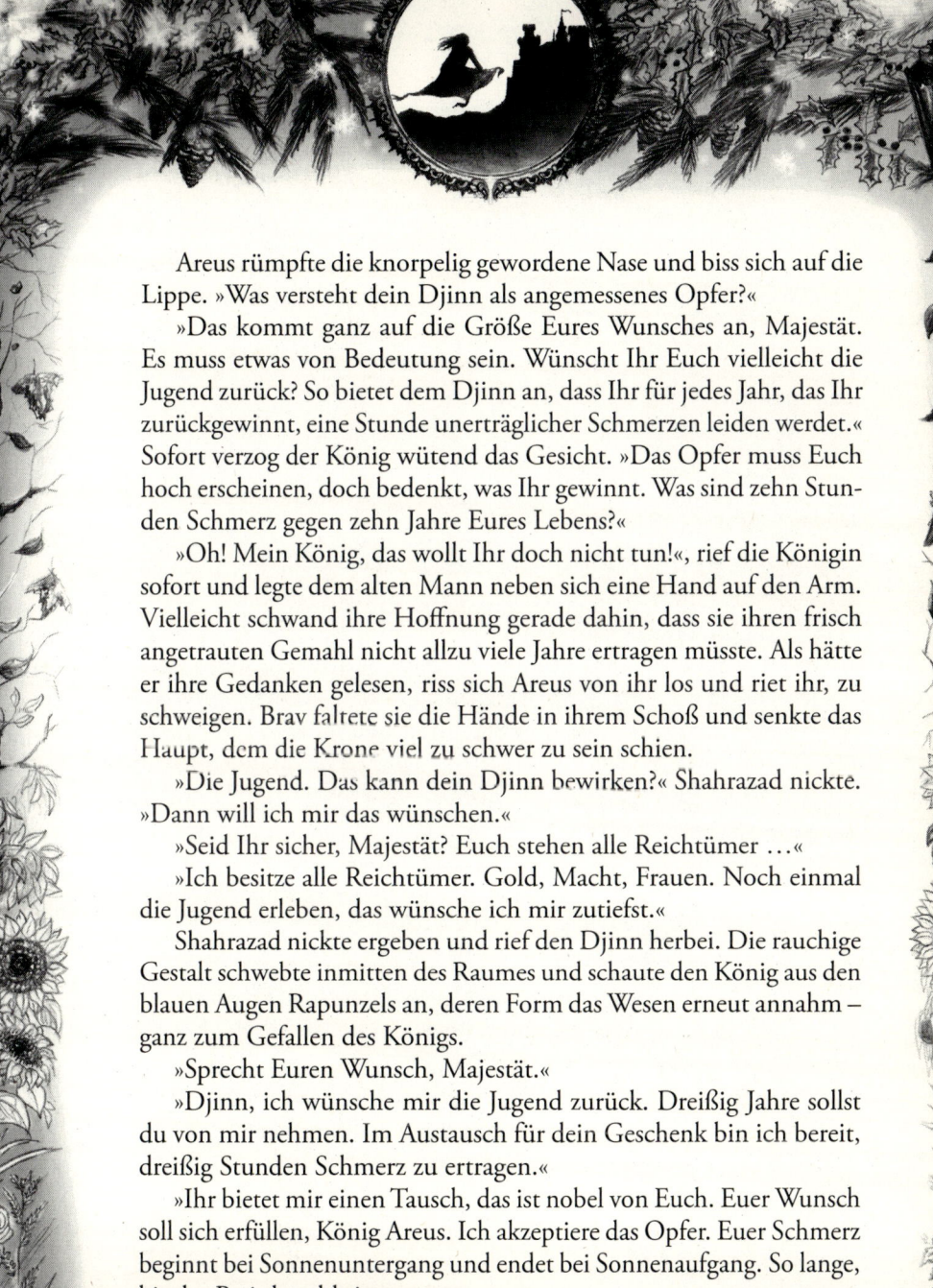

Areus rümpfte die knorpelig gewordene Nase und biss sich auf die Lippe. »Was versteht dein Djinn als angemessenes Opfer?«

»Das kommt ganz auf die Größe Eures Wunsches an, Majestät. Es muss etwas von Bedeutung sein. Wünscht Ihr Euch vielleicht die Jugend zurück? So bietet dem Djinn an, dass Ihr für jedes Jahr, das Ihr zurückgewinnt, eine Stunde unerträglicher Schmerzen leiden werdet.« Sofort verzog der König wütend das Gesicht. »Das Opfer muss Euch hoch erscheinen, doch bedenkt, was Ihr gewinnt. Was sind zehn Stunden Schmerz gegen zehn Jahre Eures Lebens?«

»Oh! Mein König, das wollt Ihr doch nicht tun!«, rief die Königin sofort und legte dem alten Mann neben sich eine Hand auf den Arm. Vielleicht schwand ihre Hoffnung gerade dahin, dass sie ihren frisch angetrauten Gemahl nicht allzu viele Jahre ertragen müsste. Als hätte er ihre Gedanken gelesen, riss sich Areus von ihr los und riet ihr, zu schweigen. Brav faltete sie die Hände in ihrem Schoß und senkte das Haupt, dem die Krone viel zu schwer zu sein schien.

»Die Jugend. Das kann dein Djinn bewirken?« Shahrazad nickte. »Dann will ich mir das wünschen.«

»Seid Ihr sicher, Majestät? Euch stehen alle Reichtümer …«

»Ich besitze alle Reichtümer. Gold, Macht, Frauen. Noch einmal die Jugend erleben, das wünsche ich mir zutiefst.«

Shahrazad nickte ergeben und rief den Djinn herbei. Die rauchige Gestalt schwebte inmitten des Raumes und schaute den König aus den blauen Augen Rapunzels an, deren Form das Wesen erneut annahm – ganz zum Gefallen des Königs.

»Sprecht Euren Wunsch, Majestät.«

»Djinn, ich wünsche mir die Jugend zurück. Dreißig Jahre sollst du von mir nehmen. Im Austausch für dein Geschenk bin ich bereit, dreißig Stunden Schmerz zu ertragen.«

»Ihr bietet mir einen Tausch, das ist nobel von Euch. Euer Wunsch soll sich erfüllen, König Areus. Ich akzeptiere das Opfer. Euer Schmerz beginnt bei Sonnenuntergang und endet bei Sonnenaufgang. So lange, bis der Preis bezahlt ist.«

Djinn-Rapunzels Körper begann in feurigen Orangetönen zu glühen, die von ihr fortglitten. In langen Zungen wickelten sie sich um den König, hoben ihn aus seinem Sessel und hüllten ihn ein. Nur dann und wann stieß er einen leisen Ton aus, als ihm die magischen Flammen unter die Haut fuhren, ihm die Falten glatt zogen, das ergraute Haar schwarz färbten und seine wässrig gewordenen Augen in klares Sturmgrau zurückverwandelten. Nur Sekunden dauerte der Zauber an, ehe die Djinn-Rapunzel den Mann wieder in seinen Sessel gleiten ließ und zurück in die Lampe fuhr.

König Areus saß zunächst sprachlos da, dann schaute er an sich herab. Seine Hände waren glatt und gelenk, nicht länger faltig und steif. Kraftvoll sprang er auf und bekam gerade noch rechtzeitig seine Hosen zu fassen, die ihm hinunterzurutschen drohten, nun, da er wieder wohlgeformt war. Früchte fielen zu Boden, als sich der König ein silbernes Tablett vom Büfett griff, um sich selbst darin zu betrachten. Da war das Gesicht, das er vor so vielen Jahren verloren hatte, das volle Haar, die scharfsichtigen Augen. Areus jubelte und bedankte sich bei Shahrazad. Auch seine Stimme war wieder die eines Jünglings von zwanzig Jahren.

»Genießt Eure zweite Jugend, Majestät.« Areus beachtete sie kaum noch und so verließ Shahrazad den Festsaal, die Öllampe sicher an ihrem Gürtel befestigt. Als sie wenig später die schweren Türen zu ihrem Schlafgemach hinter sich verschloss, erlaubte sie sich ein zufriedenes Lächeln. Es wurde breiter, als bald darauf die Schreie des Königs durch das Schloss in alle Flure und Zimmer getragen wurden.

»Hörst du ihn schreien, Nīya?«, fragte Shahrazad und im Nu stand die Djinnīya vor ihr, mit ihrem wahren Gesicht, das von dunklem, statt goldenem Haar eingerahmt wurde, und mit Augen, die mehr grau als blau waren.

»Klar und deutlich«, entgegnete Nīya. »Komm her und feiere mit mir, Zadi.« Sie hielt Shahrazad die Hand hin. Die Zauberin ergriff sie gern und zog Nīya zu sich heran.

»Ist es so, wie du es dir vorgestellt hast?«, fragte Shahrazad dicht an Nīyas Lippen.

»Besser«, antwortete die Djinnīya und küsste den Mund der Zauberin mit tief empfundener Glückseligkeit. Die Schreie und weinerlichen Laute des Königs waren Musik in ihren Ohren und erfreuten sie die ganze Nacht lang.

»Rapunzel, das Mädchen, du kennst es?«, fragte der König, der nach der vergangenen Nacht noch immer etwas blass um die Nase wirkte. Schwere Augenringe zeugten von den Strapazen, die hinter ihm lagen, vielleicht auch von der Furcht vor der kommenden Nacht, die neue Schmerzen bringen würde.

»Ich hatte nie die Ehre, sie kennenzulernen. Sie starb, bevor ich geboren wurde«, antwortete Shahrazad.

Wenn es möglich war, so wurde der junge König noch ein wenig bleicher als zuvor. »Sie starb? Sage mir, wie bist du dann an ihre Geschichte gekommen?«

»Ich fand ihr Tagebuch, Majestät, lernte ihre Sprache und las ihre Geschichte in ihren eigenen Worten.«

Der König lehnte sich nachdenklich zurück. »Ich bin ihr einst begegnet. Ein Kind von solcher Schönheit, wie ich selten ein anderes sah, und ihr Haar … ach, ihr wunderschönes Haar … Erzählt weiter, Geschichtenweberin. Ich brenne darauf, sie noch einmal zu sehen.«

Shahrazad begann ohne Verzögerung. Kaum waren die ersten Worte gesprochen, sah der König, wie die kleine Rapunzel von Mutter Gothel in einen Turm ohne Treppen und Türen gesperrt wurde. Shahrazad erzählte davon, wie Rapunzel die nächsten Jahre allein im Turm verbrachte, wie Gothel sie besuchen kam und an Rapunzels langen Haaren den Turm hinaufkletterte. Dann erzählte sie von dem namenlosen Jüngling, der Rapunzel einmal am Fenster sah und ein unstillbares Verlangen nach ihr entwickelte. Er beobachtete Gothel dabei, wie sie in den Turm gelangte, und als sie das nächste Mal verschwand, wartete der Jüngling bereits in den Büschen und schritt zur Tat. Mit den Worten Gothels rief er nach Rapunzel und bat sie, ihr Haar herabzulassen, und Rapunzel, die es nicht besser wusste, warf ihr Haar hinab. Als nun plötzlich der Jüngling durch ihr Fenster kletterte und nicht die alte Gothel, wusste das Mädchen zunächst nicht, was es sagen oder tun sollte. Der Jüngling aber war fasziniert von ihr und bot Rapunzel an, dass er eine Treppe an den Turm bauen ließe, wenn sie sein Liebchen sein wolle.

»Wenn ich dein Liebchen werde, schenkst du mir eine Treppe, sodass ich von hier fortgehen kann?«, fragte Rapunzel, die sich die Freiheit sehnlichst wünschte. Der Jüngling versprach, dass er seine Männer schon morgen zur Rückseite des Turms schicken würde, wo Mutter Gothel die Treppe nicht gleich bemerken würde. Das erschien Rapunzel vernünftig und so stahl ihr der Jüngling den ersten Kuss von den unberührten Lippen. Doch die Tage und Wochen vergingen, in denen der Jüngling Mal ums Mal zu Rapunzel zurückkehrte, doch nie kam jemand, um eine Treppe zu bauen.

»Du hast es mir versprochen!«, weinte Rapunzel. Da flüsterte der Jüngling ihr zart ins Ohr und versicherte ihr, dass der Bau in vollem Gange sei. »Aber ich sehe und höre nichts!«, wandte Rapunzel ein.

»Dummchen«, antwortete der Jüngling. »Du siehst nichts, weil die Männer dort arbeiten, wo du kein Fenster hast, und du hörst nichts, weil sie leise sein müssen, damit Gothel sie nicht hört. Darum dauert es auch länger, die Treppe zu bauen. Man kommt ja kaum voran, wenn man so leise sein muss.«

Da nickte Rapunzel. Dumme, dumme Rapunzel.

Weitere Wochen zogen ins Land und Mutter Gothel bemerkte nichts von der Treppe oder dem Jüngling, bis Rapunzel die Kleider plötzlich ganz eng wurden und sie nicht länger hineinpassen wollte. Mutter Gothel wurde furchtbar zornig darüber und schnitt Rapunzel

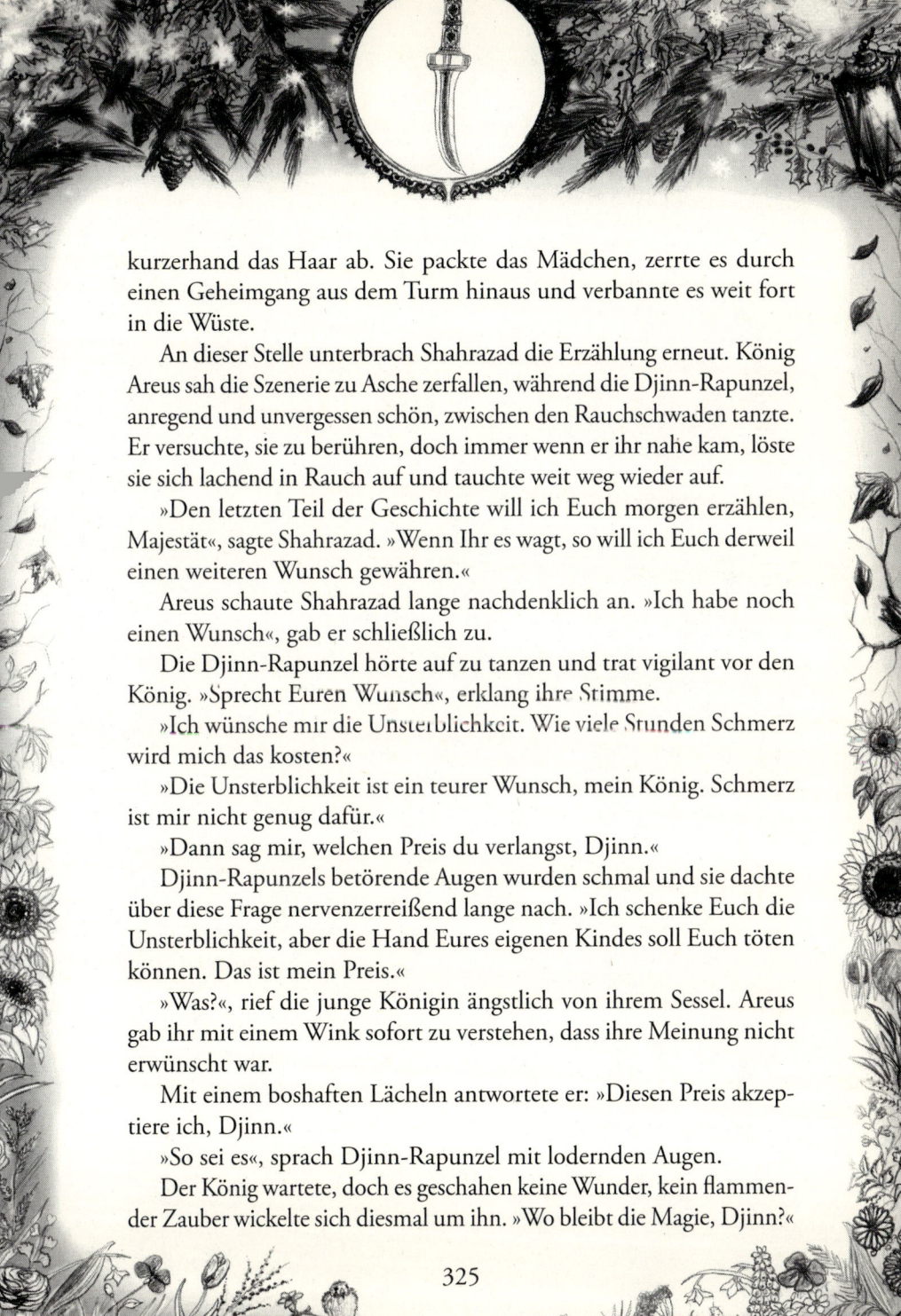

kurzerhand das Haar ab. Sie packte das Mädchen, zerrte es durch einen Geheimgang aus dem Turm hinaus und verbannte es weit fort in die Wüste.

An dieser Stelle unterbrach Shahrazad die Erzählung erneut. König Areus sah die Szenerie zu Asche zerfallen, während die Djinn-Rapunzel, anregend und unvergessen schön, zwischen den Rauchschwaden tanzte. Er versuchte, sie zu berühren, doch immer wenn er ihr nahe kam, löste sie sich lachend in Rauch auf und tauchte weit weg wieder auf.

»Den letzten Teil der Geschichte will ich Euch morgen erzählen, Majestät«, sagte Shahrazad. »Wenn Ihr es wagt, so will ich Euch derweil einen weiteren Wunsch gewähren.«

Areus schaute Shahrazad lange nachdenklich an. »Ich habe noch einen Wunsch«, gab er schließlich zu.

Die Djinn-Rapunzel hörte auf zu tanzen und trat vigilant vor den König. »Sprecht Euren Wunsch«, erklang ihre Stimme.

»Ich wünsche mir die Unsterblichkeit. Wie viele Stunden Schmerz wird mich das kosten?«

»Die Unsterblichkeit ist ein teurer Wunsch, mein König. Schmerz ist mir nicht genug dafür.«

»Dann sag mir, welchen Preis du verlangst, Djinn.«

Djinn-Rapunzels betörende Augen wurden schmal und sie dachte über diese Frage nervenzerreißend lange nach. »Ich schenke Euch die Unsterblichkeit, aber die Hand Eures eigenen Kindes soll Euch töten können. Das ist mein Preis.«

»Was?«, rief die junge Königin ängstlich von ihrem Sessel. Areus gab ihr mit einem Wink sofort zu verstehen, dass ihre Meinung nicht erwünscht war.

Mit einem boshaften Lächeln antwortete er: »Diesen Preis akzeptiere ich, Djinn.«

»So sei es«, sprach Djinn-Rapunzel mit lodernden Augen.

Der König wartete, doch es geschahen keine Wunder, kein flammender Zauber wickelte sich diesmal um ihn. »Wo bleibt die Magie, Djinn?«

»Es ist bereits geschehen. Ihr seid unsterblich.«

»Woher weiß ich, dass du die Wahrheit sagst? Ich spüre keinen Unterschied.«

Kaum hatte er die Worte gesprochen, traf ihn ein Dolch mitten ins junge Herz. Fassungslos starrte er auf den reich verzierten Griff der Waffe, die Klinge war vollständig in seiner Brust versunken. Er blickte auf und sah Shahrazad, deren Arm noch immer zum Wurf ausgestreckt war.

»Dafür wird man dich hängen«, spuckte er vor Wut.

»Wäret Ihr dem Tod geweiht, hätte ich es sicher verdient, Majestät. Doch ich schlage vor, Ihr zieht die Klinge heraus und seht, was passiert.«

Der König legte die Stirn in Falten und blickte erneut an sich herab. Es drang kein Blut aus der Wunde und er fühlte weder Schwäche noch Schmerz. Zweifelnd packte er den Griff der Klinge und zog sie schließlich mit einem Ruck heraus. Nichts geschah, und als er das zerschnittene Hemd öffnete, klaffte keine Wunde in seiner Brust. »Erstaunlich!«

»Ich ziehe mich nun zurück, Majestät. Ihr wollt Euch vor Sonnenuntergang sicher noch ein wenig ausruhen.«

»Es ist noch genug Zeit, Shahrazad. Ich will mich mit dir unterhalten. Ungestört. Komm und trink einen Wein mit mir zur Feier unserer Freundschaft.«

»Ich pflege keinen Wein zu trinken, Majestät.«

»Ein Nein dulde ich in meinem Schloss nicht«, antwortete Areus mit einem Lächeln, das keine Freundlichkeit enthielt.

»Wenn dem so ist …« Shahrazad rief den Djinn widerwillig zurück in die Öllampe und verstaute das Gefäß an seinem Platz am Gürtel. Der König führte sie derweil in ein Lesezimmer. »Worüber wünscht Ihr mit mir zu sprechen, Majestät?«

»Erzähle mir von deiner Heimat, Zauberin. Nur in Worten. Ich verstehe, dass du dich erholen musst. Gibt es viele wie dich? Besitzt in deiner Heimat jeder einen Djinn?«

Shahrazad beantwortete ihm gern seine Fragen und erzählte ihm noch lieber von der Schönheit ihrer Heimat und den Geistern der Wüste. Der König füllte ihr das Weinglas mehrmals auf, bis ihr schwindelig wurde.

»Ist dein Djinn zufrieden damit, in einer Lampe zu leben und dir Folge zu leisten?«

»Er hat keine Wahl, solange ihn niemand frei wünscht«, antwortete Shahrazad mit schwerer Zunge. »Und wer würde einen Wunsch darauf verschwenden, einen Djinn zu befreien?«

»Man kann ihn frei wünschen? Es wäre gewiss sehr gefährlich, das zu tun. Mächtig, wie er ist.«

Shahrazad kicherte und ihre Augen rollten unkontrolliert hin und her. »Er würde all seine magischen Kräfte verlieren und müsste in der Gestalt eines Menschen weiterleben«, winkte Shahrazad amüsiert ab. Der Raum um sie herum schien sich zu drehen.

Areus nickte. »Trink noch einen Wein mit mir, Shahrazad.« Noch einmal goss ihr der König nach.

Der schwarze Rauch stieg einmal mehr aus der Öllampe auf und im Nu stand sie vor ihm, die Djinn-Rapunzel mit ihrem goldenen Haar, den schönen Kurven und den strahlenden himmelblauen Augen.

»Za…«, begann sie, doch dann bemerkte sie ihren Irrtum bereits und schaute sich verwundert um. Dies war weder das Gemach ihrer Zauberin noch der Festsaal des Königs. Graue gewölbte Mauern umgaben sie, ein Feuer brannte in einem kleinen Kamin. Durch ein einzelnes Fenster fiel das Licht der späten Nachmittagssonne auf alte Spinnweben und Dreck, den der Wind über Jahre hinweg hereingetragen haben musste. Nīya erkannte, dass sie sich in einem Turm befand, wie dem aus Zadis Geschichte. »Wo sind wir? Wo ist meine Meisterin?«

»Dein Meister bin nun ich«, antwortete Areus gönnerhaft.

»Shahrazad würde mich nie fortgeben.«

Der König zuckte die Schultern. »Deine Zauberin verträgt keinen Wein. Ich habe ihr die Lampe gestohlen, während sie ihren Rausch ausschläft. Das macht die Lampe zu meiner und dich zu meinem Djinn. Habe ich nicht recht?«

Nīya presste die Lippen fest aufeinander und funkelte ihn wütend aus Rapunzels Augen an. Er mochte den Zorn darin.

»Dann seid Ihr mein neuer Meister«, bestätigte die Djinn-Rapunzel. »Trotzdem steht Euch nicht mehr als noch ein weiterer Wunsch frei.«

»Nur drei im Leben, ich erinnere mich. Aber ich habe auch nur noch einen weiteren Wunsch.«

»Was könnte Euch neben ewiger Jugend und der Unsterblichkeit noch fehlen, Meister?«

»Nur eine Sache. Ich will Rapunzel.«

»Rapunzel ist tot. Ich kann die Toten nicht erwecken.«

»Aber das hast du doch schon. Sie steht hier vor mir, während ich mit dir rede.« Sein Lachen war breit und hässlich. Nīya verzog das Gesicht.

»Dann wünscht Ihr Euch nichts weiter, als mich anzusehen?«

»Ein wenig mehr ist es schon.« Der König kam näher auf sie zu und versuchte ihr Gesicht zu berühren. Doch Nīya löste sich wie immer in Rauch auf, um sich an anderer Stelle wieder zu zeigen. »Hör auf damit!«, schrie er wutentbrannt.

»Womit?«, rief Nīya lachend.

»Deine Zauberin sagte, wenn dich jemand frei wünscht, musst du in Menschengestalt weiterleben.« Nīyas Lachen verschwand. »Ist das wahr?«

Misstrauisch nickte sie. »Es ist wahr, aber kein Mensch war je bereit, den erforderlichen Preis zu zahlen.«

»Nun«, begann der König, während er seine Fingernägel an seinem Wams polierte. »Ich wäre dazu bereit, unter gewissen Bedingungen.«

Nīya studierte ihn noch argwöhnischer. Aus Rapunzels Augen leuchteten die Neugier und die Hoffnung so hell heraus, dass der

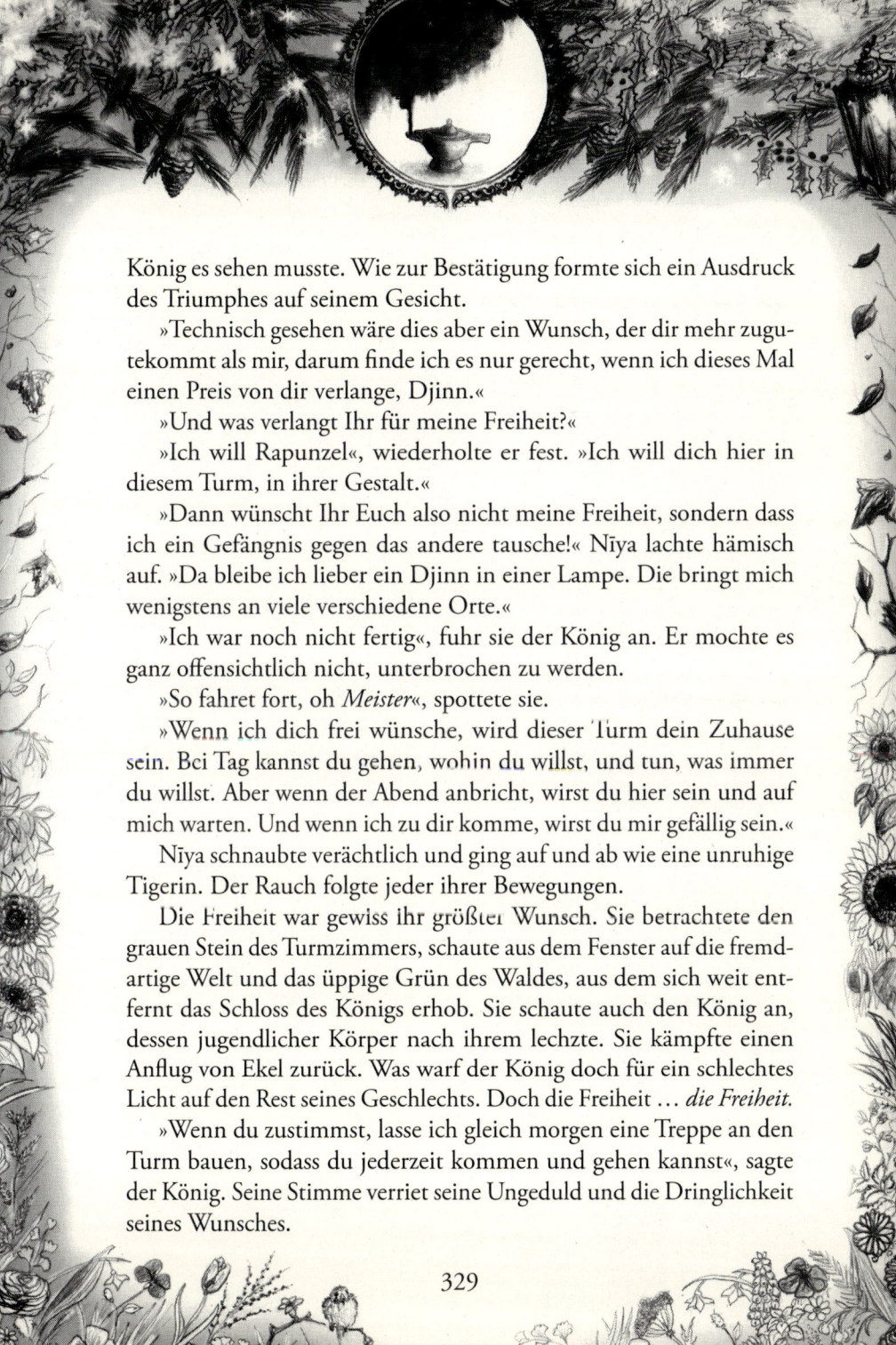

König es sehen musste. Wie zur Bestätigung formte sich ein Ausdruck des Triumphes auf seinem Gesicht.

»Technisch gesehen wäre dies aber ein Wunsch, der dir mehr zugutekommt als mir, darum finde ich es nur gerecht, wenn ich dieses Mal einen Preis von dir verlange, Djinn.«

»Und was verlangt Ihr für meine Freiheit?«

»Ich will Rapunzel«, wiederholte er fest. »Ich will dich hier in diesem Turm, in ihrer Gestalt.«

»Dann wünscht Ihr Euch also nicht meine Freiheit, sondern dass ich ein Gefängnis gegen das andere tausche!« Nīya lachte hämisch auf. »Da bleibe ich lieber ein Djinn in einer Lampe. Die bringt mich wenigstens an viele verschiedene Orte.«

»Ich war noch nicht fertig«, fuhr sie der König an. Er mochte es ganz offensichtlich nicht, unterbrochen zu werden.

»So fahret fort, oh *Meister*«, spottete sie.

»Wenn ich dich frei wünsche, wird dieser Turm dein Zuhause sein. Bei Tag kannst du gehen, wohin du willst, und tun, was immer du willst. Aber wenn der Abend anbricht, wirst du hier sein und auf mich warten. Und wenn ich zu dir komme, wirst du mir gefällig sein.«

Nīya schnaubte verächtlich und ging auf und ab wie eine unruhige Tigerin. Der Rauch folgte jeder ihrer Bewegungen.

Die Freiheit war gewiss ihr größter Wunsch. Sie betrachtete den grauen Stein des Turmzimmers, schaute aus dem Fenster auf die fremdartige Welt und das üppige Grün des Waldes, aus dem sich weit entfernt das Schloss des Königs erhob. Sie schaute auch den König an, dessen jugendlicher Körper nach ihrem lechzte. Sie kämpfte einen Anflug von Ekel zurück. Was warf der König doch für ein schlechtes Licht auf den Rest seines Geschlechts. Doch die Freiheit ... *die Freiheit*.

»Wenn du zustimmst, lasse ich gleich morgen eine Treppe an den Turm bauen, sodass du jederzeit kommen und gehen kannst«, sagte der König. Seine Stimme verriet seine Ungeduld und die Dringlichkeit seines Wunsches.

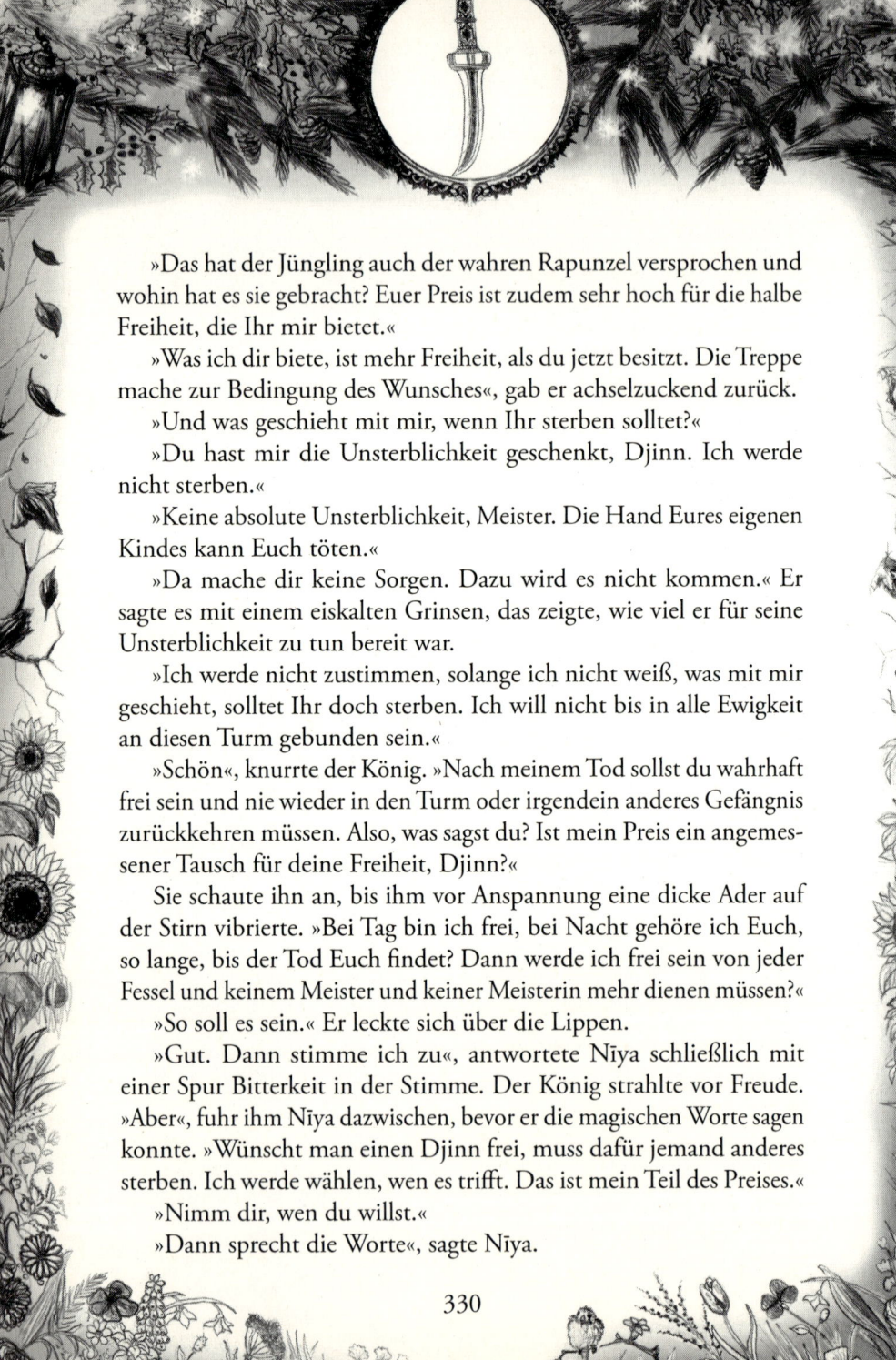

»Das hat der Jüngling auch der wahren Rapunzel versprochen und wohin hat es sie gebracht? Euer Preis ist zudem sehr hoch für die halbe Freiheit, die Ihr mir bietet.«

»Was ich dir biete, ist mehr Freiheit, als du jetzt besitzt. Die Treppe mache zur Bedingung des Wunsches«, gab er achselzuckend zurück.

»Und was geschieht mit mir, wenn Ihr sterben solltet?«

»Du hast mir die Unsterblichkeit geschenkt, Djinn. Ich werde nicht sterben.«

»Keine absolute Unsterblichkeit, Meister. Die Hand Eures eigenen Kindes kann Euch töten.«

»Da mache dir keine Sorgen. Dazu wird es nicht kommen.« Er sagte es mit einem eiskalten Grinsen, das zeigte, wie viel er für seine Unsterblichkeit zu tun bereit war.

»Ich werde nicht zustimmen, solange ich nicht weiß, was mit mir geschieht, solltet Ihr doch sterben. Ich will nicht bis in alle Ewigkeit an diesen Turm gebunden sein.«

»Schön«, knurrte der König. »Nach meinem Tod sollst du wahrhaft frei sein und nie wieder in den Turm oder irgendein anderes Gefängnis zurückkehren müssen. Also, was sagst du? Ist mein Preis ein angemessener Tausch für deine Freiheit, Djinn?«

Sie schaute ihn an, bis ihm vor Anspannung eine dicke Ader auf der Stirn vibrierte. »Bei Tag bin ich frei, bei Nacht gehöre ich Euch, so lange, bis der Tod Euch findet? Dann werde ich frei sein von jeder Fessel und keinem Meister und keiner Meisterin mehr dienen müssen?«

»So soll es sein.« Er leckte sich über die Lippen.

»Gut. Dann stimme ich zu«, antwortete Nīya schließlich mit einer Spur Bitterkeit in der Stimme. Der König strahlte vor Freude. »Aber«, fuhr ihm Nīya dazwischen, bevor er die magischen Worte sagen konnte. »Wünscht man einen Djinn frei, muss dafür jemand anderes sterben. Ich werde wählen, wen es trifft. Das ist mein Teil des Preises.«

»Nimm dir, wen du willst.«

»Dann sprecht die Worte«, sagte Nīya.

Areus richtete sich auf. »Ich wünsche dich frei, Djinn.«

Schwarzer Nebel verschlang die Djinn-Rapunzel augenblicklich und von Kopf bis Fuß. Mit einem letzten Zischen löste sich der Rauchfaden aus dem Hals der Lampe und die schwarzen Wolken zogen sich dichter in sich selbst zusammen. Der Rauch sickerte Nīya durch die Haut und war schließlich ganz in dem Mädchen verschwunden. Nīya atmete tief ein und spürte die halb gewonnene Freiheit, wie auch das Gewicht ihrer Pflichten gegenüber dem König.

Areus stöhnte überrascht auf, als hätte er bisher nicht an die Erfüllbarkeit des Zaubers geglaubt. Doch als er nun auf seine neue Rapunzel zuging und seine Hand auf ihre Wange legte, da zuckte sie ein wenig vor ihm zurück, löste sich aber nicht mehr in schwarzen Rauch auf und ihre rosige Haut war warm und zart, wie er sie in Erinnerung hatte. Während er sie näher an sich zog, schaute er zu ihr hinab, in ihre leuchtenden himmelblauen Augen. Doch dann stutzte er. Die Farbe verblasste und wurde grau, sturmgrau wie seine eigenen. Im nächsten Moment veränderte sich auch das Gold ihres Haares, wurde erst beige und dann rotbraun, dunkler und dunkler, fast so schwarz wie sein eigenes Haar, und ihre Haut war nicht länger cremig und rosig, sondern braun gefärbt von der Sonne des Morgenlandes und ihr Gesicht war noch immer schön, doch das einer erwachsenen Frau.

»Was! Das ist nicht meine Rapunzel!«, empörte er sich.

»Ich bin nicht Rapunzel«, antwortete Nīya und bevor er wusste, wie ihm geschah, rammte sie ihm ein kleines Messer direkt in den Hals.

Der König stolperte vor ihr zurück, fiel vor Schreck auf seinen Hosenboden und starrte sie ungläubig an. Sein zweiter Wunsch hatte ihn unsterblich gemacht, dennoch spürte er den Schmerz und das Blut gegen die Klinge drücken.

»Du kannst mich nicht töten, Djinn«, quälte der König die Worte hinaus. »Du selbst hast mir ewiges Leben gegeben.«

»Oh mein König, aber Ihr kennt noch nicht das ganze Ende meiner Geschichte.« Shahrazad trat wie ein Geist aus den Schatten in den Raum und Areus erschrak, wie sie so plötzlich vor ihm stand. »Hast du wirklich gedacht, du könntest eine Zauberin wie mich mit Wein betäuben?« Shahrazad trat neben die falsche Rapunzel und nahm das Gesicht in die Hände, das der wahren Rapunzel noch immer so ähnlich war. Sie küsste Nīya mit der Leidenschaft der Liebenden, überschüttete sie mit zärtlichen Worten und Tränen der Freude auf den Wangen. »Er hat es wirklich getan«, wisperte Shahrazad sichtlich erleichtert.

Der König spuckte zu Boden und erkannte Blut in seinem Auswurf. Wenn er sich erst einmal erholt hatte, würde er seiner Rapunzel diese Flausen austreiben und Shahrazad, die Hexe, die sie war, im tiefsten Kerker anketten, wo die dunklen Feen und Trolle sich von ihrem Fleisch ernähren sollten. Er legte die Hand an den Griff der Klinge und wollte sie gerade herausziehen, als Shahrazad ihm scharf dazwischenfuhr.

»Das würde ich an deiner Stelle nicht tun, Areus. Lass mich dir erst den Rest meiner Geschichte erzählen oder vielmehr den Rest von Rapunzels Geschichte.«

Der König ließ die Hand sinken. Ein ungutes Gefühl beschlich ihn, als er Shahrazad gönnerhaft lächeln sah, während das Blut aus ihm heraus- und an ihm herablief. Ganz anders als im Festsaal, wo Shahrazad ihm seine Unsterblichkeit bewiesen hatte.

»Die alte Gothel fand natürlich heraus, dass Rapunzel Besuch von einem Mann bekam. Sie verbannte das arme Mädchen für sein *zügelloses Verhalten* in die Wüste, wo Rapunzel in völliger Armut bald Zwillinge zur Welt brachte. Einen Jungen und ein Mädchen. Der Junge starb, noch bevor die Amme ihn waschen konnte. Seine Schwester war schwach, aber sie rang um ihr Leben. Vielleicht hätte eine Umarmung gereicht, um ihre Lebensgeister zu wecken, doch Rapunzel war so unglücklich, sie konnte das Kindchen nicht einmal ansehen. Zu sehr erinnerte es sie an das, was der Jüngling von ihr verlangt hatte, und an ihre Naivität, die sie zur Dirne gemacht hatte. Jedes Wort von ihm war eine Lüge gewesen. Es gab nie eine Treppe und er kam auch nicht, um sie aus der Wüste zu retten.

Noch in der Nacht ihrer Niederkunft nahm sich Rapunzel das Leben. Die Amme trauerte um sie und die unschuldigen Kinder. Vergeblich versuchte sie, das Mädchen bei Kräften zu halten. Sie wollte Rapunzels Tochter um jeden Preis retten, also ging sie schließlich zu den Djinn und bat sie um Hilfe. Die Geister erfüllten den Wunsch der Amme, doch wie immer taten sie es zu ihren eigenen Bedingungen. Sie verwandelten das Mädchen selbst in einen Djinn und sperrten es in eine Öllampe, wo es aufwachsen und leben musste, bis jemand bereit war, es frei zu wünschen. Die Amme weinte, als sie die Lampe mit der kleinen Djinnīya darin an sich nahm, denn noch nie hatte ein Mensch einen Djinn aus seiner Gefangenschaft befreit. Nicht nur opferte man einen Wunsch dafür, sondern auch das eigene Leben. Trotzdem hätte die Amme es getan, wenn sie ihren letzten Wunsch nicht eben verwirkt hätte.

Jeden Morgen rieb die Amme fortan an dem Bauch der Lampe und wiegte ihr Kindchen im Arm. Jeden Abend schickte sie es wieder in die Lampe, bis das Mädchen herangewachsen und sie selbst ein greises Mütterchen geworden war, das bald starb. Danach geriet die Lampe in viele falsche Hände, bevor sie endlich in meine fiel«, schloss Shahrazad.

»Deshalb sind wir zu dir gekommen«, sagte Nīya. Ihre Lippen umspielte ein böses Lächeln. »Als du dir die Unsterblichkeit gewünscht hast, wäre unser Plan fast gescheitert. Doch du hast dich so siegessicher auf meinen Preis eingelassen, dass ich Mühe hatte, nicht laut aufzulachen. Du hast in deiner Ignoranz bloß an die Kinder gedacht, die in deiner Zukunft lagen, aber nicht an die, die deinen vielen Sünden bereits entsprungen sind. Als wären sie nicht dein, wenn du nicht hinsiehst.« Wieder lachte Nīya. »Siehst du, ich habe wirklich das Gesicht meiner Mutter, aber das dunkle Haar und die sturmgrauen Augen sind die meines Vaters.« Der König stöhnte und entließ unwillentlich einen

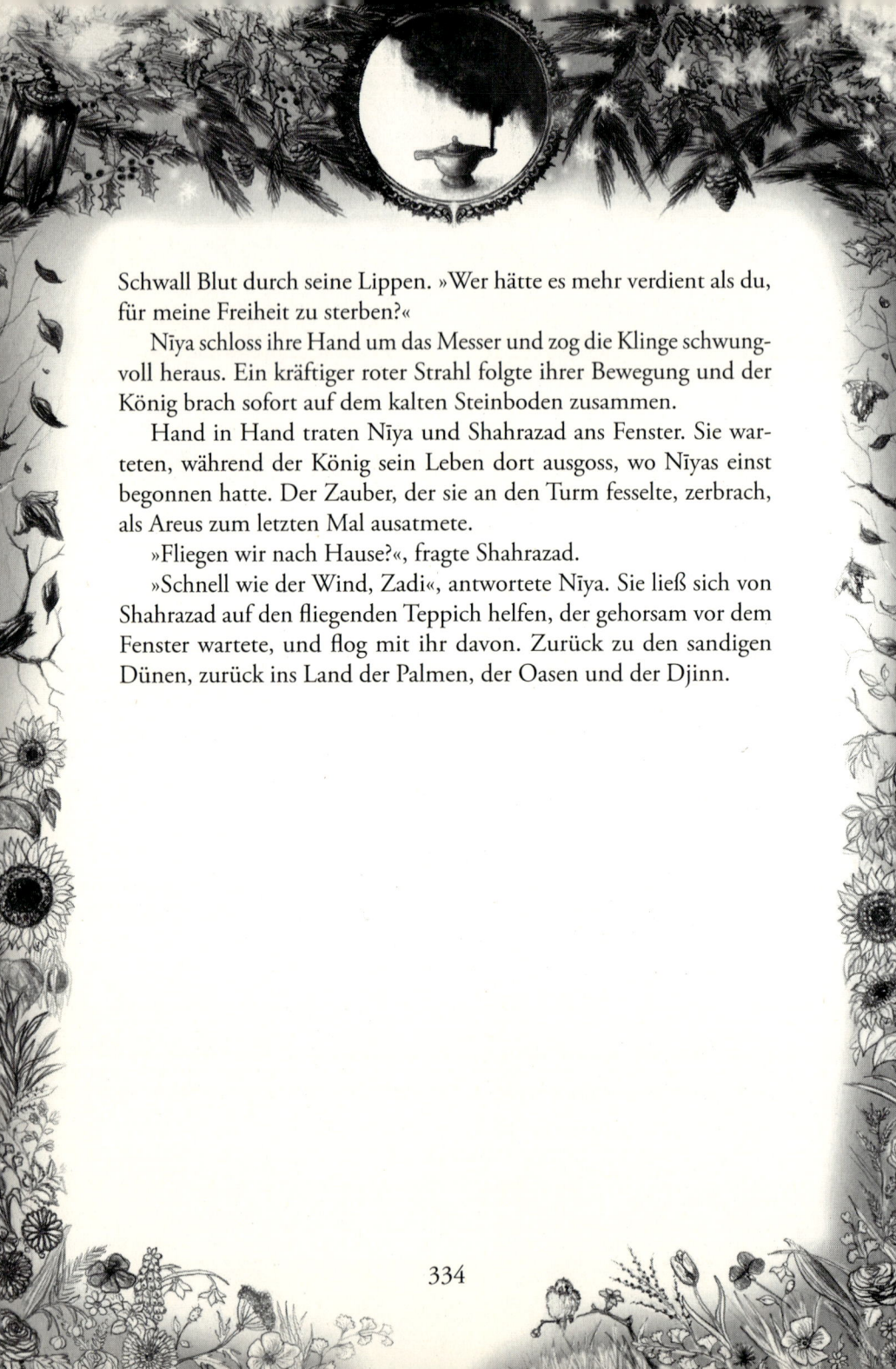

Schwall Blut durch seine Lippen. »Wer hätte es mehr verdient als du, für meine Freiheit zu sterben?«

Nīya schloss ihre Hand um das Messer und zog die Klinge schwungvoll heraus. Ein kräftiger roter Strahl folgte ihrer Bewegung und der König brach sofort auf dem kalten Steinboden zusammen.

Hand in Hand traten Nīya und Shahrazad ans Fenster. Sie warteten, während der König sein Leben dort ausgoss, wo Nīyas einst begonnen hatte. Der Zauber, der sie an den Turm fesselte, zerbrach, als Areus zum letzten Mal ausatmete.

»Fliegen wir nach Hause?«, fragte Shahrazad.

»Schnell wie der Wind, Zadi«, antwortete Nīya. Sie ließ sich von Shahrazad auf den fliegenden Teppich helfen, der gehorsam vor dem Fenster wartete, und flog mit ihr davon. Zurück zu den sandigen Dünen, zurück ins Land der Palmen, der Oasen und der Djinn.

Du brauchst Lesenachschub und möchtest dich überraschen lassen
oder wünschst Empfehlungen? Da können wir helfen!
Wir stellen für dich ganz individuell gepackte Buchpakete zusammen – unsere

DRACHENPOST

Du wählst, wie groß dein Paket sein soll, wir sorgen für den Rest.

Du sagst uns, welche Bücher du schon hast oder kennst und zu welchem Anlass es sein soll.
Bekommst du es zum Geburtstag #birthday
oder schenkst du es jemandem? #withlove
Belohnst du dich selber damit #mytime
oder hast du dir eine Aufmunterung verdient? #savemyday
Je mehr wir wissen, umso passender können wir dein Drachenmond-Care-Paket schnüren.
Du wirst nicht nur Bücher und Drachenmondstaubglitzer vorfinden, sondern auch Beigaben,
die deine Seele streicheln. Was genau das sein wird, bleibt unser Geheimnis …

Die Wahrscheinlichkeit ist groß,
dass sich das ein oder andere signierte Exemplar in deiner Box befinden wird. :)

Wir liefern die Box in einer Umverpackung, damit der schöne Karton heil bei dir ankommt und
als Geschenk nicht schon verrät, worum es sich handelt.

Lisan bringt das kleinste Drachenpaket zu dir, wobei *klein* bei Drachen ja relativ ist. € 49,90
Djiwar schleppt dir in ihren Klauen einen seitenstarken Gruß aus der Drachenhöhle bis vor die Tür. € 74,9
Xorjum hütet dein Paket wie seinen persönlichen Schatz und sorgt dafür, dass es heil bei dir ankommt –
und wenn er sich den Weg freibrennt! € 99,90

Zu bestellen unter www.drachenmond.de